MATAR
POR
PRAZER

Da Autora:

Reencontros

Beije-me Enquanto Durmo

Matar por Prazer

LINDA HOWARD

Matar por Prazer

Tradução
Carolina Caires Coelho

BERTRAND BRASIL

Tradução publicada mediante contrato com Ballantine Books, an imprint of Random House Publishing Group
Título original: *Dying to Please*

Capa: Leonardo Carvalho

Editoração: DFL

2007
Impresso no Brasil
Printed in Brazil

CIP-Brasil. Catalogação na fonte
Sindicato Nacional dos Editores de Livros – RJ

H844m Howard, Linda, 1950-
Matar por prazer/Linda Howard; tradução Carolina Caires Coelho. — Rio de Janeiro: Bertrand Brasil, 2007.
350p.

Tradução de: Dying to please
ISBN 978-85-286-1248-6

1. Romance americano. I. Coelho, Carolina Caires. II. Título.

CDD – 813
07-1403 CDU – 821.111 (73)-3

EDITORA BERTRAND BRASIL LTDA.
Rua Argentina, 171 — 1º andar — São Cristóvão
20921-380 — Rio de Janeiro — RJ
Tel.: (0xx21) 2585-2070 — Fax: (0xx21) 2585-2087

A dois amigos queridos e maravilhosos,
Phyllis e Basil Bacon.
Nossa amizade é um tesouro.

Agradecimentos e Nota da Autora

Muito obrigada ao detetive Jay Williams, do Departamento de Polícia de Mountain Brook, que tirou uma boa parte de seu dia para responder a mais perguntas do que esperava e me levou para conhecer a cidade. Todos na delegacia foram maravilhosos sempre que eu telefonei para confirmar algum detalhe. Se deixei de mencionar algo ou errei em alguma descrição, é tudo culpa minha.

Todos os endereços contidos neste livro são fictícios, assim como as personagens.

A Susan Bailey, George Edwards, Chad Jordan, Glenda Barker, Jim Robbins, Tom Comer — a personalidade de Trevor Densmore não foi, *de maneira alguma*, inspirada em *nenhum* de vocês. Um agradecimento especial a Linda Jones, que inventou o WMS.

Se meus leitores tiverem a oportunidade de visitar a região de Birmingham, é uma boa idéia irem ao Milo's Hamburgers. Qualquer morador da área saberá indicar a lanchonete Milo's mais próxima. E vocês certamente vão gostar de passear por Mountain Brook, onde nos últimos cinco anos nenhum assassinato foi registrado — e onde o relógio da cidade é um Rolex.

— Linda Howard

1

O ventilador de teto parou de funcionar.

Sarah Stevens estava tão acostumada com o barulho que sua ausência a fez despertar imediatamente. Ela abriu um dos olhos na direção do relógio digital, mas não encontrou os números vermelhos. Piscou, esforçando-se para acordar, e percebeu o que havia acontecido.

Estavam sem eletricidade. *Que ótimo.*

Deitou-se de costas, atenta. A noite estava silenciosa; não ouviu qualquer trovão que indicasse a chegada de uma tempestade de primavera, o que teria explicado a falta de energia. Não tinha o hábito de fechar as cortinas à noite, uma vez que as janelas de seu quarto davam para um muro, oferecendo-lhe privacidade, e pôde ver o fraco luar. Não chovia e, além disso, o céu não estava nem um pouco nublado.

Talvez um transformador tivesse pifado. Ou um acidente de carro poderia ter derrubado um poste. Várias coisas poderiam ter causado o problema.

Respirando fundo, ela sentou-se e procurou pela lanterna que mantinha sobre o criado-mudo. Seja lá qual fosse o motivo da falta de luz, seu trabalho era minimizar o incômodo causado ao juiz Roberts, para que ele não tivesse de enfrentar um transtorno maior que o necessário. Não havia qualquer compromisso agendado para a manhã, mas o querido velhinho era rígido quanto ao horário de seu desjejum. Não ficava irritado, mas qualquer mudança em sua rotina o chateava mais agora do que há menos de um ano. Estava com oitenta e cinco anos; merecia tomar o café-da-manhã quando bem quisesse.

Sarah tirou o telefone do gancho; era um telefone fixo e de fio, portanto a falta de eletricidade não o afetara. Telefones sem fio eram maravilhosos, até que faltasse energia. Sarah fizera questão de que alguns dos telefones estrategicamente espalhados pela residência fossem de fio.

Não ouviu o sinal de linha.

Desconfiada, e ficando cada vez mais preocupada, ela saiu da cama. Seus aposentos ficavam sobre a garagem; a cozinha e a sala de estar davam para a parte da frente, enquanto que o quarto e o banheiro ficavam nos fundos. Não acendeu a lanterna, aquela era sua casa e não precisava de luz para ir de um cômodo a outro. Afastou as cortinas que cobriam as janelas da frente e olhou para fora.

Nenhuma das luzes estrategicamente posicionadas no bem conservado jardim do juiz estava acesa, mas, à direita, as luzes de segurança da casa do vizinho iluminavam o gramado.

Então não havia acontecido uma queda de energia. Um fusível poderia ter queimado, mas afetaria apenas parte da casa, ou o piso inferior, mas não tudo. Ela ficou parada, juntando a lógica e a intuição: (A) Não havia eletricidade. (B) As linhas telefônicas estavam cortadas. (C) A casa do vizinho tinha luz. Não demorou muito para concluir: alguém havia cortado as linhas e só podia ser para invadir a casa.

Sorrateiramente e descalça, ela voltou para o quarto e pegou sua pistola nove milímetros sobre o criado-mudo. Seu celular, *que droga*, estava em sua caminhonete, estacionada na garagem dos fundos. Partiu em direção à porta e, em uma fração de segundo, pensou em buscar o telefone; sua prioridade era proteger o juiz. Tinha de chegar até ele para ter certeza de sua segurança. Recebera várias ameaças de morte algumas vezes em seu último ano de trabalho no tribunal e, apesar de ele ignorá-las, Sarah não podia ser tão calma.

Seus aposentos eram ligados à casa por uma escada, com portas embaixo e em cima; ela teve de acender a lanterna ao descer a escada para que não errasse um degrau e caísse, mas, assim que chegou à parte de baixo, a apagou. Esperou um momento, até seus olhos se reajustarem à escuridão, e manteve-se atenta, tentando ouvir algum som diferente. Nada. Silenciosamente girou a maçaneta e abriu a porta lentamente, centímetro por centímetro, completamente alerta. Não ouviu nenhum barulho desconhecido e continuou.

Estava no pequeno corredor; à esquerda ficava a porta da garagem. Silenciosamente tentou abri-la, mas estava trancada. A próxima porta levava à lavanderia; ao fundo encontrava-se a cozinha. O relógio à pilha da parede da cozinha tiquetaqueava tediosamente, mais alto do que de costume, sem o barulho da geladeira para encobri-lo. Entrou na cozinha e sentiu o piso frio sob seus pés descalços. Contornando o amplo balcão onde ficava o fogão, parou mais uma vez, antes de entrar na copa. Havia mais iluminação ali, graças à grande janela voltada para o jardim, mas Sarah estaria mais exposta se algum intruso estivesse à espreita. Vestia um pijama de algodão azul-claro, podendo ser vista facilmente.

Mas teria de correr o risco.

Seu coração batia apressado e ela respirou profunda e lentamente para acalmar-se, tentando controlar a adrenalina percorrendo seu corpo. Não podia deixar que o nervosismo a dominasse; tinha de segurar as rédeas da situação, manter a mente calma e concentrada, como aprendera no treinamento. Respirou fundo outra vez e avançou, procurando esconder-se, passando rente à parede. *Devagar e com calma*, ela pensou. Um passo por vez, pisando com cuidado para não se desequilibrar, ela atravessou a copa e chegou à porta que levava ao hall. Deu mais uma parada, atenta.

Silêncio.

Não. Houve um som abafado e discreto, a ponto de fazê-la duvidar se tinha realmente ouvido alguma coisa. Ela esperou, prendendo a respiração e evitando fixar o olhar, para que sua visão periférica detectasse qualquer movimento. O cômodo estava vazio, mas, depois de um momento, Sarah escutou o mesmo som, um pouco mais alto, vindo da... saleta?

As duas salas de estar e de jantar ficavam na parte da frente da construção; a cozinha, a copa, o escritório e a saleta, na parte de trás. A saleta era um cômodo no canto da casa, tinha duas paredes com amplas janelas e duas portas de correr que levavam ao quintal. Se fosse invadir a casa, Sara pensou, certamente entraria pela saleta. Evidentemente alguém mais tivera a mesma idéia.

Ela entrou no hall, parou, deu dois passos rápidos e se abaixou ao lado de um centenário bufê que agora era usado para guardar toalhas de mesa. Apoiou um dos joelhos no grosso carpete, escondida pelo móvel, e, logo depois, alguém saiu do escritório.

Ele estava vestido de preto e carregava algo grande e pesado. *O computador*, ela pensou, mas estava muito escuro no hall para ter certeza. O homem carregou o objeto para dentro da saleta e Sarah voltou a ouvir os mesmos sons abafados, mais parecidos com o atrito de sapatos no carpete.

Seu coração batia forte, mas, ao mesmo tempo, sentia um certo alívio. O invasor era obviamente um ladrão e não um criminoso tentando se vingar do juiz. Entretanto, isso não queria dizer que estavam fora de perigo; ele podia ser violento, mas sua atitude até o momento levava a crer que se tratava de um bandido interessado em roubar o que conseguisse e fugir. Parecia organizado e metódico, haja vista a eletricidade e as linhas telefônicas cortadas. Provavelmente cortara a energia para desarmar o alarme e fizera o mesmo com as linhas de telefone apenas por precaução.

A pergunta era: o que ela deveria fazer?

Sabia que estava armada, mas a situação não pedia um ataque letal. Atiraria se fosse preciso para salvar a vida do juiz ou a própria, mas não estava disposta a atirar em alguém por causa de um equipamento eletrônico. Mas nem por isso ela o deixaria escapar impune.

Era possível que ele estivesse armado. Ladrões, geralmente, *não* andavam armados, pois, se não tivessem sorte, a pena para um assalto à mão armada era muito mais severa do que para um furto. Mas não havia como ter certeza de que aquele não tinha uma arma, só porque a maioria deles não agia armada.

Ele era grande; pelo que conseguiu perceber no hall escuro, tinha cerca de 1,80m e era robusto. Sarah provavelmente conseguiria detê-lo cara a cara — mas, se ele estivesse armado, nenhum treinamento no mundo a ajudaria a deter um tiro. Seu pai dizia existir uma grande diferença entre ser confiante e ser convencido; o convencido acabava morto. O melhor a ser feito era surpreendê-lo, por trás, em vez de correr o risco de levar um tiro.

Um outro som a deixou atenta e ela continuou parada enquanto ele ia novamente da saleta ao escritório. Aquele seria um bom momento para agir, pegá-lo quando ele retornasse com os braços cheios de objetos roubados. Ela colocou sua lanterna no chão, passou a pistola para a sua mão esquerda e silenciosamente começou a ficar em pé.

Outro homem saiu da saleta.

Sarah ficou paralisada, espiando atrás do móvel. Ficou muito assustada, quase sem fôlego. O cara só precisaria olhar em sua direção, seu rosto pálido e visível na escuridão seria facilmente percebido.

Ele não parou e seguiu o primeiro homem de volta ao escritório.

Abaixando-se e encostando o corpo na parede, Sarah tremia, aliviada. Respirou profundamente várias vezes, segurando o ar alguns segundos para acalmar seu coração acelerado. Escapara por um triz; mais um pouco e teria ficado em pé, completamente exposta.

O fato de haver dois homens, e não apenas um, mudava completamente a situação. O risco dobrava e a chance de sucesso era reduzida pela metade. Correr até a caminhonete e ligar para a polícia de seu celular estava se tornando a melhor opção, se conseguisse chegar até lá sem ser vista. O maior problema, para ela, era deixar o juiz sem proteção. Ele já não escutava bem; os ladrões poderiam entrar em seu quarto sem que ele percebesse, não teria a chance de se esconder. O velhinho era valente o bastante para lutar contra qualquer intruso, o que na melhor das hipóteses o deixaria ferido e, na pior, morto.

Seu trabalho era evitar que isso acontecesse. Não conseguiria fazê-lo se estivesse fora da casa, ao telefone.

Ficou muito nervosa e procurou se acalmar. A decisão estava tomada; agora teria de esquecer todo o resto, exceto seu treinamento.

Ouviu sons ofegantes vindos do escritório e um resmungo. Apesar da tensão, esboçou um sorriso. Se estivessem tentando carregar a televisão de cinqüenta e cinco polegadas, os dois teriam de fazer um esforço enorme e suas mãos estariam ocupadas. Talvez não houvesse uma oportunidade melhor de detê-los.

Ela ficou em pé e caminhou silenciosamente até o escritório, encostando-se na parede ao lado da porta e arriscando olhar rapidamente para dentro do cômodo. Um dos meliantes segurava uma caneta-lanterna com os dentes e ela pôde ver que eles estavam, de fato, tentando levar o televisor. Quanta ingenuidade! Tinham, além disso, atrapalhado sua visão no escuro, não conseguindo vê-la.

Ela esperou e, depois de mais alguns grunhidos e um palavrão sussurrado, um dos ladrões começou a sair de costas do escritório, usando as duas mãos para segurar um dos lados do aparelho enquanto seu comparsa vinha segurando o outro. Praticamente conseguia ouvir os ossos deles estalando com o peso, e graças ao facho tênue de luz que iluminava diretamente o rosto suado do primeiro homem, ela viu o esforço que ele fazia.

Fácil.

Sarah sorriu. Assim que o primeiro homem saiu pela porta, ela esticou a perna na altura do tornozelo esquerdo dele e o chutou para cima. Ele gritou assustado e caiu de costas no chão. A enorme tela bateu nos dois lados do batente e foi para a frente. O ladrão caído gritou ao ver o que aconteceria e o som terminou com um gemido agudo quando o televisor desabou sobre sua virilha e suas pernas.

Seu comparsa tentou equilibrar-se, agitando os braços. A caneta-lanterna caiu de sua boca e, na escuridão repentina, ele disse "Merda!", e abaixou-se. Sarah aproveitou acertando um soco em sua têmpora. Não foi um golpe com força total, pois ele já estava se abaixando, mas o bastante para seus dedos doerem e fazê-lo cair inconsciente sobre o televisor, e o homem já caído gritou ainda mais. O ladrão inconsciente lentamente caiu de lado; um soco na têmpora geralmente dava nisso.

— Sarah? O que está havendo? Por que estamos sem eletricidade? — o juiz perguntou do alto da escada, em um tom mais alto do que os gemidos do homem debaixo do televisor.

Sabendo que nenhum dos dois meliantes conseguiria levantar-se nos minutos seguintes, Sarah foi até a escada.

— Dois homens arrombaram a casa — ela disse. Devido à surdez parcial do juiz e aos gritos de dor do ladrão, ela teve de gritar para se certificar de que ele havia entendido: — Já cuidei deles. Fique aí até eu pegar a lanterna. — A última coisa de que ela precisava era que ele caísse escada abaixo, tentando ajudá-la.

Pegou a lanterna do chão ao lado do bufê e voltou à escada para iluminar a descida para o juiz, que chegou ao piso inferior com uma rapidez incomum para seus oitenta e cinco anos.

— Ladrões? Você já ligou para a polícia?

— Ainda não. Eles cortaram as linhas telefônicas e não pude buscar meu celular em minha caminhonete.

Ele olhou para a direita, para analisar a confusão. Para ajudar, Sarah virou a lanterna para a cena e, depois de alguns segundos, ele disse, rindo:

— Se me der sua pistola, acredito que posso mantê-los sob controle enquanto você faz o telefonema.

Sarah lhe passou a pistola, segurando-a pelo cano; em seguida arrancou o fio do telefone que se encontrava no hall e curvou-se sobre o ladrão desmaiado. Ele era o maior e ela se esforçou muito para virá-lo. Rapidamente juntou os braços do indivíduo em suas costas, enrolou o fio em seus pulsos, dobrou uma das pernas para trás e prendeu o tornozelo aos pulsos. A menos que ele fosse extremamente ágil pulando com uma perna só — e ainda um tanto atordoado pelo golpe que recebera —, não iria a lugar algum, mesmo que não houvesse uma pistola apontada para ele, tampouco o indivíduo preso embaixo da televisão.

— Volto já — ela disse ao juiz, entregando-lhe a lanterna.

Cavalheiro ao extremo, ele tentou devolvê-la. — Não, você vai precisar de luz.

— Os faróis da caminhonete serão acionados quando eu apertar o controle para destrancá-la; é o suficiente. — Ela olhou ao redor. — Um deles tinha uma lanterninha, mas ele a derrubou e não sei onde está. — Fez uma pausa. — De qualquer maneira, acho que não ia querer pegá-la, pois ele a segurava com a boca.

O juiz voltou a rir. — Eu também não. — Na luz da lanterna, Sarah pôde ver o brilho dos olhos, mesmo por trás das lentes dos óculos. Ele estava se divertindo! Pensando bem, a aposentadoria não devia ser nada interessante se comparada com a vida de juiz. Ele provavelmente estava sentindo falta de aventura, ou, no mínimo, de um pouco de emoção, e aquela situação havia caído do céu. Certamente passaria um mês contando os detalhes daquele acontecimento a seus amigos.

Ela o deixou com a tarefa de vigiar os dois ladrões e atravessou a copa e a cozinha. As chaves estavam em sua bolsa e ela subiu a escada em uma escuridão quase total, segurando-se firmemente no corrimão. Felizmente, havia deixado a porta de cima aberta; o vão mais claro facilitou sua orientação. Em seus aposentos, ela foi até a minúscula cozinha e tirou outra lanterna de uma gaveta do armário; correu para o quarto e pegou as chaves.

Graças à lanterna, desceu a escada com mais rapidez do que a subira. Destrancou a porta dos fundos e apertou o botão "destravar" do controle remoto conforme saía. As lanternas dianteiras e traseiras da TrailBlazer se acenderam, assim como a luz interna. Ela foi rapidamente para o veículo, sentindo as lajotas frias e ásperas sob seus pés descalços; *que droga*, não se lembrara de calçar os sapatos enquanto estava lá em cima.

Sentando-se ao volante, ela pegou o pequeno celular que mantinha no porta-copo e o ligou, esperando impacientemente até poder teclar os números com o polegar, enquanto voltava com rapidez para dentro da casa.

— Nove-um-um — atendeu uma mulher de voz calma e quase entediada.

— Houve uma tentativa de assalto no número 2.713 da Briarwood Road — ela disse e começou a explicar a situação, mas foi interrompida pela atendente:

— De onde está ligando?

— Do mesmo endereço. Estou usando o telefone celular, pois as linhas telefônicas foram cortadas. — Contornou o balcão da cozinha e entrou na copa.

— A senhora está dentro da casa?

— Sim. Há dois homens...

— Eles ainda estão na residência?

— Sim.

— Estão armados?

— Não sei. Não vi nenhuma arma, mas eles também cortaram a eletricidade, por isso não pude ver na escuridão se eles estavam armados ou não.

— Senhora, se puder, saia da casa. Estou mandando policiais e eles devem chegar em poucos minutos, mas a senhora deve sair daí agora.

— Mande uma ambulância também — Sarah disse, ignorando o conselho da atendente enquanto entrava no hall e juntava a luz de sua lanterna à do juiz, direcionando-a para os dois meliantes no chão. Duvidava que algum deles conseguisse escapar. Os gritos de um deles sob a televisão tinham dado lugar a gemidos e palavrões. O outro, que havia recebido o golpe na têmpora, não se mexia.

— Ambulância?

— Uma grande televisão caiu sobre um deles e pode ter quebrado suas pernas. O outro está inconsciente.

— Uma televisão caiu sobre eles?

— Em apenas um — Sarah disse com precisão. Estava começando a se divertir com o telefonema. — É um televisor de cinqüenta e cinco polegadas, extremamente pesado. Os dois estavam tentando carregá-lo para fora quando um deles tropeçou e o aparelho desabou sobre ele. O outro caiu por cima.

— E o homem sob a televisão está inconsciente?

— Não, está acordado. O outro é que está.

— Por que está desacordado?

— Eu o golpeei na cabeça.

O juiz Roberts olhou para ela sorrindo e levantou o polegar em sinal de aprovação, ainda segurando a lanterna.

— Então os dois homens estão incapacitados?

— Sim. — Ao dizer isso, o ladrão inconsciente mexeu um pouco a cabeça e gemeu. — Acho que ele está acordando. Acabou de se mexer.

— Senhora...

— Eu o prendi com o fio do telefone — ela disse.

Houve uma pausa.

— Vou repetir o que a senhora me disse para ter certeza de que entendi. Um homem estava desacordado, mas agora está voltando a si e a senhora o amarrou com o fio do telefone.

— Exato.

— O outro indivíduo está preso pelo peso de uma televisão de cinqüenta e cinco polegadas e suas pernas podem estar quebradas.

— Correto.

— Que barato! — Sarah ouviu uma voz ao fundo.

A atendente da polícia manteve seu tom profissional. — Estou mandando paramédicos e duas ambulâncias. Há mais alguém ferido?

— Não.

— A senhora está armada?

— Sim, com uma pistola.

— Tem uma pistola?

— O juiz Roberts está com a arma.

— Por favor, senhora, peça a ele para soltar a pistola.

— Sim, claro. — Nenhum policial em sã consciência entraria em uma casa sem iluminação sabendo que alguém lá dentro estava armado. Ela transmitiu a mensagem ao juiz Roberts, que pareceu relutante a princípio, mas suspirou e guardou a pistola em uma gaveta do bufê. Levando em consideração o estado dos dois bandidos, era desnecessário manter uma arma apontada para eles, mesmo que fizesse bem para seu ego.

— A pistola foi colocada em uma gaveta — Sarah disse.

— Obrigada, senhora. Os policiais estarão aí em poucos minutos. Eles vão querer apreender a arma, portanto colabore, por favor.

— Tudo bem. Vou ficar na porta esperando por eles. — Deixando que o juiz Roberts mantivesse os homens sob vigia, ela foi para a parte da frente e abriu uma das portas duplas de 2,10m de altura, no mesmo instante em que dois veículos branco-e-preto com fortes luzes da polícia de Mountain Brook surgiram na rua e pararam diante da ampla entrada. — Eles chegaram — ela disse à atendente da emergência, indo para fora, para que os policiais a vissem. Luzes ofuscantes vindas de lanternas foram voltadas para ela, que levantou um braço para proteger os olhos da claridade. — Obrigada.

— É um prazer ajudá-la, senhora.

Sarah encerrou a ligação enquanto dois policiais uniformizados se aproximavam dela com a mão sobre suas armas. Dos rádios de seus veículos vinham mensagens descontinuadas, que ela não conseguiu entender, e as luzes no topo dos carros faziam com que o gramado bem aparado parecesse uma pista de dança vazia e estranha. À direita, as luzes externas da residência dos Cheatwood se acenderam, enquanto os vizinhos saíam para ver o que ocorria. Em breve, ela pensou, a vizinhança inteira estaria acordada, mas apenas alguns seriam indelicados a ponto de investigar pessoalmente. O restante usaria o telefone para obter informações.

— Há uma pistola na gaveta do bufê, no hall — ela disse, avisando-os de antemão. Os policiais estavam bastante atentos; as armas permaneciam em seus coldres, mas eles ainda mantinham a mão sobre elas por precaução. — É minha. Não sei se os ladrões estão armados, mas estão presos. O juiz Roberts está de olho neles.

— Qual é seu nome, senhorita? — O mais atarracado dos dois perguntou enquanto posicionava-se na entrada, analisando toda a área com sua lanterna.

— Sarah Stevens. Trabalho como mordoma para o juiz Roberts.

Ela percebeu o olhar trocado entre eles — uma *mulher* trabalhando como mordomo? Estava acostumada com aquela reação, mas o policial atarracado limitou-se a perguntar:

— Juiz?

— Lowell Roberts, juiz federal aposentado.

Ele murmurou alguma coisa no rádio enquanto Sarah os levava para dentro da casa escura, para os fundos. As luzes de suas lanternas focaram-se sobre os dois homens no chão e o senhor alto, magro e de cabelos brancos observando-os a distância.

O ladrão que ela golpeara estava consciente, mas ainda atordoado. Ele piscou diversas vezes e conseguiu perguntar:

— O que foi? — Mas ninguém se deu ao trabalho de responder. O outro, debaixo da televisão, alternava choro com palavrões, tentando erguer o peso sobre suas pernas, sem conseguir. Se tivesse se preocupado em assoar o nariz, que escorria, teria mais êxito.

— O que houve com este? — O policial mais alto quis saber, voltando a luz da lanterna para o rosto do bandido amarrado com o fio do telefone.

— Acertei-lhe um golpe na cabeça.

— Com o quê? — ele perguntou, ajoelhando-se ao lado do indivíduo, realizando uma revista rápida, porém detalhada.

— Com meu punho.

Ele olhou para cima, surpreso, e em seguida deu de ombros.

— Acertei-lhe a têmpora — Sarah explicou e o policial fez um sinal afirmativo. Um golpe na têmpora derrubaria até o King Kong. Não disse que tinha praticado horas e horas para conseguir aplicar tal golpe. Se necessário, daria mais detalhes, mas, a menos que fosse preciso, ela e seu empregador preferiam manter em segredo o fato de ela ser também sua segurança.

Na revista, foi encontrada uma faca de treze centímetros, presa ao tornozelo do ladrão.

— Eles estavam retirando as coisas por aqui — ela disse, apontando para a porta da saleta. — Há portas de vidro, de correr, e o quintal é lá.

Foi possível ouvir as sirenes a distância — várias delas — sinalizando a chegada de um batalhão de policiais e paramédicos. Em breve a casa estaria lotada de pessoas, e ela ainda tinha trabalho a fazer.

— Vou ficar sentada ali, para não atrapalhá-los — ela disse, indicando a escada.

O policial concordou e Sarah sentou-se no quarto degrau, descalça. Antes de qualquer coisa, precisava telefonar para consertar os fios de eletricidade, as linhas telefônicas, apesar de poder se virar com o celular. O sistema antifurto funcionava sem eletricidade; portanto, concluiu que os ladrões também o haviam danificado, ou pelo menos tinham sido inteligentes o bastante para driblá-lo. De qualquer forma, o pessoal da segurança precisaria checar tudo.

Provavelmente as portas de vidro teriam de ser trocadas também, mas isso poderia esperar até o dia clarear.

Com sua lista de prioridades em mente e o celular em mãos ela telefonou para o serviço de eletricidade Alabama Power para informar o problema. Uma boa mordoma memorizava todos os números importantes e Sarah era uma excelente profissional.

2

Já passava das duas da madrugada quando recebeu a chamada pelo rádio a respeito do ocorrido na Briarwood. Thompson Cahill estava indo para casa, mas a emergência pareceu muito mais interessante do que qualquer outra coisa, por isso ele fez o retorno com sua picape e seguiu na direção da Rodovia 280. Os oficiais não tinham chamado um investigador, mas e daí? O caso parecia um tanto divertido e ele precisava de um pouco de descontração em sua vida.

Saiu da 280 e entrou na Cherokee Road; naquele horário não havia trânsito e ele pôde percorrer as ruas silenciosas sem problemas, chegaria em poucos minutos à Briarwood. Não foi difícil encontrar o endereço: era a casa diante da qual todos os veículos estavam parados, com os faróis acesos. Era por isso que ele era investigador, conseguia descobrir coisas desse tipo.

Prendeu o distintivo no cinto e pegou o blazer pendurado nas costas do banco, vestindo-o sobre sua camiseta preta desbotada. Havia uma gravata no bolso do blazer; ele a deixou ali, já que não tinha uma camisa para usar por cima da camiseta. Teria de se contentar com o *look Miami Vice* dessa vez.

Dava para ver o desfile comum de uniformes: policiais, bombeiros, paramédicos, enfermeiros. As luzes de todas as casas vizinhas estavam acesas e as janelas estavam tomadas por curiosos, mas apenas alguns deixaram suas casas e se concentraram na rua. Afinal de contas, aquela ali era a Briarwood Road, lugar de *pessoas abastadas*.

O supervisor do turno, George Plenty, o cumprimentou. — O que faz por aqui, doutor?

— Bom dia para você também. Estava voltando para casa e ouvi a chamada. Pareceu divertido, por isso aqui estou. O que houve?

George disfarçou um sorriso. O público em geral não fazia idéia de como o trabalho da polícia era divertido. Algumas partes eram sem graça e perigosas, mas a maioria, simplesmente um barato. As pessoas eram muito engraçadas.

— Os dois caras foram espertos, cortaram a eletricidade, as linhas de telefone e desarmaram o alarme. Parece que eles acreditavam que apenas um senhor vivia aqui, por isso acharam que ele sequer acordaria. Acontece que ele tem uma mordoma. Os espertinhos se ocuparam carregando uma televisão enorme e ela fez com que um deles perdesse o equilíbrio. Ele caiu, o televisor desabou sobre ele e, para terminar o serviço, ela pegou o outro desprevenido enquanto ele estava caindo também e o deixou inconsciente com um golpe. Depois, ela o amarrou com o fio do telefone. — George riu. — Ele já voltou a si, mas não está muito lúcido.

— Ela? — Cahill perguntou, sem saber ao certo se George usara o pronome correto.

— Ela.

— Uma mordoma?

— É o que estão dizendo.

Cahill debochou: — Ah, claro. — O velhote podia ter uma mulher vivendo com ele, mas ele duvidava que fosse sua mordoma.

— É a história deles e insistem nela. — George olhou ao redor. — Já que está aqui, por que não ajuda o pessoal com os depoimentos, para terminarmos logo com isso?

— Pode deixar.

Ele caminhou em direção ao casarão. Luzes à bateria haviam sido colocadas provisoriamente na entrada, e a luz — além das pessoas ali dentro — o levaram à cena. Automaticamente ele aguçou seu olfato; hábito de investigador tentar detectar o cheiro de álcool ou maconha. Por que as casas dos ricos eram daquele jeito? Tinham um cheiro diferente, como se a madeira das paredes fosse diferente da madeira comum usada para a construção de casas simples. Sentiu o odor de flores frescas, de produtos para lustrar os móveis, o leve aroma ainda presente do jantar — algum prato italiano —, mas nada de álcool ou qualquer fumo, ilegal ou não.

Chegou ao hall e deu um passo ao lado, analisando a cena por um momento. Uma equipe de médicos cercava um rapaz deitado no chão; a carcaça de um televisor grande e quebrado encontrava-se próxima. O rapaz no chão gemia enquanto sua perna esquerda era imobilizada. Outro homem, um grandalhão, estava sentado no chão com as mãos algemadas nas costas. Respondia às perguntas feitas por um médico que examinava seus olhos com uma lanterninha, mas estava claro que ainda sentia-se aturdido.

Um senhor alto e magro, com os cabelos brancos despenteados, estava em pé à esquerda, fora do caminho, calmamente respondendo aos questionamentos de um policial. Ostentava sua dignidade mesmo estando de pijama e um robe por cima, e calçava chinelos. Observava os procedimentos enquanto respondia, como se quisesse ter a certeza de que tudo seria feito corretamente.

À direita havia uma escada e, no quarto degrau, de baixo para cima, estava uma mulher vestindo um pijama azul-claro de algodão, falando ao telefone celular. Os pés estavam descalços e juntos, perfeitamente alinhados; os vastos cabelos escuros estavam bagunçados, como se tivesse acabado de acordar. Bem, provavelmente era o que tinha acontecido. Em mais um exemplo de astúcia de detetive, ele deduziu que se tratava da pessoa que morava com o senhor; caso contrário, por que estaria de pijama? *Puxa*, ele estava impossível aquela noite.

Mesmo de pijama, sem maquiagem, com o cabelo despenteado, ela era uma mulher bonita. Não, era mais que isso. Era muito bela — pelo que conseguia ver, talvez merecesse uma nota oito, mesmo sem maquiagem. O dinheiro não comprava felicidade, mas com ele os velhotes podiam comprar bucetas de primeira, isso se conseguissem fazer algo além de lembrar os velhos tempos.

A raiva tão conhecida mais uma vez incomodou Cahill; vivia, dormia e comia com aquela raiva há mais de dois anos, e sabia muito bem que não estava sendo justo com aquela mulher. Descobrir que a esposa era uma vaca mentirosa e infiel e ser arrastado por um longo e sofrido divórcio era o suficiente para amargurar qualquer homem. Deixou sua raiva de lado para se concentrar no trabalho. Era a única coisa que conseguia fazer: trabalhar.

Aproximou-se de um dos policiais — Wilkins, bem jovem, novato e muito bom, pois só os bons conseguiam um emprego no Departamento de Polícia de Mountain Brook. Estava tomando conta do grandalhão algemado e atordoado, observando enquanto o médico o examinava.

— Precisa de ajuda para colher os depoimentos?

Wilkins olhou ao redor, um pouco surpreso ao vê-lo. Naquela fração de segundo de distração, o cara sentado no chão jogou o corpo para a frente, acertando o médico e levantando-se com uma agilidade surpreendente. Wilkins virou-se rápido como um gato, mas Cahill foi mais ligeiro. Com a visão periférica percebeu a mulher na escada levantar-se, enquanto ele levantava a perna direita e acertava em cheio o estômago do ladrão com sua bota tamanho quarenta e três. Aplicou força suficiente para deixar o rapaz curvado, sem ar. Wilkins o agarrou antes que ele caísse e dois outros policiais foram ajudá-lo. Ao ver que tudo estava sob controle — afinal, o indivíduo ainda não conseguia respirar —, Cahill deu um passo para trás e olhou para o médico, que estava com a mão sobre seu nariz ensangüentado, levantando-se.

— Parece que ele não estava tão mal quanto aparentava.

— Acho que não. — O médico pegou uma gaze do estojo e a levou ao nariz, respirando fundo. — Acha que agora ele está mal?

— Só está sem ar. Não chutei muito forte. — Um chute com força total no peito poderia parar o coração, fraturar o esterno, causar estragos por dentro. Cahill teve o cuidado de sequer quebrar as costelas do bandido.

Wilkins levantou-se, batendo as mãos nas roupas. — Ainda quer ajudar com a papelada, Cahill?

A papelada era o mal da vida de um policial; sua resposta foi uma prova de como estava entediado: — Claro.

Wilkins fez um movimento em direção à mulher, que voltara a se sentar e a falar ao telefone. — Colha o depoimento dela enquanto levamos o Rambo aqui para a viatura.

— Com prazer — Cahill murmurou e estava sendo sincero. A maneira com que ela tinha se levantado quando o ladrão reagiu chamou sua atenção. Ela não gritou, não tentou fugir; apenas agiu com calma, completamente equilibrada, atenta ao bandido. Se ele mesmo não tivesse detido o indivíduo, Cahill pensou, ela o teria feito, ou pelo menos tentado, o que lhe deixava muito curioso.

Ele se aproximou da escada e a claridade das luzes à bateria atrás dele iluminava o rosto dela. Continuava falando ao celular, sua expressão calma e concentrada, mas levantou um dedo ao vê-lo se aproximar para avisar que terminaria em um segundo.

Era um policial. Não estava acostumado com pessoas lhe fazendo esperar. Rapidamente ficou irritado e, em seguida, divertiu-se com aquilo. *Deus do céu*, talvez ele *fosse mesmo* um imbecil arrogante, como sua ex-mulher gostava de chamá-lo. Além disso, mesmo que aquela mulher fosse uma dama de companhia do velhote, ainda assim era um colírio.

Por sua aparência ser tão agradável, ele automaticamente se ateve aos detalhes: cabelo preto na altura dos ombros e olhos escuros. Se tivesse que descrever a cor, teria de usar a palavra "castanho", mas não era exatamente o tom correto. A luz deixava seus cabelos da cor de chocolate — e os olhos ainda mais escuros.

Presumiu que tivesse quase trinta, ou trinta e poucos anos. Altura... cerca de 1,65m. Pensou em dar-lhe alguns centímetros a mais, mas concluiu que era sua postura militar que passava a impressão de ela ser mais alta do que era. Devia pesar entre cinqüenta e cinco e cinqüenta e oito quilos. Sua pele era lisa, sem marcas, e parecia macia.

Ela encerrou o telefonema e estendeu a mão em sua direção.

— Obrigada por esperar. Já tinha passado pelo atendimento eletrônico da empresa de telefonia e não queria fazer tudo de novo. Sou Sarah Stevens.

— Detetive Cahill. — A mão dela era pequena e delicada, mas tinha um aperto surpreendentemente forte. — Poderia me contar o que aconteceu aqui esta noite? — Seu sotaque não parecia o de alguém do Sul; não foi capaz de identificar. Sim, era isso: não dava para saber. Não tinha sotaque.

— Pois não. — Ela apontou a escada. — Gostaria de se sentar?

Certamente gostaria, mas ficaria muito próximo dela, o que não seria bom, uma vez que estava trabalhando. Tivera pensamentos inadequados desde que a vira ali, o que não era um bom sinal. Seu lado racional foi dominante e ele se afastou da tentação e concentrou-se no trabalho. — Não, obrigado. Ficarei em pé. — Pegou um bloco de anotações do bolso de seu blazer e procurou uma folha em branco. — Soletre seu nome, por favor.

— *Sarah* com *h*, *Stevens* com *v*.

— Foi você quem descobriu a invasão?

— Sim.

— Sabe mais ou menos que horas eram?

— Não, o relógio ao lado de minha cama funciona com eletricidade, mas acredito que tenha ocorrido trinta minutos depois de eu ter acordado.

— O que a fez acordar? Ouviu algum barulho?

— Não. Meus cômodos ficam sobre a garagem, não consigo ouvir nada de lá. Quando cortaram a energia, meu ventilador de teto parou de funcionar. Foi o que me acordou.

— E o que aconteceu depois?

Sarah descreveu a seqüência de eventos com o máximo de detalhes, apesar de sentir-se um pouco incomodada por vestir apenas um fino pijama e estar descalça. Desejou ter vestido um robe e calçado seus chinelos, ou passado a escova nos cabelos. Ou talvez ter feito uma maquiagem completa, vestido um baby-doll, passado perfume e pendurado uma placa de "Estou Disponível" em seu pescoço. Então poderia levar o detetive Cahill para o quarto e sentá-lo ao lado de sua cama enquanto contava o que sabia.

Divertiu-se com a bobagem que pensara, mas seu coração disparara ao vê-lo e ainda estava acelerado. Sentiu uma química, uma atração física instantânea. Acontecia às vezes — uma sensação repentina que a fazia se lembrar de que o mundo continuava existindo —, mas há bastante tempo não a sentia tão forte. Sarah gostava dessa emoção, era como andar de montanha-russa sem precisar sair do chão.

Ela olhou para a mão esquerda dele. Não viu aliança, mas isso não queria dizer que ele era solteiro ou livre. Homens com a aparência dele raramente eram completamente livres. Não era bonito; seus traços eram meio rudes, a barba estava por fazer há mais de um dia e o cabelo escuro era curto demais. Mas era o tipo de homem que parecia mais *másculo* que qualquer outro, como se transpirasse testosterona, e as mulheres certamente percebiam isso. Além disso, tinha um corpo forte; o blazer que vestia sobre sua camiseta disfarçava seu físico, mas ela crescera entre homens que faziam questão de estar em boas condições físicas e conhecia o jeito com que caminhavam e agiam. Infelizmente, não parecia ser muito sorridente. Sarah gostara de seu corpo, mas, pelo que podia ver, ele tinha uma péssima personalidade.

— Qual sua relação com o juiz Roberts? — ele perguntou, com um tom que beirava o desinteresse. Ele olhou para ela e foi impossível ver sua expressão com clareza, devido às sombras em seu rosto.

— É meu patrão.

— O que você faz?

— Sou mordoma.

— Mordoma. — Pronunciou a palavra como se nunca a tivesse ouvido.

— Supervisiono os afazeres domésticos — ela explicou.

— Que envolve...?

— Muitas coisas, como supervisionar os outros empregados, agendar reparos e reformas, preparar alguns pratos, cuidar para que a roupa esteja limpa e os sapatos engraxados, manter o carro limpo e revisado regularmente, pagar as contas e, de modo geral, evitar que ele seja incomodado.

— Há outros empregados aqui?

— Ninguém que trabalhe em período integral. Considero empregados as pessoas responsáveis pela limpeza, duas mulheres que vêm duas vezes por semana, o jardineiro, que trabalha três vezes por semana, seu contador, que vem uma vez na semana; e a cozinheira, que vem de segunda à sexta, no almoço e no jantar.

— Certo. — Ele checou suas anotações como se repassasse os detalhes. — A profissão de mordoma exige que você conheça artes marciais?

Ah, ela queria saber como ele percebera. Vira o belo chute bem calculado que ele deu no ladrão e notou no mesmo instante que ele também treinava.

— Não — ela disse simplesmente.

— É um hobby?

— Não é bem isso.

— Poderia ser mais específica?

— Também sou guarda-costas. — Manteve o tom de voz baixo, para ninguém mais ouvi-la. — O juiz não gosta que esse fato seja divulgado, mas já recebeu algumas ameaças de morte e sua família insistiu que ele tivesse por perto algum segurança.

Cahill tinha sido completamente profissional até aquele momento, mas agora olhava para ela com total interesse e um pouco de surpresa. — Essas ameaças são recentes?

— Não e, sinceramente, não creio que ele esteja correndo perigo. Trabalho para ele há quase três anos e nesse período ele não recebeu nenhuma ameaça. Mas, quando estava trabalhando, diversas pessoas o ameaçaram de morte e sua filha, em particular, temia por sua segurança.

Ele voltou a olhar suas anotações. — Então o golpe que você aplicou no ladrão não foi pura sorte, não é?

Ela sorriu. — Acho que não. Assim como seu chute não foi sorte.

— O que você pratica?

— Caratê, na maior parte do tempo, para manter a forma.

— Qual sua faixa?

— Marrom.

Ele fez um movimento afirmativo com a cabeça. — Mais alguma outra modalidade? Você disse "na maior parte do tempo".

— Também pratico kick boxing. O que isso tem a ver com a investigação?

— Nada. Só fiquei curioso. — Ele fechou o bloco. — E não há uma investigação. Só estava colhendo informações preliminares. Para o relatório.

— Por que não há uma investigação? — ela perguntou indignada.

— Eles foram pegos em flagrante, com as coisas da casa do juiz Roberts na picape deles. Não há o que investigar. Só nos resta preencher a papelada.

Para ele, talvez; ela ainda precisava entrar em contato com a empresa seguradora e providenciar o conserto das portas de vidro na saleta, sem falar da televisão quebrada, que teria de ser trocada. O juiz, como qualquer homem, adorava seu enorme televisor e já tinha expressado o desejo de adquirir um aparelho de alta definição.

— O fato de eu também ser segurança dele tem de entrar no relatório? — ela perguntou.

Ele estava prestes a se afastar; parou, olhou para ela e perguntou: — Por quê?

Ela voltou a baixar o tom de voz. — O juiz prefere que seus amigos não saibam. Acho que ele tem vergonha do fato de seus filhos o terem importunado para que contratasse um guarda-costas. Atualmente ele é invejado pelos seus amigos por ter uma mordoma; dá para imaginar as piadinhas que fazem. Além disso, se ele estiver correndo algum tipo de perigo, tenho mais liberdade sem que as pessoas saibam que sou treinada para protegê-lo.

Ele bateu o bloco contra a palma de sua mão, com a expressão ainda indecifrável, mas em seguida deu de ombros e disse: — Não é relevante ao caso. Como eu disse, só estava curioso.

Talvez ele nunca sorrisse, mas ela, sim, e lhe lançou um amplo e aliviado sorriso. — Obrigada.

Ele concordou e afastou-se. Sarah suspirou decepcionada. Bonita embalagem, mas o conteúdo era uma porcaria.

A manhã foi muito agitada. Voltar a dormir foi impossível, é claro, mas conseguir fazer o que precisava, também. Sem eletricidade ela não pôde preparar o prato preferido do juiz no café-da-manhã: torradas francesas com canela; também não pôde lavar as roupas e tampouco passar a ferro o jornal que ele lia todas as manhãs para que a tinta não sujasse seus dedos. Ela serviu cereal com leite frio, iogurte desnatado e frutas frescas e ele reclamou, dizendo que os alimentos saudáveis acabavam com ele. Não poderiam tomar café quente e, por isso, ficaram bem insatisfeitos.

Uma ótima idéia lhe ocorreu e ela foi até a casa dos vizinhos, os Cheatwood, para fazer um trato com a cozinheira, Martha: os detalhes sobre os acontecimentos da noite anterior em troca de uma garrafa térmica de café fresco. Munida de cafeína, voltou para casa e acalmou os ânimos. Após a segunda xícara, sentiu-se pronta para enfrentar as tarefas do dia outra vez.

Não se importava em se esforçar, desde que atingisse seus objetivos. Com mais dois telefonemas para a empresa de energia elétrica ela conseguiu que um funcionário fosse realizar o trabalho. Meia hora depois, a residência voltou à vida e ele partiu.

Convencer a empresa de telefonia foi um tanto mais complicado; eles — as pessoas desconhecidas responsáveis — tinham criado um atendimento eletrônico que permitia que quem ligasse deixasse uma mensagem de voz, dispensando a conversa telefônica com um ser humano, o que pouparia tempo ou poria a paciência de quem ligasse à prova, esperando muito na linha até que um ser humano se dispusesse a atender. Sarah era teimosa; seu celular era leve e ela tinha tempo. Esperou e sua persistência acabou sendo recompensada, um pouco antes do almoço, quando um carro trouxe até ela o mais valioso dos seres humanos: aquele capaz de consertar coisas quebradas.

É claro que, assim que a linha telefônica foi restaurada, o telefone não parou mais de tocar. Todos os amigos do juiz ficaram sabendo da aventura na noite anterior e estavam ávidos por detalhes. Algum intrometido telefonou para Randall, o filho mais velho do juiz, que ligou para seus dois irmãos, Jon e Barbara. O juiz não se importava que os dois filhos ficassem sabendo, mas não gostou quando o identificador de chamadas mostrou que sua filha estava telefonando. Barbara preocupava-se excessivamente com o pai e, além disso, tinha a personalidade mais forte dos três. Na opinião de Sarah, Barbara era mais forte do que um tanque de guerra. Por tudo isso, gostava muito dela; a filha do juiz tinha um bom coração e personalidade, mas era durona.

O agente da seguradora chegou quando o juiz ainda conversava com sua filha, por isso Sarah mostrou a ele o estrago e lhe deu as informações pertinentes para colocar no relatório — tinha até mesmo a nota de compra da televisão, o que deixou o agente bastante impressionado —, quando o juiz Roberts entrou no pequeno escritório de Sarah, bastante satisfeito.

— Adivinhe quem telefonou — ele disse.

— Barbara — Sarah respondeu.

— Depois dela. Houve outra ligação enquanto conversávamos, graças a Deus, ou eu ainda estaria falando com ela; um repórter da televisão quer fazer uma matéria conosco.

— Conosco? — Sarah perguntou, incrédula.

— Com você, na verdade.

Ela olhou para ele assustada. — Por quê?

— Porque você frustrou um assalto, é uma mulher jovem e minha mordoma. Ele quer saber tudo sobre seu trabalho. Disse que seria uma ótima matéria de interesse humano. Que termo mais tolo, não é? "Interesse humano". Como se as girafas e os macacos fossem se interessar.

— Que ótimo — o agente da seguradora disse, entusiasmado. — Qual canal?

O juiz pressionou os lábios. — Eu esqueci — disse depois de alguns segundos. — Isso importa? Mas eles estarão aqui amanhã cedo, às oito.

Sarah disfarçou sua decepção. Sua rotina seria completamente destruída pelo segundo dia consecutivo. Mas o juiz estava bastante animado com a idéia de sua mordoma ser entrevistada. Ele e seus amigos estavam todos aposentados; portanto, a única forma de competição que tinham era entre eles. Jogavam pôquer e xadrez, exageravam nas histórias e um tentava ser melhor que os outros.

Isso seria uma grande vantagem para ele. E mesmo que não fosse, ela não podia recusar; por mais que o adorasse, não se esquecia de que ele era seu patrão.

— Estarei preparada — ela disse, mentalmente reestruturando seu dia para que tudo saísse da melhor maneira possível.

3

Ele sempre assistia a algum canal local de manhã, enquanto tomava uma xícara de chá quente e lia o caderno de economia do *Birmingham News*. Gostava de se manter informado sobre os acontecimentos na comunidade e na política para que pudesse discuti-los com seus sócios. Tinha muito interesse pelo que acontecia na região de Birmingham. Ali era seu lar, interessava-lhe o desenvolvimento da área.

Mountain Brook estava indo de vento em popa. Ele se orgulhava do fato de a cidadezinha ao sul de Birmingham ter uma das rendas *per capita* mais altas de toda a nação. Parte disso devia-se a todos os médicos que viviam ali e trabalhavam em Birmingham e arredores, que se transformara de uma "cidade de aço" em um centro médico importante, com muitos hospitais. Pessoas vindas de todos os lugares do país e até de outras partes do mundo procuravam tratamento em Birmingham.

Mas não apenas médicos viviam em Mountain Brook. Profissionais de todas as áreas fixaram residência ali. Havia tanto famílias ricas tradicionais como novos-ricos. Havia casas pequenas para famílias recém-formadas que escolhiam viver em Mountain Brook pelo prestígio e também pelo ótimo sistema educacional para seus filhos. Havia mansões e casarões impressionantes que deixavam os visitantes de queixo caído.

Sua residência lhe dava orgulho e alegria, uma bela mansão de ardósia, de três andares, perfeitamente mobiliada e organizada. Era uma residência de seis mil metros quadrados, com seis quartos, oito banheiros e um lavabo. As quatro lareiras eram de verdade, o piso de mármore italiano, coberto por tapetes berberes da melhor qualidade. A piscina havia sido projetada de modo a lembrar uma agradável gruta, com discretas luzes sob a água, e quedas cristalinas que passavam por pedras antes de se juntarem delicadamente à piscina.

O terreno todo tinha vinte mil metros quadrados; uma área muito grande em Mountain Brook, com seus terrenos de valores astronômicos. Sua propriedade era completamente cercada por um muro de ardósia de três metros. Enormes portões de ferro forjado escondiam a entrada para seu refúgio e ele estava protegido pelo melhor sistema de segurança que existia: sensores de movimento, câmeras e detectores de calor, além dos alarmes de intrusão e violação comuns.

Se quisesse ver o mundo, tinha de ir até ele; o mundo não podia alcançá-lo.

Uma empresa de jardinagem cuidava dos jardins, e outra, de piscinas, mantinha a da casa em perfeitas condições. Contratara um cozinheiro que chegava às três da tarde e preparava o jantar para ele, indo embora logo depois. Preferia ficar sozinho de manhã, com sua xícara de chá, *muffins* ingleses e o jornal. *Muffins* eram alimentos de pessoas civilizadas, bem diferentes do bacon, ovos e biscoitos que tantas pessoas preferiam. Podiam ser preparados no forno, não deixavam sujeira e ninguém precisava estar ali para prepará-los.

Assim, ele se sentia muito satisfeito com seu mundo. Uma grande satisfação tomava conta dele ao pensar em como conquistara tudo que tinha. Se tivesse deixado as coisas seguirem o fluxo normal, não teria nada; mas fora inteligente o bastante para perceber que, sem orientação, seu pai tomaria uma série de decisões ruins, até perder tudo. Não lhe restara outra opção, além de intervir. Sua mãe tinha sofrido a princípio, mas se recuperou; gozou de muito conforto até uma doença cardíaca a levar, sete anos antes.

Era extremamente confortante saber o que fazer. Os únicos limites que respeitava eram aqueles que impunha a si mesmo.

Não estava prestando atenção à televisão enquanto folheava o jornal. Tinha a capacidade de se concentrar em diversas coisas ao mesmo tempo; se alguma coisa interessante fosse ao ar, ele perceberia. Todos os dias o telejornal mostrava uma matéria tola, que ele geralmente ignorava, mas, às vezes, aparecia alguma coisa um pouco original, por isso se interessava em saber o que estava sendo mostrado.

"Você já pensou em como seria ter um mordomo?", perguntou o âncora da manhã, com sua voz suave. "Não é preciso ser rei para isso. Na verdade, um morador de Mountain Brook tem um mordomo e trata-se de... uma mulher. Conheça a Supermordoma, no próximo bloco, depois dos comerciais."

Interessado, ele olhou para a tevê. Uma mordoma? Bom, era bem... curioso. Nunca pensara em contratar empregados que morassem em sua casa, porque tais invasões à sua privacidade eram intoleráveis, mas a idéia de ter uma mulher trabalhando como sua mordoma era intrigante. As pessoas certamente comentariam sobre isso, portanto ele precisava assistir à reportagem.

Quando o intervalo comercial chegou ao fim, o âncora começou a chamada e foi mostrada a imagem de uma residência ampla, em estilo Tudor, com cômodos luxuosos e um belo jardim florido. A imagem seguinte foi a de uma jovem de cabelos escuros, elegante, com uma calça social preta, camisa branca e um casaco preto justo passando a ferro um... *jornal*? "O nome dela é Sarah Stevens", disse o repórter, "e a rotina que ela cumpre não é o que chamamos de um dia típico de trabalho."

— O calor assenta a tinta, por isso ela não suja os dedos e as roupas — ela explicou de modo rápido e com um tom de voz contido, enquanto deslizava o ferro sobre as folhas, olhando de vez em quando para o entrevistador.

Ele se endireitou de repente, completamente atento à tela. *Sarah*. O nome dela era Sarah. Perfeito como ela mesma: um nome clássico e agradável.

Seus olhos eram muito escuros, a pele clara e sem manchas. Os cabelos pretos e lisos estavam presos, deixando o rosto à mostra. Encantado, ele não conseguia desviar o olhar. Ela era... perfeita. Poucas vezes vira tamanha perfeição em sua vida, e, quando acontecia, fazia todo o possível para tê-la para si. Apesar de seus cabelos e olhos pretos, ela não parecia hispânica ou de qualquer outro grupo étnico que ele pudesse reconhecer. Era simplesmente um pouco exótica; não era do tipo gostosona, cheia de curvas. Era apenas... perfeita.

Seu coração acelerou e ele ficou muito interessado. Ela era muito elegante e bonita, tinha atitudes ágeis e discretas. Certamente não era fútil, ele pensou.

Em seguida, surgiu seu patrão, um idoso alto e magro usando óculos, com um rosto fino e alegre, onde se destacava o grande nariz curvo. — Eu não saberia viver sem ela — ele disse, animado. — Sarah cuida de todos os detalhes domésticos. Ela tem tudo sob controle.

— Ela com certeza tinha tudo sob controle no começo desta semana, quando ladrões invadiram esta casa — o repórter prosseguiu. — Sozinha, Sarah frustrou o roubo derrubando um dos meliantes enquanto os dois tentavam sair carregando um grande aparelho de televisão.

Novamente Sarah apareceu. — O televisor era muito pesado e eles estavam sem equilíbrio — ela disse com bastante modéstia.

Um arrepio de entusiasmo percorreu-lhe a coluna enquanto escutava tudo, esperando que ela voltasse a falar. Queria ouvir mais sua voz. A cena seguinte mostrava Sarah abrindo a porta de trás de um Mercedes S-Class para seu idoso patrão e dando a volta para sentar-se ao volante.

— Ela também é motorista — o repórter continuou falando — e já fez diversos cursos de direção defensiva.

— Sarah cuida de mim — disse o velhote, sorrindo de orelha a orelha. — Até cozinha às vezes.

A câmera voltou a focalizá-la. — Meu trabalho é tornar a vida de meu patrão o mais confortável possível — ela explicou. — Se ele quiser ler seu jornal em uma determinada hora, eu o trarei até ele, mesmo que tenha de acordar às três da madrugada para buscá-lo em algum lugar.

Ele nunca invejara ninguém em sua vida, mas sentia inveja daquele idoso. Por que ele tinha alguém como ela cuidando dele? Ficaria melhor com uma enfermeira chamada Bruce ou Helga. Como poderia apreciar seu valor, aquela perfeição pura?

Outra vez o repórter surgiu. "A profissão de mordoma é muito específica e poucas mulheres se encaixam no perfil. Os mordomos de melhor qualidade se formam em uma escola na Inglaterra, e o serviço não é barato. Mas, para o juiz Lowell Roberts, de Mountain Brook, o preço não importa."

"Ela faz parte da família", disse ele, e a cena final foi de Sarah carregando uma bandeja de prata, pronta para servir um café.

Ela deveria estar aqui, *com ele*, ele pensou irritado. Tinha de estar servindo *a ele*.

Lembrou-se do nome do velhote: *Lowell Roberts*. Então o preço não importava? Bem. É o que veriam. Ele a teria, de um jeito ou de outro.

O juiz Roberts deu tapinhas em seus joelhos, satisfeito. — Foi uma matéria ótima, não acha?

— Foi menos traumática do que imaginei. — Sarah disse secamente enquanto tirava a mesa do café. — Eles com certeza demoraram bastante para filmar cerca de sessenta segundos de história interessante.

— Ah, você sabe como os programas de televisão são: gravam horas e horas de filme e editam quase tudo. Pelo menos não erraram nada. Quando eu trabalhava no tribunal, sempre que participava de alguma entrevista pelo menos uma coisa saía errada.

— Essa entrevista vai lhe dar o direito de se gabar em seu jogo de pôquer?

Ele pareceu um pouco envergonhado, mas abriu um sorriso mesmo assim. — Pelo menos durante algumas semanas — confessou.

Ela não conseguiu evitar um sorriso. — Então, valeu a pena.

Ele desligou o videocassete, pois é claro que tinha gravado a reportagem. — Vou fazer cópias desta fita para meus filhos — ele disse.

Sarah olhou para ele. — Posso fazer as cópias se o senhor quiser; meu videocassete tem duas cabeças.

— Não comece a usar termos técnicos comigo — ele avisou, fazendo um movimento com a mão enquanto tirava a fita do videocassete. — Duas cabeças parece uma anormalidade que uma equipe de cirurgiões teria de corrigir, e uma delas acabaria morrendo na tentativa. Acho que tenho uma fita virgem no escritório...

— Tenho um monte de fitas virgens. — Ela sempre tinha fitas de reserva, para o caso de ele precisar de uma.

O juiz guardou a fita na capa de papelão e cuidadosamente escreveu "Entrevista de Sarah na TV" na etiqueta adesiva antes de entregá-la a ela.

— Vou postá-las ainda hoje. E não esqueça que o senhor tem uma consulta médica às duas da tarde.

Por um momento ele pareceu discordar. — Não entendo para que preciso fazer outro exame de sangue. Tenho me alimentado melhor e meu colesterol já deve ter baixado.

Ele estava comendo melhor do que imaginava; ao preparar suas torradas francesas, Sarah substituía a mistura de ovos e leite por Egg-beaters, uma mistura de ovos, mas sem colesterol, acrescentando um pouco de essência de baunilha, e servia pão pobre em gordura e rico em fibras. Também comprava dois tipos de cobertura — uma comum e outra light — e acrescentava só o suficiente do tipo comum para que o gosto da mistura não levantasse suspeitas. Ele concordara em comer um bacon falso se ao menos pudesse comer suas torradas francesas, e ela lhe servia uma porção de fruta toda manhã. Com a ajuda da cozinheira, Sarah reduzira drasticamente a quantidade de gordura de suas refeições sem que ele notasse.

É claro que ele relacionaria a queda em seus níveis de colesterol ao bacon falso e se oporia a qualquer outra mudança. Tentar ser mais esperta que ele era uma luta constante.

— Duas da tarde — ela repetiu. — E, se cancelar a consulta, vou contar a Barbara.

Ele colocou as mãos nos quadris. — Seus pais têm consciência da filha durona que criaram?

— É claro. Meu pai me ensinou a ser durona. Virei especialista.

— Sabia que não deveria tê-la contratado — murmurou enquanto entrava em seu escritório. — Assim que vi em seu currículo que você pertencia a uma família de militares, senti que teria problemas.

Na verdade, fora esse fato que o fez contratá-la. O juiz era um ex-combatente da Marinha, lutara no Pacífico durante a Segunda Guerra Mundial. Saber que o pai de Sarah tinha sido um coronel da Marinha, agora aposentado devido a um grave acidente de carro que prejudicou sua perna direita, pesara muito em sua decisão.

Ela suspirou. Enquanto fazia cópias da fita, pensou que teria de mandar uma para seus pais também. Eles estavam vivendo em uma requintada vila de aposentados na Flórida e certamente adorariam mostrar a reportagem a seus amigos. Sarah não tinha a menor dúvida de que sua irmã e seus dois irmãos receberiam cópias enviadas pela mãe, e então pelos menos um dos irmãos entraria em contato, talvez os dois, para lhe dizer que um amigo deles queria conhecê-la.

O lado bom disso era que ela estava no Alabama, enquanto um irmão estava atualmente na Califórnia, e o outro estava em uma missão temporária no Texas. Namorar alguém que eles conhecessem era geograficamente impossível. Mas ela já tinha trinta anos e sua família começava a se preocupar com sua falta de interesse em casar e colaborar para a criação da geração seguinte. Sarah balançou a cabeça, sorrindo. Esperava casar-se um dia, mas, por enquanto, estava colocando seu plano em prática.

Uma mordoma tinha um bom salário; uma boa, um ótimo salário. Uma mordoma e guarda-costas recebia bem mais de cem mil dólares ao ano. Sua renda anual chegava a cento e trinta mil. Seus custos com moradia eram mínimos; mantinha o carro, comprava roupas e nada mais. Todos os anos investia a maior parte dos rendimentos em ações e, mesmo com suas ações na Bolsa de Valores em baixa no momento, os seus investimentos estavam muito bem. Quando chegasse o momento de colocar seu plano em ação, o mercado estaria em alta novamente.

Não pensava em deixar seu emprego, mas, de modo realista, sabia que o juiz viveria apenas mais alguns anos. Tudo indicava isso: ela poderia baixar seu colesterol, mas ele já tinha sofrido um grave ataque cardíaco e seu cardiologista, um velho amigo, estava preocupado. Ele estava visivelmente mais frágil do que aparentava seis meses antes. Apesar de continuar muito esperto, o inverno lhe trouxera diversas doenças, que debilitaram seu corpo. Talvez vivesse mais dois anos com saúde, ela pensou com lágrimas nos olhos, a menos que tivesse outro ataque cardíaco.

Mas, depois que o juiz partisse, Sarah queria viajar pelo mundo durante um ano. Por ter crescido em uma família de militares, acostumada a mudar-se a cada dois anos, tinha a curiosidade de conhecer outros lugares. Não tinha nada de masoquista, por isso queria fazê-lo com conforto. Pretendia viajar na primeira classe e se hospedar em bons hotéis. Com uma bela conta bancária e os investimentos de reserva, poderia ir para onde quisesse, para onde sua vontade a levasse. Se quisesse ficar um mês no Taiti, poderia.

Era um desejo simples, um ano de regalias em uma vida toda de trabalho. Gostava de seu trabalho, queria casar um dia e ter um filho, ou dois, mas primeiro desejava ter um ano só para si. Desde a época da faculdade ela relutava em se envolver em um relacionamento amoroso, pois sabia que nenhum homem gostaria que sua namorada, ou noiva, saísse planeta afora durante um ano — sozinha.

Seu pai não compreendia essa idéia. Seus irmãos muito menos, pois sempre cumpriam missões temporárias em diversas partes do mundo. Sua irmã a considerava maluca por não se casar enquanto ainda era jovem e bonita. Apenas sua mãe, Sarah acreditava, entendia o sonho de sua caçula.

Mas o momento de colocar o seu plano em ação dependia do juiz Roberts, pois, enquanto ele vivesse, Sarah pretendia tomar conta dele.

4

Com seus quinze minutos de fama terminados, depoimentos dados e papéis assinados, Sarah retomou com alegria sua rotina normal. Gostava dos desafios diários de cuidar de uma casa grande. Não tinha que supervisionar muitos funcionários, mas a casa em si era como uma empresa, que precisava de manutenção e pequenos consertos o tempo todo, e ela tinha de estar atenta para detectar pequenos problemas antes que eles se transformassem em algo maior.

No meio da semana, as ligações de todos os vizinhos, amigos e familiares do juiz diminuíram, o que foi bom, pois a quarta-feira era seu dia de folga. Era também o dia mais calmo da semana, quando poucas coisas aconteciam; às segundas e terças ela se encarregava das coisas que tinham acontecido durante o sábado e o domingo, e às quintas e sextas preparava o que fosse preciso para os planos de final de semana do juiz. Além da quarta-feira, tinha metade do sábado ou do domingo, dependendo da agenda de seu patrão. Ela era muito flexível para poder atender as necessidades dele, mas, em troca, ele fazia questão de que ela tivesse seus momentos de descanso.

No tempo livre, às vezes namorava — raramente, já que não pretendia dar início a um relacionamento sério —, saía para fazer compras e "coisas de mulher", como seus irmãos sempre diziam, e treinava.

Instalara um conjunto de pesos no porão, pendurara ali um saco de areia e conseguia se exercitar pelo menos meia hora por dia, além de correr mais meia hora. Alguns dias fazia muitas coisas, mas, se precisasse acordar mais cedo para cumprir sua rotina de exercícios, tudo bem. Acreditava que estar em ótima forma fazia parte de seu trabalho, mas também adorava sentir-se bem, disposta e cheia de energia.

Além de caratê e kick boxing, também praticava judô e arco-e-flecha e passava uma hora por semana em um clube de tiro da região. Era boa, mas queria ser melhor, mesmo que não competisse com ninguém, além de si mesma. Está bem, admitia que também queria ser melhor que seus irmãos. Daniel e Noel eram exímios atiradores, assim como seu pai já fora; por isso, se pretendia lidar com uma arma, sentia-se na obrigação de honrar os méritos de sua família. Sempre que a família se reunia, o que acontecia uma vez ao ano, geralmente no Natal, ela, o pai e os irmãos iam a um clube de tiro para praticar um pouco. O vencedor tinha o direito de ficar um ano com a moeda Susan B. Anthony,* com um furo à bala perfeitamente centralizado nela. Noel passara uma corrente de ouro pelo furo e, quando ele ou Daniel vencia o desafio anual, usavam a corrente no pescoço nos dias de folga e a exibiam sempre que possível. Sarah dizia a eles que ela e o pai não eram afeitos a esse tipo de exibicionismo.

---

*Susan Brownell Anthony (1820-1906) — feminista norte-americana, uma das líderes mais importantes do movimento pelos direitos das mulheres. (N. T.)

Ela não usava a corrente, mas estava com ela. A moeda e a corrente estavam em seu porta-jóias. Para o despeito de seus irmãos, Sarah vencera o desafio nos últimos dois anos consecutivos. Como Daniel era do Exército e Noel, da Marinha, não levavam a competição na brincadeira. Pensando bem, nenhum dos dois telefonaria com planos de apresentar-lhe um amigo que quisesse sair com ela após assistir à fita; não iam querer que nenhum de seus amigos soubesse que a irmã mais nova deles era uma atiradora mais capacitada que eles.

Sarah tinha certeza de que essa informação de alguma forma acabaria escapando em uma conversa e seus irmãos não acreditariam ter sido sem querer. *Droga*.

Por isso, na quarta-feira, depois de fazer as unhas dos pés de manhã e pintá-las de rosa-escuro, ela foi para sua aula de boxe na academia. Os caras podiam não gostar de levar chutes de um pé descalço com unhas pintadas de cor-de-rosa, mas ver seus pés bem cuidados a deixou animada. Era possível botar pra quebrar, mas melhor ainda botar pra quebrar com estilo. Preferia fazer tudo com estilo.

Mais tarde, depois de tomar um banho e sentindo-se revigorada, deliciou-se com um almoço no Summit, fez algumas compras e foi a um clube de tiro ao ar livre. Apenas civis o freqüentavam, os policiais tinham um local próprio. Havia clubes fechados, mas com a prática constante em lugares como esses, quando fosse para algum lugar aberto — como acontecia na época do Natal, quando saía para as competições com os homens da família —, as variações do tempo e a claridade poderiam atrapalhá-la.

O dia estava quente e parecia primavera, apesar de ainda estarem em meados de março. As árvores estavam carregadas, os junquilhos e as forsítias há muito tinham florescido, os gramados estavam mais verdes e altos. Ali, na ensolarada região Sul, o inverno era mais curto, cerca de metade do tempo que a estação durava. Esfriava, havia neve e gelo, mas, na maior parte do tempo, o inverno chegava ao Sul com menos força, apenas o suficiente para fazer com que as árvores decíduas ficassem sem folhas, e a grama, marrom. Depois de seis semanas — geralmente em meados ou fim de janeiro — os junquilhos voltavam à vida e as árvores novamente ficavam carregadas de brotos. As pereiras estavam atualmente carregadas de flores, salpicando os gramados e as matas com explosões de cores. Por tudo isso, aquele não era um lugar ruim para se viver. Sarah conseguia se lembrar de um comentário de seu pai, dizendo que parecia que o inverno durava seis meses. Era um exagero, é claro, mas eles certamente atravessaram invernos longos e severos.

Uma brisa fria soprava quando ela chegou ao clube, mas a temperatura beirava os 27° C e sentir o vento era gostoso, apesar de ela estar trajando sandálias e uma camiseta de mangas curtas. Uma frente fria ameaçava baixar a temperatura no dia seguinte e trazer com ela uma tempestade à noite, mas, por enquanto, o clima estava ótimo.

Pagou sua entrada e escolheu um alvo, colocou os protetores auriculares e foi para seu posto. Os alvos estavam fixados em um barranco: qualquer tiro errado pararia em uma parede de argila de seis metros. Fardos de feno tinham sido espalhados por toda parte como precaução extra, mas, desde que começara a freqüentar aquele lugar, nunca tinha presenciado um acidente; as pessoas que praticavam tiro ao alvo geralmente levavam a segurança e o que faziam a sério.

Ela estava em seu quarto alvo quando uma pessoa aproximou-se e ficou logo atrás dela. Concentrada no que estava fazendo, ela terminou, tirou o cartucho vazio e analisou o resultado antes de virar-se para ver quem era.

Sarah ficou um pouco surpresa ao ver de quem se tratava. Tirando seus protetores auriculares, disse: — Detetive — fazendo um esforço em vão para se lembrar do nome dele. — Sinto muito, mas esqueci seu nome.

— Cahill.

— Isso mesmo, me desculpe — ela disse, mas não pediu desculpas por ter estado tão distraída na noite do crime. Estivera distraída mesmo — muito mais por causa dele do que pelos acontecimentos ou pelos telefonemas que tivera de fazer —, mas não revelaria isso a ele.

Ele estava vestido quase da mesma maneira daquela noite, sem o blazer, mas com um par de botas, jeans e uma camiseta azul. O tecido revelava ombros largos, bíceps desenvolvidos e músculos rígidos do peitoral. Ela estava certa: o cara estava em forma, mas não era musculoso.

Teria dificuldade em olhá-lo nos olhos, porque não conseguia tirar os olhos de seu corpo. Do pescoço para baixo, ele era um colírio.

O alvo, na fila automática, estava diante deles. Ele esticou o braço, o tirou da base e observou as marcas. — Fiquei observando-a desde sua chegada aqui. Você é muito boa nisso.

— Obrigada. — Ela começou a recarregar. — O que está fazendo aqui? Os policiais geralmente têm um lugar próprio para a prática de tiro.

— Estou aqui com um amigo. Hoje é minha folga, por isso estou dando umas voltas.

Meu Deus. Ela não queria saber se a folga dele coincidia com a dela. Ele parecia um tanto mais amigável hoje, mas estava longe de sequer esboçar um sorriso. Ela olhou para ele rapidamente. À luz do dia, ainda tinha a expressão sisuda, com traços fortes. Pelo menos fizera a barba, mas a falta dela deixava ainda mais à mostra seu queixo e rosto pouco delicados. Definitivamente não era um homem bonito. Na verdade, não era jovial, com ou sem beleza.

— Você tem folga todas as quartas-feiras? — *Droga*, arrependeu-se de ter perguntado. Não precisava saber.

— Não, troquei com outro investigador. Ele tinha um compromisso.

Graças a Deus, ela pensou. Nunca convidara um cara para sair, mas no caso dele podia cair na tentação, mesmo achando sua personalidade tão dura quanto uma pedra. Sabia que não gostaria que um homem saísse com ela somente por causa de seu corpo, por isso não pretendia fazer o mesmo com ele.

— Você poderia ter atirado nos caras.

A afirmação dita subitamente foi acompanhada de um olhar direto, que a pegou de surpresa. Os olhos dele eram azuis, e seu olhar, severo. Olhos de investigador, olhos que não deixavam nada passar. Ele estava observando-a, estudando sua reação. Estava tão distraída que demorou um pouco para perceber que ele falava dos ladrões.

— Poderia — ela concordou.

— Por que não atirou?

— Não achei que a situação pedisse esse tipo de força.

— Os dois tinham facas.

— Eu não sabia disso e, mesmo que soubesse, eles não nos ameaçaram, sequer subiram a escada. Se as coisas tivessem piorado e se eu achasse que estávamos correndo perigo, teria usado a arma. — Fez uma pausa. — Por falar nisso, obrigada por não mencionar nada a respeito de minha especialização no relatório.

— Não era importante. E eu não fiz o relatório. Não era um caso meu.

— Obrigada de qualquer modo. — Os relatórios ficavam disponíveis para o público; o repórter do canal de televisão teria se interessado instantaneamente em sua função de guarda-costas. Mas, durante a entrevista, nada a respeito havia sido perguntado e ela e o juiz Roberts certamente não tocaram no assunto. Só o fato de trabalhar como mordoma já era o suficiente para chamar a atenção. Se viesse a público que ela também era segurança do juiz, além de perder seu disfarce chamaria atenção, algo que eles queriam evitar.

— Seu modo de falar — ele disse, ainda com o olhar severo. — É de uma família de advogados?

Será que conversar com ele era sempre assim, com um assunto surgindo do nada no meio de outro? Mas ela o compreendia bem. Os policiais tinham um linguajar próprio, com certos termos e colocações, parecido com o dos militares. Por ter crescido em uma família de militares, ela via as outras pessoas como civis e, quando conversava com elas, automaticamente ajustava seu modo de falar para um nível mais informal. Mas, com o detetive Cahill, voltava aos velhos hábitos de diálogo.

Ela fez que não.

— Militar.

— Você foi militar?

— Não, meu pai foi. E meus irmãos ainda são. Portanto, se eu disser alguma coisa do tipo "alvo adquirido", é por influência deles.

— Qual área?

— Meu pai foi da Marinha. Noel é da Marinha, e Daniel, Exército.

Ele fez um meneio de cabeça. — Eu era Exército.

Não "eu era do Exército", mas sim "eu era Exército". Essa pequena diferença na maneira de falar parecia esconder uma enorme diferença de atitude. Alguns caras entravam no Exército à procura de uma oportunidade de aprendizado; cumpriam seus serviços e saíam. Aqueles que simplesmente diziam ser Exército eram os dedicados, os que davam o sangue. Mas o detetive Cahill era muito jovem para ter passado pelo Exército, depois entrado para a Academia de Polícia até chegar ao posto de detetive.

— Quanto tempo?

— Oito anos.

Ela pensou na resposta enquanto preparava outro alvo. Oito anos. Por que ele tinha deixado o serviço? Sabia que não tinha sido expulso, caso contrário não estaria trabalhando no Departamento de Polícia de Mountain Brook. Talvez tivesse se ferido, assim como seu pai, o que tornaria sua permanência mais difícil. Ela olhou para o corpo em forma e malhado dele. Não, duvidava que aquele fosse o real motivo.

Ela não o conhecia bem o suficiente para perguntar e também não tinha certeza se queria conhecê-lo melhor. Não, estava mentindo.

Certamente adoraria conhecê-lo melhor, descobrir se havia um pouco de senso de humor por trás daquela postura rígida e daqueles olhos de detetive; mas, nesse caso, seria melhor não saber. Alguma coisa nele — e não apenas seu corpo, mesmo sendo de dar água na boca — a atraía muito. Talvez fossem os hormônios, mas ela sabia que aquele homem poderia mexer com ela. Poderia muito bem envolvê-la em um relacionamento que interferiria em seu plano de viajar e em seu trabalho, sem que ela sequer percebesse.

Mas, por outro lado, talvez fosse tola de não tentar algo com ele. Talvez ele fosse o homem certo para ela. Sarah não sabia se deveria manter-se fiel a seu plano ou dar uma chance ao amor.

Decisões e mais decisões.

Ela segurou o riso. Estava tão entretida em seus pensamentos e suposições, mas, pelo que sabia, ele não tinha o menor interesse nela. Devia ser casado e ter filhos.

Deixe isso para lá, aconselhou-se. Se ele fosse solteiro e estivesse interessado o suficiente para entrar em ação, decidiria o que fazer.

Pondo um ponto final na idéia, recolocou seus protetores auriculares e ele fez o mesmo. Segurando a pistola com a mão esquerda, envolveu o pulso com a mão direita para dar apoio e, com calma e cuidado, esvaziou o cartucho. Estava acostumada a ter uma platéia crítica — seu pai e seus irmãos —, por isso a presença de Cahill não a incomodava.

Ele retirou os protetores de novo enquanto o retorno automático trazia o alvo de volta. — Desta vez você atirou com a mão esquerda.

Puxa! Ele observava tudo. — Pratico com a mão esquerda pelo menos metade do tempo.

— Por quê?

— Porque levo meu trabalho a sério. Em uma situação complicada, se minha mão direita estiver machucada, ainda assim devo tentar proteger meu cliente.

Ele esperou a chegada do alvo e olhou as marcas. Ela era quase tão boa com a mão esquerda quanto com a direita. — Você treina duro para se defender de uma ameaça que não acredita que vai realmente acontecer.

Sarah deu de ombros. — Não sou paga para pensar em possibilidades. Sou paga para estar preparada. Ponto final.

— Ei, doutor!

Ele desviou o olhar para a fileira de atiradores e acenou. — Acho que meu amigo está indo embora.

— *Doutor?* — Ela se surpreendeu com o apelido.

— Longa história. — E que ele não queria contar. — Srta. Stevens. — Ele fez um meneio de cabeça em sua direção para se despedir e virou-se antes que ela tivesse tempo para responder. Ele se aproximou de um rapaz moreno que trajava calça jeans, camiseta e boné, que mostrou a ele várias folhas de alvo, balançando a cabeça, evidenciando sua decepção. O detetive Cahill examinou a pistola, recarregou-a, voltou para o estande de tiro e prendeu um novo alvo. Sarah não se virou para olhar. Tinha que terminar seu treino, por isso descarregou mais três cartuchos com a mão esquerda antes de ir embora. Quando olhou à sua volta, o detetive Cahill e seu colega não estavam mais ali.

5

Ao chegar à conclusão de que a pistola nova de Rick era, de fato, uma porcaria, Cahill e seu colega foram à loja de armas onde Rick a comprara. Rick insistiu com o dono do local por quase uma hora, sem sucesso: comprara o revólver, estava registrado em seu nome, os documentos foram enviados no dia da compra, portanto seu único recurso seria entrar em contato com o fabricante, a menos que preferisse revender a arma para alguém.

Dirigiram-se a uma lanchonete para jantar e beber alguma coisa. — Peça uma cerveja para mim, por favor — Rick disse e foi ao banheiro. Cahill foi ao balcão e fez o pedido. Já estava tomando seu café quando Rick voltou.

— Aquela mulher com quem você conversou no clube de tiro é uma gata. — Rick disse, sentando-se. — Está trepando com ela?

Cahill virou-se vagarosamente para olhar seu colega da maneira mais fria possível, como se nunca o tivesse visto. — Quem é você para me fazer esse tipo de pergunta?

Rick sorriu, divertido. — Essa foi boa. Muito boa. Quase me assustou. Posso usá-la de vez em quando.

— À vontade.

— Está trepando com ela ou não?

— Não.

— Por que não? Ela é casada?

— Não que eu saiba.

— Então, repito: por que não?

— Não tentei.

Rick balançou a cabeça e pegou seu copo de cerveja. — Tem que superar isso, cara. E daí que seu divórcio foi complicado? Já foi! Está livre agora e tem de deixar a fila andar.

Como Rick era veterano de dois divórcios e à procura de uma terceira esposa, Cahill não levava muito a sério seus conselhos a respeito de mulheres. Era bom para atraí-las, mas ruim para mantê-las por perto. Mas por ser um bom amigo, Cahill não ousava dizer isso a ele. — Preciso de um tempo — ele respondeu.

— Mas já faz um ano!

— Então talvez eu precise de um ano e meio. Além disso, eu saio com algumas mulheres.

Rick riu. — Pois é, e essas saídas não te levam a lugar algum.

— Não quero chegar a nenhum lugar. Só quero sexo. — Cahill olhou fixamente para seu café. Com certeza queria sexo, mas consegui-lo era o problema. As mulheres que eram fáceis, que concordavam com "uma noite e nada mais", não faziam seu tipo. Mulheres vulgares não lhe atraíam. Sentia-se atraído por aquelas dispostas a ter um relacionamento duradouro e isso era exatamente o que ele não precisava no momento.

Não sentia mais nada por Shannon, o amor terminou assim que ele soube que ela estava trepando com um médico do hospital onde trabalhava. Mas o divórcio tinha sido um inferno e ela lutou por todo centavo que pôde arrancar, como se o estivesse castigando por estar sendo descartada. Cahill não entendia as mulheres, ou aquelas do tipo de Shannon; se ela não queria terminar, então por que o traíra? Será que chegou a acreditar que ele não a largaria se descobrisse? Ele descobriu, pediu o divórcio e ela reagira com uma vingança quase insana.

Ele tentara ser justo. Ou seja, não foi bobo; a primeira coisa que fez ao descobrir a infidelidade dela foi tirar metade do dinheiro da conta conjunta que eles tinham e abrir uma outra em outro banco, apenas em seu nome. Também a tirou como dependente de todos os seus cartões de crédito, o que não foi tão ruim já que ela tinha seus próprios cartões, mas ficou maluca quando descobriu. Ele achava que ela tinha descoberto a mudança quando tentou comprar alguma coisa com um dos cartões dele após se separarem — por isso, Cahill acreditava ter feito a coisa certa.

Ele atacou pedindo o divórcio, mas ela contra-atacou querendo todo o resto: casa, carro, mobília, a quitação da dita casa, do carro e da mobília, apesar de ganhar mais dinheiro trabalhando na administração do hospital do que ele na polícia, *e*, além de tudo isso, ainda pediu pensão.

Shannon contratou um advogado conhecido por suas táticas escusas. A única salvação de Cahill foi seu esperto advogado e o fato de uma juíza ainda mais esperta ter visto Shannon como ela realmente era. Ele chegou a pensar que estava perdido quando soube que o caso seria julgado por uma mulher, mas seu advogado sorriu e disse: "Vai ser bem divertido."

Cahill não achava que *divertido* era a palavra mais adequada para descrever os trâmites do divórcio, mas no seu caso o resultado fora um alívio. Como eles não tinham filhos, a juíza decidiu que tudo deveria ser dividido em proporção direta à renda de cada um. Nenhum dos dois queria a casa, por isso ela deveria ser vendida, o financiamento, quitado, e o saldo restante, se houvesse, dividido entre eles. Uma vez que Shannon ganhava duas vezes mais que ele, Cahill receberia o dobro da quantia a ser partilhada, pois ela teria mais condições para conseguir comprar outro imóvel. Cahill olhou para Shannon quando a juíza tomou sua decisão e a viu vermelha de raiva e indignação. Certamente não era aquilo que esperava. Ela começou a sussurrar com seu advogado e a juíza bateu o martelo com força e exigiu silêncio.

Shannon ficou com o carro, Cahill com a caminhonete e eles dividiram a mobília. Ele não quis a cama, pois suspeitava que o médico e ela já haviam estado juntos nela. Mas quando comprou uma nova casa e se mudou, pelo menos tinha cadeiras, uma mesa e alguns pratos para usar, a televisão e uma cama nova. Quando recebeu o dinheiro da venda da casa, fez questão de se livrar de tudo que ele e Shannon haviam comprado juntos. Nada sobrou de seu casamento, nem mesmo uma única faca.

Ele gostaria de se livrar do gosto amargo daquela experiência com a facilidade com que se desfizera dos objetos.

O pior de tudo foi a decepção que Shannon lhe causou. Ele a amava e queria passar o resto de sua vida com ela. Os dois tinham planejado tudo: apesar de seu emprego no Departamento de Polícia de Mountain Brook ser muito bom — os policiais de Mountain Brook tinham o melhor salário do Estado —, depois que ela se formasse em administração e alcançasse uma posição com um ótimo salário, o que aconteceu surpreendentemente rápido, ele deixaria a polícia e começaria a estudar medicina. Analisando o passado, ele suspeitou que Shannon tinha uma tara por médicos. Cahill recebera treinamento médico no Exército e gostava muito do desafio da profissão, mas, depois de alguns anos trabalhando na polícia de Mountain Brook, percebeu que amava ser policial e esse amor nunca superaria sua paixão pela medicina.

Talvez foi a partir de então que Shannon começou a traí-lo, quando ele mudou seus planos. Talvez ela desejasse viver em um mundo de altas cifras e badalados eventos sociais e, quando viu que ele não queria a mesma coisa, sentiu-se à vontade para procurar em outro lugar. Mas Cahill acreditava que ela o amava, sem importar a profissão que exercesse. Por que ele não vira que alguma coisa estava faltando? E se voltasse a cometer o mesmo erro? Tinha um faro aguçado para desmascarar malfeitores, mas, quando se tratara da própria esposa, fracassara. Agora já não sabia se uma outra mulher não faria o mesmo que Shannon e se outra infidelidade não o derrubaria.

— Você está chateado de novo — Rick disse.

— Sou bom nisso — Cahill murmurou.

— Pois é, a prática leva à perfeição. Não é para menos, você sequer pediu uma cerveja. Eu também estaria chateado se tivesse de tomar café.

— Vou tomar uma cerveja com a comida. Estou dirigindo, lembra?

— Por falar em comida, estou com fome. — Rick olhou ao redor e viu uma mesa vazia. — Vamos sentar ali e pedir alguma coisa. — Ele pegou sua cerveja e foi em direção à mesa. Cahill pegou seu café, sinalizou para o bartender aonde eles estavam indo e juntou-se a Rick.

— Onde você a conheceu? — Rick perguntou.

— Quem?

— *Quem?* — ele repetiu. — A mulher do clube de tiro. Aquela com a pistola e com o belo rabo que, a propósito, quase me causou um ataque cardíaco por causa daquele jeans.

— A casa onde ela trabalha foi assaltada na semana passada. Eu colhi seu depoimento.

— Você a conheceu na semana passada? Ainda há esperança, então. Vai chamá-la para sair?

— Não.

— E por que não? — Rick perguntou, indignado. A garçonete se aproximou e ele parou de falar para pegar o cardápio e abri-lo. Cahill pediu um hambúrguer, fritas e uma cerveja. Depois de analisar as opções, Rick pediu o mesmo. Assim que a garçonete se afastou, ele se inclinou para a frente e repetiu: — Por que não?

— Deus do céu! Você parece um disco riscado — Cahill disse, irritado.

— Você não a acha gostosa?

Ele suspirou. — Sim, eu a acho gostosa. — Na verdade, ele a achava mais que gostosa, era deliciosa. O problema era que já tivera indigestões no campo sentimental e não tinha mais estômago para isso. Pelo menos não por enquanto. Sabia que, com o tempo, acabaria se recuperando, mas ainda não se sentia preparado.

— Então chame-a para sair. O máximo que pode acontecer é ela dizer não.

— Ela não é o tipo de mulher para uma noite e mais nada.

— Que tal duas noites?

— Uma noite não cria laços. Duas criam um relacionamento e é exatamente o que não quero.

— Talvez não queira, mas é exatamente do que precisa. Quando caímos do cavalo, temos de levantar e montar de novo, não ficar chorando no chão. Monte nesse cavalo, meu amigo, e galope.

Cahill reclamou: — Dá um tempo.

— Tudo bem. — Rick brincou com seu copo e voltou a olhar para Cahill. — Você se importa se eu a chamar para sair?

Ele quis bater a cabeça de Rick contra a mesa. — Que merda! Não, não me importo. — Ele suspeitava que era ali que o amigo estava tentando chegar, certificando-se de que o caminho estava livre.

— Tudo bem. Só para ter certeza. Como ela se chama?

— Sarah Stevens.

— Ela está nos registros? Você tem o número de telefone?

— Não sei e não tenho.

— Não pegou o telefone dela? Pensei que fosse um dado necessário para os registros.

— Ela tem uma área da casa só para si. Não sei se tem um telefone particular também, mas provavelmente sim.

— Ela trabalha na casa? Qual casa? Onde? O que ela faz?

Às vezes Rick parecia uma metralhadora, fazia diversas perguntas na seqüência. — Ela é mordoma e trabalha para um juiz federal aposentado.

— Mas você disse que o sobrenome dela é Stevens, e não Mordoma.

— Rick. Preste atenção. Ela trabalha como *mordoma*, como naquelas mansões inglesas. Com um guardanapo de pano dobrado no braço, essas coisas.

— Não brinca! — Rick recostou-se, surpreso. — Não sabia que existiam mordomos no Alabama. Ei! Espere aí! Estamos falando de Mountain Brook.

— Pois é.

— Uma mordomo. Que barato, né? Eu nem imaginava que mulheres podiam ser mordomos. A palavra mordoma existe?

Apesar de tudo, Cahill sorriu. — Deve existir. Acho que é como *pilota*.

O raciocínio ligeiro de Rick já passara para outro assunto: — Então vou telefonar para esse juiz. Qual é o nome dele?

— Lowell Roberts.

— O número da casa dele consta nos registros?

— Não sei e, se não constar, não vou encontrá-lo para você.

— Que belo amigo você é! E por que não?

— Porque, se não constar, então é porque ele quer privacidade, e não vou causar problemas a ela dando o telefone do lugar onde trabalha para caras que queiram ligar para chamá-la para sair.

— Te peguei!

— Por quê?

— Você *está* interessado nela!

Cahill olhou para ele. — Você é muito detalhista. Que coisa assustadora — ele disse. A garçonete serviu as cervejas e ele tomou um gole.

— É isso o que me torna tão bom com computadores, amigo. Eu analiso a situação completamente.

— Não há situação alguma nesse caso.

— Até parece que não. Você a acha gostosa e não quer me dar o telefone dela. A evidência é o que basta.

— Não vai me convencer a encontrar esse número para você. Que inferno. Acho que consta na lista telefônica. Você ainda nem olhou.

— Qual é a vantagem de ter um amigo policial se ele não passa informações internas?

— Para pedir a ele que analise uma porcaria de pistola *depois* de comprá-la e ouvi-lo dizer que se trata de uma porcaria de arma.

— É verdade, tem essa vantagem, mas não tente mudar de assunto. Não vou deixar. Você está atraído por aquela mulher. Foi conversar com ela, apesar de, como disse, *saber* que ela não é mulher para uma noite e nada mais. Meu amigo, pode ser que ainda não tenha percebido, mas está no caminho da revelação. Antes que se dê conta, vai estar sorrindo para ela na mesa do café-da-manhã.

— Eu não sorrio — Cahill disse, tendo de esconder o fato de estar se divertindo.

— Então vai estar carrancudo na mesa do café. Isso não interessa.

Cahill desistiu de tentar convencer Rick de qualquer coisa.

— Tudo bem. Você tem razão, ela é tão gostosa que sempre vou babar ao vê-la.

— Agora estamos nos entendendo.

— Vou fazer picadinho de você se resolver telefonar para ela.

— É isso aí, cara!

— Por que os hambúrgueres estão demorando tanto? — Ele olhou ao redor e, bem naquele momento, a garçonete chegou trazendo dois pratos quase transbordando de batatas fritas apimentadas.

Rick olhou para ele e balançou a cabeça. — Você não tem jeito, doutor. Não mesmo.

— Estou sabendo.

* * *

Sarah voltou para casa sentindo-se cansada e ao mesmo tempo renovada depois de um treino com seu instrutor de caratê. O juiz Roberts estava jantando fora, como sempre fazia às quartas-feiras para que ela não tivesse de se preocupar com ele. Ela deu uma volta pela casa, certificando-se de que todas as janelas e portas estavam trancadas, e subiu para seus aposentos.

O juiz havia colocado as correspondências dela sobre a mesinha ao lado da porta para a escada. Ela foi olhando os envelopes enquanto subia os degraus: uma revista *Consumer Reports*, alguns catálogos e uma carta.

Ela os deixou sobre a pequena mesa da cozinha, colocou uma xícara de água no microondas, foi para o banheiro e despiu-se. Já tinha tomado um banho depois do exercício, mas ainda sentia calor; suspirou relaxada quando o vento do ventilador de teto refrescou seu corpo nu. Fizera duas sessões pesadas de exercícios físicos, e à noite cuidaria de sua beleza. Uma limpeza de pele estava em seus planos, além de um banho de imersão com essência de lavanda.

Abriu a torneira para encher a banheira, acrescentou o conteúdo de uma embalagem de sais de banho, enrolou-se em um roupão e voltou à cozinha para colocar um saquinho de chá verde na xícara de água quente. Enquanto esperava, folheou os catálogos que recebera e os jogou no lixo. O primeiro gole do chá foi delicioso; suspirando, ela se sentou e abriu a carta.

Cara srta. Stevens:

Venho por meio desta oferecer-lhe um emprego em minha residência, para o mesmo trabalho que realiza atualmente. Minha propriedade é ampla e sua supervisão competente seria muito útil, porém acredito que nós dois seríamos beneficiados. Seja qual for seu salário atualmente, faço a proposta de aumentá-lo em dez mil dólares. Por favor, entre em contato para dar a resposta.

Hum, interessante. Não ficou tentada, mas mesmo assim era interessante. Ela olhou o remetente; alguém em uma rua de Mountain Brook. A julgar pela data na parte superior da carta, a pessoa a mandara depois de assistir à matéria na tevê.

Ela não esperava novas propostas de emprego. Era bom para o ego recebê-las, mas Sarah não pretendia deixar o juiz por melhor que a proposta fosse.

Mas o remetente merecia um pronto retorno, por isso ela pegou o telefone e discou o número escrito na carta. Depois de dois toques, a secretária eletrônica atendeu e a gravação de uma suave voz masculina começou: "*Você ligou para 6785. Por favor, deixe sua mensagem.*"

Sarah hesitou. Não gostava de deixar mensagens, mas as pessoas que tinham secretárias eletrônicas geralmente gostavam que as pessoas deixassem recados. — Aqui é Sarah Stevens. Obrigada pela oferta de emprego, mas estou muito satisfeita com meu trabalho atual e não tenho a intenção de deixá-lo. Obrigada mais uma vez.

Ela desligou, pegou sua xícara de chá e lembrou-se da banheira enchendo. Correu para o banheiro e encontrou a água no nível desejado e quente: perfeito. Após fechar a torneira, ela ligou seu aparelho de CD Bose, deixou seu roupão no chão e entrou na banheira, suspirando ao deitar-se, com água até o queixo. A água quente relaxou seus músculos cansados; quase pôde sentir a tensão sendo desfeita. Os acordes suaves do CD de meditação encheram o banheiro com um som lento e toques relaxantes de piano e violão. Depois de mais um gole de chá, ela recostou-se e fechou os olhos, feliz e satisfeita.

"*Aqui é Sarah Stevens.*" Ele interrompeu a gravação, apertou *Replay* e escutou novamente.

"*Aqui é Sarah Stevens.*"

Sua voz era como na televisão, contida e agradável. Ele ficou ao lado da secretária eletrônica, escutando-a deixar seu recado.

"Aqui é Sarah Stevens."

Ele não acreditava que ela recusara sua oferta. Dez mil dólares! Mas isso era uma prova de sua lealdade, uma qualidade preciosa. Ela seria fiel da mesma maneira a ele, assim que estivesse trabalhando em sua casa.

"Aqui é Sarah Stevens."

Ele era muito bom em fazer as pessoas mudarem de idéia, fazendo as coisas do seu jeito. Então ela não tinha a intenção de deixar seu emprego atual? Ele cuidaria disso.

6

Enquanto servia o desjejum na manhã seguinte, Sarah disse ao juiz: — Ontem eu recebi uma carta com uma proposta de emprego. Ele deve ter visto a entrevista na televisão.

Por algum motivo, o juiz Roberts olhava para sua torrada francesa com muita suspeita. Tinha colocado seus óculos e se curvado para analisá-la melhor. — O que é esse pó marrom? — quis saber.

— Canela. Ela é um dos ingredientes da torrada francesa.

— Sei, sei. O médico disse que meu colesterol está 20mg mais baixo. O bacon falso não teria feito tudo isso sozinho, por isso eu sei que você anda fazendo alguma coisa com a minha comida.

— O que dá para se fazer de diferente da torrada francesa? — ela perguntou.

— Talvez não seja a torrada francesa. Talvez você esteja mexendo em outros alimentos.

Ela sorriu enquanto colocava um pires de morangos fatiados diante dele. — Não estou fazendo nada diferente — mentiu, divertindo-se.

— Sei, sei — ele voltou a dizer. — Esse pilantra que está tentando tirá-la de mim sabe que poderia estar contratando uma tirana?

Ela segurou uma risada. — Pilantra? — Ele usava termos tão antigos que ela não ficaria surpresa se ele descrevesse alguém como "desavergonhado". Ouvi-lo falar gírias era quase como imaginar os juízes da Suprema Corte cantando um rap nas escadas do Capitólio.

— Coisas dos meus netos.

— Ah, entendi. — Barbara tinha dois filhos, de quinze e dezenove anos, isso explicava tudo. Sarah divertiu-se por um momento imaginando Blair, de quinze anos, com seu piercing de sobrancelha, ensinando as gírias mais usadas pelos jovens ao respeitável juiz.

— Quando eu menos perceber, você vai me dar tofu para comer — ele reclamou, voltando-se para seu prato. Começou a comer sua torrada francesa, com o pó marrom e tudo o mais.

Sarah teve de segurar o riso, pois a cozinheira vinha preparando pratos com tofu disfarçado há vários meses.

— O que *é* tofu, exatamente?

— Coalho e soro, sem o soro. Especificamente falando, coalho de soja.

— Isso é revoltante. — Ele analisou seu falso bacon. — O meu bacon não é feito com tofu, não é?

— Acho que não. Acho que é apenas carne de soja.

— Ah, então tudo bem.

Ela teria beijado sua cabeça de cabelos brancos se isso não fosse completamente inadequado, de acordo com o treinamento que recebera. Ele era muito querido, comendo sua carne de soja e mantendo os olhos bem abertos para tentar identificar tofu escondido.

— O que você disse ao pilantra?

— Agradeci a oferta, mas disse que estou muito satisfeita com meu emprego atual.

Seus olhos brilharam pelas lentes dos óculos. — Você disse que ele a viu na televisão?

— Deve ter visto, a menos que um de seus amigos tenha dito meu nome a ele.

— Não é algum deles? — ele perguntou, desconfiado.

— Não, eu não reconheci o remetente.

— Talvez seja um belo rapaz que tenha se apaixonado por você assim que a viu.

Sarah discordou. — As pessoas que fazem propostas de emprego sem conhecer as qualificações do profissional ou sem exigir referências são estúpidas.

— Não esconda o jogo, Sarah. Como se sente em relação a essa proposta?

Dessa vez ela riu, porque aquela expressão certamente também era de Blair.

— Você deveria, ao menos, fazer a entrevista — ele disse, surpreendendo-a.

Ela parou o que estava fazendo e olhou para ele. — Por quê?

— Porque estou velho e tenho poucos anos pela frente. Pode ser uma oportunidade boa para você e talvez ele ofereça um salário mais alto.

— Ele já ofereceu, mas não me importa. A menos que me mande embora, pretendo continuar aqui enquanto o senhor viver.

— Mas mais dinheiro ajudaria no seu plano. — Ela contara a ele sobre sua intenção de viajar pelo mundo durante um ano, ele ficou entusiasmado com a idéia e passou a estudar o atlas à procura de países e coisas diferentes de que ela poderia gostar.

— Meu plano vai muito bem e, além disso, pessoas são mais importantes que planos.

— Perdoe o velhote aqui por entrar em um assunto tão pessoal, mas você é uma jovem adorável. Não pensa em casar-se, constituir família?

— Claro que penso, mas não agora. E mesmo que nunca me case, gosto de minha vida como ela é e estou satisfeita com minha escolha profissional. E me sinto bem comigo mesma, o que não é nada mau.

— Não é mesmo. Na verdade, é bem raro. — Ele sorria docemente ao observá-la. — Quando se casar... e perceba que eu disse *quando*, e não *se*, porque um dia você encontrará um homem esperto o bastante para não deixá-la escapar... seu marido terá de ajoelhar-se todos os dias e agradecer a Deus pela sorte que teve.

Ela sentiu vontade de abraçá-lo. Mas, em vez disso, sorriu e disse: — É um elogio maravilhoso. Obrigada. O senhor acha que ele ainda deveria fazer isso se eu desse tofu para ele comer?

— Ele vai saber que você estaria fazendo isso para o bem dele. — Apesar da resposta gentil, ele voltou a encarar seu prato vazio.

— Eu juro, não há tofu em sua torrada francesa.

Ele suspirou aliviado e começou a comer os morangos fatiados. Era esperto o bastante para saber que já havia sido contaminado pelo tofu, e continuaria a fingir que não sabia, contanto que sua torrada francesa fosse poupada.

Depois do almoço ela recebeu o telefonema já esperado de um de seus irmãos. Era Daniel, ligando do Texas.

— Olá, querida. Aquela fita estava muito legal, foi boa para você. Nenhum de meus amigos acredita que você é minha irmã e todos querem que eu a apresente a eles.

— Sem chance — ela disse, sorrindo.

— Por que não? Admito que alguns deles são imprestáveis, mas uns dois são bacanas.

— Já disse a eles como sinto orgulho de minha moeda Susan B. Anthony?

— Você não faria uma coisa dessas.

— Acho que o assunto vem naturalmente, sempre que saio com alguém.

— Tudo bem, vou mudar de assunto — ele disse de repente. — No bilhete que a mamãe me mandou com a fita ela escreveu que você frustrou um assalto com um golpe de sorte.

— Não foi sorte. Foi bem calculado, na têmpora.

— Uau. É isso aí, baixinha.

— Obrigada. — Vindo de um membro do Exército, isso era um ótimo elogio. — Estava esperando que você ou Noel telefonasse, talvez os dois, quando assistissem à fita.

— Noel provavelmente ainda não a viu. Está fora do país.

Não precisava dizer mais nada. Sarah crescera em uma família de militares e sabia o que aquilo significava. Noel era da Força de Reconhecimento, estivera no Afeganistão, voltara para a Califórnia e agora só Deus e o Pentágono sabiam onde ele estava. Bem, Daniel provavelmente sabia, ele e Noel tinham suas táticas de comunicação.

— E você? — ela perguntou.

— Ainda estou no Texas.

— Eu sei disso. — Rolou os olhos, indignada, e sabia que ele conhecia aquele tom de voz e imaginava que ela estaria fazendo cara de enfado.

— Vou ficar aqui até as vacas irem para casa. Estou ficando enferrujado por falta de uso.

Quando as vacas forem para casa era um código de família, que significava naquele mesmo dia, já que as vacas voltavam para casa toda tarde. Ela não perguntou para onde ele estava indo, e sabia que ele não diria.

— Já falou com o papai e com a mamãe?

— Ontem à noite. Eles estão bem.

Isso queria dizer que já havia dito a eles que estava indo embora. Ela suspirou, coçando a testa. A preocupação tornara-se uma obsessão permanente em todas as famílias de militares desde 11 de setembro de 2001, mas Daniel e Noel eram muito dedicados e competentes no que faziam. Lutar contra terroristas não era como entrar em uma guerra comum, com campo perdido e conquistado por soldados em terra. Essa guerra em especial exigia força e habilidade das forças especiais, agindo de modo rápido e devastador e desaparecendo em seguida.

— Cuidado e não tropece nos próprios pés. — Aquele era o código que Sarah usava para dizer: *Eu te amo e tome cuidado.*

— Você também, Annie.

Apesar de estar preocupada, assim que desligou sorriu com a referência feita pelo irmão à sua habilidade no tiro. Seu pai e seus irmãos passaram a chamá-la de Annie Oakley, a famosa atiradora, desde a primeira vez que ela venceu a competição. Seus irmãos eram ótimos, apesar de a infernizarem quando crianças. Ela era a moleca da família — a irmã deles, Jennifer, era delicada e não gostava de brincadeiras brutas —, e mesmo Sarah, sendo muito pequena, não deixava de participar dos jogos de futebol, das pescarias e de correr atrás deles com o punho em riste quando era provocada. Resumindo, ela fora uma pestinha e eles a amavam mesmo assim.

Ela ouviu a porta sendo aberta, e olhou para o relógio: duas da tarde em ponto. Pontualmente o juiz estava saindo para seu passeio da tarde. Traria a correspondência quando voltasse; então tomaria um café fresco enquanto, sentado no escritório, leria a correspondência do dia. Gostava de lê-las, mesmo que fossem propagandas, e folheava todos os catálogos. A aposentadoria era boa por um motivo, segundo ele: dava-lhe tempo de ler coisas sem importância.

Ela serviu o café e arrumou a bandeja. A cozinheira, Leona Barksdale, desviou o olhar do *aspic* de tomate que preparava. — Está na hora?

— Exatamente. — Parou e depois disse: — Ele perguntou sobre o tofu hoje.

— Então vai ficar de olhos abertos, não é? Serei criativa hoje e não vou colocar tofu nos pratos. Vejamos: o jantar será aspargos na grelha com batata, cenoura e carne de cordeiro. Não vai ter nada que sequer lembre tofu. — Leona verificou os rolinhos assando no forno. — Como está o colesterol dele?

— Vinte pontos mais baixo.

As duas trocaram sorrisos de satisfação. Trabalhar em conjunto para preparar pratos saudáveis para alguém que detestava tal idéia era muito mais divertido que prepará-los para quem quisesse alimentar-se melhor.

Quando ela ouviu a porta sendo aberta, sinalizando que ele voltara, Sarah encheu a xícara e também um bule pequeno para o caso de ele querer beber mais. Na bandeja havia também fatias finas de maçã verde, um maravilhoso doce de leite light e alguns biscoitos integrais, se quisesse beliscar alguma coisa. Antes da chegada de Sarah, seu lanche da tarde era composto por um pedaço de bolo de chocolate ou donuts. Convencê-lo a parar de comer os donuts tinha sido uma luta e ela entendia bem como ele se sentia. Ter de abrir mão de comer donuts realmente era um sacrifício.

— Sarah?

Em vez de ir ao escritório, ele estava se dirigindo à cozinha. Ela e Leona trocaram olhares confusos; Sarah respondeu: — Estou aqui, senhor — e foi para a porta.

Além de seu monte de revistas, catálogos, contas e cartas, ele trazia consigo um pequeno embrulho. — Isto aqui chegou para você.

Ele geralmente deixava suas correspondências sobre a mesinha no hall. — Que estranho — ela disse, pegando a bandeja. — Não comprei nada.

— Não tem remetente. Não gosto disso. Pode ser uma carta-bomba.

Muitos anos antes, um juiz na região de Birmingham morrera por causa de uma carta-bomba; isso deixaria qualquer juiz desconfiado de embrulhos suspeitos; os envelopes recheados de antrax na Flórida, em Nova York e Washington ajudaram a aumentar a apreensão.

— Por que alguém me enviaria uma carta-bomba? — ela perguntou enquanto levava a bandeja até o hall, e ele a seguiu com sua correspondência e o embrulho.

Ela pousou a bandeja na mesa onde ele gostava de comer, mas em vez de sentar-se, colocou suas correspondências sobre a mesa e ficou em pé segurando o embrulho, olhando para ele com desconfiança. Normalmente nunca abria suas cartas antes de se recolher, à noite, mas percebeu que o juiz não relaxaria enquanto não visse que o pacote não trazia nada ameaçador dentro dele.

— Vamos abrir? — ela perguntou, esticando o braço.

Para sua surpresa, ele não lhe entregou o pacote. — Talvez devêssemos chamar o esquadrão antibomba.

Ela não riu. Se ele estava tão preocupado, então não era motivo de piada. — Se fosse uma bomba, não teria explodido quando o senhor a pegou?

— Não, pois se fosse sensível a movimentos, não teria passado do correio. Lá eles usam aparelhos de pressão e fricção.

— Então vamos pensar. Quem me conhece e me mandaria alguma coisa para cá?

— Não deveríamos ter aceitado gravar aquela matéria da tevê — ele disse, balançando a cabeça. — Coisas estranhas começaram a acontecer.

— Primeiro alguém tentando me contratar, e agora uma pessoa me mandando embrulhos. É melhor o colocarmos na água?

Talvez tenha sido a pergunta, ou imaginá-los mergulhando o pacote na água e chamando o esquadrão antibomba, mas, de repente, ele relaxou e sorriu um pouco. — Estou sendo paranóico, não é? Se alguém aqui fosse receber uma carta-bomba, esse alguém seria eu mesmo.

— É prudente ser cuidadoso hoje em dia.

Ele suspirou. — Posso abri-lo para você?

Ela mordeu o lábio. Era obrigação dela protegê-lo, e não o contrário. Mas ele era da geração que aprendera que os homens deviam proteger as mulheres, e Sarah percebeu que aquilo era importante para ele.

— Por favor — ele disse.

Ela concordou, muito sensibilizada. — Sim, é claro.

Ele se afastou, pegou um abridor de envelopes e, cuidadosamente, rasgou o selo que fechava a caixinha. Ela ficou hesitante ao vê-lo abri-la, mas nada aconteceu.

Havia um saquinho de papel de presente marrom escondendo o conteúdo. Ele o pegou, olhou dentro dele e pareceu não compreender a situação.

— O que é isso?

— Uma caixinha de jóias.

Colocou o embrulho sobre a mesa e ergueu uma caixinha de dez centímetros quadrados. Era branca, com o nome da loja gravado nela, com letras douradas. Ele a balançou, mas não ouviu nada.

— Acredito que podemos dizer não se tratar de uma bomba — ele disse entregando-lhe a caixinha.

Ela levantou a tampa e viu uma fina folha protetora de papel de seda e algodão. Ali, sobre outra camada fina de algodão, havia um pingente em forma de gota, com pequenos diamantes ao redor de uma pomba de rubi. A corrente de ouro estava presa para não embaraçar.

Os dois olharam para o pingente. Era lindo, mas um tanto perturbador. Quem poderia ter enviado uma jóia tão requintada?

— Parece caro.

O juiz Roberts a avaliou. — Eu diria que custou cerca de dois mil dólares. É um chute, claro, mas o rubi é caro.

— Quem me mandaria uma jóia cara? — Perplexa, ela pegou a caixa de papelão da entrega e a virou. Um pequeno cartão branco caiu no chão.

— Ah-ah! — Ela se curvou e pegou o cartão, virando-o para ler o que estava escrito. Ela o virou e voltou a olhar para o verso, em branco.

— Diz quem o mandou?

Ela negou. — Isso me dá medo.

Ele viu que havia alguma coisa escrita no cartão. — O que está escrito?

Ela olhou para ele e seus olhos revelavam confusão e indignação. Entregou-lhe o cartão. — Está escrito "*Uma pequena amostra de minha admiração*". Mas quem o enviou?

7

Descobrir sua rotina tinha sido muito fácil.

Ele poderia ter contratado um detetive particular para observar a movimentação na casa, mas não quis envolver uma terceira pessoa que posteriormente poderia lhe trazer problemas. Passou de carro pela rua muitas vezes, procurando por um lugar onde pudesse estacionar e ficar olhando; o trânsito ali não era muito intenso, mas o fluxo de automóveis era constante o bastante para que a presença dele não fosse notada. O problema era que não havia um lugar onde pudesse parar. Aquela era uma rua residencial, tinha casas dos dois lados, e as pessoas entravam e saíam delas o dia todo.

Mas fora apenas uma questão de tempo e perseverança. Nos dias seguintes, passando diante da residência de hora em hora, percebeu quando os jardineiros chegavam e, cuidadosamente, fez suas anotações em uma caderneta que comprara especialmente para esse fim; tinha a capa creme e sem desenhos, muito mais interessante do que aquelas capas duras coloridas que as crianças em idade escolar preferiam. Uma senhora, que ele achava ser a cozinheira, chegava todos os dias às dez horas da manhã e saía às cinco da tarde. Os horários de chegada e saída da diarista também foram cuidadosamente anotados.

Na quarta-feira, Sarah saiu de manhã e só voltou no início da noite; ele tentara segui-la, mas ela entrou na Rodovia 31 e ele a perdeu no trânsito quando teve de parar em um sinal vermelho. Em vez de dirigir à sua procura, fez uma parada em um telefone público e telefonou para a casa do juiz Roberts. O número não constava da lista telefônica, mas o conseguira logo após ver Sarah na tevê. Conhecia pessoas que tinham contatos influentes e que sempre se dispunham a lhe fazer favores. Só teve de pedir e, poucas horas depois, estava com o número em mãos.

Uma mulher atendeu o telefone, e ele disse querer falar com "Sarah", acreditando que, ao usar seu primeiro nome, demonstraria ter uma familiaridade, na verdade não existente. Ou melhor, que *ainda* não existia. Ele tinha a sensação de já conhecê-la, de conhecer sua lealdade e pura perfeição em sua aparência, atitude e jeito de falar.

— Sarah não trabalha hoje — a mulher disse com simpatia.

— Puxa! É verdade. Espere... fiquei confuso. Hoje é seu dia de folga? — Ele usou, de propósito, um tom de voz mais casual que o normal.

— Sim.

— Hoje é quarta-feira? Perdi a noção dos dias. Estou pensando, desde que acordei, que hoje é quinta.

Ela riu. — Desculpe, mas é quarta.

— Está certo. Voltarei a ligar hoje à noite. Obrigado. — Ele desligou antes que ela pudesse perguntar seu nome e telefone, e anotou a informação com letras pequenas e caprichadas: QUARTA-FEIRA — DIA DE FOLGA.

Sentiu-se empolgado. Para o que pretendia fazer, ela teria de estar longe da residência. Acreditou ter grande parte das informações de que precisava, mas continuaria observando para se certificar. Ali estava a chave do sucesso: não deixar nada ao acaso.

Teria gostado de segui-la ao longo do dia e visto o que fazia, os seus interesses e passatempos, mas talvez tivesse sido melhor daquele jeito.

Lembrou como ela estava ao sair de carro, com o cabelo solto e óculos escuros clássicos escondendo seus olhos. Passava a impressão de ser independente, misteriosa e levemente exótica. Dirigia sua caminhonete com bastante competência, como ele imaginava; aquela era outra prova de sua dedicação, o fato de ter feito cursos de direção defensiva. Colocara-se completamente a serviço daquele velhote, que não fizera nada para merecer tamanha devoção. Afinal, ele não ganhara o próprio dinheiro, mas, sim, o herdara. O que era diferente da própria herança que recebeu, porque ele a *salvara* das decisões malfeitas de seu pai. O juiz Lowell nunca fez nada além de sentar-se em um tribunal e distribuir opiniões como quem distribui balas.

Sua Sarah merecia mais do que um velhote.

Ela merecia... tudo.

Quis dar-lhe um presente, algo que a fizesse se lembrar dele. E quis que fosse algo que ela pudesse usar em seu corpo, para imaginá-la com ele todos os dias, tocando-o, admirando-o. Não podia dar-lhe roupas: era muito pouco. As flores murchavam, morriam e eram jogadas no lixo.

Jóias, então. Não eram elas que os cavalheiros ofereciam a suas mulheres amadas ao longo de toda a história? Jóias especiais guardavam mistérios, intrigas, até maldições, apesar de não haver nada de maldito naquele presente. Não pôde torná-la tão especial quanto desejava, pois não tinha tempo para encomendar uma peça de sua preferência; teria de comprar em alguma loja, mas, mesmo com esse inconveniente, tentaria encontrar algo diferente.

Teria de procurar uma loja em que nunca estivera para evitar ser reconhecido. E pagar com cheque ou cartão de crédito estava fora de questão; não queria que ninguém conseguisse encontrá-lo. No momento certo *ela* saberia, mas só os dois teriam conhecimento daquilo.

Ele foi até o banco onde tinha conta, sacou cinco mil dólares e saiu dali irritado, pois a bancária pedira um documento de identificação. Mas, pensando melhor, ela fizera a coisa certa. Ele detestava esperar ou ser questionado, mas às vezes era necessário tolerar os transtornos da sociedade.

Em seguida, foi ao Galleria, onde tinha certeza de que seria apenas mais um na multidão, mesmo em um dia útil. Havia diversas joalherias e ele procurou em todas elas antes de se decidir. Sarah precisava de algo simples e clássico; ela, assim como ele, não devia gostar de nada espalhafatoso, mas seria um insulto dar-lhe algo comum.

Finalmente decidiu-se por um pingente com formato de gota, um adorável rubi cercado por diamantes e suspenso por uma corrente delicada. A combinação de rubi e diamantes capturava sua essência, ele achava, um calor exótico cercado por uma perfeição fria.

Pagou com dinheiro, para surpresa da vendedora. Com a caixinha em seu bolso, foi para outra joalheria e comprou uma corrente simples, guardada em uma caixa muito parecida com aquela que continha o pingente de rubi. Era simplória, custou apenas cem dólares, mas ele queria a caixa e não seu conteúdo.

Em seguida, entrou em uma papelaria e comprou uma caixa para ser postada no correio, encheu-a de papel de seda para proteger o conteúdo e um rolo de fita adesiva. Lembrou-se até mesmo de comprar uma tesoura para cortar a fita. Geralmente ficaria muito irritado por ter de se submeter a tantos transtornos, mas dessa vez teve paciência com todos os passos que teve de tomar. Afinal de contas, tudo aquilo era para Sarah.

Quando voltou para o carro, tirou a corrente barata da caixa e cuidadosamente colocou o pingente em seu lugar. Pronto. Agora, se Sarah telefonasse para a joalheria cujo nome estava na caixa, ninguém se lembraria de ter vendido um pingente de diamantes e rubi, e, na verdade, o estabelecimento não tinha tal item à venda. Ele a imaginou deitada na cama, tocando suavemente o pingente em seu pescoço e tentando imaginar quem enviara um presente tão lindo.

Ele colocou a embalagem da joalheria na caixa que enviaria pelo correio, juntamente com um bilhete, para mostrar o quanto ela era especial e fechou-a. Tarde demais percebeu que não comprara uma caneta comum para escrever o endereço do destinatário. Contrariado, pegou a caneta Gold Fountain do bolso do blazer. Será que o papelão estragaria a ponta?

Podia ir a outra loja para comprar uma caneta, mas sua paciência terminou de repente. Tirando a tampa da caneta cara, rapidamente escreveu o nome e o endereço de Sarah na caixa, afundando a ponta no papelão, com raiva. Se necessário, compraria outra caneta, mas aquela caixa seria remetida sem mais delongas.

O correio estava cheio e, apesar da preocupação com as medidas de segurança, a atendente não percebeu que o endereço do remetente estava faltando. Além disso, ele sabia que sua aparência inspirava confiança. Homens-bomba malucos não pareciam distintos e dignos; cabeludos e nojentos, sim, pelo que percebera. Estava preparado para responder mesmo que a atendente notasse a ausência da informação; já tinha um endereço fictício em mente, mas preferia que o embrulho fosse um mistério total para Sarah.

Percebera que o juiz Roberts recolhia as correspondências da caixa do correio todas as tardes, quando voltava para casa, depois de sua caminhada, no mesmo horário. Passar pela residência no momento exato fora difícil e, na verdade, se atrasou alguns segundos. Apesar de não ter conseguido parar na rua para observar, teve de se contentar com o que pôde ver do espelho retrovisor. O velhote pegou a caixa e ficou segurando-a, olhando para os dois lados da rua.

Teve de fazer uma curva e perdeu o maldito velho de vista. Que droga! Por que ficou parado ali? O que estava fazendo? Estaria com ciúme por alguém ter enviado um pacote a Sarah?

Era isso. Evidentemente estava com ciúme. Ele era idoso, mas devia fazer bem para seu ego ter uma mulher como ela vivendo em sua casa, cuidando dele. Provavelmente dizia a todos os seus amigos que estava dormindo com ela.

Tal idéia fez com que ele cerrasse os punhos com ódio, agarrando o volante com força. Quase conseguia ouvir as piadinhas dos amigos, como adolescentes maliciosos.

Ele tinha de livrá-la de tudo isso.

Sarah colocara a caixa sobre o balcão da cozinha e, enquanto jantava, às vezes a olhava. O pingente era inegavelmente lindo, mas ela não queria tocá-lo. Um presente era uma coisa, uma entrega anônima era outra completamente diferente. Era um tanto... ameaçador, como se alguém tivesse lhe enviado uma serpente disfarçada. Achava que o juiz tinha razão quando disse que a reportagem fizera um maluco ficar obcecado por ela.

Com certeza nunca usaria aquilo. Raramente usava jóias, em geral apenas um par de argolas pequenas de ouro e seu relógio. Usar jóias era inadequado em seu trabalho e não lhe agradava. Não gostava de se sentir cheia de acessórios, e não gostava de correntes.

Além disso, não tinha como saber quem havia mandado a jóia. Poderia ter sido qualquer pessoa, alguém por quem ela passasse no mercado ou que pudesse estar perto dela em uma livraria. Se ao menos soubesse quem era, poderia evitá-lo. Mas, sem saber, se usasse o presente e fosse vista, a pessoa poderia entender a atitude como um tipo de sinal. Um sinal para coisas que ela não queria imaginar.

Sarah fora treinada para perceber quando seu carro estava sendo seguido e, quando dirigia com o juiz, mantinha-se alerta. Conseguia relaxar quando estava sozinha e, agora, o infeliz lhe tirava essa tranqüilidade. Teria de ficar atenta, desconfiando de qualquer pessoa que se aproximasse, e detestava isso.

Mas talvez nada mais acontecesse. Alguns malucos desistiam quando o objeto de sua obsessão não correspondia conforme o esperado. Ou, se percebesse alguém seguindo-a, talvez não tentasse enfrentá-lo; talvez o faria segui-la até o clube de tiro para que a visse em ação. Isso poderia ajudar a desanimá-lo.

Pensando em todas as possibilidades, concluiu que preferiria ter recebido uma ameaça de morte; pelo menos poderia dar queixa na delegacia. Um pingente de diamantes e rubi com um cartão com a frase *Uma pequena amostra de minha admiração* não podiam ser considerados uma ameaça. Estranho, sim, ameaçador, não. A pessoa não quebrara regra alguma e, como preferira manter-se no anonimato, ela não podia devolver o presente e pedir a ele que a deixasse em paz.

A joalheria não tinha ajudado em nada. A primeira coisa que fez foi telefonar para a loja cujo nome estava impresso na caixa. Ninguém por lá se lembrava de ter vendido aquela jóia. Sequer se lembravam de *ter* uma peça com aquela descrição. Sarah agradeceu e desligou, frustrada. Ele devia ter algum estojo sobrando e colocou o pingente dentro. Não tinha saída; havia muitas joalherias na área de Birmingham, além de casas de penhores, onde poderia ter feito a compra. Poderia ter sido em qualquer lugar. Tuscaloosa ficava a apenas meia hora da Rodovia 59; Montgomery, a cerca de uma hora de distância; até mesmo Atlanta estava a algumas horas dali. E aquelas eram apenas as cidades maiores; as pequenas também tinham joalherias.

Portanto, não havia nada que ela pudesse fazer, não tinha como encontrar o sujeito, a menos que ele se aproximasse dela e perguntasse por que ela não estava usando o presente que lhe dera. Sarah não sabia se queria que isso acontecesse por mais que, dessa forma, tivesse a chance de pedir que ele a deixasse em paz. Por se tratar de um maluco, não sabia o que fazer. E se o deixasse ainda mais maluco?

Ela não se considerava uma especialista em artes marciais, mas conseguia defender o juiz e a si mesma melhor do que a maioria das pessoas. Estava em boas condições físicas, era uma excelente atiradora e dirigia muito bem. Apesar disso, não queria ser obrigada a usar tais habilidades. Precisava tomar conta da casa do juiz e dele, e ponto final. Mas as artes marciais eram úteis até certo ponto e ela se sentia um tanto desconfiada, e até um pouco temerosa com essa situação. Uma ocorrência, sem qualquer ameaça, não significava que estivesse sendo perseguida, mas não conseguia deixar esse pensamento de lado.

Droga, ele tirara sua paz.

Não podia fazer nada além de tomar cuidado e manter-se alerta, mas detestava a impotência diante da situação. Queria fazer alguma coisa, mas o quê? Estava tentada a atacar, mas naquele momento tinha de se defender.

Não havia nada que ela pudesse fazer além de lidar com a situação, por mais que não gostasse de nada daquilo. Podia lidar com ela; só precisaria ficar atenta. Talvez parasse por ali. Talvez a pessoa que enviara o presente ligasse no dia seguinte para saber se ela tinha gostado e ela acabaria com sua esperança. Era gentil em sua profissão, mas continuava sendo a filha de um militar, irmã de outros dois e sabia muito bem como colocar um ponto final em intenções daquele tipo. Quando preciso, sabia ser grosseira.

Certo, basicamente só dependia dela, a menos que ele fizesse algo extremamente ameaçador. Seria estupidez de sua parte, no entanto, não avisar a polícia e pedir conselhos a eles.

Eles? Ela riu. *Ele* era melhor.

Ela tinha o cartão daquele detetive, ou melhor, o juiz tinha. Desceu as escadas e atravessou a casa para chegar ao escritório, onde o juiz estava relaxado em sua poltrona de couro, assistindo à TV diante de seu televisor de tela ampla de alta definição. Ele olhou para ela quando bateu delicadamente à porta.

— Sinto muito perturbá-lo, mas gostaria de saber se o senhor tem o cartão do detetive Cahill. Acho que seria bom avisar a polícia sobre o recebimento desse presente mesmo que não possam fazer nada a respeito.

— Boa idéia. O cartão está no arquivo sobre a minha mesa. — Ele começou a se levantar, mas Sarah sinalizou para que continuasse sentado. Ele não conseguia se acostumar com a idéia de que não deveria fazer as coisas para ela, que *ela* estava ali para fazer as coisas para ele. Ela não tinha problemas quanto a servir suas refeições e cuidar de suas roupas — para as pessoas de sua geração, aquele tipo de trabalho era típico das mulheres —, mas ela tinha de ficar atenta, ou ele passaria a fazer o resto, como abrir as portas para ela passar.

— Eu pego. Por favor, fique sentado. — Havia apenas um arquivo em sua mesa, uma pasta na qual se lia TENTATIVA DE ASSALTO. Ela sorriu ao abri-la. A pasta continha o relatório da polícia, a nota que saiu no jornal sobre o caso, algumas fotos que ele próprio fizera e uma cópia do seguro. O cartão do detetive Cahill estava preso com um clipe ao relatório da polícia, juntamente com outros dois cartões.

Ela anotou o número do telefone e fechou a pasta. — Obrigada. O senhor precisa de mais alguma coisa?

— Não, não, está tudo bem. — Ele respondeu, entretido por um caso na TV Tribunal. Devia ser uma coisa de homem, ela pensou, suspirando. Seu pai também gostava daquele programa.

Ela voltou para seu quarto e teclou a seqüência de números de Cahill em seu telefone sem fio, e rapidamente desligou antes que a ligação fosse completada. As pessoas com escutas conseguiam grampear conversas em telefones sem fio. Ela não tinha nada confidencial para dizer, mas pensar que o maluco podia estar ouvindo suas conversas era repugnante.

E pensar que ele invadira tanto sua vida com um simples gesto a deixava ainda mais brava. Não devia se preocupar em falar em um telefone sem fio. Tinha o direito de seguir sua vida normalmente. *Que droga.*

Foi até seu quarto e tirou o telefone de fio do gancho. Enquanto teclava os números, pegou um travesseiro sob os cobertores, o enrolou e acomodou nas suas costas, para poder sentar-se confortavelmente na cama.

Cahill atendeu ao terceiro toque e parecia um pouco mal-humorado. — Cahill. — Ou melhor, *bastante* mal-humorado.

— Detetive Cahill, aqui é Sarah Stevens.

Houve uma pausa, como se ele tentasse relacionar o nome à pessoa. — Pois não, o que deseja?

Ela pôde ouvir a televisão ligada ao fundo, mas nenhuma outra voz. Nenhuma criança brincando, nenhum sussurro de esposa perguntando "Quem é?". Ele parecia sozinho, o que era um alívio. Um grande alívio para ela.

— Sei que a polícia não pode fazer nada a respeito disso, mas eu recebi um presente anônimo pelo correio hoje à tarde, que me deixou receosa.

— Anônimo?

— Não havia o endereço do remetente na caixa e nada dentro dela com um nome.

— O que era? Um gato morto?

Ela ficou em silêncio e ele suspirou. — Desculpe. Você ficaria surpresa com o número de pessoas que costumavam enviar gatos mortos pelo correio. Isso parou quando as agências dos correios deixaram de aceitar caixas sem remetente.

— Bem, mas aceitaram dessa vez. Está com o carimbo do correio, mas sem remetente.

— O que havia na caixa?

— Um caro pingente de diamantes e rubi.

— Qual o valor?

— O juiz Roberts diz que pelo menos uns dois mil dólares. No cartão estava escrito *Uma pequena amostra de minha admiração*, mas não estava assinado. Não havia nada de ameaçador, mas... me deixou desconfiada. O juiz ficou assustado, ele acha que a matéria da televisão atraiu um maluco que ficou obcecado por mim.

— Pode ser, mas você tem certeza de que não é de seu namorado?

— Não tenho namorado. — Ela poderia simplesmente ter dito estar certa de que não era de namorado nenhum, mas não o fizera. *Não tenho namorado*. Não poderia ter sido mais clara. Se ele estivesse interessado, tomaria uma atitude.

Houve uma nova pausa. Então, ele disse: — Veja bem, você tem razão, não há nada que possamos fazer...

— Sei que não. Só queria saber o que *eu* devo fazer no caso de isso se tornar algo mais sério.

— Guarde tudo que receber que seja relevante. Mantenha um registro de telefonemas estranhos, como as vezes que desligarem sem dizer nada ou quando ficarem respirando ao telefone. Você tem identificador de chamadas?

— Não em meu telefone fixo.

— Então compre um. E se ainda não tiver telefone celular, compre um. Não vá a lugar algum sem ele.

— Já tenho um celular. Sempre fica na minha caminhonete.

— Não o deixe na caminhonete, nem dentro da bolsa. Mantenha-o em seu bolso, para que possa pegá-lo imediatamente se precisar. Acredito que você provavelmente não tem nada com que se preocupar, mas um presente caro é... incomum.

— Foi o que pensei também. — Ela suspirou e coçou a testa. — Detesto essa situação. Nada aconteceu, mas tenho a impressão de que alguma coisa horrorosa está *prestes* a acontecer.

— Não se deixe abalar. Use o bom senso, seja cuidadosa e telefone se mais alguma coisa acontecer.

— Tudo bem. Obrigada pelo conselho.

— De nada. — Ele desligou e Sarah deu uma risadinha ao desligar. Certo, tinha a resposta para pelo menos uma coisa: o detetive Cahill provavelmente era solteiro, mas certamente não estava interessado. Sua atitude fora a mais impessoal possível.

Ao voltar para a sala de estar, percebeu que as cortinas estavam abertas. Ela as fechou abruptamente, com o coração aos pulos. Será que ele estava lá fora, observando-a?

8

Nada mais aconteceu. Nenhum telefonema, nenhum presente e, se alguém a seguira, ela não tinha percebido. Certa vez acreditou estar sendo seguida, mas, se fosse verdade, ele não era muito bom na ação e um Jaguar branco não era a melhor opção de veículo quando se perseguia alguém, é muito chamativo. Logo o Jaguar sumiu de vista em seu espelho retrovisor, tomado pelo trânsito intenso. Provavelmente era alguém que também vivia na região de Mountain Brook, que por acaso teve de fazer o mesmo caminho que ela.

Conversara com sua mãe e Noel tinha telefonado, portanto ele estava bem por enquanto. Daniel ainda não tinha telefonado, desde sua partida, mas teriam sabido se alguma coisa tivesse acontecido a ele; por isso tudo estava bem em casa. Jennifer estava pensando em ter outro filho, o terceiro, mas seu marido, Farrell, não ficou muito animado; sentia-se mais do que feliz com os dois filhos. Conhecendo Jennifer, Sarah apostava que um novo sobrinho — ou sobrinha — chegaria no máximo em um ano.

Falar com sua mãe a deixou melhor. Em casa tudo estava sob controle e isso era o que precisava saber. Tudo parecia estar normal ali também, exceto pela existência daquele pingente; sempre que olhava para ele, lembrava que alguma coisa não estava certa, que existia alguém, por perto, que acreditava ser correto enviar um presente caro a uma mulher que ele não conhecia.

Em seu meio dia de folga, sábado, naquela semana, ela aparou as pontas do cabelo, fez as unhas da mão e foi ao cinema. Durante todo o tempo observou as pessoas e o tráfego ao seu redor, mas não havia nada de diferente. Nada. Não reencontrou uma pessoa que já tivesse visto em outro lugar, ninguém a seguira. Achava que ainda era cedo demais para relaxar, mas sentia-se um pouco melhor quando voltou para casa.

A quarta-feira, seu próximo dia de folga, foi semelhante. Ninguém a seguiu quando ela foi para a aula de caratê e kick boxing. Passou bastante tempo no clube de tiro, pois se sentia melhor, e em seguida foi às compras no Summit; isso também melhorou seu astral. Comprar uma roupa nova lavava a alma.

Ficou em uma livraria cerca de uma hora, jantou em um restaurante e assistiu a outro filme. Gostava muito de cinema e assistia a um novo filme pelo menos a cada duas semanas, mas na verdade sabia que assim facilitava a aproximação de quem quisesse observá-la mais de perto. Se ele ainda estivesse por ali, ela queria saber quem era, ver seu rosto. Não podia continuar vivendo achando que todos os homens eram ele; queria um rosto para que deixasse de ser uma sombra vaga e ameaçadora em sua mente. Era preciso que ele se sentasse perto dela, que se aproximasse.

Mas se sentou sozinha no cinema escuro, ninguém disse nada nem esbarrou nela quando o filme terminou e ela saiu da sala. Nada aconteceu no estacionamento onde sua caminhonete estava.

Tudo parecia normal em casa quando ela chegou. As luzes da entrada estavam acesas, as de segurança também, e ela pôde ver a luz acesa no quarto do juiz. O relógio digital do painel indicava que eram quase dez horas da noite, portanto ele provavelmente se preparava para dormir.

Estacionou no lugar de sempre, sob o pórtico, e entrou pelos fundos. Depois de trancar a porta, andou rapidamente pela casa, como sempre, para certificar-se de que tudo estava trancado. Ao se dirigir para a parte da frente da casa, ouviu a televisão no escritório do juiz e, ao olhar para lá, viu a luz acesa. Então, ele ainda devia estar acordado.

As portas duplas da frente não estavam trancadas, o que era incomum. Virou a chave e foi para a sala de descanso, para verificar as portas.

O juiz não costumava deixar as luzes do andar superior acesas; automaticamente desligava o interruptor todas as vezes que saía do quarto, mesmo que pretendesse voltar logo. Ela parou na escada dos fundos e sentiu um certo incômodo. Talvez ele apenas tivesse subido rapidamente e já fosse voltar para assistir ao noticiário das dez horas. Não conseguiu ouvir nenhum som vindo do piso superior, mas seria difícil escutar qualquer coisa com a televisão do escritório ligada.

Foi até a porta da biblioteca e espiou. Uma lâmpada estava acesa, do jeito que ele gostava que ficasse enquanto assistia à tevê. Ele estava sentado em sua poltrona de couro, como sempre, e era possível ver sua cabeça. Devia ter cochilado.

Mas por que a luz do quarto estava acesa?

Foi então que sentiu um cheiro. Foi difícil identificá-lo, pois parecia uma mistura de fezes com... alguma outra coisa. Com o olfato aguçado e todos os instintos repentinamente em alerta — teria ele vomitado, passado mal ou alguma coisa parecida? —, ela avançou um pouco mais no escritório.

Ao olhar para ele de outro ângulo, sentiu-se gelar.

Não. *Oh, não.*

Havia manchas escuras espalhadas pelo cômodo e, mesmo na penumbra, pôde ver que algumas manchas tinham massa encefálica. Ela fez um esforço para respirar, parada e tentando ouvir o intruso. Pôde ouvir o tiquetaque do relógio, a própria pulsação, mas não havia ninguém por perto... a menos que ele estivesse na parte de cima.

Sentiu vontade de correr até o juiz. Queria endireitar seu pescoço, limpar o sangue que escorrera do pequeno ferimento ao lado de sua cabeça. Queria cobrir... cobrir o furo do outro lado, por onde parte de seu cérebro saíra. Queria chorar, gritar, voar para o andar de cima à procura de seu assassino — matá-lo, com certeza, pois não permitiria que ele vivesse nem mais um segundo se o encontrasse.

Mas não fez nada disso. Saiu de costas do escritório, tomando o cuidado de não tocar em nada, para não encobrir uma impressão digital, e foi para a cozinha, onde deixara sua bolsa sobre o balcão. Havia colocado o telefone dentro dela, acreditando não existir a necessidade de mantê-lo em seu bolso quando estivesse ali, dentro de casa.

Estava enganada.

Pegou sua pistola também e encostou-se em um canto para que não pudesse ser atacada por trás, se por acaso *ele* ainda estivesse dentro da residência. Suas mãos tremiam enquanto ligava o aparelho e esperava. Os segundos de espera pareceram décadas. Ela teclou 911 e esperou que atendessem.

— Nove-um-um.

Queria fechar os olhos, mas não o fez. Tentou falar, mas nada saiu.

— Nove-um-um. Alô?

Ela respirou e conseguiu dizer, com a voz embargada: — Estou falando do número 2.713 da Briarwood. Meu patrão levou um tiro. Está morto.

Diferentemente da primeira vez que Cahill estivera lá, a casa estava bem iluminada. A entrada, a rua, até mesmo a calçada estavam abarrotadas de carros, a maioria deles com os faróis acesos. A fita que isolava a cena do crime mantinha os vizinhos a distância e dessa vez eles esqueceram as regras de boas maneiras; todas as casas estavam com as luzes acesas e as pessoas se juntavam à beira da fita, conversando. Um policial estava filmando a multidão, porque muitas vezes o assassino ficava por perto.

Os carros de reportagem dos canais de tevê da cidade se multiplicavam e Cahill entrou antes que alguém o detivesse para perguntas.

A porta da frente estava trancada, vigiada por um policial uniformizado que fez sinal positivo com a cabeça e o deixou entrar. As pessoas que cuidavam da cena do crime já estavam trabalhando, cuidadosamente fotografando, analisando e catalogando. Os paramédicos esperavam, pois obviamente não tinham nada para fazer naquele momento. Nenhuma vida a ser salva, nenhum ferimento a ser tratado, apenas um corpo para ser retirado.

Um assassinato em Mountain Brook era uma grande novidade. O último acontecera há... cinco anos? Quando a vítima se tratava de um juiz federal aposentado, então era uma novidade maior ainda. A pressão no caso seria imensa.

— Quem telefonou para avisar? — ele perguntou, mesmo sabendo.

— A mordoma. Ela está na outra sala. — O policial fez um gesto indicando a sala à esquerda.

Era uma copa, assim acreditava se chamar aquele cômodo, com a cozinha ligada a ela. Sarah estava sentada à mesa, segurando uma xícara de café. Pálida e quieta, olhava fixamente para a toalha de mesa.

Não trajava pijama dessa vez. Vestia roupas casuais e usava batom. Ele perguntou: — Seu carro está nos fundos?

Ela afirmou, sem olhar para ele. — Está estacionado sob o pórtico. — Sua voz estava fraca, apática.

— Qual é o modelo?

— Uma TrailBlazer. — Não havia interesse ou curiosidade em sua voz.

Ele atravessou a cozinha e chegou à porta dos fundos. A caminhonete estava lá fora. Colocou a mão sobre o capô; ainda estava quente.

Voltou para dentro e no caminho, passando pela cozinha, parou para pegar uma xícara com café. A cafeteira estava quase cheia e, evidentemente, ela havia se servido com uma xícara, sentado à mesa e se esquecido de tomá-lo.

Ela ainda estava sentada da mesma maneira. Ele pegou a xícara de café morno de suas mãos vulneráveis, virou o líquido na pia da cozinha e encheu-a novamente.

Colocando a xícara diante dela, disse: — Tome.

Obedecendo, ela tomou um gole.

Ele se sentou à mesa, à sua direita, e pegou um bloco e uma caneta. — Conte-me o que ocorreu. — Era uma pergunta abrangente, que não a direcionava a um ponto específico.

— Hoje é quarta-feira — ela disse, ainda com a voz fraca.

— Sim.

— É meu dia de folga. Fiz o que sempre faço...

— O que você sempre faz?

— Minhas aulas de caratê e kick boxing, o treino no clube de tiro.

— Que horas aconteceu tudo isso? — Ela disse; ele anotou os horários e os locais das aulas. Teria de checá-los para ter certeza de que ela estava onde e quando dissera estar. — E depois?

— Fui ao Summit fazer umas compras.

— Comprou alguma coisa?

— Uma roupa na loja Parisian, alguns livros.

— Sabe o horário?

— Entre quatro e cinco da tarde, acho. Os horários estão nas notas das compras. — Ela não olhou para cima, mas tomou outro gole de café.

— Depois disso você veio para casa?

Ela negou. — Não, eu jantei fora. Não consigo me lembrar o nome do lugar. Lá no Summit. No restaurante italiano. Deveria ter voltado para casa depois, como geralmente faço, mas fui ao cinema.

— Por que deveria ter vindo para casa?

— Porque eu estaria aqui e isso não teria acontecido.

— A qual filme você assistiu?

Dessa vez ela olhou para cima, com o olhar vago. — Não me lembro. — Colocou a mão no bolso de sua calça jeans e puxou dele metade de um ingresso de cinema. — Este.

Ele anotou o nome do filme e o horário.

— Eu estava pensando em ir assistir a esse filme. É bom? — Ele manteve a voz calma.

— É bom. Fui ao cinema para que ele pudesse se aproximar de mim, se estivesse me seguindo.

— O quê? — Cahill não compreendeu. — Quem?

— Não sei. O homem que me mandou o pingente.

— Certo. — Ele voltaria a esse assunto mais tarde. — A que horas você chegou em casa?

— Eram quase dez horas. A luz do quarto do juiz estava acesa. Geralmente ele vai para a cama às dez, mas às vezes assiste ao noticiário primeiro.

— Ele tem um televisor em seu quarto?

— Não. — Seus lábios tremeram. — Ele dizia que os quartos eram feitos para dormir.

— Então, onde ele assistia à TV?

— No escritório. Onde eu o encontrei.

— Vamos voltar um pouco. O que você fez ao chegar? — Ele bebeu seu café e ela fez o mesmo.

— Comecei a verificar se as portas estavam trancadas. Sempre faço isso antes de me deitar. A porta da frente não estava — ela disse. — Não estava trancada. Era estranho estar aberta. Ouvi a televisão ligada e me perguntei por que a luz de seu quarto estava acesa se ele ainda estava no escritório.

— O que você fez?

— Fui até a porta do escritório e espiei. Ele estava na poltrona, com a cabeça para trás, como se tivesse cochilado.

Ele esperou, sem querer interrompê-la por enquanto.

— Senti o cheiro — ela disse com a voz baixa. Ele sabia sobre qual cheiro ela se referia. — E pensei que ele tivesse sofrido um ataque cardíaco e defecado. Apenas uma lâmpada estava acesa, portanto a iluminação não estava muito boa, mas, quando entrei, o ângulo mudou e eu vi... o sangue. E o outro lado de sua cabeça. E os pedaços... — Sua voz falhou.

— Fiquei com medo de ele ainda estar dentro da casa. Na parte de cima. É por isso que a luz estava acesa. Pensei em subir... — Mais uma vez sua voz falhou.

— Espero que não tenha subido.

— Não subi, mas senti vontade — ela sussurrou. — Queria pegá-lo. Em vez disso, voltei para a cozinha, peguei a pistola e o celular e fiquei em um canto enquanto telefonava para a polícia.

— Onde está sua pistola?

— Na minha bolsa. Eu a coloquei lá quando a primeira viatura chegou.

— Posso vê-la?

— Está no balcão da cozinha.

— Pode pegá-la para mim, por favor?

Ela levantou-se e foi para a cozinha, andando como um zumbi. Cahill a seguiu com o olhar e a observou pegar a pistola. Estava no coldre e, ele viu que o pente estava cheio. — Sempre a recarrego antes de sair do clube de tiro — ela disse, coçando a testa.

Ela não a limpara — ainda não, apesar de achar que ela o fazia de tempos em tempos —, e o cheiro de pólvora ainda estava forte. Os exames de balística não bateriam, ele sabia; ela era esperta demais para cometer um erro desses. Ele não achava que ela tinha matado o velhote, mas não podia eliminar nenhuma possibilidade. As pessoas geralmente eram mortas por indivíduos mais próximos delas; portanto, até que ela pudesse ser inocentada, definitivamente permaneceria em sua lista de suspeitos.

Ela o observou, sem reação, com o olhar perdido. Estava completamente retraída; algumas pessoas lidavam com situações de estresse dessa maneira, quase se fechando completamente.

— Vamos nos sentar outra vez — ele sugeriu e ela obedeceu. — Você recebeu mais presentes ou telefonemas estranhos?

— Não, foi só aquele presente. Nada mais. E uma vez pensei estar sendo seguida, mas estava enganada.

— Tem certeza?

— Ele se distanciou. E estava dirigindo um Jaguar branco. As pessoas não usam um carro desses para seguir alguém.

— Não, a menos que seja o único carro disponível. — Mas se alguém tinha dinheiro para ter um Jaguar, certamente teria outro tipo de carro também. Um Jaguar era chamativo demais.

Portanto, ela provavelmente não estava sendo seguida. Mas foi a primeira coisa na qual pensou quando entrou e viu o corpo do juiz Roberts. — Você me disse anteriormente que o juiz Roberts recebeu algumas ameaças de morte. Sabe alguma coisa sobre elas?

— A família dele poderá lhe contar em detalhes. Sei um pouco da história, mas tais ameaças aconteceram antes de eu começar a trabalhar para ele. A família dele... meu Deus! Tenho de ligar para eles.

— Vamos avisar a família — ele disse, suavizando o tom de voz, pois ela de repente pareceu transtornada ao pensar naquilo. — Você tem os telefones?

— Sim, claro. — Ela voltou a coçar a testa. — Ele tinha dois filhos e uma filha. — Deu a ele os nomes e telefones e voltou a ficar quieta, olhando para a toalha da mesa da cozinha.

— Voltarei em um minuto — ele disse e levantou-se. Queria checar a situação no escritório e olhar o resto da casa.

Ele estava quase saindo quando ela perguntou: — Ele estava lá em cima?

Ele parou. — Não havia mais ninguém na residência quando os policiais chegaram. — Já tinha essa informação graças ao relatório que recebeu ao chegar.

— Ele não saiu por uma das janelas ou algo assim?

— Não havia qualquer sinal da presença de outra pessoa na casa. Nenhuma janela aberta, nada fora do lugar. — Ele não podia dizer nada mais do que aquilo.

— Espero que não tenha ficado lá em cima — ela disse com a voz baixa. — Espero não tê-lo deixado escapar. Eu deveria ter ido lá. Deveria ter verificado.

— Não, não deveria...

— Eu o teria matado — ela disse, decidida.

9

Sarah sentia-se tensa, e física e emocionalmente esgotada quando encontrou Barbara e a família dela no aeroporto de Birmingham às seis horas da manhã seguinte. Esperou na parte inferior, na área de recebimento de bagagem, com um copo de café na mão. Não fazia idéia de quanto café havia tomado desde que encontrara o corpo do juiz, mas tinha absoluta certeza de que era a cafeína que a estava mantendo em pé.

Não dormira, não teve uma oportunidade, mesmo que estivesse com sono. Cahill voltou diversas vezes para fazer perguntas, ela teve muito o que fazer e não conseguiu descansar um só minuto. Teve de avisar muitas pessoas; o Departamento de Polícia se encarregara de entrar em contato com a família, mas ela telefonara para Leona, e a acordou para dar a triste notícia e não deixar que ela soubesse pelo telejornal da manhã. Então, os telefonemas dos familiares começaram, de tal maneira que muitas vezes Sarah teve de atender o telefone sem fio e seu celular ao mesmo tempo.

Seria preciso tomar providências para receber os parentes. Randall e sua esposa, Emily, tinham três filhos, todos casados e com filhos. Como todos eles viviam na região de Huntsville, que era próxima dali, apenas Randall e Emily chegariam para o enterro, mas todos — três filhos e noras, além de quatro netos — passariam a noite antes do enterro.

Jon e sua esposa, Julia, viviam em Mobile. Tinham dois filhos, um casado e outro solteiro. Todos viriam para a cerimônia. Barbara, o marido, Dwight, e os dois filhos viviam em Dallas e ficariam até o fim. Isso significava que Sarah tinha de acomodar onze pessoas, inclusive a si mesma, no meio da noite, elas chegariam cedo... *bem* cedo. Ela pensaria em como acomodar o resto da família de Randall depois que as providências do velório fossem tomadas.

Fez reservas para todos no Hotel Wynfrey. Provavelmente fariam suas refeições fora de hora, portanto precisavam de um local com serviço de quarto e os adolescentes poderiam se distrair no Galleria, que ficava ao lado. Reservou para um si uma suíte no Mountain Brook Inn. Foi com certo choque que soube que não poderia ficar na casa, nem mesmo pegar suas roupas. Dera uma lista do que precisaria a Cahill e ele encarregara alguém de buscar o que ela pedira.

Sua pistola havia sido apreendida, assim como o revólver do juiz que ele mantinha trancado em uma gaveta. Cahill dissera que eles seriam devolvidos após a investigação, ou seja, quando determinassem se uma das armas havia ou não sido usada para cometer o assassinato.

Obviamente ela era vista como suspeita por ser muito próxima da vítima. Tinha acesso irrestrito à casa, possuía uma pistola e Cahill vira com os próprios olhos sua habilidade ao lidar com ela. Podia provar onde estava com as notas e ingressos do cinema, e não tinha motivos para cometer o crime, portanto não se preocupou com isso; nem conseguia pensar nisso com a lembrança constante do corpo do juiz passando por sua mente como um filme.

Ele parecia tão frágil morto, como se seu espírito tivesse conseguido disfarçar a fragilidade que o tempo infligira a seu corpo. Sarah sentia-se aliviada por ninguém mais tê-lo encontrado, por ter havido pelo menos um momento final somente entre os dois, antes que estranhos chegassem e levassem seu corpo. Os mortos não tinham pudor, mas ela sabia que ele detestaria perder o controle de seu intestino, detestaria que sua família o visse daquele jeito. Detestaria que *ela* o visse naquela situação também, mas, de todas as possibilidades, aquela era a menos constrangedora.

A escada rolante começou a revelar os passageiros do avião recém-aterrissado; Barbara e sua família estavam entre os primeiros. Ela era uma mulher magra e bela, com reflexos claros muito bem-feitos em seu cabelo louro e curto; estava com os olhos inchados e a pele pálida, mas parecia controlada. Viu Sarah quando ainda estava na escada rolante e, ao sair dela, imediatamente partiu em sua direção, e as duas se abraçaram. Lágrimas encheram os olhos de Sarah; durante aquela noite horrorosa inteira ela desejou ter alguém para abraçá-la para que não se sentisse tão só.

— Tem notícias de Jon? — Barbara perguntou, afastando-se e secando os olhos com um lenço de papel amassado.

— Eles saíram de Mobile às duas da manhã, mais ou menos, por isso devem chegar ao hotel a qualquer momento.

— Espero que ele dirija com cuidado.

— Eu o convenci a deixar Julia dirigir.

— Deus te abençoe. — Barbara voltou a abraçá-la. — Você ainda está no controle de tudo. A polícia descobriu alguma coisa?

Sarah negou. — Não sei. Não sou da família, por isso eles não me dizem nada. — E Cahill não lhe diria nada de maneira alguma, sendo uma suspeita.

— Sabia que um daqueles desgraçados sairia da prisão e viria atrás dele — Barbara disse com raiva. — Sabia.

Uma nova sensação de culpa tomou conta de Sarah. — Eu tinha de estar lá.

— Bobagem. — Barbara voltou-se para ela, repentinamente. — Era seu dia de folga, não havia por que você estar lá. Não poderia ficar com ele vinte e quatro horas por dia. Provavelmente o monstro observou a rotina da casa e a viu saindo. Se existe um culpado, esse alguém sou eu por não ter contratado um serviço de segurança em tempo integral. Não é sua culpa e nunca vou deixar que pense isso, certo?

Tarde demais. Sarah pensava naquilo pelo menos a cada cinco minutos. E se, ela pensara naqueles primeiros e assustadores minutos, ele tivesse sido morto pelo louco que lhe mandara o pingente? E se ele estivesse à procura dela? Matar o juiz não tinha lógica, mas pessoas desse tipo não eram normais, então por que suas ações seriam? Sabendo que um doido estava à solta, ela deveria ter ficado em casa, e não tentando descobrir sua identidade.

Só quando Cahill perguntou sobre as ameaças de morte foi que ela percebeu que elas provavelmente eram a resposta para o crime. Era o mais óbvio. Mas seu lado emocional não conseguia esquecer a primeira sensação.

— Também não é sua culpa — Sarah disse, decidida. — É culpa do homem que puxou o gatilho e de ninguém mais. Temos de nos lembrar disso. — E mesmo assim ela tinha de estar na casa. Se não fosse por aquele maldito pingente, estaria.

Dwight, o marido de Barbara, estava pegando as malas na esteira com a ajuda do filho Shaw, de dezenove anos. Blair, de quinze, estava em pé sozinha, com uma expressão triste e desamparada. Seus cabelos cor-de-mel tinham mechas de cor azul-metálico e em sua sobrancelha esquerda exibia agora duas argolas de ouro.

— Uau! — Sarah disse, aproximando-se e abraçando a garota. — Duas argolas. Quando colocou a segunda?

— É de mentira — ela disse. — Queria deixar o vovô de cabelo em pé da próxima vez que o víssemos, mas... Mas agora não vai dar mais! — Começou a chorar e apoiou-se em Sarah, escondendo o rosto no ombro dela. Seu corpo chacoalhava com os soluços.

Barbara consolou a filha abraçando-a e ninando-a como se ainda fosse uma criancinha. Dwight e Shaw se aproximaram carregados de malas e um tanto incomodados pela demonstração de emoção incontida das mulheres. Barbara acalmou Blair e todos foram para o carro de Sarah. Barbara acomodou-se no banco de trás com os filhos, e Dwight, no banco do passageiro, na frente.

— A que horas Randall e Emily vão chegar? — ele perguntou.

— Perto das onze horas. Ele tem uma cópia do testamento do juiz em um cofre no banco, que não abre antes das nove. Ele acha que pode ser necessária.

Barbara coçou a testa. — Não quero pensar no testamento dele agora.

— Pode ser que haja instruções a respeito de seu enterro — Dwight disse com gentileza.

— Mesmo assim, gostaria... — Suspirou. — Deixa pra lá, não vai adiantar nada querer coisa alguma agora. — Ela respirou fundo enquanto Sarah ia em direção à guarita do estacionamento, na saída. — Sarah, você sabe quando a polícia nos dará permissão para entrar na casa?

— Provavelmente daqui a dois dias. — E ela teria de cuidar para que o escritório fosse limpo antes de a família entrar; não queria que vissem o local como estava, com as manchas de sangue. Ela mesma daria qualquer coisa para não ter visto aquilo, para que as doze horas anteriores nunca tivessem acontecido. Se pudesse voltar no tempo, faria tudo diferente; em vez de ficar mais tempo no Summit, iria para casa e, quem quer que fosse o assassino, quando ele chegasse ela cuidaria dele e o juiz ainda estaria vivo.

Mas não podia voltar no tempo agora. Ninguém podia.

— O detetive vai mantê-los informados no hotel — ela disse. — Tentem dormir um pouco.

— Você estará conosco quando o detetive nos procurar? — Barbara hesitou um pouco.

— Se vocês quiserem, sim. —Assim como precisava ser abraçada minutos antes, do mesmo modo precisava ficar sozinha, para poder extravasar sua mágoa e as lágrimas reprimidas. Mantivera tudo sob controle, por causa do choque, mas agora a realidade cruel aparecia.

— Por favor. Estou tão... Não estou conseguindo pensar com clareza.

Sarah não sabia se estava pensando com clareza também, mas, se Barbara fizesse questão de sua presença, ela estaria junto deles. Se Cahill lhes desse algumas horas, pelo menos ela poderia tomar um banho e trocar de roupa, talvez até mesmo cochilar e tomar o café-da-manhã. Assim que pensou em comer, seu estômago revirou-se e sentiu um nó na garganta. Nada de comida, então. Talvez amanhã.

Amanhã. O que ela faria amanhã? O que a família precisasse, pensou. O que acreditassem não poder fazer, ela faria por eles. E quando o último serviço fosse prestado, o que aconteceria?

Não estava pronta. Pensara que teria mais alguns anos para se preparar para colocar seu plano em ação. Acreditara que o juiz ficaria cada vez mais frágil, ou que talvez um ataque cardíaco o levasse, mas pensara que sua morte seria natural. Ela sofreria, todos sofreriam, mas não haveria essa dor pungente causada por uma vida interrompida. Ninguém estava preparado para sua morte, não daquela maneira.

Ela levou a todos para o hotel e, quando estava prestes a ir embora, Jon e sua família chegaram. Então ficou, ajudando-os, respondendo às perguntas de Jon. Procurando consolo juntos, Barbara, Dwight e os filhos se uniram a eles e, quando Sarah finalmente foi embora, todos estavam reunidos em um dos quartos, um pouco emocionados, porém contidos. As providências finais teriam de esperar até que Randall chegasse, para que todos pudessem decidir juntos, mas Barbara já estava com uma folha de papel com o logotipo do hotel em mãos, fazendo uma lista das coisas que precisavam ser feitas.

Barbara ficaria bem. Estava sofrendo, mas preparava uma lista. Era assim que as mulheres lidavam com as dificuldades, fazendo o que precisava ser feito.

O dia estava encoberto e mais frio do que nas últimas semanas. Sarah apreciou o ar fresco que vinha de encontro a seu rosto enquanto caminhava até a TrailBlazer. Por enquanto não tinha nada para fazer, e era estranho. Barbara tinha o número de seu celular e de seu quarto no Mountain Brook Inn, e telefonaria quando eles tivessem de se encontrar com Cahill. Provavelmente Sarah teria algumas horas vagas. Poderia tomar um banho.

Quando finalmente entrou na suíte, o silêncio era quase ensurdecedor. Há horas estava ocupada, cercada por pessoas, vozes e luzes. Mesmo sentada, respondia a perguntas, se ocupava. Agora estava sozinha e não tinha nada para fazer para mais ninguém no momento.

Metodicamente, tirou da mala as poucas peças que trouxera, pendurou seu vestido no banheiro para que o vapor do chuveiro o desamassasse e, por fim, posicionou-se sob o jato quente e relaxante. Então, pôde chorar.

Chorou por muito tempo e com muita força, agachada no canto da banheira, com o rosto coberto pelas mãos e a água batendo em sua cabeça. O acúmulo de horas de estresse e pesar a esgotou. Queria dar vazão à tristeza que sentia, queria... queria que o juiz voltasse, mas isso não aconteceria.

Por fim, a natureza seguiu seu caminho e o choro convulsivo se transformou em uma aceitação apática. Terminou seu banho, enrolou o cabelo em uma toalha grossa e caiu nua sobre a cama. O quarto estava escuro e fresco, ela estava exausta e adormeceu quase imediatamente.

Acordou às dez horas, com o telefone tocando. Deu um pulo para atendê-lo, procurando parecer alerta.

— Alô. É Sarah.

— Sarah, aqui é a Barbara. O detetive Cahill estará aqui às onze. Pode chegar nesse horário?

— Estarei aí — respondeu, saindo da cama.

Seu cabelo estava uma bagunça, ainda molhado e despenteado. Ligou a cafeteira que havia no quarto e, rapidamente, secou o cabelo e escovou os dentes. Como o café já estava pronto, pegou uma xícara e bebericou, enquanto voltava para o banheiro e terminava de se aprontar. Não havia o que fazer; não se preocupou com sua aparência, por isso usou apenas um creme e um pouco de brilho labial.

As opções de roupas eram poucas: um vestido e dois trajes que usava em seu trabalho como mordoma. Nem sequer tinha um blazer e achou que precisaria de um naquele dia. Sua camisa branca, calça e colete pretos dariam conta do recado por ora. Talvez Cahill conseguisse alguém para pegar na casa mais algumas peças para ela, se até o dia seguinte não tivesse permissão de entrar lá.

O dia nublado estava começando a trazer uma garoa fina e ela sentiu frio ao caminhar até seu carro. A primeira coisa que fez ao ligar o automóvel foi acionar o aquecedor; a segunda foi colocar os óculos de sol para esconder seus olhos inchados e vermelhos.

Geralmente o caminho até o Hotel Wynfrey era curto, de dez a quinze minutos de carro, mas um acidente na 280 fez com que demorasse mais tempo e chegasse lá cinco minutos antes do combinado. Por sorte, Cahill estava entrando ao mesmo tempo. — Por que está aqui? — ele perguntou bruscamente.

— A pedido da família. — Ela ficou um pouco surpresa ao perceber como sua voz estava grave.

Ele assentiu com um meneio de cabeça e não disse mais nada enquanto eles se dirigiam ao elevador. Ela estava cansada e triste demais para dizer qualquer coisa pertinente, ou mesmo não pertinente. Ele provavelmente poderia fazer mais perguntas a ela, por isso sentiu-se aliviada com o silêncio. Talvez estivesse tão cansado quanto ela, ou mais.

Ela olhou para ele de soslaio. Em algum momento ele conseguira tempo para tomar banho, barbear-se e trocar de roupa. Se estava exausto, não demonstrava. Talvez também tivesse dormido um pouco.

Estava usando blazer e gravata. O blazer fez com que ela se lembrasse que estava com frio. — Pode pedir para alguém entrar na casa para buscar uma blusa para mim? — ela perguntou. — Qualquer uma.

Ele olhou para ela, um olhar cuidadoso que notava todos os detalhes. Talvez tenha percebido que ela tremia. — Vou cuidar disso.

— Obrigada.

A família estava toda reunida na suíte de Barbara. Randall e Emily tinham chegado e Sarah sentiu uma pontada de culpa. Deveria tê-los esperado chegar para acomodá-los. Randall lhe deu um aperto de mão, a reservada Emily a abraçou e Sarah voltou a se emocionar.

Barbara, anfitriã ao extremo, pedira ao serviço de quarto que frutas, queijos e biscoitos fossem levados à suíte. Garrafas de água e uma cafeteira com café fresco estavam à disposição. Sarah perguntou o que todos queriam beber e, em silêncio, começou a servi-los. Tinha por hábito lembrar-se de como cada pessoa gostava de beber seu café, graças aos cursos que fizera na escola de mordomos. Alguns profissionais conseguiam fazer isso com pequenos grupos de cinco ou seis pessoas, outros precisavam anotar os pedidos, mas, por algum motivo, em seu cérebro a informação era arquivada de maneira diferente. Quando tinha de descrever Randall, por exemplo, dizia: 1,80m, cabelo grisalho, olhos castanho-claros e gosta de café com bastante creme. Emily tinha 1,65m, cabelo ruivo, retocado a cada duas semanas no cabeleireiro, olhos castanhos, o café com dois torrões de açúcar e sem creme.

Cahill, pela lembrança das infinitas xícaras de café que ele tomara na noite anterior, era o mais simples possível: café puro.

Quando ela entregou a Cahill sua xícara de café, ele agradeceu e disse: — Está muito claro para você?

Ela esquecera que ainda estava usando óculos. — Desculpe — murmurou, removendo-os. — Eu me esqueci. — Seus olhos vermelhos e inchados estavam parecidos com os das outras pessoas ali.

— Você comeu alguma coisa? — Barbara perguntou, pousando sua mão sobre o ombro de Sarah.

— Ainda não.

— Sente-se agora e coma alguma coisa. Se eu consigo, você também consegue.

Por insistência de Barbara, ela colocou um pouco de frutas e uns biscoitos em um pratinho, e procurou um lugar onde se sentar. Barbara pedira que mais cadeiras fossem trazidas para acomodar a todos; as famílias estavam reunidas, é claro, deixando o único assento livre ao lado de Cahill. Ela sentou-se e, observada pelo olhar atento de Barbara, espetou um pedaço de abacaxi e o levou à boca.

Forçou-se a mastigar e o pedaço de abacaxi começou a se desfazer. Se estivesse sozinha, o teria cuspido. Rapidamente fechou os olhos e lutou contra o nó de sua garganta. E continuou mastigando.

— Engula — Cahill disse em um tom de voz que só ela poderia ouvir.

Sarah tentou. Na segunda tentativa, o abacaxi finalmente desceu.

Ela comeu com a mesma determinação que fazia todas as outras coisas. Enquanto escutava as perguntas dos familiares e as respostas firmes de Cahill, quebrou os biscoitos em pedaços e se concentrou em mastigar e engolir.

A presença de Cahill era, de certa forma, calmante. Apesar de não se lembrar de qualquer assassinato ter acontecido em Mountain Brook nos quase três anos que vivia ali, ele surgia como um homem que vira mortes violentas antes e sabia como lidar com elas, sabia o que precisava ser feito. Sua segurança em responder às perguntas fazia com que a família agisse com menos emoção enquanto inconscientemente o imitavam. Até mesmo se sentia melhor com sua presença; enquanto ele estivesse ali, estaria no controle das coisas. Tudo que ela tinha de fazer era mastigar e engolir.

Ela escutou as perguntas calmas e diretas sobre as ameaças de morte que o juiz recebera no passado. Barbara tinha um registro de todas elas, o que fez com que Sarah lembrasse quanto a filha parecia com o pai em suas características e manias. Ela entregou os papéis a Cahill, que os examinou e olhou para ela para perguntar:

— Posso ficar com isto por enquanto?

— Sim, claro. — Barbara pressionou as mãos contra seus joelhos. — É muito difícil perguntar isso, mas... onde está o papai? Precisamos providenciar o enterro.

— Ele está no Instituto Médico Legal — Cahill disse. — Depois que a autópsia for feita, o corpo será liberado.

Todos se agitaram na suíte. — Autópsia? — Randall perguntou. — Para quê?

— É um procedimento comum em casos de homicídio. Exigência do Estado.

— Isso é ridículo — Barbara disse. — Se não sabemos por que alguém está morto, faz sentido, mas o papai levou *um tiro*. É óbvia a razão de seu óbito. — Sua voz ficou mais fina na palavra "óbito", mas rapidamente se restabeleceu.

— A causa da morte *parece* óbvia, mas às vezes uma vítima leva um tiro ou é queimada para que a verdadeira causa seja escondida, como envenenamento ou estrangulamento.

— E isso importa agora? — Julia perguntou.

— O tipo de assassinato diz muito sobre o assassino. Por exemplo, quem teria acesso a determinado veneno? Quem seria forte o bastante para estrangular um homem? Acredito que a causa da morte de seu pai é bem clara, uma ferida a bala, mas a decisão final é do médico-legista.

— Então quando poderemos... pegar o papai?

— Não posso afirmar com certeza, senhora, mas acredito que amanhã.

— Certo. — Ela passou a mão no nariz e olhou para seus irmãos. — Hoje é quinta. Se o corpo for liberado amanhã, poderemos realizar o funeral no domingo ou na segunda-feira. O que acham?

— Domingo — Randall opinou imediatamente. — Assim, as pessoas poderão ir ao velório.

— Concordo — Jon disse.

— Então será no domingo. — Ela anotou essa informação em sua lista.

Cahill olhou para Randall. — Sr. Randall, o senhor disse ter uma cópia do testamento de seu pai. Está aqui?

— Sim, em minha maleta.

— O senhor conhece seu conteúdo?

— Não, está lacrado. Quero dizer, conhecemos o conteúdo em geral, mas não especificamente.

— Posso vê-lo, por favor?

Randall ergueu as sobrancelhas. — Posso saber por quê?

— Às vezes a herança é o motivador do crime.

Barbara suspirou, surpresa. — Está sugerindo que um de nós matou o papai? — Todos na sala ficaram indignados.

— Não, senhora, não há evidência para tal afirmação. Só estou cobrindo todos os pontos. Não quero deixar passar algo que possa ajudar a solucionar o caso.

Randall pegou o envelope. Como dissera, ele estava muito bem selado. Cahill olhou para ele para pedir permissão e, diante da aprovação de Randall, com um gesto firme abriu o envelope e tirou o documento volumoso de dentro dele.

Rapidamente o observou, virando as páginas. De repente fez uma pausa e, depois, levantou a cabeça, com seus olhos azuis fixos em Sarah.

— Srta. Stevens, sabia que, de acordo com este testamento, vai herdar uma boa quantia em dinheiro?

10

Sarah hesitou, mais assustada que surpresa. Estava tão cansada que não achava ter escutado corretamente. Chegou a olhar para os lados, como se pudesse haver outra srta. Stevens na suíte. Sem encontrar outra pessoa, voltou a olhar para Cahill, que continuava a encará-la. — Eu? — ela disse, ainda sem entender.

— A mordoma do juiz Roberts, Sarah Stevens. É você mesma.

Ela afirmou e levou a mão à testa. Talvez fosse a falta de descanso ou cafeína em excesso, mas estava começando a sentir uma dor de cabeça horrorosa.

— Ele deixou algo para mim? — Para seu constrangimento, sua voz falhou, sentiu o lábio inferior começar a tremer e o mordeu. Mas não pôde fazer nada para esconder as lágrimas que enchiam seus olhos.

— É claro que sim — Barbara disse. — Ele nos disse que faria isso.

— Ele... ele nunca me disse nada.

— Ele acreditava que você não concordaria — Jon explicou.

— Com licença — Sarah disse bruscamente e correu para o banheiro antes que acabasse chorando como uma criança diante de todos.

O choro veio assim que fechou a porta do banheiro e pegou uma toalha para segurar contra sua boca, com a intenção de abafar o som.

Com muita força de vontade recuperou o controle, engoliu o choro e, com um lenço de papel, secou as lágrimas antes que elas caíssem. Respirando fundo algumas vezes, conseguiu acalmar-se.

Acreditava que nada a emocionara tanto antes quanto saber que o juiz havia deixado dinheiro para ela. Sarah tinha um bom salário e adorava tomar conta dele. Ela *o* amara por sua doçura e bom humor, por seu cavalheirismo e sua bondade. Não esperava nenhuma parte da herança, e de fato teria se oposto. Trabalhava para ele há menos de três anos; como poderia ser mais importante que seus filhos, seus amigos de toda uma vida?

Mas evidentemente ele não pensara assim, nem sua família. Pensar na generosidade deles para com ela encheu seus olhos de lágrimas mais uma vez e ela as controlou com determinação. Estava decidida a *não* chorar, não ali, naquele momento. A família já estava passando por um momento muito difícil e não precisavam que ela piorasse a situação com sua emoção.

Uma toalha molhada refrescou seu rosto e a sensação ao pressioná-la contra sua testa foi muito boa. Gostaria de deitar-se com um saco de gelo na cabeça, mas, assim como o choro, também teria de ser adiado.

Sentindo-se recomposta, voltou para perto deles. — Sinto muito — sibilou, voltando a sentar-se ao lado de Cahill.

— Vejo que você não sabia.

Ela negou. Não tinha energia para se preocupar se ele acreditaria ou não.

— O papai nos fez jurar segredo — Barbara disse esboçando um tímido e triste sorriso. — Ele se divertiu a valer escondendo algo de você. Disse ser a única coisa que conseguira ocultar.

— Ele dizia que você confiscava as barras de chocolate dele — Shaw acrescentou com um grande sorriso mandando a tristeza e a tensão embora. — Ele sempre ficava de olho nos chocolates lá de casa quando ia nos visitar, pois sabia que não poderia comê-los quando voltasse para a casa dele.

— E nos bolinhos. Eu trazia bolinhos escondidos para ele quando o visitava — Blair confessou.

Sarah suspirou, olhando para todos os rostos culpados e repentinamente sorridentes no quarto. — Não é de admirar que eu tivesse tanta dificuldade em manter seu nível de colesterol baixo!

Barbara deu um tapinha em seu joelho. — Ele gostava muito de você por cuidar dele. *Nós* gostamos muito de você por ter cuidado dele. Quando ele disse que a incluiria na partilha, fomos a favor.

Cahill pigarreou, chamando a atenção de volta para si. — Obrigado pelas informações — ele disse, ficando em pé. — Sei que é um momento difícil para todos e agradeço pela ajuda. Quero que saibam que sinto muito pelo pai de vocês, e estamos fazendo tudo que podemos para encontrar o culpado. Procurarei esses nomes e com sorte encontraremos um desses homens na região.

Todos se levantaram juntos e muitos apertos de mãos e agradecimentos foram feitos enquanto Cahill caminhava vagarosamente em direção à porta. Ele tocou Sarah no cotovelo e a levou junto. — Vou acompanhá-la até seu carro — ele disse.

Ela se preparou. Provavelmente havia mais perguntas que ele queria fazer. Como estava incluída na partilha, tornava-se ainda mais suspeita, ele devia achar. Mas estava fazendo seu trabalho, por isso ela pegou a bolsa e os óculos e disse adeus a todos, insistindo que deveriam telefonar para ela se precisassem de alguma coisa.

Havia um casal no elevador, por isso ele não disse nada até chegarem ao hall. Ao saírem do hotel o vento frio foi de encontro ao rosto dela, fazendo-a tremer. A temperatura parecia estar caindo e a garoa tornara-se uma chuva fina. Ela passou a mão sobre os braços e disse: — Eu não o matei.

— Tenho bastante certeza disso — ele disse suavemente.

Surpresa, ela olhou para ele. — Então, por que pergunta tantas coisas?

— Porque é meu trabalho. Você será investigada, analisada e questionada.

— Com todos os pingos nos is.

— É isso aí. — Ele tirou seu blazer e o segurou sobre a cabeça dela. — Vamos.

Ela estremeceu e apertou o passo enquanto ele atravessava o estacionamento com ela protegida sob seu blazer como um pintinho sob a asa de uma galinha. A primeira coisa que faria ao entrar em seu carro seria ligar o aquecedor.

— Qual é o número do seu quarto? — ele perguntou. — Vou pedir para alguém levar uma blusa para você. Isso se você for voltar ao hotel agora.

Ela deu a ele o número de seu quarto e disse: — Espero conseguir voltar para lá sem dormir ao volante.

Cahill segurou o cotovelo dela, fazendo-a parar bruscamente.

— Vou levá-la até lá.

— E então eu estaria enrascada. Obrigada, mas vou conseguir chegar. Estou grogue e minha cabeça dói muito, mas o café vai me manter acordada.

— Você precisa comer.

— Eu comi — ela disse, surpresa por ele se preocupar. — Você viu.

— Quatro mordidas. Eu contei.

— E foi o máximo que consegui engolir. Pegue leve, Cahill.

Ele havia se posicionado de modo a ficar entre ela e a caminhonete, e seus ombros largos bloqueavam o vento. A chuva estava molhando suas costas, mas ele a ignorou enquanto olhava silenciosamente para ela, com uma expressão incompreensível. Apesar do cansaço, sentiu um certo desconforto no ar. — O que foi? — disse, dando meio passo atrás.

Ele balançou a cabeça. — Nada. Você pode ir. Procure dormir.

— Boa idéia. — Ele saiu do caminho e Sarah apertou o botão da chave automática para destravar a porta, apressando-se para escapar do frio e da chuva.

— Sarah — ele disse enquanto ela colocava a chave no contato. Ainda estava segurando seu blazer, sem vesti-lo.

— Sim?

— Acho que não precisava dizer isso, mas não saia da cidade.

Cahill a seguiu até o Mountain Brook Inn, para certificar-se de que ela chegaria em segurança e que não colocaria a própria vida ou a de outro motorista em risco. Quando virou à esquerda para entrar no estacionamento do hotel, ele tocou de leve a buzina de seu carro em sinal de adeus e ela levantou a mão para acenar, sem virar-se para olhar.

Estava se controlando bem, mas a expressão triste e desolada de seus olhos escuros deixava em alerta seus instintos de proteção. Não seus instintos de policial, mas, sim, de homem para mulher, exatamente o que ele não precisava que acontecesse.

Pelo menos estava sendo verdadeiro quando dissera ter bastante certeza de que ela não era a culpada pela morte do juiz. Mas *bastante certeza* estava muito longe de certeza absoluta. Ela não perguntara quanto dinheiro herdaria, o que não era algo normal. Talvez tivesse se contido diante da família, mas, ao se ver sozinha com ele, poderia ter perguntado... a menos que já soubesse. E se soubesse que herdaria cem mil dólares, poderia ser um motivo para apagar o velho; só Deus sabia quantas pessoas eram mortas por muito menos grana.

Mas, em contrapartida, seu pesar e choque pareciam verdadeiros. Seus olhos estavam vermelhos e inchados de tanto chorar, ou então ela espirrara alguma coisa neles para parecer que estava chorando. Ou ela era uma assassina e atriz muito esperta ou estava realmente sofrendo.

Sua intuição lhe dizia que ela estava sendo sincera. Mas como sua intuição também lhe dizia que ele queria levá-la para a cama, tinha de levar em consideração a atração sexual, que já havia atrapalhado seu bom senso antes. Shannon, Sarah. Os dois nomes começavam com S; isso não era um bom sinal.

Ele tentara ignorar sua atração por Sarah, em vão. O rosto dela sempre surgia em seus pensamentos de modo irritante, sempre que tentava relaxar. Ficava bem enquanto trabalhava, mas ao sentar-se à noite para assistir ao telejornal ou ler o jornal... *Pronto!* — lá estava ela de novo. Ele a via sentada na escada com seu pijama fino de algodão ou no clube de tiro com sua pistola na mão, totalmente concentrada no alvo, com a luz do sol deixando algumas mechas de seu cabelo vermelhas e douradas. Um homem podia ter a certeza de estar perdido quando começava a reparar no brilho do cabelo de uma mulher. Peitos, tudo bem, tinha de reparar nos peitos. Mas no brilho do cabelo?!

Quando levantava pesos em seu porão, pensava em levantar e abaixar Sarah, sobre ele, e ficava excitado. Ou, quando fazia flexões de braço, pensava em Sarah sob ele, obtendo o mesmo resultado.

Na verdade, não conseguia pensar em muitas outras coisas. Era um milagre ter se mantido afastado dela, pois desde os seus dezesseis anos não se sentia tão obcecado por sexo. Não, não se tratava de um milagre, mas sim de receio. Ele a queria *demais*. Achava que nunca sentira tanto tesão por Shannon nem mesmo nos primeiros dias de namoro. É claro que ele já tinha transado com Shannon, então talvez não fosse uma boa comparação.

A investigação foi o que o fez afastar-se do Mountain Brook Inn. Enquanto Sarah não fosse descartada como suspeita, estaria inalcançável. Ela tinha as notas das compras, as compras que batiam com as notas, a assinatura de seu cartão de crédito conferia com as das notas e ainda guardava o ingresso do cinema. Um pouco mais de atenção, uma verificada em suas finanças e ela sairia da lista de suspeitos. É claro que os filhos do juiz herdariam muito mais que Sarah, todos também tinham álibis, mas era possível contratar assassinos.

Cahill não tinha uma sensação muito boa a respeito daquele crime. A maioria dos assassinatos era cometida por alguém próximo da vítima, um parente, um vizinho, um amigo. Aquele era o caso mais complicado de todos, um assassinato cometido por um estranho. Qual seria a relação? O que levara o assassino até a casa? Seria alguém condenado pelo juiz Roberts? Aparentemente isso parecia o mais lógico, exceto pelo fato de não haver sinal de arrombamento ou luta. Era como se ele tivesse aberto a porta para o assassino, o convidado para entrar e conversado com ele no escritório.

Como se eles se conhecessem.

Então, talvez, fosse necessário voltar para as opções: vizinho, parente ou amigo.

Cahill tentou pensar em tudo. Nenhum dos vizinhos tinha visto um carro na frente da residência, mas estava escuro. Sarah chegara em casa um pouco antes das dez da noite e encontrou o corpo logo depois; telefonara para o 911 às 22h03, as viaturas chegaram lá em cinco minutos e ele próprio chegara quinze minutos após a chamada. O *rigor mortis* estava começando a tomar conta do cadáver, o que mostrava que o momento da morte havia sido entre seis e oito da noite, talvez oito e meia. Provavelmente por volta das oito, pois às seis ainda estava claro.

O juiz Roberts abrira a porta para seu assassino. Nenhum tiro foi disparado no mesmo momento, o que teria acontecido se o assassino fosse algum condenado recém-saído da prisão e à procura de vingança. Mas os dois entraram no escritório e sentaram-se, ou pelo menos o juiz sentara-se. Ele não se alarmara; estava relaxado, com os pés apoiados no descanso de pés da poltrona.

O assassino não era desconhecido nem alguém que tivesse ameaçado o juiz no passado.

Seria interessante analisar as impressões digitais que os técnicos coletassem. As impressões do juiz, de Sarah, possivelmente da cozinheira e das mulheres encarregadas da limpeza seriam identificadas. As impressões digitais de Sarah haviam sido coletadas na madrugada, para que as comparações fossem feitas. A cozinheira, Leona Barksdale, agendara um horário para aquela manhã, mas, chorosa, afirmou não ter entrado no escritório nas últimas semanas. As faxineiras iriam à tarde. Quem mais? A casa era limpa regularmente, as impressões encontradas seriam recentes.

A vizinhança teria de ser investigada, qualquer pessoa poderia ter ido a pé, protegida pela escuridão, até a casa do juiz Roberts, atirado nele e calmamente voltado para casa. Mais uma vez, ele deparou com a dúvida acerca do motivo. Pelo que descobrira até ali, o juiz era uma pessoa querida nas redondezas. Não havia velhas rixas, rancores não resolvidos e guardados. Ele não enganava ninguém. Não apostava, não bebia em excesso e, até então, como Cahill descobrira, não tivera nenhum relacionamento amoroso desde a morte de sua esposa, oito anos antes.

Então, por que alguém que *não* tivesse sido condenado por ele no tribunal o mataria?

Se os motivos não eram vingança, sexo ou dinheiro, o que restava?

Não restava nada. Portanto, o motivo tinha de ser um dos três. Ele duvidava que fosse vingança, pois o juiz conhecia seu assassino, o convidara para entrar. Sexo? O homem tinha oitenta e cinco anos, não tinha namoradas e, pelo que todos diziam, fora completamente fiel à esposa enquanto ela viveu. Sobrava apenas o dinheiro.

De alguma forma, tudo sempre levava ao dinheiro.

E o dinheiro levava diretamente de volta a Sarah.

Seus filhos cresceram ricos. Sempre souberam da existência do dinheiro. Então por que o matariam agora? Por que não há dez anos ou no ano passado? Por que não esperar mais alguns anos, até que ele morresse de causa natural? A menos que algum deles estivesse passando por dificuldades financeiras — o que ele logo descobriria —, não havia motivo para qualquer um deles pensar em matar o pai. Um dos netos adultos talvez? Checaria isso também.

Mas Sarah era a maior suspeita.

Merda.

Sarah acordou às três, desorientada e confusa. Ficou deitada escutando o barulho do ar-condicionado, olhando para as cortinas grossas que cobriam as janelas e tentando se lembrar de onde estava. Parecia que seu cérebro havia sumido. Fez um grande esforço para pensar e um esforço ainda maior para se mexer.

E então lembrou-se e, por bastante tempo, o pesar dominou seu peito, apertou sua garganta. Fechou os olhos, mas não adiantou. Ainda via o juiz sentado pacificamente em sua poltrona de couro, e seu sangue e massa encefálica espalhados pela sala. Ainda sentia o fedor terrível de sangue e fezes, e abriu os olhos.

Vagarosamente, com o corpo todo dolorido, sentou-se. Estava nua, uma vez que não acrescentara um pijama à lista de roupas que dera a Cahill. Chorara antes de adormecer e suas pálpebras estavam inchadas. Não se parecia em nada com uma mordoma muito capacitada, e nem mesmo com uma incompetente.

O quarto estava frio. Apesar do dia gelado, ligou o ar-condicionado assim que voltou para o quarto, pois seu nariz estava entupido e o ar quente tornaria a respiração ainda mais complicada. Só queria dormir, por isso colocara o aviso de NÃO PERTURBE na porta e tirara o telefone do gancho. Deixara seu telefone celular no criado-mudo, para que a família pudesse entrar em contato com ela se preciso, mas, tirando eles, não queria falar com ninguém.

O quarto estava frio *demais*. Na verdade, estava gelado. Sarah saiu do calor dos cobertores, mudou o termostato para *Aquecer*, voltou para a cama e escondeu-se sob os cobertores, tremendo.

Havia algo branco no chão perto da porta. Recados. Suspirando, ela os pegou — havia dois — e novamente voltou para a cama. Mas, dessa vez, acendeu o abajur e arrumou os travesseiros atrás de si para poder ler as mensagens.

Uma delas era da recepção. Uma jaqueta havia sido deixada para ela. A outra era de Cahill, bastante sucinta: "*Ligue para mim.*" Tinha sido escrita às duas e meia.

Suspirando, pegou o telefone e teclou o número escrito.

Ele atendeu quase imediatamente: — Cahill. — Parecia em estado de alerta, provavelmente por causa da cafeína.

— Aqui é Sarah Stevens. Recebi seu recado.

— Você estava dormindo?

— Dormi cerca de quatro horas A propósito, obrigada por mandar entregarem minha jaqueta.

— De nada. Escute, você por acaso sabe se alguém devia dinheiro ao juiz Roberts? Ele estava preocupado com seus investimentos?

Sarah passou a mão no rosto. — Ele sempre emprestava dinheiro, mas era mais um presente que um empréstimo, pois quando a pessoa tentava devolver a quantia, ele se recusava a recebê-la.

— Alguém da vizinhança pegou dinheiro emprestado dele?

— Não que eu saiba. E naquele bairro? Quem precisaria de um empréstimo?

— Depende, se a pessoa tem algum problema com apostas ou com drogas. Talvez alguém que queira esconder o dinheiro gasto com seus vícios. Existem muitas possibilidades. E a família dele? Algum deles tem problemas financeiros?

— Ele nunca me disse nada a respeito. Não acredito que haja uma laranja podre na cesta. — Ela fez uma pausa, pensando bem a respeito e percebendo aonde ele pretendia chegar. — Vou pegar meu extrato bancário para lhe mostrar, inclusive o dos meus investimentos. Quer dos cheques compensados também?

— Sim, por favor. — Seu tom de voz continuava breve e profissional.

— Na verdade, você terá de pegá-los, pois estão na casa.

— Em que lugar?

— Há um cofre dentro do armário. Tudo está lá.

— Obrigado. — Ele desligou e Sarah soltou um grunhido ao desligar também. Por um momento naquela manhã ele tinha se mostrado um pouco mais caloroso, mais humano, mas voltara para seu modo normal de agir. Ela ficou surpresa ao perceber que não importava se fosse amigável ou não. Alguma coisa nele inspirava confiança. Não interessava o fato de ele estar analisando sua movimentação bancária, tentando encontrar um motivo para ela ter matado o juiz; esse processo mostraria que ela era inocente. Ele estava fazendo seu trabalho. Ela não teria se sentido tão segura se ele a tivesse descartado imediatamente de suas suspeitas. Ele tinha de levar todos em consideração ou poderia acabar deixando alguma coisa escapar.

Barbara e o restante da família tinham certeza de que o culpado era alguém condenado no passado pelo juiz. Depois de pensar, com pânico, que o maluco da jóia poderia ter feito aquilo, resolvera seguir a lógica e concordar com os outros. Mas Cahill não parecia pensar a mesma coisa; estava se concentrando mais nela e na família. O que a polícia descobrira que ele não quis revelar?

Sarah sabia que era inocente, assim como a família. Vinha observando todos eles nos últimos anos, nos feriados e nos períodos de férias, e todos, sem exceção, amavam o juiz. Ele adorava seus filhos e netos e tinha um bom relacionamento com os genros e as noras. Então o que Cahill sabia a mais?

O quarto ficou mais quente e ela se levantou, fazendo uma careta ao ver seu reflexo no espelho. Seu rosto estava abatido e pálido, e seus olhos, inchados. Sentia-se fraca e trêmula, resultado de quase vinte e quatro horas sem comer. Um pouco de biscoitos e pedaços de frutas não sustentavam muito. Precisava comer alguma coisa, mesmo que à força. Talvez fosse ao restaurante do hotel mais tarde. Mas, naquele momento, colocou a cafeteira para funcionar e ligou a televisão, voltando para a cama em seguida. Precisava distrair-se com alguma coisa, mais ainda do que precisava de comida.

Sarah não tinha nada para fazer. Estava acostumada a sempre ter *alguma coisa* com que se ocupar. Sua vida era muito organizada por esse motivo, para que toda tarefa fosse realizada. Deveria estar cuidando da papelada, controlando as despesas domésticas; sempre fazia isso às quintas-feiras.

Poderia sair para comprar um pijama. Havia três grandes shoppings centers por perto: Brookwood, Summit e Galleria. Mas ainda chovia, ela estava zonza e exausta e, sinceramente, não se importava em ter ou não um pijama para dormir.

Descobriu que o Weather Channel era o canal mais interessante às três e meia da tarde. Desligou a televisão, apagou o abajur e cobriu-se. Mas, assim que fechou os olhos, viu o juiz em sua poltrona, com a cabeça caída para o lado — e sentiu aquele cheiro. Rapidamente sentou-se e acendeu a luz.

O que ela tinha na cabeça? Esqueceu-se do café. Não podia acreditar que tinha colocado o café para fazer e voltado para a cama. Nada de mais drástico aconteceria, é claro, mas o café ficaria velho e frio. Nem ela nem o juiz aturavam café velho...

Ele sempre entrava na cozinha de manhã, sem querer que ela levasse o café para ele. Os dois ficavam ali conversando, segurando suas xícaras, dividindo o que consideravam um dos pequenos prazeres da vida.

Nunca mais compartilhariam um momento como aquele.

Como um filme que não parava de ser rodado, ela o viu de novo: sua cabeça caída para o lado e aquele fio escuro escorrendo por seu pescoço. Seu cabelo estava um pouco despenteado, mas, a princípio, foi a única coisa que ela notou diferente. Suas mãos estavam relaxadas sobre os braços da poltrona, o descanso para os pés estava levantado, como se tivesse acabado de cochilar.

Suas mãos estavam relaxadas. O descanso para os pés levantado.

Sarah olhou ao redor, sem conseguir enxergar nada além da cena horrorosa da noite anterior. Sentira que o chão se abria sob ela, como se tivesse saído da realidade e caído na areia movediça.

O descanso para os pés estava levantado.

Ele estava em sua poltrona — reclinado.

A porta de entrada não estava trancada.

Mas a porta da entrada sempre ficava trancada. Ele a trancava assim que retornava de sua caminhada à tarde. Todo o tempo que Sarah passou trabalhando na residência, não se lembrava de ele ter deixado a porta destrancada uma única vez que fosse.

Qual era a probabilidade de, na única vez em que a deixara destrancada, o assassino entrar? Não era provável. *Que merda*, as possibilidades de tal coisa acontecer eram ínfimas. Ele era muito cuidadoso com a segurança, depois de todas as ameaças de morte, e, principalmente, depois do assalto.

Então ele não tinha se esquecido de trancar a porta, ele a destrancara. Para deixar alguém entrar?

Por que deixaria alguém entrar? A resposta era simples: não deixaria.

Não havia sinal de luta. Nenhum sinal de arrombamento — pelo menos nada que Cahill tivesse contado a ela ou à família, e ela tinha certeza de que ele teria dito algo assim.

Sarah ficou chocada. Fazia sentido, apesar de ser horrível. O juiz deixara entrar alguém que ele conhecia. Eles foram ao escritório... para conversar? Estava sentado em sua poltrona favorita, a de couro e reclinável; parecia relaxado, e o descanso para os pés, levantado. E seu conhecido puxou a arma e atirou em sua cabeça.

Era isso o que Cahill descobrira, o que não dissera a eles. O juiz não tinha se sentido ameaçado. Conhecia seu assassino, sentia-se confortável e relaxado em sua presença.

Ela quase vomitou, porque provavelmente também o conhecia.

11

Ele se sentia muito bem. Esquecera-se de como era bom ter todo aquele poder em suas mãos, ser dono do próprio destino. A última vez tinha sido... há quanto tempo? Sete anos? Isso era prova de que ele estava no controle, de que não era um daqueles malucos que se tornavam compulsivos. Nos quase trinta anos desde que resolvera o problema de seu pai, aquela era apenas a terceira vez que se vira forçado a agir. Quatro vezes, no total, em quase trinta anos.

Por tudo isso, sentia-se orgulhoso de si mesmo. Poucos conseguiam se controlar tão bem conhecendo a emoção e o prazer daquele ato. E o mais importante: poucos conseguiam escapar sem serem descobertos.

Mas o velhote já estava fora do caminho e Sarah estava livre. Nada a impedia, poderia ficar com ele agora.

* * *

Cahill sentou-se à sua mesa, folheando vagarosamente os arquivos e extratos bancários retirados do cofre do armário de Sarah. Por fim, colocou tudo em uma bolsa e voltou a sentar-se, esfregando os olhos. *Puta que pariu*. A mulher não precisava de dinheiro.

Não que cem mil não fosse muito dinheiro, mas ela não precisava dele. Devia ser bom, ele pensou, estar em um nível a ponto de não precisar de cem mil dólares. Algumas pessoas abocanhavam o máximo que conseguiam e nenhuma quantia parecia suficiente, mas esse tipo de pessoa não se dedicava a qualificar-se para um emprego bem-remunerado, ao trabalho e a economizar como louco. Não, as pessoas que só queriam o dinheiro roubavam, fraudavam, casavam-se com pessoas idosas e então, em um esforço de matá-las, trocavam seus remédios, mas não enriqueciam trabalhando.

Sarah evidentemente economizara quase todo o dinheiro que tinha recebido desde que começara a trabalhar. Tinha feito seus investimentos e, pelo que ele podia ver, com inteligência. Não havia investido muito em ações de tecnologia, e aquelas que comprara tinha vendido quando começaram a cair, enquanto ainda poderia ter algum lucro. Tinha ações consideradas seguras e investimentos rentáveis. Aplicara dinheiro em um plano de previdência, preparando-se para o futuro. Acabara de fazer trinta anos e, com tudo isso, estava prestes a bater na porta do clube dos milionários.

Aquela era uma mulher esperta.

E sendo tão esperta, será que arriscaria tudo para acrescentar cem mil dólares à sua já polpuda conta? O dinheiro era relativo. Se uma pessoa trabalhasse em troca de um salário mínimo e mal conseguisse se sustentar, cem mil dólares era uma enorme quantia. Cahill conhecia histórias de mães que mataram seus filhos por causa de um seguro de vida de cinco mil dólares. Mas se alguém já tivesse muito mais que cem mil, o dinheiro não era tão tentador. Nesse caso, o risco seria maior que o lucro.

E então ela deixava de ser suspeita.

Ótimo.

— Descobriu alguma coisa? — o tenente perguntou, passando por sua mesa.

— A mordoma não foi.

— Pensei que ela fosse sua principal suspeita.

— Ela não teria motivos.

— Dinheiro? O dinheiro é sempre um bom motivo.

— Ela tem muita grana. Tem idéia de quanto ganha um mordomo?

O tenente coçou o nariz. — Acredito que seja mais do que imaginávamos.

— Ela ganha mais do que nós dois juntos.

— Puta merda!

— Tive a mesma reação. — Cahill balançou a cabeça. — Ela tinha tudo para perder e pouco a ganhar. Nada, se você levar em conta que ela ganhava mais em um ano de trabalho do que herdará. Para ela, era melhor que ele continuasse vivo. Por isso, eu a descarto. Além disso, ela adorava o homem.

O tenente era um bom homem e confiava em seus investigadores. — O que mais temos?

— Muito pouco. Os vizinhos não viram nada e todos têm álibis. A família toda também está descartada até agora. A menos que os legistas apareçam com uma evidência muito forte, este caso não está indo muito bem.

— Mas aconteceu há menos de vinte e quatro horas.

Mas logo completaria um dia e, quando os assassinatos não eram resolvidos logo, poderiam acabar sem solução.

— E os condenados que o ameaçaram de morte? Descobriu alguma coisa?

— Nenhum deles está nesta região. Um está sob custódia do Estado, na unidade prisional de St. Clair. Outro está em uma prisão federal. Apenas dois estão soltos, e um deles está em Eugene, Oregon. Seu último paradeiro foi Chicago, em janeiro. — Cahill virou uma foto sobre sua mesa de um homem de bigode. — Carl Jarmond. Não acredito que tenha sido ele.

— Mas pode ser que sim.

Cahill balançou a cabeça. — O juiz Roberts deixaria este homem entrar na casa dele? Acho que não. Todas as portas de entrada daquela casa têm olho mágico, portanto ele não abriu a porta sem saber quem era. Conhecia seu assassino.

— Quais números de telefone estavam gravados na memória de ligações feitas?

— Chequei a última ligação de todos os telefones da casa. Nada suspeito. A mordoma telefonou para sua família e os telefones que a vítima teria usado mostravam ligações feitas para seu gerente, e outra para um velho amigo, que também tem um álibi. O registro de chamadas recebidas foi interessante. O telefone do escritório recebeu a chamada feita de um telefone público do Galleria.

— Você descobriu o horário da ligação?

— Estamos fazendo uma lista das chamadas feitas e recebidas.

— Então não tem como dizer quem telefonou.

Cahill negou. O horário da ligação daria algumas pistas, como se havia sido feita perto do horário do crime, mas nada além. O Galleria era um shopping center agitado; uma pessoa só era notada se tivesse cabelo verde, uma coleira no pescoço e se se vestisse de Bozo — ou então se estivesse pelada —, caso contrário as chances de ser notada eram pequenas. As chances de conseguir uma impressão digital no telefone público eram inexistentes. Mas as câmeras voltadas para a entrada das lojas próximas poderiam ter captado alguma imagem importante. — Vale a pena checar — ele disse isso ao tenente.

— Boa idéia, doutor. — Olhou para seu relógio. — Comece amanhã de manhã. Agora vá para casa e durma. Ficou acordado a noite passada inteira e não parou hoje.

— Dormi cerca de três horas esta manhã. Estou bem. — Seu treinamento no Exército o ensinara a prosseguir com muito menos descanso, e por muito mais tempo. — Mas acho que vou dar o dia por encerrado. — Tinha algo a fazer, uma coisa que não poderia adiar por muito tempo. Estava na hora de testar a si mesmo.

Às oito horas da noite, o Weather Channel ainda estava sintonizado e Sarah assistia às mesmas previsões do tempo há quase cinco horas. Nada mudara. Ainda sentia-se enjoada, tentando lembrar-se dos conhecidos do juiz, dos vizinhos, qualquer pessoa a quem ele não hesitaria em deixar entrar na casa. O problema era que ele conhecia muitas pessoas que ela nunca tinha visto. Ela conhecia seus amigos e vizinhos mais próximos, e algumas outras pessoas, mas é claro que ele tinha antigos colegas de escola, de trabalho e de faculdade que ela não conhecera. Mas por que qualquer um deles o mataria?

Esse *por que* sem resposta a estava deixando maluca.

Se ao menos soubessem o porquê, poderiam descobrir o culpado, ela achava. Por que outra pessoa, além de alguém condenado por ele, o mataria? E se tivesse sido um ex-detento, por que o juiz o teria deixado entrar, ido para seu escritório e relaxado? Não teria feito uma coisa dessas.

Por quê?

O telefone tocou e ela atendeu, contente por alguém tirá-la daqueles pensamentos. Talvez Barbara precisasse de alguma coisa que a mantivesse ocupada por algumas horas.

— Você já jantou?

Não precisou perguntar quem era, a voz grave e direta de Cahill era identificação suficiente.

— Jantar?

— Ou almoçou?

— Lembre-se que eu estava dormindo na hora do almoço.

— Então vamos comer um hambúrguer no Milo's.

Sarah passou a mão pelo cabelo. Precisava comer, mas seu estômago ainda estava revirado. Demorou a responder e ele disse:

— Sarah?

— Estou aqui. É que... não quero comer.

— Apronte-se mesmo assim. Estarei aí em dez minutos. — Ele desligou e ela ficou olhando surpresa para o telefone.

Dez minutos!

Apesar de sua fraqueza, em dez minutos estava vestida, de dentes escovados, o rosto lavado, e penteava o cabelo quando ele bateu à porta.

— Você está ótima — ele disse como cumprimento.

— Você também está bonito — ela disse, dando um passo ao lado para deixá-lo entrar. Só o fato de estar vestida não queria dizer que sairia com ele. Afinal, estava nua quando ele telefonou.

Ele olhou para seus pés descalços.

— Calce os sapatos. E as meias também. Está frio lá fora.

— Não quero comer — ela repetiu.

— Então pode me fazer companhia.

— Seu charme é enorme. — Apesar do sarcasmo, pela primeira vez naquele dia ela sorriu. Não era bem um sorriso, mas era sincero. Ele parecia um tanque Sherman, sem delicadeza, muito forte.

— É, eu sei. Só perde para o tamanho do meu... — Ele fez uma pausa, lançando um olhar a ela. — ... ego — terminou, e ela podia jurar que o vira corar. Evidentemente os investigadores não faziam brincadeiras com suspeitos. Ele se curvou e pegou os sapatos dela, entregando-lhe. Ela teve a impressão de que ele os calçaria nela se ela mesma não o fizesse.

Sarah sentou-se na cama e colocou as meias e os sapatos. — Acho que você está com fome e quer falar comigo, e por isso está matando dois coelhos com uma cajadada só.

Ele deu de ombros.

— Pode achar o que quiser.

Deus, o que *aquilo* queria dizer? Mas ela também queria conversar com ele sobre suas conclusões a respeito do assassinato do juiz; não se importava que ele estivesse comendo enquanto conversavam.

Os dois pararam na recepção para que ela pudesse pegar a jaqueta que havia sido entregue mais cedo. Era seu casaco de lã berbere que ela vestiu enquanto eles saíam do hotel. A chuva parara, mas fazia pouco tempo, pois as árvores ainda pingavam. A calçada estava escura e molhada.

Ele a levou até uma caminhonete azul-escura, e não para o carro que dirigira antes. A caminhonete era o tipo de automóvel que combinava com ele, com poucos opcionais, mas muito potente. Pelo menos havia estribos, para que ela pudesse entrar sem ajuda. Ele abriu a porta para ela e esperou que se acomodasse antes de fechá-la e sentar-se ao volante.

O Milo's era uma lanchonete de tradição na região de Birmingham, e a maioria dos moradores dali jurava ser de lá o melhor hambúrguer do mundo e o melhor chá gelado. O hambúrguer não tinha todos os ingredientes, como alface, tomate e picles — apesar de ser possível acrescentar queijo —, mas tinha um molho escuro que era o grande trunfo. E só. Dois hambúrgueres, cebola e o molho. O molho escorria de dentro do pão. Os clientes compravam copos extras de molho. Afundavam suas batatas fritas nele, acrescentavam a seus hambúrgueres e usavam nos bifes que preparavam em suas casas.

Não é preciso dizer que não dava para comer um hambúrguer do Milo's sem fazer sujeira. Mesmo que seu estômago estivesse cooperando, Sarah não queria bagunça. Quando Cahill perguntou se tinha certeza de que não comeria nada, ela respondeu "Sim" e sentou-se a uma mesa, encostada na parede, para esperar por ele.

Quando ele se aproximou, carregava uma bandeja com dois copos grandes de chá gelado, três hambúrgueres e duas porções de batata frita. Havia ainda copinhos com ketchup e sachês de sal. Ela olhou para tudo aquilo incrédula. — Você disse que estava com fome, mas pensei que fosse fome de ser humano, e não fome de leão.

Ele colocou a bandeja sobre a mesa e acomodou-se diante dela.

— Parte disto é para você. Espero que goste de cebola, porque eu gosto. Coma. — Ele colocou um copo de chá, um hambúrguer e uma porção de batata frita diante dela.

— O que tem a ver o seu gosto por cebola com o meu? — ela perguntou, tentando convencer a si mesma a comer. Realmente precisava se alimentar, e normalmente gostava de um hambúrguer do Milo's como qualquer outra pessoa. Só não sabia se conseguiria engolir, ou se qualquer alimento pararia em seu estômago.

— Se por acaso eu não resistir e beijá-la, não gostaria de deixá-la com nojo de meu bafo de cebola. — Sem olhar para ela, ele começou a colocar sal em suas batatas.

De repente, ela perdeu o rumo. Sarah olhou espantada para os lados, tentando ver se entrara em algum outro mundo.

— O que você disse? — ela perguntou. Certamente o entendera mal.

— Isso mesmo que você ouviu. — Ele olhou para ela e riu. — Você tinha de ver a sua cara. Está agindo como se nenhum homem tivesse ficado a fim de você antes.

Tudo bem, ela colocaria seu estômago à prova. Precisava fazer alguma coisa para ter tempo de se recuperar desse susto. Puxou uma batata frita, afundou-a no ketchup e mordeu. O molho apimentado aguçou seu paladar na marra. Mastigou, engoliu e pôde responder em um tom normal:

— Digamos que poucos homens conseguiram deixar mais claro do que você que *não estavam a fim*.

— Quando não estou atraído, me afasto. — Ele desembrulhou seu primeiro hambúrguer, colocou sal sobre ele e deu uma grande mordida.

Ela disfarçou com outra batata frita. Depois de três ou quatro delas, decidiu que estava pronta para algo maior e desembrulhou seu hambúrguer. O molho escuro pingou sobre o papel-manteiga e entre as duas fatias de pão. Mordeu — *Deus, que delícia* — enquanto pensava no que ouvira. Ele mudara de repente, tinha de haver alguma coisa por trás. Ah, já sabia o que era.

— Você acha que eu matei o juiz — ela disse. — Mas, como não tem provas, pensa que eu posso deixar escapar uma informação que me incrimine.

— Boa tentativa. — Cahill olhou para ela, seus olhos de investigador muito azuis e diretos. — Olha, minha ex-esposa lhe diria sem pestanejar que eu sou um trouxa, e ela pode estar com a razão. *Eu* mesmo posso lhe dizer que não tenho sido boa companhia para ninguém desde o divórcio. Foi horrível, e superar uma coisa dessas demora um certo tempo. Não tenho procurado me envolver com ninguém, a não ser para...

Ele parou e ela disse, completando a frase:

— Transar.

— Não ia ser tão direto, mas é isso aí.

Então ele era divorciado e o processo de separação fora ruim. Superar um divórcio era como superar qualquer outro drama; demorava e não era nada fácil. Isso o tornava um grande perigo no momento, não que ela estivesse à procura de um relacionamento.

— Há quanto tempo isso aconteceu?

— Dois anos, desde que a peguei no flagra me traindo, e um ano desde que o divórcio se concretizou.

— Que coisa horrível. — Que mulher idiota trairia um homem como ele? Não que ela tivesse muito conhecimento para julgar, mas se seus instintos femininos fossem gatos, todos eles estariam ronronando em resposta à testosterona que praticamente exalava dos poros dele.

— Foi mesmo. Mas acabou, talvez mais acabado do que tinha percebido. Estou atraído por você, tentei ignorar, mas não consegui. Mudando de assunto, já chequei seu extrato bancário e seus investimentos; você não precisa do dinheiro do juiz Roberts.

— Então não sou mais suspeita?

— Digamos que, até onde eu saiba, você está limpa.

Isso pedia mais uma ou duas mordidas no hambúrguer, seguidas por uma batata frita.

— Algumas pessoas podem achar que você está atrás de mim por causa de meu dinheiro. É um *pouco* suspeito.

— Um pouco — ele concordou. — Seu salário é quase o triplo do meu, e olha que os policiais de Mountain Brook são bem-remunerados. Mas posso dizer que você normalmente ganha mais que qualquer um de seus namorados e deve estar acostumada com isso.

— Meus namorados geralmente não vêem meu extrato bancário primeiro.

— Olha, dinheiro é bom, mas não estou atrás disso. Meu ego também não fica ferido porque uma mulher ganha mais que eu.

— Pois é, você me disse. Ele é enorme.

Mais uma vez ela o viu corar. Fascinada, o observou até ver seu rosto voltar para a cor normal, enquanto ele abriu seu segundo hambúrguer. Apesar das circunstâncias, Sarah estava começando a se divertir.

Ele limpou a boca.

— Certo. Você me acusou de tentar me aproximar de você para conseguir provas de sua culpa, um tanto antiético, e de querer seu dinheiro. Mais alguma coisa?

— Se pensar em mais alguma coisa, direi.

— Por favor. Enquanto isso, do meu lado da mesa tem muito interesse. E do seu?

Ele definitivamente tinha a delicadeza de um tanque. Por outro lado, aquela honestidade era um tanto confortadora. Ele sempre deixava claro o que pensava.

A pergunta mais importante era: o que ela queria fazer a respeito? A sinceridade dele a forçava a agir da mesma maneira.

— As coisas do meu lado estão bem parecidas com as do seu. Mas isso não quer dizer que um envolvimento seria uma boa idéia.

Ele esboçou um sorriso másculo de satisfação.

— Envolver-se é a idéia. Milhões de pessoas se esforçam para conseguir um relacionamento. Pense em todas as horas de esforço aplicado nos bares para solteiros.

— Nunca estive em um bar para solteiros. Isso deve explicar alguma coisa.

— Explica que você nunca precisou. Acho que você só fica sozinha quando quer.

Ela não disse nada e olhou para a mesa. Comera metade de seu hambúrguer e todas as batatas fritas. O método usado por ele para distraí-la funcionara. Além disso, sentia-se melhor com comida no estômago, mesmo que fosse fast-food. Sentia que estava com mais energia.

— Podemos ir bem devagar — ele disse. — Você não está passando por um bom momento, e eu também tenho alguns obstáculos em meu caminho. Só quero que saiba que estou interessado. — Ele deu de ombros e completou: — Não precisa passar por tudo isso sozinha, a não ser que queira.

Que droga. Ela estava indo muito bem, deixando seu pesar de lado por um momento. Logo seus olhos se encheram de lágrimas e ela tentou contê-las.

— Puxa, que diabos, não tive a intenção. Vamos sair daqui. — Ele começou a juntar guardanapos e papéis, jogou tudo no lixo e deixou a bandeja sobre a lixeira. Ela o seguiu e, enquanto se dirigiam para a caminhonete, ele a abraçou.

— Sinto muito — ele disse, entregando-lhe um lenço.

Sarah secou os olhos, amparada pela força e pelo calor do corpo dele. Seu abraço era bom. Sentiu vontade de afundar seu rosto em seu ombro e chorar, mas resolveu respirar fundo.

— Ele era um homem muito doce. Ainda vou chorar muito até tudo isso terminar.

Cahill abriu a porta e ela entrou, procurando o cinto de segurança. Ele a deteve, segurando sua mão, e curvou-se para dentro do veículo.

Ela não tentou evitar o beijo. Não queria fazer isso. Queria saber como ele beijava, sentir seu gosto. Os lábios dele eram quentes, o toque foi delicado, como se tivesse a intenção de confortar e não provocar.

Isso durou cerca de dois segundos. Em seguida ele abriu os lábios e aumentou o beijo, até colocar sua língua e ela abraçá-lo. Ela sentiu um frio na barriga, seu corpo amoleceu e pôde perceber que seus instintos não estavam enganados. *Deus do céu*, o cara sabia beijar.

Ele afastou-se, passando a língua em seu lábio inferior como se tentasse sentir seu gosto.

— Foi muito bom — disse quase em um sussurro.

— Foi mesmo. — Ela estava um tanto... ofegante. De onde aquilo tinha vindo? Nunca perdera o fôlego daquela maneira.

— Quer fazer de novo?

— É melhor não.

— Tudo bem — ele disse e voltou a beijá-la.

Ali estava um homem perigoso. Se não tomasse cuidado, se envolveria da cabeça aos pés com ele sem se dar conta — antes da manhã seguinte. O momento definitivamente não era o mais adequado e ela tinha de se manter no controle enquanto podia. Ele mostrara-se indiferente e agora agia de maneira oposta à velocidade da luz, o que era um pouco estranho.

Teve de se esforçar, mas conseguiu afastar-se dele, respirando fundo.

— Sinal vermelho, detetive. Pare.

Ele também estava ofegante, mas recuou.

— Para sempre? — Sua indignação ficou clara.

— Não! — Sua resposta foi embaraçosamente desesperada. — Só... por enquanto. — Respirou fundo. — Temos coisas mais importantes para conversar.

— Por exemplo?

— Por exemplo, eu acho que o juiz conhecia seu assassino.

Cahill empalideceu. Fechou a porta do lado do passageiro e foi para o seu assento, dando partida na caminhonete. Uma garoa fina começara a cair de novo e ele acionou os limpadores de pára-brisa.

— Sei disso — ele respondeu. — Mas por que *você* acha?

12

Talvez ele não estivesse tão convencido de sua inocência. Ela o enxergou com mais racionalidade e pôde se afastar um pouco. — Eu conheço o juiz... o conhecia. Nunca, em hipótese alguma, ele deixava as portas abertas. Eu checava a casa todos os dias antes de dormir e nenhuma vez ele deixou de trancar as portas. Era um hábito. Quando entrava, trancava a porta. Acredito que ele se acostumou a fazer isso quando recebeu sua primeira ameaça de morte, quando sua esposa ainda era viva. Mas, ontem à noite — *meu Deus*, tinha sido ontem à noite, mas parecia mais de uma semana —, a porta da frente estava destrancada.

— Pode ser coincidência.

— Ele deixar a porta aberta justamente na noite em que um assassino entrou para matá-lo? — Ela lançou um olhar de dúvida a Cahill. — Acho que não. Acho que era alguém que o juiz conhecia e permitiu que entrasse. Quando eu o encontrei, ele estava sentado em sua poltrona, com o descanso de pé levantado. Estava relaxado. Não acreditava estar correndo perigo. Portanto, conhecia o cara.

— Por que tem tanta certeza de que era um homem?

A pergunta fez com que ela parasse.

— Acho que estou pensando de modo geral. É mais fácil que dizer "o assassino" todas as vezes. E os detentos que o ameaçaram de morte eram todos homens, então acho que a idéia fixou-se. Além disso, o maluco que me enviou o pingente é um homem, provavelmente, e a primeira coisa que pensei foi que *ele* fosse o culpado.

— Hum. — Cahill coçou o queixo, como se analisasse a possibilidade. — Ele voltou a fazer contato? Mandou mais alguma coisa? Alguém tem ligado para você e desligado ao ouvir sua voz? Ou tem recebido algum outro tipo de ligação estranha?

— Não, nada mais. Apenas o pingente. Um incidente pode ser algo isolado, não é?

— Você conhece o ditado. O seguro morreu de velho.

— Foi o que pensei.

Ele entrou na 280. — Ontem à noite você disse ter ido ao cinema para que ele tivesse a oportunidade de se aproximar se a estivesse vigiando.

Sarah estivera chocada na noite anterior, mas Cahill estava usando as mesmas palavras que ela usara. Ele era esperto, muito esperto. — Isso mesmo.

Ele olhou para ela.

— Por que acha que ele poderia estar observando-a?

— Por nada, mas é que o presente me deixou muito nervosa. Não consegui esquecer. Uma coisa dessas é... Eu fiquei assustada. É o que posso dizer. — Deu de ombros e continuou: — Só de imaginar que ele pode estar me seguindo, observando, me deixa aterrorizada. E não saber de quem se trata piorou a situação, por isso resolvi dar-lhe uma oportunidade de se apresentar. Pelo menos eu saberia como ele é.

— Mas ninguém se aproximou?

— Ninguém tentou sentar perto de mim. Ninguém falou comigo, ninguém sequer olhou para mim mais de uma vez.

— Sabe, se alguém estivesse obcecado por você e fosse doido o bastante para segui-la, dar-lhe uma oportunidade como essa não foi muito inteligente.

— Provavelmente não — ela concordou. — Mas se ele tentasse alguma coisa, acreditei que poderia pegá-lo de surpresa.

— Com os golpes de caratê? E se ele também conhecesse artes marciais?

— Então eu estaria perdida. Mas achei que levaria a melhor.

Ele tamborilou os dedos no volante. — Não gosto da idéia de você atrair alguém desse jeito. É minha reação pessoal. Minha reação como policial é: não se meta em enrascadas.

— É basicamente a mesma coisa — ela disse, sorrindo.

— Preste atenção. Se alguma coisa estranha acontecer, se achar que está sendo seguida, se receber outro presente ou um trote, me avise. Imediatamente. Não importa a hora.

— Não acho que você ficaria muito feliz se eu telefonasse às três da madrugada para lhe dizer que alguém bêbado discou o número errado.

— Eu disse para me chamar e estou falando sério. Talvez você só tenha que virar para o lado e me cutucar.

Ela coçou a testa. Velocidade da luz? Muito mais que isso. O maior problema é que ela gostava de tudo aquilo. Por mais rápido que ele agisse, os hormônios dela acompanhavam. Para sua sanidade mental, precisava que ele a visse como suspeita, para conseguir manter-se afastada. Caso contrário... não queria pensar no que aconteceria.

Sempre fora cuidadosa com seus namoros, com relacionamentos sérios. Em parte porque estar comprometida com alguém não combinava com seus planos de vida no momento, e em parte porque se sentia reservada e auto-suficiente. Permitir a aproximação de alguém para um envolvimento romântico não era fácil, pois tinha de abrir mão de seu controle pessoal. Ela fazia amizades com facilidade, amava o juiz, gostava da família dele, mas nunca se permitira ter muita intimidade com alguém. Acreditava que com Cahill seria diferente.

Era um caso de química forte no momento errado. Não estava pronta para se prender, e Cahill se recuperava de um divórcio traumático. Talvez ele estivesse procurando um relacionamento, mas ela duvidava que ele quisesse algo duradouro. Um amor para esquecer outro nunca era uma idéia. Daqui a um ano ou dois... talvez fosse um momento mais adequado. Mas não fazia idéia de onde estaria em um ano ou dois.

Portanto, não deveria dar continuidade àquilo.

Ele passou a mão diante do rosto dela.

— Você está aí?

Sarah afastou a mãe dele. — Estou pensando.

— Que alívio! Pensei que a idéia de dormir comigo a deixasse em um estado catatônico.

Ela ficou surpresa ao rir.

— Isso sempre acontece, não é?

— Não tinha pensado nisso, mas, pensando bem, deve ter acontecido uma ou duas vezes... — Ele sorriu, deu de ombros e Sarah voltou a rir.

— Deve ser seu enorme charme.

— Pensei que fosse meu ego.

— Isso também. — Sarah quase perguntou quais outras enormes qualidades ele tinha, mas conteve-se a tempo. Brincadeiras maliciosas eram sempre divertidas, mas ela acreditava que, com ele, a situação poderia fugir do controle antes que percebesse, dada a velocidade que impunha às coisas. Em um piscar de olhos ele poderia levá-la para a cama se ela não estivesse atenta.

— Cahill...

— Meu nome é Thompson. Algumas pessoas me chamam de Tom, e outras, de doutor. Você pode me chamar de "meu amor".

Ela não se conteve outra vez e riu.

— Você é sempre tão confiante assim?

— Com certeza. Se você não gosta de mim, me dê um fora ou um tapa. Você disse que a atração é recíproca, por isso estou confiando no que você disse. — Ele entrou no estacionamento e parou o carro em uma vaga, desligando o veículo e apagando os faróis. A garoa imediatamente começou a cair no pára-brisa, distorcendo as luzes e a visão do lado de fora.

— Não me envolvo rapidamente com alguém, muito menos com um cara recém-divorciado e que já passou por muita coisa.

Ele se endireitou, inclinando o peito na direção dela, com o braço esquerdo apoiado no volante e o direito esticado no banco atrás dela, convidando-a para se aproximar. Aquela caminhonete não tinha bancos individuais. Parecia que estava mais tombada para a esquerda, pois Sarah não conseguiu permanecer em seu lugar.

— Ter passado por muitas coisas é normal — ele disse. — São essas coisas que nos tornam as pessoas que somos. Está certo que eu não gostaria de ser um homem desconfiado de todas as mulheres, mas...

Ele parou, porque ela estava rindo de verdade.

— Ótimo — ele disse, com a expressão mais suave enquanto afastava uma mecha de cabelo do rosto dela. — Parece que você quer convencer a si mesma com essa história de ter passado por muitas coisas. Não pense demais, Sarah. Vamos ver onde isso dá. Pode ser que não agüentemos mais um ao outro daqui a uma semana.

Ela riu. — Sei, sei.

— Coisas estranhas aconteceram. — Ele acariciou a face dela com um dedo. Sem pensar, ela se confortou naquele carinho e o simples toque fez seus mamilos enrijecerem. Ele sorriu como se percebesse o efeito que lhe causava. — Quando você superar esse problema que tem em relação a fazer sexo selvagem com um homem que você mal conhece, vamos nos divertir a valer.

Ela saiu do carro e ainda estava rindo quando seguiu em direção à recepção do hotel, acenando para ele com as costas da mão, sem virar-se. Rir era estranho, com tudo que acontecera nas últimas vinte e quatro horas, mas também era bom. O riso não afastava a dor, mas a tornava menos insuportável.

Em pouquíssimo tempo Cahill conseguira fazê-la comer, distrair-se, excitar-se e divertir-se. Poucos homens eram tão versáteis, ela pensou enquanto estava dentro do elevador. Seu senso de humor era algo surpreendente, a julgar pela seriedade que ele demonstrara na noite do assalto.

E agora?

Realmente gostaria de esquecer os cuidados e o bom senso e ter um caso quente com ele. O sexo seria... não podia sequer começar a pensar no sexo, pois nunca antes sentira uma atração sexual tão forte por alguém. E ali estava o grande problema. Não o sexo, mas como se sentia. Ela poderia perder o juízo, e apaixonar-se por ele seria uma dor de cabeça.

O melhor a fazer seria procurar emprego em outro estado. Talvez na Flórida, em uma daquelas mansões de Palm Beach. Assim, também ficaria mais próxima de seus pais. A Califórnia era outra opção, além do Hamptons; não estava preocupada em conseguir emprego. Teria de atualizar seu currículo; não tinha mais trabalho nem moradia. Não se dera conta disso, com toda a sua atenção voltada para o que tinha acontecido, mas o choque já havia diminuído um pouco e ela começava a pensar em todas as conseqüências.

Provavelmente não teria a chance de ter um caso quente com ele, a menos que fosse curto — ou a distância. Cahill não parecia o tipo de homem afeito a relacionamentos a distância. Por isso, essa angústia e indecisão eram uma grande perda de tempo; precisava encarar a realidade, que era procurar outro emprego. Escolhera uma profissão com área de trabalho muito limitada, portanto não conseguiria encontrar uma posição em qualquer lugar; estava limitada às comunidades abastadas, como Beverly Hills, Buckhead e Mountain Brook.

Era possível que continuasse em Mountain Brook; já tinha recebido a oferta de emprego, apesar de duvidar que ainda estivesse de pé, já que a recusara veementemente. Isso se conseguisse trabalho; o processo de entrevista era uma faca de dois gumes. O empregador precisava sentir-se à vontade com ela e vice-versa. Afinal, ela passaria a morar na residência, estabelecendo a estrutura, a rotina e o conforto. Se não gostasse do empregador, o nível de dedicação que exigia de si mesma seria difícil de ser mantido e acabaria se sentindo mal.

Sentia-se melhor agora que estava concentrando-se nos fatos palpáveis, e não nas possibilidades ilusórias de um romance com Cahill; voltara a sentir-se mais segura. Poderia lidar com ele, contanto que mantivesse a razão. Mas, nos próximos dias, tinha coisas mais importantes a fazer.

A chuva continuou no dia seguinte, mais forte e fria. O Instituto Médico Legal liberou o corpo do juiz Roberts e a família começou a cuidar dos procedimentos finais. Sarah encarregou-se de publicar o obituário nos jornais e colocou-se completamente à disposição dos familiares.

Ela os levou de carro até a funerária para que comprassem o caixão. O juiz queria ser enterrado ao lado de sua esposa, e até mesmo comprara um túmulo com duas gavetas quando ela morreu e pedira para que seu nome fosse gravado nele, para que seus filhos não tivessem de se preocupar com isso. Mas escolher o caixão os deixou arrasados. Randall e Jon se controlaram, mas pareciam incapazes de tomar uma decisão; ficaram olhando para Barbara, que começou a chorar.

Sarah abraçou Barbara e disse:

— Eu sei que é difícil, mas tem de ser feito.

Barbara virou-se para ela com os olhos marejados.

— Qual deles você prefere?

A pergunta a pegou desprevenida. Surpresa, Sarah olhou para os caixões e também para Randall e Jon. Todos olhavam para ela com expressões desesperadas. Estava claro que não tinham condições de fazer tal escolha.

Sarah respirou fundo.

— Gosto daquele cor-de-bronze. — Era caro, mas eles poderiam comprá-lo e se sentiriam melhor se adquirissem o melhor para o pai.

— Também gosto mais desse — Randall disse rapidamente.

Barbara secou os olhos.

— O cor-de-bronze? — ela perguntou com a voz trêmula. Olhou para ele e disse: — É muito bonito, não é?

— O melhor — o vendedor da funerária disse. Afinal, negócio é negócio.

— Gosto da cor. — Barbara respirou fundo e virou-se para Sarah de novo. — Acho que tem razão. Vamos levar esse mesmo.

De lá, eles foram até uma floricultura. O enterro seria às duas horas do domingo, na grande igreja que o juiz freqüentava. Sarah já tinha reservado quartos para o restante da família de Randall, que chegaria naquele dia, sexta-feira, depois da escola e do trabalho. Os amigos iriam ao velório na noite de sábado e, antes disso, era preciso fazer algumas compras.

Sarah lembrara-se de pedir que buscassem roupas e sapatos pretos de seu guarda-roupas, mas precisava de meia-calça e alguns outros itens. Barbara decidiu que as peças que tinha comprado não estavam adequadas, e Blair confessou não ter nenhuma roupa preta. Julia, esposa de Jon, também queria algo diferente. Apenas Emily viera completamente preparada.

A opção mais lógica seria começar no Galleria, que era ao lado do hotel, mas Blair vira todas as vitrines dos dois pisos e não gostou de nada. Barbara encontrou alguns sapatos na Parisian, e Sarah rapidamente comprou o que precisava, incluindo diversos guarda-chuvas pretos, já que parecia que a chuva não daria trégua.

À noite, elas já haviam visto tudo no Summit, em Brookwood, e Sarah as levara para todas as butiques exclusivas que conhecia na região. Barbara, por fim, escolheu um bonito terninho preto, com uma saia longa e justa, que, devido à temperatura, era bem adequada. Blair escolheu uma saia preta que terminava acima de seus joelhos e uma jaqueta curta de cor vinho; removera o piercing de sua sobrancelha e tirou as mechas coloridas dos cabelos. Velórios eram ocasiões sérias, tanto na questão emocional quanto na maneira de vestir-se. Julia fora muito mais decidida que elas, escolhendo um vestido azul-marinho com uma jaqueta por cima, na primeira loja que elas visitaram no Summit.

Os pés de Sarah estavam tão doloridos que ela quase mancava quando voltou para o hotel. A chuva caíra incessantemente o dia todo, tornando as compras ainda mais difíceis por causa do malabarismo que tiveram de fazer com os guarda-chuvas e todo o resto.

Seus sapatos estavam molhados, a calça, encharcada, e mesmo com seu casaco, sentia frio. Tudo que queria fazer era tomar um banho quente e colocar os pés para cima. Seu telefone celular não tocara nenhuma vez ao longo do dia e não havia nenhum recado à sua espera quando retornou. Talvez conseguisse descansar agora, pensou.

O telefone do quarto tocou enquanto ela tirava as meias molhadas. Reclamou e deitou-se, pensando em ignorá-lo. Mas poderia ser alguém da família do juiz, por isso atendeu no sexto toque.

— Srta. Stevens, aqui é Greg Holbrook, da *News*. Gostaria de entrevistá-la a respeito do trágico assassinato...

— Não darei entrevistas — ela disse decidida. — Adeus. — Desligou e logo em seguida ligou para a recepção e pediu outro quarto, com um nome falso. A hora seguinte foi gasta com a mudança para um quarto quatro suítes adiante. Deveria ter imaginado que a imprensa faria isso e tomado as devidas precauções antes.

Seu quarto novo estava frio, já que ficara vazio o dia todo. Ela ligou o aquecedor no máximo e, quando ficou mais quente, começou a se despir para tomar o banho quente de que tanto precisava. Bem naquele momento, seu celular tocou.

Pelo menos não seria a imprensa. Mas, se fosse alguém da família do juiz, significava que alguma coisa precisaria ser resolvida.

— Onde você está? — Cahill perguntou, irritado. — A recepção disse que você tinha partido.

— Que bom — ela disse, aliviada. — Um repórter telefonou para o meu quarto, por isso mudei de suíte com outro nome.

— Ótimo. Já jantou?

— Já comi hoje, se é isso que quer saber.

— Não é. Estou perguntando especificamente sobre o jantar.

— Nesse caso, a resposta é não. E você não vai me tirar daqui nem por decreto. Levei três mulheres às compras. Meus pés estão doloridos, estou com frio e quero um banho quente. Ponto final.

— Coitadinha — ele disse, e ela percebeu que ele sorria. — Qual é o número de seu quarto?

— Não vou dizer. Não quero companhia.

— Faço uma massagem maravilhosa nos pés.

Pensar em uma massagem nos pés era uma grande tentação. Mas ela resistiu.

— Estou exausta e lidar com você exige muita energia; não estou preparada para isso hoje.

— Esse foi o melhor fora que levei. Tudo bem, até amanhã. Durma bem.

— Amanhã? — O dia seguinte era sábado. Ela tinha... nada para fazer. Era estranho pensar nisso. Seus sábados eram sempre agitados. Mesmo que tirasse metade do dia de folga, as manhãs eram passadas organizando o final de semana do juiz. Se não tirasse metade do sábado de folga, era porque alguma coisa importante estava acontecendo, que ela precisava supervisionar. De qualquer modo, os sábados eram sempre muito ocupados.

— Vou trabalhar — Cahill disse. — Analisar algumas coisas. Mas nos veremos amanhã à noite no velório.

Aquilo era o mais prudente.

— Quando poderemos entrar na casa?

— Talvez no domingo. Acho que já fizemos tudo que podíamos por lá.

— Você pode me avisar com antecedência? Quero limpar o escritório antes que a família o veja.

— Claro — ele disse gentilmente e repetiu, antes de desligar: — Durma bem.

O dia do velório amanheceu frio, com um vento cortante. Provavelmente era a última fase mais fria do inverno, Sarah pensou — o inverno das amoras, o frio mais forte que chegava depois que as amoreiras floresciam. De fato, a previsão do tempo anunciava um aumento rápido na temperatura. Na segunda, ficaria perto dos 16° C; na terça, 23° C. Até o final da semana, chegaria aos 26° C.

Por insistência da família, Sarah sentou-se ao lado deles na igreja. Cahill sentou-se atrás dela; ele a cumprimentara ao chegar, tocando sua mão de leve, e afastou-se para observar. Ela não sabia precisar o que ele observava, mas nenhum detalhe lhe escapava.

Mentalmente, Sarah despediu-se do juiz. Tinha a impressão de que seu espírito estava por perto, cuidando de seus entes queridos. Seus lábios tremeram ao lembrar todas as coisas engraçadas que ele dissera, o brilho em seu olhar, sua alegria de viver. Perdê-lo era como perder um avô e sempre haveria um espaço no coração e na vida dela que pertenceria a ele.

A igreja estava lotada. Seus velhos amigos estavam arrasados e todos pareciam mais frágeis do que antes, como se uma parte de suas almas também tivesse morrido. O ar estava tomado pelo cheiro de flores, rosas, cravos, crisântemos e gardênias, com seu perfume adocicado. Poucas flores deviam ter sobrado em Birmingham, Sarah pensou ao olhar a enorme parede cheia de coroas de flores atrás do caixão.

As cerimônias fúnebres sulistas eram sentimentais e confortantes devido à tradição e aos procedimentos. Como o juiz era um veterano de guerra, sua condecoração ficou exposta. Durante o cortejo para o cemitério, todos os carros pelos quais passavam paravam e a maioria das pessoas acendia os faróis de seus veículos em sinal de solidariedade e saíam do caminho, quando possível. Carros da polícia bloqueavam os cruzamentos para que o cortejo pudesse seguir sem interrupções. Sarah sempre se surpreendia com a educação das pessoas no trânsito em relação aos cortejos, mas naquele dia, agora que também fazia parte de um, sentiu-se grata pela consideração.

Houve mais um momento de despedidas ao lado do túmulo; em seguida, a família se afastou e o sombrio trabalho de enterro começou. Depois que o túmulo foi preenchido e coberto com a enorme quantidade de flores, Barbara e Blair escolheram duas rosas perfeitas de um dos arranjos para guardarem de lembrança. Randall e Jon pareciam incomodados, como se os dois também quisessem uma rosa; mas eram homens e mantiveram-se firmes, sem admitir tamanho sentimentalismo. Suas esposas, no entanto, trocaram olhares com Barbara e escolheram suas rosas.

Normalmente servia-se comida depois de um velório, na residência do falecido. Mas, como a casa do juiz ainda estava fechada — e como chamar as visitas para o local onde ele havia sido morto não era apropriado —, um de seus amigos ofereceu a hospitalidade de seu lar. Muitas das pessoas presentes no velório decidiram comer e beber, mas Sarah buscou refúgio em sua caminhonete. Alguns repórteres estavam entre a multidão e ela queria escapar antes que eles a encontrassem.

Cahill aproximou-se enquanto ela entrava no veículo.

— Você pode providenciar a limpeza da casa — ele disse. — Vou manter a família afastada até amanhã, para que você tenha tempo de tomar as devidas providências.

— Obrigada. — Agora que o enterro terminara, ela sentia-se perdida. Não havia mais nada a ser feito, além de requisitar a limpeza. — Posso pegar alguns de meus pertences? — Estava pensando especificamente em seu laptop, para que pudesse começar a atualizar seu currículo.

Ele pareceu surpreso.

— Pode ficar lá se quiser.

Ela sentiu um calafrio.

— Agora não. Não enquanto o escritório não for limpo.

Cahill afirmou com a cabeça e lhe entregou um cartão.

— Esta empresa é especializada em limpeza difícil. — Ou seja, sangue e massa encefálica.

Sarah leu o nome.

— Obrigada. Vou entrar em contato com eles logo pela manhã.

— Pode telefonar agora. O segundo número é da residência do dono. Eles estão sempre prontos para emergências.

Aquele tipo de trabalho não era bom, fazer a limpeza de locais onde ocorreram crimes. Por outro lado, alguém tinha de fazê-lo e, em casos assim, a melhor escolha era deixar o serviço nas mãos de profissionais. Ela sabia que não conseguiria realizar o trabalho sozinha, apesar de ter recebido treinamento para remover todos os tipos de manchas.

— Você vai ficar bem? — Cahill perguntou, e seus olhos azuis analisaram o rosto cansado dela. Ele mudou de posição, de modo a bloquear a porta aberta, dando-lhes um pouco de privacidade. — Tenho algumas coisas para fazer, mas se precisar de companhia, eu...

— Não. — Ela tocou a mão dele, retraindo-se em seguida, pois aquele simples toque já era muito tentador. — Obrigada, mas estou bem. Também tenho algumas coisas para fazer.

— Telefono para você amanhã, então. — Ele curvou-se para dentro da caminhonete e deu-lhe um beijo no rosto. — Mantenha seu celular ligado para que eu não tenha de sair à sua caça.

— Está pretendendo me prender?

— Ainda precisamos discutir alguns pontos, tomar algumas decisões. Vou prendê-la se precisar. — Ele se afastou e ela ficou observando suas costas largas, enquanto sentia um frio na espinha.

Se ela pretendesse fugir, tinha de fazê-lo em breve. Muito em breve.

13

Cahill detestava vídeos de segurança. Os ângulos eram ruins, a qualidade, péssima, e a maioria deles era tediosa. Eram também muito valiosos se alguma coisa interessante acontecesse dentro do alcance da câmera. Até aquele momento, não descobrira nada de interessante.

Havia telefones públicos por toda parte no Galleria, alguns deles mais próximos dos estacionamentos, outros perto das escadas rolantes. O telefone onde haviam feito a ligação para o juiz Roberts ficava perto de uma das escadas rolantes. Se os deuses estivessem sorrindo para ele, o Galleria teria câmeras de vigilância voltadas para esse ponto estratégico, mas não teve essa sorte. Ele teria de ver as lojas perto desse telefone. As câmeras voltadas para as entradas de tais lojas eram as únicas que possivelmente registrariam a aproximação das pessoas àquele telefone.

A maioria delas não serviu para nada. O ângulo estava errado, uma das câmeras estava quebrada e não gravara nada de novo na fita nas últimas semanas, o que fez com que Cahill percebesse que não eram checadas com freqüência. Algumas das fitas eram autograváveis; se não as pegasse antes que chegassem ao fim, elas recomeçavam a gravar por cima do que estava gravado. Se muito tempo se passasse, tudo que estivesse dentro de um determinado período poderia sumir.

A melhor coisa nelas é que tinham dia e hora marcados. Cahill sabia a hora exata da ligação feita ao juiz Roberts, portanto não precisou assistir à fita toda. Preparando-se para as discrepâncias nos cronômetros, ele começou a rodar a fita quinze minutos antes do momento desejado e continuou assistindo quinze minutos depois. Isso contabilizou meia hora de cada fita, fazendo anotações sobre as pessoas que passavam diante das lojas, comparando-as com as fitas seguintes. Por fim, encontrou uma pista: um homem vestindo um terno claro tinha usado aquele telefone em especial e o cronômetro da fita o encaixava dois minutos depois do horário que a empresa de telefonia informara ter sido o momento do telefonema. Cahill continuou assistindo e ninguém mais usou o mesmo aparelho nos cinco minutos seguintes. A próxima pessoa a usá-lo foi uma garota com calça jeans larga e botas de solado grosso.

Bingo. O homem de terno claro era o suspeito mais provável.

Aquela era a boa notícia. A ruim era o ângulo, que estava péssimo, e que mostrava apenas dois terços da parte de baixo do corpo.

Analisou as outras fitas, tentando encontrar um homem de terno claro que passasse diante das lojas em direção àquele telefone.

Finalmente conseguiu uma imagem ruim, e a pessoa virou o rosto, mas pelo menos era alguma coisa. Quando a imagem fosse melhorada, talvez conseguissem encontrar alguma coisa que levasse ao cara. Talvez Sarah ou um dos membros da família o reconheceria.

— Sara, por favor, fique — Barbara disse, curvando-se para pegar as mãos dela. Elas estavam na suíte do hotel, sozinhas. — A casa terá de ser esvaziada e vendida, e nenhum de nós tem tempo para isso agora. Conversamos a respeito e estamos cheios de compromissos. Há muito a ser feito quanto aos aspectos legais. Blair ainda está estudando, a neta de Randall terá de ser submetida a uma cirurgia do coração... e precisamos de você. Seu salário será o mesmo.

Sarah apertou as mãos de Barbara.

— É claro, ficarei. Você não precisa insistir. Ficarei aqui enquanto precisarem de mim.

— Você caiu do céu, não faz idéia. Se não estivesse aqui, acho que eu não teria agüentado. — Barbara estava cansada, com o rosto pesaroso, mas não chorava.

— Você imagina quanto tempo...

— Pelo menos um mês, talvez mais. Precisamos cuidar das coisas dele, guardar seus objetos, essas coisas. Não queremos que a casa fique vazia até ser vendida; as casas deterioram-se muito sem alguém para viver nelas. Pode ser que seja vendida imediatamente, mas pode ser que não.

Uma casa em Briarwood, na parte rica? Algumas pessoas hesitariam em comprar uma residência onde um assassinato houvesse ocorrido, mas o local e a casa em si superariam esse problema. Sarah ficaria surpresa se demorasse mais de um mês para a casa ser vendida. Seria perfeito para ela: teria tempo de procurar outro emprego, sem precisar usar suas economias. Não teria de se mudar correndo, faria tudo com calma. Em vez de sofrer um rompimento repentino, aos poucos se acostumaria com um novo trabalho, uma nova moradia e novas responsabilidades.

— Creio que você vai querer que eu continue supervisionando tudo, passando instruções para a faxineira e para a manutenção da casa?

— Ah, sim. A casa será mais facilmente vendida se estiver bem conservada. É muito difícil pensar em vendê-la — Barbara disse com a voz hesitante. — Ele viveu lá quase cinqüenta anos. Eu cresci naquela casa. É um lugar maravilhoso, repleto de lembranças e o papai cuidou muito bem dela. A mamãe a desenhou, você sabia? É a casa dos sonhos dela.

— Não há a possibilidade de vocês continuarem com ela?

— Acho que não. Nenhum de nós quer voltar para cá e as taxas estaduais são absurdas, mesmo que divididas entre nós três. A casa terá de ser vendida para ajudar a pagá-las. Nenhum de nós vai conseguir manter a residência e pagá-las. Sei que o papai gostaria que um de nós ficasse com ela, mas as coisas são assim... — Ela deu de ombros e mudou de assunto:

— Quando a polícia liberar nossa entrada amanhã, Randall, Jon e eu separaremos alguns objetos. O papai deixou instruções para os itens principais, é claro, mas há alguns menores que queremos levar. Randall e Jon podem levar o que escolherem com eles, já que estão de carro, mas será que você poderia mandar as minhas coisas pelo correio?

Sarah pegou o bloco que sempre levava em sua bolsa e fez uma anotação.

— Quer que eu providencie uma refeição amanhã? Leona ficará muito satisfeita em preparar o que vocês quiserem.

Barbara pensou por um minuto e negou. — Não sei ao certo o horário em que iremos para lá, ou o tempo que demoraremos. Nem sequer sei quantas pessoas estarão presentes.

— Posso providenciar alguma coisa — Sarah disse. — Mesmo que seja uma sopa e alguns sanduíches.

— Ótimo. Ou poderíamos ir ao Milo's. Shaw está começando a reclamar por ainda não ter comido um hambúrguer.

Sarah sentiu uma certa emoção ao lembrar-se do Milo's. Talvez um dia ela deixasse de associar os beijos de Cahill com os hambúrgueres, mas por enquanto as duas coisas eram muito relacionadas em sua mente. E sentiu vontade de comer um hambúrguer.

Permanecendo em Mountain Brook, voltaria a vê-lo. Não sabia se era bom ou ruim, mas definitivamente achava a idéia empolgante.

Barbara não sabia, mas o serviço de limpeza estava na casa. O preço para limpeza nas noites de domingo era mais alto do que durante a semana, mas Sarah achava que valia a pena, para que os parentes do juiz pudessem entrar na casa o mais cedo possível no dia seguinte, uma vez que Barbara e sua família voltariam para Dallas em um vôo no final da tarde. Sarah planejava, depois de sair do Wynfrey, ir para casa checar se a limpeza havia sido bem feita, mas depois passaria a noite no hotel. Apesar de seus aposentos serem completamente separados, ainda não se sentia pronta para ficar sozinha lá. Voltar não seria fácil.

O pessoal da limpeza já havia partido quando ela entrou na casa naquela noite e teve de se esforçar para conseguir atravessar o hall que levava ao escritório. Uma sensação muito ruim tomou conta dela quando se aproximou da porta, e ficou paralisada; quando olhasse para dentro, será que o juiz estaria sentado ali, com sangue e massa encefálica espirrados na parede de trás e no carpete? Ainda sentiria o fedor?

Não, não sentiu nada. Se ainda estivesse ali, ela seria capaz de senti-lo de onde estava, não é? O cheiro era muito forte, invadindo o hall, a copa e até mesmo a cozinha. Ela só conseguia sentir o cheiro de limpeza, um odor cítrico.

Tentando se controlar, entrou no escritório. A limpeza no carpete e na parede tinha sido muito boa; evidentemente o carpete da sala toda havia sido limpo, para que ninguém pudesse ver, em uma parte mais clara, onde uma mancha fora removida. A poltrona não estava mais ali; Sarah não fazia idéia de onde pudesse estar. Talvez a polícia a tivesse levado, mesmo sem saber o que poderiam querer com ela. Ou talvez o pessoal da limpeza a tivesse retirado dali por alguma razão; talvez o fedor não pudesse ser removido do couro.

No dia seguinte descobriria o paradeiro da poltrona. Poderia estar na garagem, mas não a procuraria naquela noite. Vagarosamente, saiu de costas da sala, apagou a luz e fechou a porta. Não imaginava que voltaria a entrar ali, por qualquer razão que fosse.

Não pegava as correspondências desde quarta-feira, mas alguém, Cahill provavelmente, as levara para dentro e as colocara no balcão da cozinha. Ele certamente analisaria as cartas, para ver se não havia nada suspeito, qualquer coisa que merecesse ser analisada. Ela olhou a pilha: se alguma coisa incomum havia sido entregue, Cahill a levara com ele, pois só via as contas normais, os catálogos e as revistas.

Deixou a correspondência sobre o balcão e subiu a escada para seus aposentos. Tudo estava estranho, fora de lugar; alguém vasculhara cada centímetro, por isso surpreendeu-se com a relativa organização. Pelo menos os objetos da gaveta não estavam jogados no chão. Ela arrumou os livros na estante, as poucas revistas, devolveu os vasos em seus lugares, assim como alguns porta-retratos.

No quarto, sua cama havia sido revirada. Pegou os lençóis que estavam no chão para que fossem lavados, foi para o banheiro e metodicamente colocou as coisas em seus devidos lugares. Não podia reorganizar sua vida como antes, mas poderia reconstruir o ambiente à sua volta.

Pegou toalhas limpas e arrumou todos os seus cosméticos da maneira que preferia.

De volta ao quarto, colocou outro jogo de lençol na cama, abriu as portas do guarda-roupa e começou a pendurar suas roupas outra vez, de modo a deixar aquelas que mais usava em lugares bem acessíveis. Seus sapatos estavam totalmente bagunçados; tirou todos do guarda-roupa, sentou-se e começou a separá-los por pares, reorganizando-os.

Detestava pensar que alguém mexera em sua gaveta de lingeries. Era um tanto neurótica com suas roupas íntimas, graças a seus dois irmãos, que adoravam provocá-la escondendo-as ou amarrando seu sutiã a um graveto para montar um estilingue. Irmãos mais velhos eram uma parada dura. Gostaria de ter filmado Noel com sua primeira calcinha de lacinhos na cabeça; adoraria mostrar essa fita para os amigos dele da Marinha. Seus irmãos nunca fizeram o mesmo com Jennifer, pois ela choraria se eles tentassem e não tinha graça. Sarah os perseguia furiosa, pronta para arrasá-los; se tivesse conseguido alcançá-los algum dia, os teria machucado pra valer.

Sarah fora obrigada a passar anos escondendo suas peças íntimas, guardando-as em lugares improváveis para que Daniel e Noel não as encontrassem. Quando eles saíram de casa, ela ficou feliz por finalmente poder ter uma gaveta de calcinhas. Sempre dobrava todas as peças com extremo cuidado e as de renda e mais sensuais ficavam em uma gaveta à parte. Não as separava por cor — não era tão meticulosa assim —, mas ficava irritada ao ver suas peças tão bem cuidadas misturadas e em desordem.

Cahill provavelmente analisara sua gaveta de roupas íntimas pessoalmente. Ele parecia ser o tipo de homem que gostava de algo assim. Ela podia imaginá-lo segurando uma calcinha preta...

Sim, conseguia imaginar muito bem. Sentiu uma onda de calor. Sabia que estava em apuros ao ficar excitada, e não zangada, ao imaginá-lo mexendo em sua gaveta de lingeries.

Talvez devesse esquecer o receio e deixar rolar. Nunca tivera um relacionamento sério antes, mas Cahill podia se tornar um amor de verdade. Talvez pudesse existir algo verdadeiro e permanente entre eles, e ela corria o risco de perder a oportunidade por ser tão racional e não fazer o que seu coração pedia. Sim, ele tinha acabado de sair de um divórcio doloroso; um ano não era tempo suficiente para se recuperar emocionalmente, ele mesmo admitira isso. Sim, tudo indicava que ele não era a melhor opção no momento. Mas às vezes o amor falava mais alto, apesar das adversidades.

Por isso, o importante era saber se ela teria coragem de abrir mão de tudo que tinha, de se entregar. Sempre usara o plano para se esquivar de qualquer relacionamento antes que ele ficasse mais sério; era uma boa desculpa, pois queria muito colocar o tal "plano" em prática; mas, por outro lado, amar uma pessoa significava deixar de lado parte de sua independência e nenhum outro namorado tinha sido mais importante que isso.

No caso de envolver-se com Cahill, poderia acabar indo embora, mas não seria simples. Poderia se machucar. Suspeitava que o amaria como nunca amara ninguém, se permitisse que ele se aproximasse.

Em qualquer situação enfrentaria riscos — e dos grandes. Poderia arriscar amá-lo e perdê-lo ou perder a chance de viver o amor de sua vida por medo.

Sarah não gostava de se sentir covarde em nenhuma situação.

— Vocês reconhecem este homem? — Cahill perguntou na manhã seguinte, enquanto tirava uma fotografia de definição ruim de dentro de um envelope e a pousava sobre a mesa da copa. A imagem havia sido ampliada e melhorada, mas ainda era ruim. No entanto, era tudo que Cahill tinha.

Sarah olhou para a foto e balançou a cabeça negativamente. Randall, Barbara e Jon aproximaram-se para olhar.

— Acho que não — Randall disse, um tanto incerto. — Não dá para dizer sem ver o rosto. Mas ele não lembra ninguém. Por quê?

— Foi ele quem fez a última ligação ao pai de vocês, de um telefone público do Galleria.

Barbara deu um passo para trás, assustada. — Você quer dizer que ele pode ser o assassino?

— Não posso afirmar — Cahill disse. — Gostaria de fazer isso, mas não posso. Mas seu pai pode ter dito alguma coisa a este homem sobre alguma visita que esperava, ou qualquer outro detalhe que possa ajudar. Eu certamente gostaria de interrogar este sujeito.

Todos eles voltaram a olhar para a foto, como se pudessem se lembrar de alguém ao se concentrarem na imagem. O homem da fotografia era bem-vestido, usava um terno de cor clara, seu cabelo bem penteado e claro, louro ou grisalho. A cabeça estava virada para o lado, por isso a câmera registrou apenas o lado esquerdo do rosto. A menos que conhecessem muito bem o homem, seria impossível reconhecê-lo naquela foto.

Sarah entregou a Cahill uma xícara de café e inclinou a cabeça para olhar mais uma vez.

— Está vestindo um terno — ela disse. — Estava calor na última quarta-feira.

Randall e Jon entreolharam-se, atentos.

— Estava muito quente para se usar terno — Jon disse. — A menos que ele estivesse a trabalho.

Barbara pareceu intrigada.

— E daí?

— Quer dizer que ele trabalha em um escritório — Cahill explicou. — Executivo.

Ela suspirou e disse:

— Todos os amigos de papai trabalhavam em escritórios.

— Aposentados — Sarah acrescentou. — Este homem não é aposentado.

— Então ele é mais jovem que papai, mas isso é óbvio na fotografia. Ou ele fez uma cirurgia plástica. — Barbara apontou para seu rosto aparentemente firme.

— Vejam o que já sabem — Cahill interrompeu. — Mais jovem que seu pai, cerca de cinqüenta e poucos anos, e executivo. O cabelo provavelmente é grisalho ou louro ficando branco. Está em boa forma, é bem arrumado e eu acredito que tenha 1,80m. Ninguém vem à mente?

Todos eles negaram, desolados.

— Bem, se pensarem em alguém, entrem em contato. — Cahill colocou a fotografia dentro do envelope. — Não pensem nos amigos íntimos dele, mas em alguém que ele via pouco.

— Sarah pode ajudá-lo mais que nós — Jon disse. — Nós nos mudamos desta região há muitos anos e não conhecemos ninguém que ele possa ter conhecido recentemente. — Ele fez uma careta e acrescentou: — E quando digo "anos", quero dizer há mais de dez, pelo menos.

— Mais que isso — Barbara disse. — Dwight e eu nos mudamos para Dallas antes de Shaw nascer, e ele tem dezenove anos. Cerca de vinte anos. Receio que não poderemos ajudar, detetive. Sarah é sua única esperança.

Todos olharam para Sarah, que balançou a cabeça.

— Ele conhecia muitas pessoas. Sempre cumprimentava alguém e dizia não se lembrar de seu nome, mas que trabalhava para "fulano de tal". Nunca comentava sobre ninguém que não fossem seus amigos mais próximos.

— Então, a menos que este cara — Cahill disse, batendo no envelope — ligue outra vez, ele não nos levará a lugar algum.

— Infelizmente é o que acho. Um dos vizinhos pode reconhecê-lo ou você pode perguntar aos amigos do juiz. Eles eram muito unidos.

— Farei isso. — Ele olhou para os outros. — Preciso voltar ao trabalho. Posso ajudá-los com mais alguma coisa?

Barbara lançou-lhe um sorriso contido e triste.

— Estamos apenas pegando umas fotografias e objetos pessoais que queremos guardar. Obrigada por tudo que tem feito, pelos conselhos. Sei que farão tudo que puderem para encontrar quem matou papai.

— Sim, senhora, isso mesmo. — Ele olhou para Sarah. — Pode me acompanhar até o carro, srta. Stevens?

O dia estava mais quente que o anterior, mas o frio persistia e ela pegou uma jaqueta enquanto saía. O sol realçava as cores da primavera recém-chegada, o rosa das azaléias, o verde-claro das folhas novas, o branco e rosa dos cornisos. Sarah levou a mão aos olhos por causa da claridade.

— O que foi, detetive Cahill?

— Nada de mais, só queria um minuto a sós com você. O que pretende fazer agora? Eles vão vender a casa, não é? O que você vai fazer?

— Ficarei aqui por enquanto. Todos vão embora esta tarde, por isso vou me encarregar de encaixotar as coisas, preparar tudo para que a casa seja colocada à venda.

— Vai ficar aqui? Na casa?

— Vou conseguir cuidar melhor de tudo se estiver aqui dentro.

— Não vai se sentir incomodada sozinha?

— Fico incomodada pelo fato de o juiz estar morto. Fico incomodada ao entrar no escritório, pois vejo o corpo dele ali, sinto o fedor... Mas não me incomodo de ficar sozinha. Acredito que o juiz era o alvo, apesar de não imaginar por quê. Por isso, não estou correndo perigo. — Ela fez uma pausa, analisando a expressão dele. — Estou? Tem alguma coisa que não me disse?

— Não, nada. Acredito que esteja segura. É que você é muito corajosa. Muitos caras que eu conheço não ficariam aqui sozinhos.

— Quem disse que os homens são mais corajosos que as mulheres?

Ele riu ao ouvir sua voz desafiadora.

— Ninguém. É que os homens costumam fazer coisas idiotas por orgulho. Agora que admiti que somos idiotas, que tal jantar comigo hoje à noite?

— O quê? Sair com um idiota?

— Pense na diversão.

— Tem razão. — Ela sorriu para ele. — Nesse caso, aceito. Que horas e aonde vamos?

— Seis e meia, e vamos a um lugar casual, se você não se importar.

— Adoro lugares casuais.

Ele piscou para ela ao entrar no carro.

— Até seis e meia.

Sarah sentia-se mais feliz ao entrar na casa. Ainda sofria, mas a vida tinha de continuar; o lado ruim dos clichês é que eles geralmente tinham razão. A dor e a depressão horrorosas tinham diminuído e ela conseguia pensar no futuro. Tinha tarefas a cumprir, assuntos a tratar, um emprego para procurar.

Mas, antes de tudo isso, tinha um encontro marcado com Cahill.

14

— Você nem imagina — ela disse assim que abriu a porta para ele aquela noite — o que recebi pelo correio hoje.

Ele ficou tenso.

— Outro presente?

— Algo quase pior — ela disse. — Duas propostas de trabalho.

Ele franziu a testa e perguntou:

— E como isso pode ser ruim?

— Foram postadas no sábado. Essas pessoas devem ter escrito as cartas quase imediatamente depois de saber o que aconteceu com o juiz.

— Eu repito: como isso pode ser ruim?

Ela olhou para ele com impaciência.

— Urubus. É a mesma coisa que ficar sabendo sobre a morte de alguém no jornal e telefonar para a viúva e chamá-la para sair logo depois do enterro.

— Acho que é uma atitude inteligente, se essas pessoas querem contratá-la. Fizeram a proposta logo, antes que você encontrasse outro trabalho.

— Tarde demais, já que recebi uma proposta há duas semanas, logo depois da reportagem na televisão.

— Mas eles não sabiam disso. Eu faria o mesmo. Eu a vejo, a desejo e entro em ação, tentando passar na frente de qualquer um que esteja com a mesma idéia.

Ela resmungou enquanto vestia sua jaqueta.

— Uma analogia muito ruim, Cahill. Você me viu e fugiu.

— Não ganho pontos por ter reunido coragem e voltado atrás?

— Não, não trabalho com o sistema de pontos.

— Então acho que terei de recorrer à coerção física. — Ele segurou a parte da frente da jaqueta dela e a puxou para ele. Sarah levantou a cabeça para beijá-lo; quando os lábios se encontraram, ela percebeu como queria senti-lo outra vez, ser abraçada por ele. Suas línguas começaram um combate vagaroso, enroscando-se. Nenhum dos dois estava com pressa.

Ele se afastou o suficiente para perguntar:

— Já está coagida?

— Ainda não. Continue tentando.

Ele abriu um sorriso e encostou sua testa contra a dela.

— Não quero passar dos limites. Imponha mais regras. Até onde posso ir sem levar um tapa? O truque é parar um pouquinho antes.

Sarah ergueu as sobrancelhas. — Não dou tapas, chuto traseiros.

— Uau. Que interessante. Com a calça abaixada?

Ela escondeu o rosto na jaqueta dele, rindo.

— Deveria saber que você era um pervertido.

— Garotos só querem se divertir. — Sua mão quente e grande acariciava as costas dela sem parar, e ela percebeu que ele não queria se conter, mas estava tentando. — E se não formos logo embora, pode ser que eu acabe levando um chute na bunda. Nunca fui muito bom em saber quando parar.

Por outro lado, ele estava se aperfeiçoando em uma proeza — surpreendê-la. Deixava bem claro estar atraído, mas não ia com muita sede ao pote nesses primeiros estágios, para que se conhecessem melhor. Ela estava completamente encantada por seu humor, mais encantada do que gostaria que ele soubesse. Se ele tivesse sorte, ela pensou, poderia acabar levando-a para a cama; era bom que ele estivesse se controlando, mesmo tendo percebido que ela estava encantada. Era um cara bem esperto.

— As propostas são interessantes? — ele perguntou, enquanto abria a porta de sua caminhonete para ela.

— Não, as duas querem que eu comece imediatamente e isso está fora de cogitação. Ficarei aqui por pelo menos um mês; quando a casa estiver pronta para ser vendida, duvido que a família vá manter meu salário para que eu fique sentada em meu quarto, por isso não acho que as coisas vão durar mais de um mês, mas, até lá, não estarei livre.

— Você não acha que eles manterão a proposta de pé? Não chove mordomos por aqui.

Ela deu de ombros.

— Pode ser que sim, pode ser que não. Acho que eles só me querem para ostentar, e não gosto dessa idéia.

— Como você também é guarda-costas, vai aceitar propostas que também requeiram essa função?

— Seria muito bom — ela disse. — O salário é bem maior. Mas, não, muitas coisas têm de ser levadas em conta. O fato de eu gostar da família, por exemplo. Se há outras vagas para mordomos e guarda-costas na mesma função, o local do país onde teria de trabalhar, coisas assim.

— Você não gosta de certas partes do país?

— Não é isso. Sou filha de militar, estou acostumada a viver em qualquer lugar. Mas meus pais e minha irmã vivem na Flórida, e gostaria de estar próxima deles, para poder visitá-los mais facilmente.

— Você é apegada a seus pais?

— Falamos muito pelo telefone. Não consigo visitá-los com a freqüência que gostaria, talvez três ou quatro vezes ao ano, mas eu diria que somos bem próximos. Apesar de meus irmãos serem militares e de estarmos todos espalhados pelo mundo, ainda assim conseguimos manter contato. E você?

— Bem, minha família é desta região, por isso tenho tias, tios e primos espalhados por todo o centro do Alabama. Minha irmã, DeeDee, mora no Recanto Caipira... Gulf Shores, para quem não é daqui... e meu irmão, Dudley Certinho, vive em Montgomery.

— DeeDee e Certinho? — ela perguntou, divertindo-se.

— Ela recebeu o nome de minhas duas avós, Devonna e Darnelle. Qual dos dois você escolheria?

— DeeDee, sem dúvida.

— Pois é. Dudley, que na verdade se chama Thane, é um policial federal, por isso usa o uniforme "certinho". Eles já me deram cinco sobrinhos. DeeDee é dois anos mais velha. E eu tenho trinta e seis anos.

— Não tem filhos?

— Não, graças a Deus. Essa foi a única coisa boa a respeito de meu divórcio, o fato de não termos filhos, para não destruirmos suas vidas. A família toda sempre pensou que eu estava errado em não ter filhos, mas agora eles também reconhecem que foi bom.

— E seus pais?

— Também achavam que eu estava errado.

Ela deu um soco em seu braço. — Espertinho.

Ele riu, franziu a testa e passou a mão em seu braço. — Uau! Que soco!

— Peguei leve. Você é muito fraquinho. — *Até parece*. O braço dele era tão duro que ela poderia ter machucado a mão. — E seus pais? — ela insistiu.

— Eles moram em Kentucky. Tinham um bom motivo para se mudarem para lá, mas não sei qual.

— Qual é o problema com Kentucky?

— Tem neve.

— Qual é o problema com a neve?

— Já fui patrulheiro, sabia? Já viu o que acontece aqui quando neva?

Ela começou a rir, porque um centímetro de neve já atrapalhava o trânsito todo. Os sulistas não sabiam lidar bem com a neve; era um grande transtorno para os guardas de trânsito, por causa de todos os acidentes. Para alguém que passara um inverno memorável em Nova York, o alarme causado por um alerta de nevasca era piada.

De repente ela percebeu que eles estavam seguindo na direção sul, fora da cidade. — Aonde vamos?

— O que acha de assistir a uma partida de beisebol colegial?

Ela fez uma pausa.

— É uma ordem ou uma sugestão?

— Um de meus primos vai disputar uma partida hoje à noite, dois jogos consecutivos. Vamos perder o primeiro deles, mas depois de comermos alguma coisa e chegarmos lá, o segundo vai estar para começar. JoJo é um *shortstop*.

JoJo, evidentemente, era o primo.

— Gosto de beisebol, mas esta jaqueta não é grossa o bastante para ficar sentada no frio por muito tempo.

— Tenho um cobertor no porta-malas, grosso, de lã. Podemos nos aconchegar na arquibancada e, com um cobertor para nos esconder, ninguém vai perceber se eu passar a mão em você de vez em quando.

— *Eu* vou perceber.

— Puxa! Espero que sim. Se não perceber, vou pensar que já não sei apalpar ou que estou errando a mira.

Talvez um lugar público *fosse* o local mais seguro para ficar com ele.

— Tudo bem. Vamos lá. Podemos até comer um cachorro-quente lá mesmo, se você quiser assistir a uma parte do primeiro jogo.

— Sabia que você era gente boa — ele disse, contente.

Ficar sentada em uma arquibancada gelada, em uma noite fria, cercada por pais e irmãos gritando, conversando e rindo, alguns professores e grupos de alunos acabou sendo mais divertido do que a época em que Daniel e Noel jogavam beisebol. Por um lado, os primos de Cahill — havia cerca de dez deles lá — eram todos brincalhões. Ela ficou surpresa, imaginando se o senso de humor era uma característica da família. Por outro lado, ficar junto dele debaixo de um cobertor era... mais que divertido.

O cobertor king-size, conforme ele prometera, era de lã. Cahill o jogou sobre os dois antes de se sentarem, para que as pernas dela ficassem protegidas do frio. O calor do corpo dele e o cobertor conseguiram deixá-la bem aquecida, apesar de aquela noite de abril estar muito fria. Ele ficou colado em seu lado esquerdo, com sua coxa dura contra a dela, e ficaram abraçados, exceto nas vezes em que ele ficou em pé para gritar impropérios ao juiz que, por acaso, era outro primo.

Algumas vezes, sua mão passeou por partes do corpo dela conforme prometera fazer. A carícia foi sutil, apenas seu dedão alisando a lateral de seu seio direito, mas era de propósito e ela sabia muito bem. Na primeira vez que aconteceu, ela olhou para ele, que assistia ao jogo com ar de inocente, mas o viu esboçar um pequeno sorriso. Ela se vingou, subindo a mão esquerda por sua coxa, vagarosamente, parando bem perto do perigo. Ele ficou tenso, parou de sorrir e, apesar de continuar olhando para o jogo, seu olhar não estava fixado na partida, mostrando que ele estava alheio ao que acontecia no campo.

Ela se sentiu muito atrevida fazendo essas coisas em público, apesar de estarem enrolados como múmias naquele maravilhoso cobertor, sem que ninguém visse nada. Queria parar de provocá-lo e partir logo para um toque que o faria delirar; queria virar seu corpo de modo a permitir que ele acariciasse seu seio.

Não precisou virar o corpo; ele conseguiu fazer o que ela queria sem sua ajuda.

Ela parou de respirar ao sentir a pressão da mão dele, ao sentir o polegar sobre seu mamilo. Apesar de a camada tripla de sutiã, camiseta e jaqueta proteger sua pele do toque, seus mamilos endureceram mesmo assim e a vagina contraiu-se em resposta ao estímulo.

— Você está bem? — ele perguntou, de modo casual, como se estivesse perguntando se ela sentia frio.

Ela queria tocá-lo, mas apertar os genitais de um homem logo no primeiro encontro estava fora de cogitação. Contentou-se em colocar a mão direita por dentro da camiseta dele e puxar os pêlos de seu peito. Com força. Ele não conseguiu segurar um sobressalto.

— Estou com um pouco de calor — ela disse, da mesma maneira casual. — Talvez possamos tirar um pouco o cobertor.

— Boa idéia — ele disse, com a voz um tanto ofegante, e deixaram o cobertor enrolado na altura da cintura. Tomaram café para afastar o frio durante o restante da partida.

Como ele tinha de trabalhar no dia seguinte, depois do jogo a levou direto para casa. Ao dar-lhe um beijo de boa noite, ela foi esperta o bastante para segurar a mão dele. Ele sorria quando disse:

— Desde a época do colégio uma garota não segura minhas mãos durante um beijo.

— E eu, desde a época do colégio, não sou apalpada em um jogo.

— Foi divertido, não é?

Ela sorriu.

— Sim, foi divertido.

— Tem planos para amanhã à noite? E para todas as noites desta semana?

— Está me chamando para sair todas as noites?

— Tenho de cansá-la. Como vou conseguir chegar à segunda base? O plano é o seguinte: amanhã à noite jogamos boliche...

— *Boliche?*

— Boliche cósmico. É um barato.

Ela não quis perguntar o que era boliche cósmico.

— E na quarta?

— Cinema.

— Quinta?

— Um concerto.

Do ridículo ao requintado. Ela balançou a cabeça, surpresa; pelo menos não ficaria entediada.

— Sexta?

— Espero que até lá tenhamos passado para a fase do sexo selvagem.

Ela riu e ele fez o mesmo enquanto encostava-se no portão.

— Está bom para um encontro? — ele perguntou. — Ou melhor, para encontros?

— Até sexta, sim.

— Vamos ver — ele disse e assoviou enquanto voltava para sua caminhonete.

Ele era muito esperto.

15

Havia uma matéria no jornal de terça-feira, que Cahill leu de manhã, cujo título era: FALTA DE PROVAS DEIXA A POLÍCIA DE MOUNTAIN BROOK DE MÃOS ATADAS. Ele reclamou, incomodado ao ler o texto.

> O Departamento de Polícia de Mountain Brook ainda não deu qualquer informação a respeito da investigação sobre o assassinato do juiz federal aposentado Lowell Roberts. As investigações parecem estar paradas e os cidadãos estão preocupados, sem saber ao certo se o Departamento de Polícia, que há cinco anos não notifica um assassinato, tem experiência suficiente para lidar com esse tipo de caso.

— Que bobagem — ele resmungou, jogando o jornal na mesa. Todos os investigadores do departamento ficaram irritados. O tenente também. As investigações não progrediam, tudo bem, mas não tinha nada a ver com incompetência ou falta de experiência. Se o idiota responsável por aquela matéria tivesse feito uma pesquisa decente, saberia que o Departamento de Polícia de Mountain Brook era excelente, tinha profissionais e equipamentos de primeira. O técnico-chefe em perícia comandou a coleta de provas e fez tudo direito. Cahill mesmo fizera uma visita a trabalho ao Departamento de Polícia de Birmingham, onde as investigações de crimes eram corriqueiras; todos os detetives eram experientes. Sabiam comandar uma investigação, mas não podiam criar provas que não existissem.

Tudo voltava à falta de motivo. O juiz Roberts não tinha sido assassinado por alguém que tivesse passado atirando de dentro de um carro, enquanto ele estivesse andando na rua, por "diversão". Seu assassinato tinha sido proposital, planejado e executado com precisão — uma eliminação, na verdade. O assassino sabia muito bem que era o dia de folga de Sarah e que o juiz estaria sozinho na casa. O telefonema misterioso feito por um homem desconhecido no telefone público do Galleria era a única pista que tinham, mas ninguém até aquele momento havia reconhecido o indivíduo da fotografia. Amigos, vizinhos e familiares haviam sido questionados a respeito e ninguém disse nada que ajudasse.

As coisas não tinham acontecido da maneira mais fácil. Tudo seria muito mais simples se o juiz Roberts tivesse sido atacado quando abrisse a porta de sua casa, ou enquanto se dirigisse a seu carro; nesse caso, a hipótese de vingança caberia. Mas Cahill continuava a voltar para a conclusão inescapável de que o juiz conhecia seu assassino e que o convidara para entrar na residência.

E isso levava Cahill de volta ao homem misterioso da foto. O horário do telefonema estava correto. Alguém que o juiz conhecia, talvez de fora da cidade, que telefonara e dissera: *Olá, estou na região*, e o juiz o convidou para uma visita e, assim, foi morto. Era essa a situação mais provável que as circunstâncias mostravam. Mas quem e por quê? Era a velha regra — descubra o *porquê* e saberá *quem*.

Pena ele não ter o menor palpite.

Cahill passou as mãos no rosto. A sensação ruim a respeito desse caso não se dissipava. A resposta estava em algum lugar, mas eles não estavam perto de encontrá-la e ele temia não descobri-la. Esse caso acabaria sendo arquivado como "não resolvido". Ele detestava crimes de qualquer tipo sem solução, mas um assassinato era pior ainda. Mesmo quando era criança não largava um quebra-cabeça até conseguir montá-lo totalmente. Insistiu muito até finalmente conseguir separar as cores do cubo mágico. Em uma escala de um a dez, o cubo mágico era cinco, e um assassinato era dez zilhões. Sentia-se muito incomodado quando não conseguia desvendar crimes. Poderia facilmente ficar obcecado com esse mistério se não tomasse cuidado.

Esse caso, em especial, era mais pessoal do que deveria, porque envolvia Sarah. Se ela estivesse na casa, e não no cinema, poderia ter sido assassinada também. Ela se sentia culpada por achar que poderia tê-lo evitado, mas Cahill sentia um calafrio na espinha todas as vezes que pensava nela ali dentro com o assassino. Ela teria ido para seus aposentos e deixado os dois... amigos? conhecidos? conversando no escritório do juiz; talvez nem sequer escutasse o tiro, se a arma tivesse silenciador. E então, por ela o ter visto, o assassino teria subido as escadas sorrateiramente até onde ela estava. Ela não estaria atenta nem armada, e ele a teria matado. Seria simples assim e Cahill suava frio sempre que pensava em tal situação. Ir ao cinema fora sua salvação e ela só tinha ido porque queria que o idiota que havia lhe mandado o pingente se aproximasse. Era engraçado como as coisas aconteciam; por ter lhe mandado o pingente de presente e a deixado tão assustada, o maluco salvara sua vida.

Sarah era... ele não sabia o que Sarah era. Fascinante. Sexy. Forte e delicada ao mesmo tempo. Não sabia o que aconteceria entre eles; não se permitia pensar no que poderia ou não acontecer. Com ela, estava vivendo completamente no presente. Quando estavam juntos, não se lembrava do passado e não se importava com o futuro. *Bem*, isso era mentira, porque em sua mente o futuro incluía deixá-la nua e fazer sexo quente, molhado, de quebrar a cama. Isso *sim* era seu plano para o futuro.

Era gostoso voltar-se para apenas uma mulher, em vez de continuar com aqueles encontros de uma noite e nada mais, que aliviavam sua vontade de transar, mas que o deixavam sentindo-se sozinho no dia seguinte. Gostava de brincar com Sarah e era isso que estavam fazendo: brincando. Divertindo-se. Há muito tempo ele não se divertia, fazia muito tempo não sentia aquela emoção de olhar para uma mulher e sentir-se em sintonia com ela.

Como na noite passada, por exemplo; ela seriamente pensou em apertar suas bolas para retribuir a carícia, mas resolvera não levar a intimidade entre eles àquele nível. Seus olhos escuros estavam calmos e desafiadores, mas mesmo assim ele *sabia* o que ela estava pensando, observara na tensão de seu corpo bem cuidado. Estivera pronto para um pouco de dor — ele duvidava que ela o machucaria, mas ainda assim faria o apertão doer —, para apressar as coisas entre eles. Que pena ela ter mudado de idéia, pois, se o tivesse machucado, teria de beijar o local para fazer parar de doer. Funcionava com ele.

Ficar de pau duro no trabalho não era legal. Cahill tentou pensar em outras coisas.

Ele tinha um mês para conquistá-la, o mês que ela calculava ser preciso para empacotar tudo e deixar a casa pronta para ser vendida. Ela procuraria outro emprego; ele esperava que ela continuasse naquela região, mas não era nada garantido. Como ela dissera, se alguém quisesse contratá-la como mordoma *e* guarda-costas, o salário seria muito mais compensador, e quantas pessoas ali precisariam de uma guarda-costas? Ele acreditava que a possibilidade de ela ir embora era de cinqüenta por cento, portanto precisava agir rápido. Vai saber? Talvez, se estivessem envolvidos, ela aceitaria um emprego por perto e eles teriam mais tempo para se conhecer e ver o rumo que as coisas tomariam.

Esse pensamento levava a um futuro muito distante e ele resolveu voltar para o presente. Só podia enfrentar o *agora*. Veria Sarah todas as noites e durante todo o tempo que tivesse fora do assassinato que tinha de investigar, além das outras investigações que surgissem.

O jornal dizia que a polícia não tinha nenhuma pista a respeito do assassino do juiz Roberts. Que vergonha.

Ele estava feliz; mais uma vez se mostrara mais inteligente que as outras pessoas. É claro que não existiam pistas. Primeiro ele tinha visto Sarah entrar no cinema e, em seguida seguiu para o Galleria para fazer a ligação de um telefone público. Milhares de pessoas passavam pelo Galleria todos os dias; não havia como encontrá-lo. O juiz Roberts, o velho bobo, ficara contente em conversar com o amigo de um amigo sobre um assunto jurídico, e fácil assim conseguiu entrar na casa.

Apesar de suas impressões digitais não constarem do banco de dados do Serviço de Informações pelo simples fato de ele nunca ter tido suas impressões digitais tiradas, ainda assim tomou o cuidado de prestar atenção a tudo que tocara enquanto estivera dentro da casa, e cuidadosamente limpou tais locais antes de sair. Recusara uma bebida para que não tivesse de lavar uma xícara ou copo. Também pegara o projétil da bala que caíra no carpete e o jogou no lixo no dia seguinte. O caminhão já havia passado para recorrer o lixo, portanto, já estava longe.

Ele estava seguro. Agora podia se concentrar em Sarah.

Não queria repetir sua oferta tão cedo. Ela não ficaria feliz; seu senso de propriedade seria ofendido. Mas também não podia esperar muito tempo, pois as pessoas começariam a contactá-la com propostas de emprego. Descobrira entre seus conhecidos do bairro — não tinha como chamá-los de *amigos* — que a família do juiz

Roberts estava colocando a casa à venda e havia pedido para que ela ficasse para cuidar disso, por enquanto.

As coisas não poderiam ser melhores. Ele teria tempo, um bom período para pensar com cuidado em como seria sua próxima oferta. Cometera um erro da última vez não levando a lealdade dela em consideração e preocupando-se apenas com o dinheiro. É claro que ela valia aquela quantia, valia muito mais, mas uma mulher de sua natureza, responsável, precisava de mais do que dinheiro: precisava de propósito.

Ela tinha de pensar que ele precisava dela. *Precisava* mesmo, muito mais do que ela podia imaginar. Assim que a viu, percebeu que era a mulher perfeita para ele, a mulher por quem esperara a vida toda, sem a qual não poderia ser completo.

Ficou ansioso em pensar nela ali em sua casa. Ele daria tudo que ela pudesse querer e a protegeria de um mundo que não apreciava sua perfeição pura. Devia ser um grande fardo para ela ter de lidar com pessoas que não a mereciam. Quando ela estivesse com ele, isso não seria mais problema. Ela não precisaria de mais ninguém. Juntos, eles seriam perfeitos.

A terça-feira foi um dia incrivelmente triste e solitário. Era o primeiro dia em que se via completamente sozinha na casa; no dia seguinte a família do juiz ficara ali até o começo da tarde; depois ela tinha saído com Cahill, o que fez com que sua mente ficasse ocupada. Sentia que Cahill lhe dava ânimo.

Mas naquele dia ele não estava ali. O encontro que teria com ele à noite era algo que não conseguia esquecer, como uma luz no fim do túnel. Manteve-se ocupada. Não tinha de caçar coisas para fazer, havia muito trabalho a ser feito.

Ela começou a empacotar os objetos de cada cômodo meticulosamente, com um inventário que planejou e criou em seu laptop, para mostrar quais objetos estavam em qual caixa e de qual cômodo eram. As caixas seriam numeradas e, em cada uma delas, ela deixaria um envelope contendo uma lista dos objetos ali guardados. A tarefa era cansativa e muito demorada, mas não foi suficiente para fazê-la esquecer que estava sozinha naquela mansão, ou para não se lembrar do que acontecera todas as vezes que passava pelo escritório.

O telefone tocava sem parar. Quem telefonava queria saber da família e o que pretendiam fazer, mas as interrupções constantes não permitiram que Sarah fizesse tudo que planejara e as perguntas traziam a lembrança do juiz. Não queria esquecê-lo, mas seria bom distanciar-se um pouco da dor.

Pensar em Cahill ajudava nesse distanciamento. Talvez estivesse pensando nele mais do que deveria, mas... bem, teria de lidar com isso.

Longe de ser o homem seco que aparentara a princípio, ele tinha uma atitude relaxada, que trazia alegria. Sarah percebia que ele estava tendo cuidado com ela — não por achá-la frágil, mas exatamente por saber que ela não o era.

Sarah reconhecia sua força e seu valor, não era descartável como um lenço de papel, tampouco independente o suficiente para escapar quando quisesse. Cahill a queria, mas estava interessado em um relacionamento superficial e totalmente sexual com alguém, e não sabia até que ponto pretendia chegar com Sarah. Os dois se divertiam juntos, mas de certo modo eram como dois pesos-pesado, pulando e trocando olhares, um medindo a força do outro, sem entrar na briga até ter a certeza se seriam ou não golpeados.

Ela *gostava* dele como nunca gostara de nenhum outro namorado — mas como poderia não gostar de um cara que a levava para jogar boliche e assistir a um concerto? Soubera desde o começo que a atração sexual era enorme; *imensa* era uma palavra melhor para descrevê-la. Mas, ainda assim, poderia resistir à tentação se só existisse atração física. No caso de Cahill, tudo nele era tão sedutor e atraente quanto o paraíso.

Seu almoço foi um sanduíche e um copo d'água, que levou a seus aposentos. O silêncio era muito grande, a ponto de ela achar que poderia escutar os próprios batimentos cardíacos. Lavou a faca e o copo que usou e os guardou. Em seguida, caiu em prantos.

Meia hora depois, viu-se sentada nos degraus que levavam da varanda ao jardim. O sol forte bateu em seu rosto e braços nus e o vento trazia o aroma fresco da primavera. Os pássaros cantavam incessantemente nas árvores, mostrando suas cores ao alçarem vôo. As abelhas iam de flor em flor, embriagadas de néctar. Dentro da casa havia tristeza, mas ali fora, vida e calor.

Passos ressoaram atrás dela e ela virou-se e viu Cahill.

– Oi — ele disse, abaixando-se para sentar-se ao lado dela. — Você não atendeu a campainha, por isso dei a volta para ver se sua caminhonete estava aqui.

— Estou aqui — ela disse desnecessariamente. — Só estou... dando um tempo.

Ele olhou para seu rosto triste e olhos inchados e, delicadamente a abraçou e colocou a cabeça dela em seu ombro. — Um dia ruim, não é?

— Até agora está uma porcaria. — Como era bom ser abraçada. Ele era tão forte e ela virou o nariz para o pescoço dele, para sentir o aroma quente de seu corpo. Ela o abraçou, com um braço no pescoço e o outro nas costas dele; seus dedos repousaram nos músculos bem definidos ali, perto de sua coluna.

Ele levantou a cabeça dela, a beijou e apalpou seu seio direito. Ela permitiu a carícia, entregando-se ao beijo. Precisava muito ser acariciada, precisava do conforto da presença dele, por isso não protestou quando ele desabotoou sua blusa sem mangas e abriu o fecho frontal de seu sutiã. O ar fresco bateu em sua pele nua, tocando seus mamilos; em seguida eles foram cobertos pelas palmas ásperas das mãos dele.

— Nossa! Você é linda — ele disse com a voz baixa e ofegante. — Veja isto.

Ela abriu os olhos e viu. Seus seios eram claros, com pequenas sardas rosadas. Não tinha seios muito fartos, mas enchiam as palmas dele, seus dedos bronzeados do sol contrastando com suas curvas femininas delicadas. Ele passou o dedão sobre o mamilo dela, que ficou mais rígido e mais escuro.

Cahill gemeu e, ao olhar para ele, ela viu que ele começava a suar.

— Estou trabalhando — ele disse, com dificuldade.

— Não convenceria ninguém comigo aqui — ela murmurou. Achava que poderia ficar sentada ali sob o sol por horas, deixando que ele a acariciasse. Mas, se continuasse ali, não ficaria *sentada*, mas sim deitada no chão da varanda; não seria um lugar muito confortável para fazerem amor.

— Só passei para ver como você estava. Não posso ficar. — Ele voltou a beijá-la, com sua mão ainda acariciando seus seios; com relutância, acabou afastando-se. Na verdade, foi como se doesse separar-se dela. — Lembre-se de onde paramos e recomeçarei desse mesmo ponto hoje à noite.

Sentindo-se muito melhor, ela fechou seu sutiã e começou a abotoar a blusa.

— Sinto muito, mas as coisas não podem ser assim. Terá de começar tudo de novo.

— Sem problemas — ele disse, sorrindo.

Ela riu.

— Logo pensei que não haveria problemas. — E ele sorriu também. — Obrigada por ter vindo. Eu estava meio triste.

— Percebi. Seis e meia de novo?

Ela confirmou. — Estarei pronta.

— Eu também.

— Não foi isso o que eu quis dizer.

— Que droga! — ele disse, desapontado.

Já podia sentir que seu sorriso se transformava em risada.

— Vá para o trabalho, Cahill, e lembre-se: não espere muita coisa.

— Que droga! — ele disse outra vez.

16

Na quarta-feira, uma semana depois do assassinato, Sarah cumpria sua antiga rotina. Esquecera-se de reagendar suas aulas de caratê e kick boxing, por isso trabalhou na casa até a hora das aulas e dedicou-se às sessões de treinamento mais pesado que há muito não fazia. Hoje faz uma semana, ela ficava pensando. Exatamente uma semana. Há uma semana, a coisa mais importante de sua vida era descobrir quem lhe mandara aquele pingente. Hoje, mal se lembrava como o tal pingente era. Ele perdeu a importância depois do ocorrido naquela noite.

Iria ao cinema com Cahill nesta noite. Ao lembrar-se que há uma semana também tinha ido ao cinema, percebeu que não conseguiria ir. Ligou para o número que Cahill lhe dera e ele atendeu imediatamente.

— Aqui é Sarah. Sinto muito, mas não vai dar para irmos ao cinema hoje.

Ele fez uma pausa.

— Aconteceu alguma coisa?

— Não, é só... é que faz uma semana hoje e fui ao cinema naquele dia também.

— Tudo bem — ele disse de modo gentil. — Faremos outra coisa.

— Não, eu... — Ela queria ficar com ele, mas talvez depois de ontem à noite era preciso dar um tempo para esfriar as coisas. Conseguira manter tudo sobre controle, ou evitar que fossem além do que já tinham avançado, mas cada vez mais ele invadia os espaços. Precisava de um tempo. — Hoje não. Nosso encontro de amanhã à noite continua em pé, mas não serei boa companhia hoje.

— Está tentando escapar?

Deixe a educação de lado e vá direto ao assunto. — Pode acreditar — ela disse decidida. — De jeito nenhum.

Ele suspirou. — Agora você me deixou animado.

— Espero que ninguém possa ouvi-lo.

Ele ignorou o comentário.

— Estarei em casa se você mudar de idéia ou se quiser companhia.

— Obrigada, Cahill — ela disse delicadamente. — Você é um amor.

— Bem que eu avisei que logo você me chamaria assim — ele disse, descontraído.

Por pior que fosse a situação, ele conseguia deixá-la mais feliz. Ela desligou sentindo-se muito bem, da maneira que sempre se sentia perto dele. A sensação boa a acompanhou pelo resto daquele dia difícil.

Na quinta-feira à noite, a caminho do concerto, ele disse:

— Tenho um amigo que está doido para conhecê-la. Ele é um safado que acha que pode roubá-la de mim, mas, se você não se sentir ofendida, ele gostaria de praticar tiro contigo. Tenho uma arma extra que você pode usar, já que a sua ainda está conosco.

Ela riu.

— É um safado que faz você se sentir ofendido? Claro, adoraria conhecê-lo.

— Foi o que pensei. Que tal amanhã à tarde, às duas horas, naquele clube de tiro onde já nos encontramos?

— Às duas horas? Você não tem que trabalhar? Ou está querendo que eu vá me sentir ofendida sozinha?

— Tenho metade do dia livre amanhã e o final de semana todo. — Ele lhe lançou um olhar malicioso. — Vá de vestido.

Era coisa de homem mesmo.

— Para praticar tiro? Vai sonhando.

— Você nem imagina com o que ando sonhando — ele disse. Com uma daquelas mudanças de temperatura tão comuns na primavera, o dia chegara aos 30º C e não tinha esfriado muito com o pôr-do-sol. Sarah vestira-se de acordo, com um vestido sem mangas verde-claro, que realçava sua cor de pele, e trouxera um xale para jogar por cima se sentisse frio. O vestido era confortável na medida certa, marcava seu corpo nos lugares certos e era um pouco decotado. Cahill não tirara os olhos de seu decote desde que a pegara em casa.

Prudentemente, ela não perguntou sobre seus sonhos, porque tinha certeza de que ele contaria. Cahill não parecia ser tímido em nenhuma situação.

O concerto foi maravilhoso; ela adorava música clássica e Cahill fazia comentários inteligentes de quem conhecia o assunto, provando que não escolhera o programa apenas para impressioná-la.

— Você vem com freqüência a concertos? — ela quis saber.

— Não tanto quanto gostaria, mas pelo menos duas vezes por ano. Tenho que encaixar esse tipo de programa em minha agenda.

— Imagino que seja difícil arrumar tempo para um concerto, com todos os jogos e partidas de boliche.

Ele riu.

— Admita. Você adorou o boliche cósmico.

— Nunca tinha jogado boliche no escuro antes. — Na verdade, tinha se divertido a valer na terça-feira à noite; boliche cósmico era *demais*. As bolas e os pinos são pintados com tinta que brilha no escuro; as luzes normais são apagadas e em seu lugar são acesas as luzes negras. Qualquer coisa clara, como os dentes e os sapatos, ou uma camiseta, brilham de modo impressionante. Era bem estranho ver dentes aparecendo na sua frente de repente, na escuridão. Mas, da próxima vez que fossem ali, ela pediria a Cahill que usasse uma camiseta branca, para que conseguisse vê-lo.

Ela trabalhou aquela noite depois de ele deixá-la em casa e levantou cedo na manhã seguinte a fim de encaixotar mais algumas coisas, para poder ficar livre mais cedo e conhecer o amigo de Cahill. A bem da verdade, estava trabalhando mais horas agora do que quando o juiz era vivo, mas continuaria assim. Cahill consumia muito de seu tempo — aquela tarde, por exemplo —, por isso ela queria correr atrás do tempo perdido para se precaver.

Era outro dia quente, passando dos 30º C. Ela vestiu uma calça cáqui com elástico na cintura, já que suaria no clube de tiro, uma camiseta de mangas curtas e gola em V e sandálias. Passou bastante protetor solar nas partes expostas de seu corpo.

— Que droga! — Cahill disse ao buscá-la. — Pensei que você pensaria melhor a respeito daquele vestido.

— É, eu consegui me imaginar abaixando para pegar os cartuchos.

— Uau! Eu também — ele disse, suspirando.

Seu amigo, Rick Mancil, era o homem atarracado que ela vira com ele no clube no outro dia. Rick tinha cabelo preto, olhos verdes e era tão cheio de energia quanto o coelhinho da Energizer. A primeira coisa que disse a ela foi: — Se ficar de saco cheio desse trouxa, me ligue e eu te levo para o altar antes mesmo que você consiga dizer "sra. Mancil".

— Pode acreditar — Cahill disse. — Ele já fez isso duas vezes.

Sarah surpreendeu-se.

— Mulheres casadas com quem você namorou?

— Apenas me casei — Rick a corrigiu. — Mas não falemos sobre isso.

Ela percebeu que Cahill queria que ela mostrasse suas habilidades de atiradora para Rick e concordou. Ela e Rick pegaram alvos um do lado do outro; ele não parava de falar sobre sua pistola, dizendo que ela era muito certeira, que nunca falhara, entre outras coisas; ela olhou para Cahill, que estava encostado em um poste com uma perna cruzada sobre a outra, e ele deu de ombros e sorriu, dizendo:

— Ele nunca se cansa — ele disse.

— É algo muito bom em um homem — Rick disse, piscando para ela.

Sarah voltou a olhar para Cahill.

— Não vai atirar?

Ele negou. Rick disse:

— Vamos deixá-lo de fora disso. Ele me vence todas as vezes, o maldito exibido. É esse treino militar que ele recebeu e acaba levando vantagem sobre mim, uma coisa injusta.

Ela também tinha treinamento militar. Fora particular, graças a seu pai, mas era treinamento do mesmo jeito.

Eles começaram com os alvos relativamente próximos, afastando-os depois de cada cartucho. Sarah atirava com firmeza, concentrando-se da mesma maneira que fazia ao competir contra seus irmãos. O peso da pistola em sua mão lhe era tão familiar quanto dirigir; quase não tinha de pensar no que fazia, pois era um hábito muito antigo.

— Não consigo acreditar nisso — Rick reclamou com bom humor. — O doutor me disse que você era boa, mas *eu* sou bom e você está me deixando no chinelo.

— Atire com a mão esquerda — Cahill disse a Sarah, e Rick olhou surpreso para ele.

— Com a mão esquerda? Ela atira com as duas?

Sarah simplesmente mudou a arma de mão e começou a descarregar no alvo. Como sempre, seria possível cobrir todos os tiros do alvo com uma carta de baralho.

— Filho-da-puta — Rick disse a Cahill, incrédulo. — Você trouxe uma especialista! Ela é profissional, não é?

— Sou mordoma — Sarah o corrigiu. Tinha de admitir que estava se divertindo, ainda mais com a conversa dos dois.

— Pode me pagar — Cahill disse, abrindo a mão.

Reclamando, Rick pegou sua carteira e colocou cinco notas de vinte dólares na palma da mão de Cahill.

— Esperem um pouco — ela disse, indignada. — Você fez uma aposta e não me incluiu nos lucros?

— O que eu lhe disse? — Rick perguntou. — Ele é um trouxa.

— *Você* também não me incluiu — ela disse, soltando sua arma com cuidado e cruzando os braços, olhando para os dois.

— Bem, é que...

— Diga "eu também sou um trouxa" — Cahill interrompeu com a voz baixa.

— Eu também sou um trouxa! — Rick repetiu. Seus olhos claros brilharam e ele sorriu.

— Vocês dois estudaram juntos no colégio? — ela perguntou. — Só para saber.

— Não! Dá para acreditar? — Cahill riu ao colocar o dinheiro no bolso.

— Certamente não.

Cahill deu um tapinha no ombro de Rick.

— Bom, amigo, foi divertido. Vamos repetir a dose quando eu precisar de mais grana, ok? Deixaremos você agora; tenho uns bifes temperados lá em casa. Vamos nos lembrar de você a cada mordida.

— Façam isso mesmo — Rick disse, com uma expressão triste. Chegou até a acenar desolado quando eles foram embora, como uma criancinha sendo deixada para trás enquanto as outras iam brincar.

— Nossa! Ele é cansativo! — Sarah disse quando eles entraram na caminhonete. — É divertido, mas também cansativo.

— Duas ex-esposas disseram a mesma coisa. Se existe algo como um maníaco-depressivo que é sempre maníaco, é o Rick.

— O que ele diz sobre você? Além de afirmar que você é um trouxa?

— Que eu sou espertinho. E teimoso.

— Concordo, são boas qualidades em um investigador.

— Hum... Então você me acha espertinho?

Sarah olhou para ele, confortável no banco do motorista, vestindo jeans, botas e uma camiseta branca que marcava seu torso. Ele esboçou um sorriso, como se soubesse onde aquela conversa terminaria. Sim, ele *era* espertinho.

— E quanto aos "bifes temperados lá em casa"? Foi a primeira vez que ouvi falar desses bifes e de onde se encontram.

— Tenho uma churrasqueira, é sexta-feira e está calor. O que mais um cara como eu, do Sul e cheio de vigor, pode fazer além de cozinhar? Além disso, sei onde você mora; não quer saber onde eu moro?

Queria sim, e muito. Queria saber se ele era um relaxado, se tinha apenas uma cadeira e uma televisão enorme, se em sua geladeira havia alguma outra coisa além de refeições congeladas, queijo e cerveja. Queria saber se ele deixava a pia suja após barbear-se, se arrumava a cama toda manhã ou se os cobertores ficavam jogados no chão. Queria muito.

— Onde exatamente você mora? — ela perguntou e ele sorriu com a pergunta.

— Descendo a 280, no condado de Shelby.

A área metropolitana de Birmingham estava se desenvolvendo rapidamente para o sul; Shelby era o condado em maior expansão no Alabama, com negócios e empresas surgindo da noite para o dia, e por isso o tráfego na 280, a via principal de Birmingham, estava um horror. As propriedades em Shelby estavam ficando muito valorizadas.

— Há quanto tempo vive ali?

— Há um ano, desde o divórcio. Tive sorte em encontrar a casa; na verdade, ela era de um primo que foi transferido para Tucson. A casa onde Shannon e eu vivemos foi vendida bem rápido, eu peguei o dinheiro, dei uma boa quantia de entrada e as outras parcelas ficaram a um preço razoável.

— Pensei que você vivesse em um apartamento ou em um condomínio.

— Gosto da privacidade de uma casa. Não é nova; foi construída no final dos anos 1970 e precisou de algumas reformas. Sou bom com trabalhos manuais, por isso eu mesmo fiz os reparos, consertando o que estava quebrado.

Ela podia ver que ele era um homem bom em consertos: tinha um jeito de quem conseguia fazer tudo que lhe interessasse. Talvez não fosse tão comum, mas ela achava sexy homens que sabiam fazer consertos.

Não sabia muito bem o que esperava, mas não encontrou uma casa comum, com um quintal nos fundos e cercas ao redor. As paredes do lado de fora eram avermelhadas, as janelas eram azul-escuras e a porta de entrada pintada de um azul um pouco mais claro. A garagem fazia uma curva no lado da residência.

— Há um porão — ele disse. — A garagem era ali antes, mas meu primo o transformou em um quarto para seus filhos brincarem. É uma casa muito grande para uma pessoa só, mas gosto do espaço.

Ele estacionou o carro e abriu a porta de entrada para ela. A casa tinha acabado de ser limpa, ela pensou, ou então ele não era um desleixado. O chão de madeira brilhava e havia um aroma de limão no ar.

Ele encostou a mão nas costas dela.

— A sala de estar — disse, apontando para a esquerda. O cômodo estava completamente vazio, não havia nenhuma mancha no carpete e as cortinas foram fechadas. — Não tenho o que fazer aqui, por isso não a mobiliei. A mesma coisa com a sala de jantar. A cozinha tem um canto para o café-da-manhã e é lá que faço minhas refeições. A sala de TV é esta.

A sala era confortável, com uma grande lareira, janelas amplas que davam para o quintal e uma televisão grande no centro. Ela gostou de sua casa com toque masculino. Havia móveis ali: um sofá grande e duas poltronas, mesas de canto e luminárias. Parecia bastante civilizada. A sala de TV era separada da cozinha por uma meia-parede de balaústres de madeira.

— A cozinha precisou de mais reparos — ele disse. — Eu refiz os armários e o balcão. — Os armários de madeira tinham um acabamento natural com brilho dourado. O balcão era feito da mesma madeira, com uma superfície lisa cercada por azulejos.

Não havia pratos sujos dentro da pia. Sobre o balcão havia um conjunto de facas, um microondas, uma cafeteira e nada mais. O canto do café-da-manhã, do outro lado da cozinha, era uma mesa branca com tampo de cerâmica azul com desenhos azuis e amarelos, as quatro cadeiras ao redor eram pintadas com o mesmo tom de amarelo, e o tapete era azul.

— Tem certeza de que não era da Marinha? — ela perguntou, olhando para a cozinha impecável. Os marinheiros aprendiam a guardar todas as coisas em seus respectivos lugares, pois não havia espaço dentro de um navio.

Ele sorriu.

— O que você esperava? Um chiqueiro? A roupa para lavar pode se acumular, mas sou bem organizado. Uma faxineira vem a cada duas semanas para fazer a limpeza básica, porque eu não me preocupo em ficar tirando o pó das coisas. Venha, vou lhe mostrar o resto da casa.

O resto da casa incluía um lavabo ao lado da cozinha, dois quartos de bom tamanho na parte da frente da casa, separados por um banheiro grande, e a suíte nos fundos. A cama dele era king-size, o que não foi surpresa. E estava arrumada. O quarto era limpo, mas não estava totalmente organizado; uma camiseta fora jogada nas costas de uma cadeira e uma xícara com um pouco de café frio descansava sobre a cômoda.

— Então foi aqui que a deixei — ele disse pegando a xícara. — Procurei por ela em todos os lugares hoje de manhã.

Ela gostava de saber que ele não tinha arrumado seu quarto, apesar de não precisar tanto. Ele não tinha de deixar tudo perfeito e não estava tentando impressioná-la. Mas ela ficou impressionada mesmo assim, pela sua confiança e jeito de ser.

— Não sei se você está com fome, mas eu estou — ele disse. — Vamos acender a churrasqueira e preparar os bifes.

Os bifes eram filés grossos e macios, a ponto de quase não precisarem ser cortados com a faca. Enquanto ele preparava a carne, ela colocou duas batatas no microondas, mexeu a salada e esquentou os pães. Em vez de vinho, ele apareceu com uma jarra de chá gelado.

Ele não colocou música ambiente e romântica para tocar, mas ligou a TV no Fox News Channel e o noticiário ficou passando enquanto comiam. Talvez ele não estivesse tentando seduzi-la — pelo menos não diretamente —, mas estava conseguindo mesmo assim.

Após terem lavado os poucos pratos e limpado a cozinha, trabalhando em parceria, ele disse:

— Quero que veja o porão. Acho que vai gostar.

Ele foi na frente, desceu as escadas e acendeu a luz.

A primeira coisa que ela percebeu foi que as paredes eram bem rústicas, com os canos à mostra. A segunda coisa foi que ele fazia exercícios ali.

À esquerda havia um conjunto de halteres e um saco de areia pendurado. Havia também um aparelho de musculação, daqueles que permitiam diversos tipos de exercícios, e uma esteira.

Ele ficou parado na porta enquanto ela andava entre os pesos e passava a mão no metal gelado dos halteres; em seguida examinou o aparelho de musculação e a esteira computadorizada. Ele investia pesado em manter-se em forma, mas ela imaginava que a esteira só era usada em dias de chuva pesada. Uma garoa leve não o impediria de correr na rua; provavelmente era preciso uma tempestade com muitos raios para que ele ficasse em casa. Distraída, tentou imaginar quantos quilômetros ele corria por dia, mas o que mais a deixou interessada foi um grande tatame que cobria metade do chão do porão. Só havia uma utilidade para um tatame daquele tamanho.

Sarah percebeu que ele já havia praticado caratê pela maneira com que chutou o assaltante, mas ele não dissera mais nada e, com tudo que acontecera desde então, ela tinha se esquecido. Ficou curiosa para saber por que ele não tocara no assunto, já que sabia que ela fazia caratê. Seu silêncio não podia ser por estar em um nível abaixo do dela; Tom Cahill não tinha o ego frágil. Muito pelo contrário.

— Você treina caratê aqui?

Ele estava encostado no batente da porta, com um tornozelo de uma perna sobre o da outra e os braços cruzados; tinha o olhar relaxado. Deu de ombros e disse:

— Um pouco de caratê, mas outras coisas também.

— Que coisas?

— Já fiz caratê, judô, dim mak, silat. Mas o que funciona melhor na prática é uma combinação de luta greco-romana e o velho vale-tudo de rua.

Ele provavelmente era muito bom em vale-tudo, ela pensou, e seu coração acelerou. Como podia achar uma coisa dessas sexy? Mas a verdade era que tudo nele era sexy, desde a força de seu corpo musculoso àquela irritante inércia que adotara. Era como ser observada por um felino feroz; sua calma só servia para aumentar a tensão, como se ele estivesse se preparando para atacar.

O clima entre eles enquanto comiam tinha sido leve, provocante, mas agora ela sentia a atração pulsando entre eles. O ar estava denso e pesado, como se uma tempestade estivesse em formação — não lá fora, mas ali dentro. Sarah não era ingênua, sabia exatamente o tipo de tempestade que era e, se quisesse fugir, precisava agir *agora*.

— Bem — ela disse repentinamente, indo em direção à porta, e, infelizmente, em direção a ele também —, está ficando tarde e eu devo...

— Fique — ele disse.

Fique. Sua voz saiu lenta, a única palavra pronunciada era vagarosa e pesada, como veludo contra a pele dela. Ela ficou parada, presa pelo tom da voz dele, pela tentação contida naquela palavra. Não havia brincadeira.

Fazer sexo com ele seria bom. Mais que bom — ótimo. Seria maravilhoso. E ela temia que fosse destruidor.

Continuava virada de costas, sem olhar para ele. Olhava para o saco de areia, sentindo seu coração acelerado, bombeando seu sangue e sentindo-se quente, viva... excitada. Involuntariamente sua vagina se contraiu como se ele já estivesse dentro dela. Ela queria senti-lo, desejava com tanta força que perdia a razão. Desesperadamente ela tentou pensar em todos os motivos pelos quais ele não era uma boa opção para nenhum tipo de relacionamento, *exceto* sexual, mas, Deus do céu, o sexo... A atração física entre eles crescera ainda mais do que ela imaginava que poderia, como uma corrente elétrica que ela conseguia sentir em todos os seus poros.

Não ousou virar-se, olhar para ele ou deixar que ele olhasse para ela. Ele saberia, no mesmo instante, se é que já não tinha percebido, que ela estava no limite. E ela não queria ver o desejo sexual que certamente encontraria nos olhos dele, não queria ver os sinais de excitação em seu rosto e corpo.

Fique... não para um café ou para conversar mais. Estava pedindo que ficasse a noite toda, na cama dele.

— Não — ela disse com um esforço sobre-humano para pronunciar aquela palavra.

A mão dele pousou delicadamente no pescoço dela e os dedos escorregaram por sua nuca, segurando seus cabelos. Ela não o ouvira se aproximar, não percebera que ele estava tão perto, e suas sensações afloraram. Ele não estava tentando segurá-la; seu toque tinha a intenção de acariciar e não prender. Ela poderia escapar se realmente quisesse. E esse era o problema, porque o que realmente queria era ser dele. Sua pele ficou arrepiada ao sentir a mão forte e calorosa dele sobre seu pescoço sensível. Involuntariamente tentou imaginar como seria sentir aquelas mãos no resto de seu corpo e um arrepio percorreu-lhe a espinha.

Ele era grande, bem mais alto que ela. Seu calor a envolveu. Ele devia ser pesado e provavelmente dominador, mas ela também conseguia imaginá-lo deitado sob ela, deixando-a ditar o ritmo...

— Fique — ele repetiu como se ela tivesse recusado.

Ela tentou manter o controle.

— Não seria uma boa idéia.

— Não importa — ele disse e seu hálito quente nos pêlos de seu pescoço voltou a arrepiá-la. Sua voz baixa era um feitiço, aumentando a intimidade entre eles. — Pode ser uma ótima idéia. Ele passou a mão em seu pescoço, no lugar que seu hálito aquecera. — Se quiser devagar, irei devagar. Se quiser forte e rápido, é o que vai ter. — Sua boca tomou o lugar antes ocupado por seus dedos, a língua percorria o pescoço dela devagar e ela tremeu repentinamente.

— Como vai ser? — ele murmurou. — Devagar... ou rápido? Devagar... — Ele passou a língua pela curva entre seu pescoço e ombro e mordiscou-a com delicadeza. Foi como um choque; ela arrepiou-se, gemendo, enquanto sua cabeça pendia para trás, para apoiar-se no ombro dele, como uma flor pesada demais para seu caule. — ... Ou rápido?

Cahill segurou os seios dela, passando os polegares em seus mamilos. Sua ereção podia ser sentida dentro de sua calça jeans, pressionando as nádegas dela. Sarah estava a ponto de desabar e conseguia escutar a própria respiração, rápida e curta, quase ofegante.

— De leve? — ele sussurrou em seu ouvido. — Ou com força?

Com força. Por favor, com força.

Ela afastou-se dele e virou-se, colocando as mãos na parede atrás de si. Ele a observava como um tigre paciente: faminto, mas certo de que a presa estava ganha. E estava mesmo. Ele sabia; ela também. A única coisa que restava ser negociada era o grau de dificuldade, e o orgulho exigiu que ela tornasse o triunfo dele o mais difícil possível.

— Eu tenho uma regra — ela disse.

Ele pareceu cauteloso.

— Vou gostar?

Ela deu de ombros.

— Provavelmente não.

Cahill passou a mão sobre o queixo e a barba de um dia raspou na palma de sua mão.

— Diga mesmo assim.

Ela sorriu, confiante.

— Não durmo com ninguém que consiga derrotar em uma luta.

A cautela transformou-se em incredulidade. Ele olhou para ela e perguntou:

— Como assim? Quer lutar?

Sarah deu de ombros de novo e foi em direção ao tatame.

— Não diria dessa forma, mas... é isso mesmo.

Ele respirou fundo.

— Sarah, não é uma boa idéia. Não quero machucá-la.

— Você não vai me machucar — ela disse, decidida.

Ele lhe lançou um olhar desafiador.

— Acha que é tão boa assim?

Sarah lançou-lhe um sorriso sobre o ombro, provocador. Ela poderia ser vencida, mas se divertiria com isso.

— Acho que você vai fazer tudo que puder para não me ferir.

Ele entendera o plano e não gostava dele.

— Tem tanta certeza de que vou deixá-la me transformar em um saco de pancadas? Deixá-la vencer?

Ela suspirou.

— Se quebrar minha mandíbula ou me levar a nocaute, ficarei com uma dor muito grande, sem falar do mau humor, para o que você tem em mente.

— Certo, mas se eu deixá-la acabar comigo, também não vou poder fazer nada do mesmo jeito.

Ela ergueu um dos ombros, em um movimento delicado.

— Que dilema.

Ele passou a mão sobre o rosto e disse:

— Foda.

— Talvez. — Ela fez uma pausa e não deixou de provocá-lo: — Se você for bom de verdade.

Ele observou-a por um momento, depois tomou uma decisão, mais sério.

— Certo. Vai ser assim: luta com striptease.

Luta com striptease? Ele era diabólico, Sarah pensou.

— Não é justo. Nunca pratiquei luta greco-romana e você deve ter trinta e cinco quilos a mais que eu.

— Quase cinqüenta — ele disse, e ela surpreendeu-se, percebendo que ele era muito mais musculoso do que ela pensava. — Vamos lá, foi idéia sua. Sabe que não vamos ficar um de frente para o outro e brigar, portanto temos essa alternativa. Pelo menos você não vai se machucar. Também vou ter uma desvantagem.

Com uma dificuldade para ele, talvez a coisa ficasse interessante. Não tinha a ilusão de conseguir vencê-lo, mas poderia cansá-lo.

— Combinado.

Ele colocou as mãos nos quadris e a observou.

— Vamos fazer o seguinte: vou vencê-la, mas tudo que você precisa fazer é me derrubar, e pode usar qualquer método que quiser. O primeiro de nós dois que estiver completamente nu, perde.

O coração de Sarah acelerou ainda mais. Pensar em lutar nua com ele era quase o bastante para deixá-la tonta de desejo.

— *E* — ele prosseguiu — decidimos agora o que conta como peça de roupa, e começamos com o mesmo número de peças.

Ela concordou.

— É justo.

— Os brincos têm de ser tirados. Podem machucá-la.

Silenciosamente, ela tirou os brincos de ouro e os deixou de lado.

— Sua pulseira e o meu relógio se anulam. — Olhou para as sandálias nos pés dela e disse: — Você não está usando meias, por isso estou com dois itens a mais que você.

— Vamos começar descalços — ela disse, tirando as sandálias.

Ele tirou as botas e as meias.

— Certo. Quantas peças você ainda tem?

— Quatro, sem contar a pulseira. — Calça, camisa, sutiã e calcinha.

— Só tenho três.

— Vista as meias de novo e elas contarão como um item.

Ele vestiu as meias e pisou no tatame.

— Começamos então com cinco peças. Cinco quedas não demorarão a acontecer.

Ele estava certo de que venceria, muito convencido. Bem, ela também tinha certeza disso — estava contando com isso —, mas se ele pensava que a derrubaria cinco vezes seguidas, estava subestimando sua força. A rapidez era seu ponto forte e ela agiu como um raio, passando a perna atrás dele e derrubando-o antes que ele percebesse. Sorriu para ele e afastou-se.

— As meias — ela disse.

Em silêncio ele as tirou, jogou para o lado e levantou-se.

— Você é rápida. — Estava muito mais atento agora.

Ela sorriu. — É o que o meu *sensei* sempre disse.

Quinze minutos depois, ele disse:

— Vencida. — Ofegante, ele saiu de cima dela. Seus olhos passaram por seus seios nus, demorando nos mamilos rijos. — Empatamos de novo. Tire sua calcinha.

Ela sentiu um frio na barriga. Contendo-se, tentando controlar a respiração, colocou a mão no pulso.

— E minha pulseira?

— Estou deixando para o final.

Sarah levantou-se trêmula. Esforçara-se ao máximo para resistir a ele, e ele provavelmente estava se contendo para não feri-la. Essa luta estava demorando mais do que ela previra e não sabia quanto tempo agüentaria o roçar do corpo dele, quase totalmente nu contra o dela. Mas, olhando para ele, era difícil prever quanto tempo ele agüentaria. Sua ereção estava nítida dentro de sua cueca e o suor lhe cobria a pele. Mantinha a mandíbula tensa, o que deixava Sarah excitada.

Ela respirou fundo algumas vezes, passou o dedo no elástico de sua calcinha e abaixou-a até seus tornozelos. Ele gemeu, olhando fixamente para o triângulo de pêlos púbicos escuros entre suas pernas. Sem desviar o olhar, tirou sua cueca.

Agora foi Sarah quem gemeu. O pênis dele surgiu, grosso e pulsante, tão grande que ela não sabia se deveria comemorar ou preocupar-se. *Uau!* Conteve-se.

— Espere — ela disse com a voz pesada. — Ainda não o venci para que você tirasse a cueca.

— Finja que ainda a estou vestindo — ele disse e foi em direção a ela.

Sarah estava caindo, mas no último segundo conseguiu virar-se o bastante para não ser derrubada. O peso dele a manteve embaixo, era demais para ela suportar, do mesmo modo que fizera anteriormente. Apesar de apreciar o cuidado que ele tinha em não machucá-la, estava tão vulnerável sob ele como da primeira vez que havia sido derrubada. Sua única esperança era manter-se em pé, enganá-lo e tentar vencer, mas ele já a havia colocado no chão.

Desesperadamente, ela apoiou um dos pés no tatame e empurrou-o, tentando levantar-se. Ele moveu-se para impedir os movimentos dela e seu quadril escorregou entre o V que suas pernas formavam, com seu pênis quente pressionando seus lábios vaginais. Ele ficou parado, gemendo. Incapaz de se controlar, empurrou, e a cabeça de seu pênis começou a penetrá-la.

Por uma fração de segundo ela se esqueceu de tudo, menos da necessidade ardente de seu corpo erguer-se, continuar. No último momento possível, virou-se, saindo daquela posição, e conseguiu chegar mais perto da parede. Ele gemeu de novo, quase um rosnado, e estava sobre Sarah novamente antes que ela ficasse em pé.

O peso do corpo dele a dominou e ela caiu. As mãos dele pousaram em seus ombros, puxando-a para baixo.

— Vencida — ele disse e a luta estava encerrada.

Ofegante, ele saiu de cima dela e ficou em pé.

— Fique aí.

Ela obedeceu. Estava muito cansada para contrariá-lo e excitada demais para sair dali, mesmo que conseguisse. Fechou os olhos, puxando o ar enquanto o ouvia mexer em suas roupas. Estava pegando um preservativo, ela pensou, e abriu a boca para dizer que ele não precisava se preocupar, mas ele já estava de volta, levantando os braços dela. Sentiu um metal frio envolver-lhe os pulsos. Houve um estalo e ela estava presa.

Surpresa, olhou para ele. Algemas? Olhou para cima. Ele havia prendido as algemas a um cano antes de prendê-la. Ela tentou tirar as mãos. Ele não as havia apertado muito, mas o bastante para não conseguir tirá-las. — Isso é necessário?

— Sim. — Seu peito estufou enquanto acariciava os seios dela lentamente. — Para o caso de você querer uma revanche.

— Não volto atrás em minhas promessas, Cahill. — Ela arqueou-se para sentir a mão dele, adorando as carícias.

— E eu não me arrisco. — Abaixou a cabeça e beijou-a. Foi um beijo forte e profundo, mas ela soubera, quando o chamou para a luta que, assim, excitaria todos aqueles instintos masculinos e de guerreiro conquistador. Ela ficou dócil, dando o que ele exigia, que não era nada além de entrega incondicional.

Ele afastou as pernas dela, encaixando-se, e ela se preparou para a penetração imediatamente. Respirou fundo, esperando, tremendo de desejo, e seus quadris ergueram-se automaticamente.

— Ainda não — ele disse. — Estou muito excitado. Não agüentaria dez segundos.

Nem eu, ela pensou, mas não disse nada. Não era tola; se ele quisesse prolongar, ela permitiria.

Não que houvesse o que *permitir*; ele estava no controle e tudo que ela pôde fazer foi deitar-se ali e aproveitar.

Deus, ele era pesado. Seu corpo estava muito rijo, suado depois de tanto esforço. Ela abriu as pernas ainda mais para recebê-lo com mais conforto, apoiando as coxas nos quadris dele e levantando a pelve, procurando. Seu pênis ereto voltou a roçar contra ela e, instintivamente, Sarah empurrou-se para a frente, tentando causar a penetração.

Ele gemeu e escorregou por seu corpo, tirando a tentação do alcance dela.

— Caramba! Você não desiste! — ele sussurrou. — Eu disse ainda não.

— Sádico. — Sarah não conseguia ficar parada; o desejo tomava conta dela como uma coceira insuportável, uma fome implacável. Ela se moveu sob ele, dançando ao ritmo do tesão, chamando por ele com suas pernas abertas e o calor de seu corpo.

— Masoquista seria um termo melhor. — Beijou seu pescoço, passou pelos seios e sugou um dos mamilos. Um arrepio percorria o corpo dela, dos seios à vagina, fazendo-a arquear-se; ele passou um braço pelo quadril dela e segurou-a nessa posição ao sugar o outro mamilo.

Ele não estava sendo gentil. A pressão de sua boca ficava, de um modo estranho, no caminho entre o prazer e a dor. Quando começava a chegar a um extremo, ele seguia, passando pela barriga, beijando e mordiscando. A língua dele brincou com o umbigo, e um grito de repente brotou da garganta dela, e seu corpo voltou a arquear-se. Deus, ele a faria gozar apenas beijando seu umbigo. Mas logo ele saiu dali e sua boca foi percorrendo a cintura e o abdome, antes de sua mão livre parar entre suas pernas.

Isso. Aí mesmo. Era quase o que ela queria. Ela remexeu-se contra a mão dele, mas ele a deixou parada, cobrindo sua vagina com a palma, deixando-a sentir o calor e a força. Os quadris dela se ergueram, não se contendo na espera. Queria sentir os dedos dele dentro dela, queria a boca dele nela.

— Continue! — pediu, empurrando o corpo contra a mão dele. — Por favor!

Ele riu baixo, com a cabeça pressionada do lado de dentro de sua coxa, com o hálito quente contra sua pele. Com seu polegar, ele a provocou, passando-o por seus lábios vaginais e separando-os, para que pudesse vê-la completamente. Ela respirou ofegante e sua cabeça ia para a frente e para trás no tatame enquanto ele passava o dedo em círculo sobre seu clitóris, provocando-a. Quando ela pensou que começaria a gritar frustrada, ele colocou a boca, e a língua passou a estimular seu clitóris ao mesmo tempo em que seu polegar a penetrava.

Desesperadamente ela segurou o cano atrás de si. Sua vista começou a escurecer e seu corpo todo tremeu enquanto ela gozava.

Conseguiu ouvir seus gemidos, mas eles pareciam distantes, como se fossem de outra pessoa. Durante um momento mágico e longo não existiu mais nada além do próprio corpo e da tempestade de sensações causadas pelas contrações que, aos poucos, foram ficando mais fracas. Suas coxas tinham apertado a cabeça dele, mas agora começavam a se abrir, sem resistência.

Ele continuava a estimulá-la com a língua.

A princípio, as carícias foram mais gentis. Ela gemeu de prazer ao sentir a língua entrando em sua vagina. Mas o ato prosseguiu e a calma começou a ceder, dando lugar a uma tensão e a um calor familiares.

— O que está esperando? — ela perguntou, contorcendo-se.

— Quero deixá-la pronta outra vez. — Delicadamente ele soprou sua pele e ela sentiu o ar frio sobre sua carne mais do que quente.

— *Estou* pronta! — A vontade voltara tão rapidamente que ela estava sem fôlego.

— Ainda não — ele murmurou, prendendo com suavidade seu clitóris entre os dentes, torturando-a em seguida com toques rápidos de sua língua. Ela adorava a sensação de prazer, mas queria mais. Queria senti-lo dentro dela. *Já.*

— Só mais um pouco — Cahill disse, escorregando o polegar para dentro dela outra vez. Então ele trocou a mão por sua boca e beijou-a profundamente, mexendo a língua, enquanto seu polegar ia ainda mais fundo em um movimento forte e direto que a fez ver estrelas. Ela atingiu o orgasmo pela segunda vez, gritando, tentando afastá-lo, pois a sensação era muito forte para agüentar. Ele a segurou, aproveitando o momento, segurando-a no ápice.

Por fim, seu corpo relaxou, tremendo, seus ouvidos zumbiam e tentavam encontrar um pouco de controle.

— De jeito nenhum vou conseguir esperar até que você fique pronta de novo — ele disse com a voz baixa e rouca, enquanto levantava o corpo dela.

Sarah não se importou. Não conseguiu reagir, sequer abriu os olhos quando ele se posicionou entre suas pernas e guiou seu pênis para a entrada molhada da vagina e começou a penetrá-la.

Meu Deus! Sarah pressionou sua cabeça com força contra o tatame, forçando-se a respirar profundamente. Seu pênis era muito grande, o que dificultava um pouco a penetração; se ela não estivesse tão lubrificada graças aos dois orgasmos, tão relaxada, recebê-lo teria sido doloroso. Mas, daquele jeito, o encaixe era perfeito, tão perfeito que seus olhos encheram-se de lágrimas. Ela o segurava com força; ele estava profundamente dentro dela. Ele empurrou mais uma vez e tocou-a em um ponto que reacendia o desejo. Ela não achava que conseguiria atingir mais um orgasmo, mas quando ele começou os movimentos percebeu que estava enganada. O desejo começou a aumentar, tornou-se tesão e fazia com que ela levantasse o corpo para ele.

Ele segurou suas pernas e continuou os movimentos, sendo guiado agora pelo próprio desejo. Cada movimento aumentava a tensão, o calor e a falta de controle. Ele prosseguiu cada vez mais rápido, completamente dentro dela, e ela estava quase lá, quase...

Cahill gozou, seu corpo forte curvado e trêmulo, sem parar. Gemia descontroladamente enquanto a puxava para si. E então, vagarosamente, caiu sobre ela.

Ela gemeu frustrada. Quase...

Precisava que ele continuasse o movimento, precisava dele mais fundo. Rapidamente disse:

— Tire as algemas.

— O quê... — Ele não levantou a cabeça. O corpo todo tremia e seus músculos estavam no limite.

— As algemas. — Mal conseguia falar, sua voz estava fraca. Jogou o corpo para cima, à procura do toque final que a deixaria pronta. Ele ainda estava duro dentro dela, mas ela precisava que ele fosse mais fundo, queria senti-lo mais fundo. — Tire-as.

— Puxa! — ele conseguiu dizer. — Me dá um minuto.

— *Agora!* — ela se exaltou, enlouquecida pelo final que lhe escapava entre os dedos. Bateu as algemas como uma maluca. — *Tire-as!*

— Tudo bem, espere! — Ele ficou sobre ela enquanto pegava a chave no tatame. Teve de esticar-se ainda mais sobre ela para alcançar as algemas, forçando seu pênis mais para dentro, e ela emitiu um som parecido com um rosnado. Assustado, com medo de tê-la ferido, ele rapidamente abriu as algemas e começou a afastar-se dela.

Sarah impulsionou-se para cima, prendendo as pernas ao redor dele, segurando as nádegas dele para puxá-lo mais profundamente que conseguisse. Isso, aí mesmo — *ah!* Seus quadris se mexiam conforme o apertava e sentia o clímax se aproximando... cada vez mais perto. Ela gritou, pega por um orgasmo mais forte do que os outros, tão intenso que não conseguia respirar, pensar ou ver. Ela o ouviu emitir um som estranho; ele passou a fazer os movimentos de novo, gemendo, abraçando-a enquanto gozava de novo.

Ela desmaiou ou dormiu, não tinha certeza do que acontecera. Aos poucos percebeu o vento frio em sua pele suada, o tatame sob seu corpo nu, o peso do homem sobre ela. Sua respiração estava se normalizando, mostrando que pelo menos alguns minutos tinham passado. O sêmen dele havia saído do corpo dela e escorria sob suas nádegas causando-lhe desconforto.

Ele estava dormindo? Sarah conseguiu levantar o braço e tocá-lo no ombro. Ele mexeu-se e virou a cabeça de modo que seu rosto pressionou a curva de seu pescoço.

— Deus — ele murmurou com a voz abafada. — Foi a primeira vez que gozei duas vezes com a mesma ereção. Quase morri.

Ela sorriu com o comentário. Teria dado risada se tivesse energia, mas a verdade é que estava quase morta.

Vagarosamente, fazendo um grande esforço a cada movimento, ele saiu de cima dela e deitou-se no chão, a seu lado. Deitou-se de barriga para cima, com o braço sobre os olhos, respirando profundamente. Depois de um minuto, disse um palavrão.

— Por favor, diga que você toma pílula.

— Eu tomo pílula — ela repetiu, obediente.

Ele gemeu.

— Droga.

Dessa vez ela riu, uma risada um tanto fraca.

— É sério. Eu tomo pílula.

Ele levantou o braço para observá-la com um olho só.

— É sério?

— Sim.

— Você não brincaria com um homem exausto?

— Brincaria, mas não com algo desse tipo.

— Graças a Deus. — Ele tentou sentar-se, perdeu o equilíbrio e voltou a deitar. — Daqui a pouco me levanto.

Sem problemas. Sarah sabia que suas pernas não a agüentariam.

— Tem certeza?

— Não — ele admitiu e fechou os olhos.

17

Cahill ficou deitado sobre ela e seu corpo pesado tremia após o orgasmo. Estavam na cama dele, o quarto estava frio e escuro. Sarah não fazia idéia de que horas eram; poderia ter levantado a cabeça para ver as horas no relógio digital sobre o criado-mudo, mas não teve forças. E também não se importava com o tempo; o importante era saber que estava enrascada.

Não podia fingir inocência. Entrara na situação consciente, sabendo que sua vulnerabilidade era grande, que seria muito fácil se apaixonar e que fazer amor com ele apenas a tornaria mais vulnerável.

Sabia, mas foi em frente.

Não era o sexo — apesar de saber bem que a palavra *demais* o descreveria perfeitamente: excitante demais, forte demais, intenso demais. Não se tratava apenas de sexo, era união... pelo menos para ela. E esse era o problema.

Não queria amá-lo. Pensara — tivera esperanças — de conseguir manter-se longe do amor. Mas fracassara completamente, pois não estava preparada para o fato inescapável de que ele a complementava de todas as maneiras. Não apenas física, mas também emocionalmente, até mesmo no que dizia respeito às personalidades. Eles eram iguais. Talvez nunca mais em sua vida encontrasse um homem que a completasse tão bem quanto Cahill, e se esse relacionamento falhasse, o sofrimento duraria muito tempo.

Seus braços ainda envolviam o pescoço de Cahill e as pernas ainda o prendiam. Desde o momento em que subiram e caíram na cama, e deveria ter sido há horas, não deixaram de se tocar nem um minuto. Trocaram carícias, abraços e beijos, enroscados em uma confusão de pernas e braços, e fizeram amor com um apetite voraz. Não era apenas pela falta de sexo, apesar de Sarah não transar há muito tempo; também não era o encanto inicial com um amor novo. Era diferente. Era mais.

Enquanto descansavam, seus batimentos cardíacos diminuíram e tornaram-se sincronizados. Cahill acariciou o pescoço dela e delicadamente afastou-se, virando para o lado.

— Nossa! Estou morrendo de fome.

Um comentário tão simples e ela começou a rir.

— Você tinha de dizer algo romântico e amoroso, Cahill. O que aconteceu com o "*foi maravilhoso*"?

Ele bocejou e se espreguiçou.

— Ficou pelo caminho, mais ou menos na quarta vez. — Esticando o braço, ele acendeu a luminária ao lado da cama e apoiou-se em um cotovelo, olhando para ela com o olhar sonolento. — Se prestar atenção, vai ouvir um *cookie* de chocolate chamando-a também.

— *Cookie* de chocolate? Por que não disse antes? — Ela saiu da cama e foi em direção ao banheiro. — Te vejo na cozinha.

— Prefere que eles estejam quentes ou frios? — ele perguntou enquanto vestia um short preto.

— Macios.

— Então tem que ser quente.

Ela entrou na cozinha quando ele estava enchendo dois copos de leite. O microondas apitou e ele tirou de dentro dele um prato cheio de *cookies* de chocolate.

— Peguei uma camiseta emprestada — ela disse ao se sentar. — Espero que não se importe. — A camiseta chegava à metade de suas coxas, cobria todas as partes importantes.

Ele olhou para ela.

— Fica melhor em você do que em mim. — Sentou-se diante dela, colocando o prato entre eles. — Pode atacar.

Ela atacou. Os *cookies* estavam quentes e macios, as gotas de chocolate derretidas no ponto, do jeito que ela gostava. Quando comia o segundo, perguntou:

— Que horas são?

— Quase quatro.

Ela surpreendeu-se.

— Já está quase amanhecendo e ainda não dormimos nada? Ou melhor, só um pouco.

— Que diferença isso faz? É sábado, podemos dormir o quanto quisermos.

— Não, eu não posso. Tenho que ir para casa.

— Por quê?

Ela olhou para o *cookie* e para as migalhas que caíram quando o mordeu.

— Aceita a resposta: "Porque é onde minhas pílulas estão"?

Ele a observou por cima do copo enquanto bebia um belo gole de leite.

— Não, quero outra resposta. Não que a pílula não seja importante.

— Você sabe como é: deixe de tomar uma e você é uma idiota. Deixe de tomar duas e será mamãe. — Respirou fundo; estava sendo sincera consigo mesma e ele merecia a mesma sinceridade. — E eu preciso me recompor.

— Recompor do quê?

— Disto. De você. Do sexo. Foi... foi...

— ... muito forte — ele disse, completando a frase. — Para mim também. Então por que está fugindo?

— Não estou fugindo, apenas me isolando um pouco. — Ela passou o dedo na borda do copo, olhou para ele, que a observava com seu olhar de policial, o rosto escurecido pela barba sem fazer. — Acho que tudo isso é muito mais forte para mim do que para você, e representa um grande risco para mim.

— Você não está sozinha nisso, Sarah. Não pode falar em intensidade de sentimentos como se comparasse termômetros.

— Posso quando sou eu quem está com a temperatura mais elevada.

— Você não tem certeza disso.

Ela olhou para ele, que continuava a comer.

— O que está dizendo?

— Hora da confissão? — Cahill coçou a nuca. — Que droga, não sou bom para esse tipo de conversa em nenhum momento, muito menos às quatro da manhã. Tudo bem, lá vai: não sei exatamente o que temos, mas sei que existe alguma coisa. Sei que não quero que você vá embora. Sei que nunca desejei ninguém da mesma maneira que a desejo, e sei que você não é o tipo de mulher que gosta de joguinhos. Para mim também não se trata de um jogo. Você pode se afastar, com medo de correr riscos, ou podemos ver onde tudo isso vai dar.

Ela ficou olhando para ele, sentindo uma felicidade silenciosa, como uma flor desabrochando. Esperava que ele se retraísse quando soubesse que ela estava emocionalmente envolvida. Não tocara na palavra "amor", mas poderia tê-la dito, ele entenderia. Não que a situação básica mudasse — ele também não dissera a palavra "amor". Mas não demonstrou aquele desconforto que os homens costumam sentir quando uma mulher se aproxima e tudo que eles querem é se afastar.

Cahill já fora ferido. Ela, por outro lado, estava relativamente livre de cicatrizes. Talvez estivesse com medo de se ferir por estar vivendo algo inédito. Se Cahill podia arriscar-se, então ela também podia.

— Tudo bem — ela disse com calma. — O que fazemos agora?

— Sugiro que terminemos de comer e voltemos para a cama.

— E depois?

Ele lhe lançou um olhar surpreso.

— Vai anotar isso na agenda como compromisso?

— Sou muito organizada. Pode rir.

— Tudo bem. Sei que você tem seu trabalho. Eu tenho o meu. Em alguns dias eu não terei muito tempo livre e em outros você não terá. A menos que queira vir morar comigo... Não? — ele perguntou ao vê-la balançar a cabeça negativamente. — Foi o que pensei. Por enquanto ainda não. Mas até lá continuamos como fizemos esta semana, juntos em nosso tempo livre. Mas provavelmente não vamos jogar muito boliche cósmico...

— Mas eu gostei tanto! — ela disse e ele sorriu.

— ... mas prometo que farei o meu melhor para diverti-la. O que acha?

— Hum, não sei. O que você pretende?

— Bem, para começar, pensei em transarmos até cansar. Depois, para o bis, pensei em transarmos até cansar.

— Exatamente do que eu gosto — ela disse. — Variedade.

Ele colocou o prato de *cookies* no balcão e os copos vazios dentro da pia.

— Se você gosta de variedade — ele disse, virando-se para colocá-la de pé —, o que acha da mesa?

O coração se Sarah acelerou-se ao ver a expressão dele, aquele olhar de quem está excitado.

— É uma bela mesa.

— Que bom que você gosta — ele disse colocando-a sobre ela.

* * *

Eles passaram o final de semana juntos. Ela insistiu em ficar um pouco na casa do juiz, fazendo o empacotamento das coisas e as listas, por isso ele a ajudou. Como a casa não lhe pertencia, não ficou à vontade para convidá-lo para passar a noite, por isso separou alguns artigos de higiene pessoal e umas peças de roupa, e voltou para a casa dele, onde ficaram o restante do dia, na cama. O domingo foi uma repetição do sábado, para a satisfação dela. Deixou suas preocupações de lado e permitiu que as coisas evoluíssem entre eles naturalmente. O que mais ela poderia fazer além de escapar? A cautela era uma de suas características, mas a fuga, não.

Na manhã de segunda-feira, ela voltou para casa e dedicou-se, determinada, ao trabalho. Barbara telefonou às dez, interrompendo-a enquanto dobrava e guardava muitas toalhas de banho e de rosto mais de que um exército necessitaria.

— Conversei com o corretor de imóveis — Barbara disse. — Ele vai até aí para colocar uma placa na entrada da casa, por isso não se assuste se vir alguém no jardim. Na verdade, já recebi algumas ligações aqui em casa, de conhecidos que sabem de alguém que está procurando uma casa em Mountain Brook, por isso talvez não tenhamos dificuldades em vender a propriedade.

— Também acho que não haverá problema — Sarah respondeu, pensando que talvez não tivesse de ficar um mês todo ali.

— Vou pegar um vôo neste final de semana para ajudá-la a guardar as roupas e objetos pessoais do papai. — Sua voz ficou um pouco trêmula. — Não estou muito ansiosa para executar essa tarefa, mas preciso realizá-la. Isso tudo ainda parece mentira e talvez... talvez guardar as coisas dele ajude.

— Quer que eu vá buscá-la no aeroporto?

— Não. Vou alugar um veículo para poder ir e voltar sem ter de incomodá-la. E você poderia reservar um quarto para mim no Hotel Wynfrey? Acho que não vou conseguir ficar na casa.

— Claro, com prazer. Quer uma suíte?

— Um quarto de solteiro, pois irei sozinha. Sarah, você sabe que o dinheiro da herança pode demorar a ser pago. Já conversei com Randall e Jon sobre isso e todos nós concordamos. Se precisar do dinheiro que papai deixou para você, estamos dispostos a tirar essa quantia de nosso próprio bolso, e você nos reembolsa quando a herança sair.

— Não, por favor, não faça isso — Sarah disse, chocada. — Não preciso do dinheiro e gostaria muito que vocês não...

— Não discuta — Barbara disse com firmeza. — O papai deixou o dinheiro para você e pronto.

Sarah não tinha mais nada para dizer além de:

— Obrigada. Mas, de verdade, não preciso do dinheiro agora.

— Tudo bem, mas, se mudar de idéia, é só me dizer. A propósito, escrevi uma carta de recomendação para você; vou levá-la comigo, portanto, não esqueça de pedi-la. Você tem sido maravilhosa, não sei o que faríamos se não contássemos com sua ajuda.

— Tem sido um prazer — Sarah disse com tristeza, pois realmente tinha sido um prazer servir ao juiz e à família dele.

Outra proposta de emprego chegou pelo correio naquele dia. Sarah a leu e colocou junto com as outras. Essa não exigia início imediato, portanto era uma possibilidade. Ela se lembrou de ligar mais tarde, para marcar uma entrevista.

Para sua surpresa, todos os dias uma nova oferta chegava pelo correio e algumas outras foram feitas por telefone. Ela dispensava os contatos telefônicos imediatamente, dando preferência à abordagem mais formal. Ainda assim estava surpresa com tantas propostas; seu salário não era baixo, por isso não esperava tantas oportunidades.

— Foi o programa da televisão — Cahill disse quando ela comentou sobre o assunto na quinta-feira à noite. Eles estavam assistindo à tevê, com Sarah no colo dele. Ela estava muito feliz por eles estarem mesmo assistindo à televisão; era a primeira noite em que não tinham ido direto para a cama depois do jantar. — Você é uma celebridade única, por isso algumas pessoas vão querer contratá-la, precisando de seus serviços ou não.

— Não é esse o tipo de trabalho que eu quero, ser o símbolo do status de alguém. O juiz Roberts *precisava mesmo* de alguém para organizar a casa e cuidar das coisas para ele. Era idoso, vivia sozinho, tinha alguns problemas de saúde e simplesmente não queria se preocupar com detalhes.

— Além disso, precisava de suas habilidades de guarda-costas.

Sarah ficou em silêncio, pois suas habilidades não tinham servido para nada. Quando o juiz mais precisou dela, ela não estava presente.

— Ei — Cahill disse delicadamente. — Não foi sua culpa. Não poderia ter evitado. Você nunca desconfiaria desse cara, seja lá quem ele for, porque o juiz o conhecia e o convidou para entrar. Você teria ficado no escritório enquanto os dois conversavam?

— Não, claro que não.

— Então, como poderia ter evitado? O cara provavelmente usou um silenciador; você não teria escutado o tiro.

— Pelo menos eu poderia reconhecê-lo... — Ela fez uma pausa, pensando. — Ele também teria me matado.

Cahill a abraçou com mais força.

— Ele teria de matá-la, porque você poderia reconhecê-lo. Graças a Deus você estava no cinema. — Beijou a testa dela e, em seguida, beijou-lhe os lábios, prolongando até ela começar a perceber que os dois não ficariam muito tempo assistindo à tevê.

—- Quando você disse que a sra. Pearson virá? — ele perguntou, levantando a cabeça.

— Amanhã à noite.

— Isso significa que você não vai dormir aqui?

— Não vou poder — respondeu com tristeza.

— Então por que estamos perdendo tempo?

Mais tarde, quando ele apagou a luz e os dois estavam deitados na cama descansando, Cahill disse:

— Se não se importar, gostaria de investigar as pessoas que lhe fizeram as propostas de emprego.

— Por quê? — ela perguntou, assustada, e levantou a cabeça. — Acha que tem alguma coisa errada? — Não conseguia imaginar o que seria.

— Não, nada em especial. Só precaução. Pode rir.

— Se você quiser, tudo bem.

— Quero — disse ele, decidido.

18

— Nós fazemos muitas festas. — Merilyn Lankford bebericou o café de sua xícara translúcida de porcelana chinesa e o enorme diamante amarelo em seu dedo brilhou quando a luz do sol reluziu sobre ele. — E sempre viajamos, portanto precisamos de alguém que cuide da casa enquanto estivermos fora. — Ela sorriu de repente, com os olhos brilhando. — Sempre disse a Sonny que preciso ter aqui uma dona de casa. Srta. Stevens, aceita se casar comigo?

Sarah riu. A sra. Lankford era uma mulher baixa e morena, com luzes bem-feitas no cabelo para esconder os fios brancos que nasciam, olhos verdes e brilhantes que contagiavam o mundo com sua alegria e uma agenda lotada. Suas duas filhas já eram crescidas, sendo que a mais velha estava casada e a mais nova cursava o último ano da faculdade. Trabalhava com administração de imóveis, interessava-se por diversas ações de caridade, e seu marido cuidava de dois negócios que dependiam de contatos para vendas, por isso faziam tantas festas. O juiz Roberts sempre tivera muito dinheiro; os Lankford eram novos-ricos e estavam aproveitando cada centavo dessa riqueza.

Dois anos antes, construíram uma ostentosa casa em estilo espanhol, com diversos cômodos, alcovas, um grande pátio com uma fonte no centro e tudo o mais que conseguiram inventar. A piscina era olímpica. O sr. Lankford tinha o que chamava de sala de mídia, cheia de todos os eletrônicos, de computador a som estéreo, incluindo uma televisão de tela grande que todos os homens pareciam precisar para se sentir completos — além do *home theater*, com a tela de projeção suspensa, as dez poltronas reclináveis cobertas por um tecido de veludo e o sistema de som estéreo completo. Os Lankford tinham dez banheiros de mármore, armários do tamanho da casa de muitas pessoas, oito quartos e obviamente mais dinheiro do que conseguiam gastar.

Tudo aquilo fez Sarah querer rir, tamanho o exagero. Estava claro que Merilyn gostava de tudo em sua nova casa, desde a coisa mais simples até a mais luxuosa. Sabia que era ostentador e não se importava. Queria a banheira de mármore, podia comprá-la, por isso foi adiante e satisfez seu desejo, simples assim.

Sarah gostou dos Lankford, principalmente de Merilyn. Em sua opinião, o lugar era bom; havia cômodos separados para ela, um pequeno bangalô em estilo espanhol e completamente mobiliado atrás da piscina e meio escondido por uma parede de hera. Merilyn deve ter gasto muito dinheiro para ter a hera madura transplantada, mas obtivera um efeito maravilhoso.

O mais importante, na opinião de Sarah, era que Merilyn realmente precisava dela. Sentira que os outros possíveis contratadores a queriam para ostentá-la como um troféu ou um símbolo de status. Chegou a receber uma segunda oferta do homem que tentara contratá-la depois de vê-la na tevê. Pessoas assim não precisavam dela de verdade. O propósito era um fator importante.

O processo todo se tornara um tanto estranho. Ela é quem devia ser entrevistada, e não o contrário, mas parecia que as pessoas se apresentavam a ela. Isso certamente não tinha sido abordado no treinamento, por isso ela fingiu não ter notado. Quando escolhesse o emprego e começasse a trabalhar, depois de um tempo as coisas se ajustariam ao estado normal e seus empregadores se acostumariam a tratá-la como deveriam.

Os Lankford tinham sido a quarta entrevista pela qual Sarah passara, e achou que poderia ser a última. As questões com a venda da casa do juiz tinham sido resolvidas mais rapidamente do que a família esperava; apenas uma semana após colocarem a casa à venda, o corretor apareceu com uma proposta de compra, e os compradores queriam fechar o negócio imediatamente. Para deixar a casa pronta para eles, conforme as instruções de Barbara, Sarah acelerou a tarefa de empacotar tudo. A casa estava quase vazia; tudo que restava eram seus pertences nos aposentos.

A mobília não lhe pertencia, nem a louça e as panelas. Tinha suas próprias roupas de cama, por preferir lençóis de seda, mas quase todo o resto eram objetos pessoais — roupas, artigos de higiene e livros, um aparelho de som e sua coleção de fitas e CDs. Cahill dissera que ela não precisava ter pressa para encontrar outro trabalho, pois poderia mudar-se para a casa dele e procurar com calma, mas ela não se sentiria bem fazendo isso. Queria um pouco mais de independência, mesmo passando tanto tempo na casa dele.

Depois que ela e Merilyn fecharam um acordo sobre o salário, as tarefas, os benefícios e as folgas, Merilyn sorriu ansiosa.

— E então, quando você pode começar?

Sarah tomou a decisão naquele momento.

— Em dois dias. Se a senhora não se importar, trarei minhas coisas para o bangalô amanhã. Precisarei me reunir com a senhora e o sr. Lankford para me inteirar a respeito da rotina que vocês têm e, se possível, gostaria de ter uma planta da casa.

— É horrível, não é? Vou lhe dar uma cópia da planta baixa; temos pelo menos dez ou quinze cópias sobrando — Merilyn disse, animada. — Construímos esta casa e eu às vezes tenho de andar olhando pelas janelas para me localizar. Sabe como é, tenho que ficar atenta para não me perder.

— Deve ser divertido — Sarah disse, sorrindo.

— É mais divertido do que você imagina. Construir a casa foi uma aventura; deixamos o arquiteto maluco, porque aparecíamos com novas idéias quase todos os dias, mas os bônus que pagamos a ele ajudaram a não irritá-lo. Esta é provavelmente a única casa que teremos, a menos, Deus me livre, que ela pegue fogo ou alguma coisa do tipo, por isso caprichamos. Na nossa primeira noite aqui, brincamos de esconde-esconde como duas crianças. Mal posso esperar até ter netos, para que possamos brincar de esconde-esconde com eles. Há muitos bons lugares para nos escondermos. — De repente, ela deu um tapa em sua testa. — O que estou dizendo? Sou jovem demais para ser avó! Não sei o que está errado comigo; tenho feito esse tipo de comentário há um ano, mais ou menos. Você acha que eu preciso de estrógeno?

Sarah riu.

— Ou de netos.

— Bethany, minha filha mais velha, tem apenas vinte e quatro anos e acho que ainda é muito nova para constituir família, por isso espero que ela aguarde mais alguns anos. Mas eu tinha só vinte anos quando ela nasceu, e não me achava tão jovem.

— Nunca nos achamos jovens demais — Sarah disse.

Elas fecharam um acordo muito simples; em seguida, Merilyn lhe deu uma cópia das chaves do bangalô e da casa, as senhas dos portões e dos sistemas de segurança e uma cópia da planta baixa, que era um rolo enorme com pelo menos trinta folhas, pesando cerca de cinco quilos. Um tanto surpresa com a rapidez com que Merilyn providenciara tudo, Sarah voltou para casa e telefonou para Barbara, para informá-la de que, a menos que tivesse de fazer mais alguma coisa, tinha terminado de encaixotar tudo e se mudaria no dia seguinte, deixando a residência disponível para os novos proprietários.

— Para onde você vai? — Barbara perguntou. — Não quero perder o contato, Sarah, você tem feito parte de nossa família há quase três anos e não quero ficar sem notícias suas.

— Vou trabalhar para Sonny e Merilyn Lankford, em Brookwood.

— Oh — Barbara disse. — Novos-ricos. — O lugar da residência dizia tudo.

— Novos-ricos e se divertindo a valer com a situação.

— Que Deus os abençoe. Você sabe o telefone deles?

— Na verdade, terei uma linha particular, então anote o número. — Sarah já tinha memorizado o número e o passou a Barbara. — E você ainda tem o número de meu celular, não é?

— Na minha agenda de telefones. Ligarei para o banco e pedirei que o salário deste mês seja depositado em sua conta amanhã. Cuide-se bem, certo?

— Você também.

Depois de desligar, Sarah demorou-se um instante olhando para os dois cômodos confortáveis que ocupara, afastou a tristeza e a nostalgia, e rapidamente começou a encaixotar seus livros. Enquanto fazia isso, telefonou para a mãe e deu os detalhes de seu novo emprego, assim como o número de telefone e endereço. Seu pai estava bem; Jennifer suspeitava estar grávida — que bela surpresa, afinal ela tentara por quanto tempo? Um mês? E Daniel estava de volta à sua base em Kentucky. Todos estavam bem.

Trabalhou com afinco, relembrando o que vira na residência dos Lankford, pensando em como organizaria a rotina da casa para que as centenas de janelas fossem limpas. A limpeza seria tarefa das faxineiras ou da empresa contratada, mas certificar-se de sua realização e da supervisão era trabalho de Sarah. A casa certamente era duas vezes maior que a residência do juiz Roberts, portanto ela teria muito o que fazer só com a limpeza doméstica.

Seu celular tocou, assustando-a. Ela o tirou da bolsa e atendeu:

— Alô?

— Só liguei para saber quando você vai para casa. — A voz grossa dele parecia calma e relaxada.

Sarah olhou para o relógio e fez uma careta. O tempo lhe fugira do controle, eram quase sete horas.

— Sinto muito. Estava guardando minhas coisas e não me dei conta do horário. Você está em casa?

— Estou indo para lá; também estou atrapalhado aqui. Quer me encontrar em algum lugar para jantarmos?

Sarah olhou para as suas roupas; vestira uma calça jeans antes de começar a encaixotar suas coisas e estava manchada e empoeirada.

— Estou muito suja para jantar fora. Quer que eu compre alguma coisa no caminho de casa?

— Posso fazer isso. Que tal um prato do Jimmie's?

O Jimmie's era um restaurante pequeno que servia pratos feitos — uma carne e três legumes por cinco dólares e noventa e cinco cents ou quatro legumes por quatro e oitenta e cinco; e um pão francês ou broa de milho, a escolher. O cardápio da semana nunca variava. Era terça-feira, dia de carne moída no Jimmie's.

— Boa idéia. Só quero legumes e broa de milho. Você sabe quais legumes eu gosto. — Tinha de saber. Os dois já haviam estado lá cerca de sete vezes nas últimas duas semanas.

— Quanto tempo vai demorar?

— Vou parar agora. Estou quase terminando.

— Então nos vemos em meia hora. Se chegar em casa antes de mim, deixe as coisas no carro e eu as levarei para dentro quando chegar.

Ele desligou e Sarah fez uma careta para o telefone.

— Droga — ela disse. Ele estava pensando que ela se mudaria para a casa dele, apesar de ela ter resistido à idéia todas as vezes que ele tocara no assunto.

Talvez fosse antiquado de sua parte, até mesmo bobagem, mas não gostava da idéia de morar com ele. Passar uma noite juntos era uma coisa; na verdade, passara quase todas as noites com ele desde que se tornaram amantes. Mas só pensaria em dividir uma casa com um homem se estivesse casada, ou pelo menos noiva. Cahill pedira para que ela fizesse uma porção de coisas, mas nunca dissera nada a respeito de casamento. Até aquele momento...

Até aquele momento?

Ela parou. Subconscientemente estaria *planejando* casar-se com ele? E todas as suas restrições a respeito dos perigos de se envolver com um homem que acabara de sair de um divórcio traumático? Apesar de tudo, ela estava tão apaixonada que já sonhava com o "viveram felizes para sempre"?

Que droga, pois era isso mesmo que estava fazendo.

Seu otimismo era maior que sua estupidez. Ela fechou os olhos, um pouco surpresa consigo mesma, um tanto assustada. A esperança é a última que morre e não havia nada que ela pudesse fazer além de deixar as coisas rolarem e ver onde tudo ia dar.

Ela colocou algumas das caixas no carro, em seguida lavou o rosto e as mãos e fechou a casa, como sempre verificando todas as portas e janelas e se o alarme estava ligado. Faria essa tarefa apenas mais uma vez; depois disso dedicaria sua atenção apenas para os Lankford, para seu conforto e rotina.

O restaurante Jimmie's devia estar lotado, porque Cahill não estava em casa quando ela chegou. Ela entrou com a cópia da chave que ele lhe dera e tomou um banho para tirar o resto da poeira. Vestiu um robe felpudo que havia deixado lá e saiu do quarto ao ouvir a porta dos fundos se abrir.

— Querida, cheguei! — ele disse, fazendo com que ela sorrisse ao chegar à cozinha. Ele colocara as refeições na mesa e estava tirando a jarra de chá da geladeira. — E estou morrendo de fome — acrescentou.

— Eu também. Por que demorou tanto?

— Uma mulher levou seu filho de três anos ao pediatra e o médico percebeu que a criança estava cheia de hematomas. A mãe disse que ele caiu da escada. O médico ficou desconfiado e nos chamou. Nós fomos fazer a investigação e descobrimos que eles não têm escadas na casa. Filhos-da-mãe. Além disso, estávamos revendo alguns casos antigos.

O que queria dizer que eles ainda estavam estudando o material recolhido da casa do juiz, vendo e revendo, tentando encontrar alguma coisa que pudessem ter deixado passar. O caso estava cada dia mais sem solução, mas ainda tentavam. Ele parecia cansado, mas quem não estaria depois de ter de lidar com uma pessoa capaz de espancar uma criança de três anos de idade?

— Fiz outra entrevista hoje — ela disse quando eles se sentaram. — Sonny e Merilyn Lankford, de Brookwood. Eles têm uma mansão em estilo espanhol.

— É, eu conheço o lugar. Como foi?

— Consegui o emprego.

Ele fez uma pausa com o garfo a caminho da boca e olhou para ela.

— A mesma coisa que você tinha na casa do juiz? Aposentos separados?

— Sim, um pequeno bangalô à parte. Tenho folga aos finais de semana, a menos que eles tenham alguma festa planejada, e nesse caso trocarei com algum dia da semana.

— Quando você começa?

Ele estava com sua expressão de policial, e sua voz de policial, fria e direta. Esperava que ela se mudasse para aquela casa com ele, e não gostava do fato de as coisas não terem acontecido como queria.

— Depois de amanhã.

— Então amanhã à noite é sua última noite aqui.

O apetite dela começou a sumir.

— Amanhã será a última noite que passarei *todas* as noites com você. Se é a última noite, e ponto final, depende de você.

— O que isso quer dizer?

— Quer dizer que tenho que trabalhar e não vou deixar uma oportunidade dessas passar. Mas, quando eu estiver de folga, se você me quiser, estarei aqui.

— Ah, sim — ele disse. — Eu quero você.

— Mas está bravo porque eu aceitei o emprego.

— Não. Sei que você precisava encontrar outro trabalho. Só não gosto porque não ficará aqui. São duas coisas diferentes.

— Tenho adorado ficar aqui com você, Cahill. — E enfatizou a palavra *adorado*. — Mas sabíamos que seria por pouco tempo. E estou me referindo às noites que passo aqui.

— Tudo bem, tudo bem. — Ele estava frustrado. — Vamos dar um jeito. Só não gosto da idéia. E antes que você passe uma noite sequer com eles, quero investigá-los primeiro. Você se lembra de nosso acordo?

— Não acho que Merilyn Lankford seja uma terrorista ou que lave dinheiro de crimes — ela disse, aliviada por ele não estar tentando convencê-la a não aceitar o emprego.

— Nunca se sabe. As pessoas têm todos os tipos de maluquices em suas vidas. Para eu ficar tranqüilo, está bem? — Ele se virou para trás e pegou o caderno de anotações no bolso de seu blazer. — Diga-me os nomes e o endereço completo deles.

Suspirando, ela obedeceu.

— *Sonny* é o nome dele mesmo? Não é apelido?

— Acredito que não.

— Tudo bem. Posso descobrir. Saberei de tudo, até mesmo se eles já levaram alguma multa de trânsito. — Ele guardou sua caderneta e voltou a comer.

Um inconveniente em seus planos não era o bastante para lhe roubar o apetite, ela percebeu, surpresa, e voltou a comer também.

Inevitavelmente, pensou no juiz; como evitar tal pensamento, sendo que ele era a razão pela qual Cahill queria investigar os Lankford? Amanhã, um mês se completaria desde o crime; toda quarta-feira desde então vinha sendo cheia de tristeza. Ela não sabia se algum dia conseguiria viver outra quarta-feira sem se lembrar de tudo.

— Não há nada de novo a respeito do caso, não é? — ela perguntou, apesar de achar que ele diria se alguma novidade aparecesse. Mas talvez não, ele não falava muito sobre seu trabalho.

— Não, mas não desistimos. Deve ter havido um motivo, e mais cedo ou mais tarde vamos descobrir. Alguém vai falar, deixar alguma coisa escapar, e vai chegar até nós. Ou alguém vai acabar nos telefonando, dizendo o que sabe. Ainda estamos interrogando pessoas, mostrando aquela foto, tentando trazer alguma lembrança à tona. Mais cedo ou mais tarde, vai acontecer.

19

Ele não conseguiu acreditar quando ficou sabendo, e é claro que *soube*. Mountain Brook era uma cidade pequena, e todos se conheciam; alguém sempre acabava falando. Ela tinha ido trabalhar para aquela família *nouveau riche*, os Lankford, e na desagradável casa que mostrava que eles realmente eram novos-ricos. Ele recebeu uma carta dela, educadamente informando que aceitara outro emprego, mas quando a correspondência chegou, ele já sabia.

Segurou o papel em suas mãos, analisando a assinatura firme dela. Lera o conteúdo dezenas de vezes desde seu recebimento, mas as palavras não mudavam. Praticamente sentia o cheiro dela pelo papel, um aroma suave e fresco que o atingia com uma pontada de dor porque ela tinha de estar *ali*. Deveria estar *com ele*. Todos os dias, a dor da ausência dela ficava maior, como se algo vital na vida dele estivesse faltando. Era insuportável.

Esfregou a folha em seu rosto, buscando conforto por saber que ela a tocara, que a enviara pessoalmente a ele.

Como ela podia fazer isso com ele? Será que não sabia...? Não, é claro que não sabia. Não tinha como saber, ele lembrou. Não deveria ficar zangado com ela, porque, afinal de contas, ela ainda não o conhecera. Quando isso acontecesse, ela saberia quão perfeita a vida deles seria. Provavelmente sentira pena daqueles Lankford nojentos, e estava tentando dar um toque de classe à vida brega deles. Era um esforço em vão, mas Sarah era uma pessoa valente. Tentaria, e muito, até perceber que sua dedicação era inútil.

Ele conhecia os Lankford, pois, afinal, negócios eram negócios. Mas nunca tinha ido à casa deles; talvez fosse o momento de fazer uma visita. Ser convidado não seria difícil, eles faziam festas com freqüência, como se não conhecessem o prazer da solidão e do silêncio.

Que idéia maravilhosa visitar os Lankford; conseguiria ver Sarah de perto, pois, provavelmente, ela estaria cuidando de tudo. Talvez até fosse apresentada a ele. Normalmente os empregados não eram apresentados aos convidados, mas Merilyn Lankford, com sua falta de tato, seria capaz de fazer isso. Não que Sarah fosse uma empregada qualquer; à sua maneira, ela era uma rainha, mas o mundo que regia era sempre "nos bastidores". Merecia reger o mundo *dele*, e não aquele monumento ao mau gosto.

Para o bem de Sarah, sem falar no bem dele próprio, ele precisava tirá-la dali. Tinha de agir o mais rápido possível. Não podia ser descuidado. Tal ação exigiria pensamento, planejamento e muita habilidade. Estava muito ansioso com o desafio.

As pessoas criavam hábitos, apegavam-se à sua rotina e não ousavam mudar, pois era mais fácil permanecer onde estavam. Segundo os psicólogos, a maioria das pessoas preferia o que elas conheciam, por mais terrível que fosse, a enfrentar a incerteza do desconhecido. As mulheres permaneciam casadas com maridos que as agrediam não porque esperavam que a situação melhorasse, mas por medo de ficarem sozinhas. O grande desconhecido. Apenas almas desafiadoras ou desesperadas abriam mão de seus costumes.

Todos costumavam seguir a mesma rotina dia após dia, semana após semana. Os mesmos indivíduos ficavam no mesmo lugar, no mesmo horário. Cahill não esperava que o homem da fotografia aparecesse para usar o mesmo telefone no mesmo horário da noite, mas talvez alguém estivesse no Galleria, uma pessoa que costumasse ir para lá, na noite do assassinato do juiz Roberts, e tivesse notado... o quê? Alguma coisa. Qualquer coisa.

Nenhuma das atendentes das lojas tinha visto coisa alguma, mas eram treinadas para observar o que acontecia dentro das lojas e não fora delas. Mas e as pessoas sentadas nos bancos, andando, o grupo de adolescentes rindo e tentando agir como bacanas, a jovem mulher empurrando o carrinho do bebê com um pé só, para a frente e para trás enquanto comia um doce? Onde ficavam essas pessoas todas as noites? Todas as quartas-feiras à noite? Qual era a rotina delas?

Mais ou menos no mesmo horário em que a ligação tinha sido feita, por palpite, Cahill foi ao Galleria e parou todos os consumidores que encontrou perto daquele telefone público e mostrou a eles a fotografia. Alguma coisa naquele homem trazia qualquer lembrança? Conheciam alguém parecido? Era possível que o tivessem visto no Galleria antes?

A maioria das pessoas o olhava com desconfiança, diziam *não* e negavam com a cabeça. Outras mal olhavam para a foto antes de dizer “Não!”, e continuavam andando. Algumas a analisavam com paciência antes de devolvê-la. Não, ele não parecia familiar. Sinto muito.

Cahill persistiu. Nada estava acontecendo, nenhum boato, nenhum suspeito — nada. Estavam diante de um muro alto e largo. Tinham a bala que matara o juiz, mas não tinham o projétil. Não tinham impressões digitais para serem comparadas com o banco de dados do Serviço de Informações, não possuíam a arma do crime, nem uma testemunha, não sabiam o motivo do crime. Não tinham merda nenhuma.

Começava a se irritar. Ninguém podia cometer um assassinato e ir embora sem ser visto. Acontecia, mas deixava seu ego de investigador muito ofendido.

Cahill parou um rapaz de vinte e poucos anos que estava com uma garota de batom preto agarrada a ele como se fosse um carrapato. Pareciam alheios às outras pessoas, mas olharam para a foto mesmo assim.

— Não sei — o rapaz disse, enrugando a testa. — Ele me lembra alguém, mas não consigo me lembrar, sacou?

Cahill manteve sua postura e voz neutras. Conseguia ser durão quando necessário, mas, naquela noite, estava sendo simpático, pois se alguém tivesse alguma coisa a dizer, ficaria confortável na presença dele.

— É alguém que você já viu aqui no Galleria?

— Não, não é isso. Ei, já sei! Ele trabalha no banco onde tenho conta.

— No seu banco?

— Sim! William Caixa!

Eles se afastaram rindo.

— Gracinha — Cahill disse em voz baixa, virando-se e esforçando-se para não responder ao espertinho, mas aquele cara tinha de torcer para não encontrar Cahill se estivesse fazendo algo ilegal, e ele parecia ser do tipo que faz o que não deve.

Cahill continuou sua abordagem até ouvir o anúncio de que o shopping center seria fechado. Mais uma coisa que não levara a nada, mas se continuasse voltando ali, se continuasse mostrando a fotografia, talvez, mais cedo ou mais tarde, alguma coisa aparecesse.

A casa estava escura quando ele chegou. Ficou sentado na garagem, olhando para as janelas.

— Droga — disse. Voltar para casa e encontrá-la vazia nunca tinha sido uma chateação para ele, mas agora não estava nada satisfeito com aquela situação. Em poucas semanas se acostumou tanto a ter Sarah com ele que *não tê-la* ali era quase tão ruim quanto o começo da separação de Shannon.

Bem, de certo modo, era pior. Ele não sentira falta de Shannon. Descobrir que ela o traía matara tudo que poderia sentir por ela, menos a raiva. Mas ele *sentia falta* de Sarah, era uma dor constante. Conseguia esquecer a saudade enquanto trabalhava, mas lembrar que ela não estaria em casa quando ele chegasse sempre o deixava triste.

Finalmente saiu da caminhonete e entrou na casa, acendendo as luzes, ligando a televisão, procurando algo para beber. Era sua rotina normal e não foi o bastante. O vazio da casa o deixava furioso.

Sarah passara a noite de sábado com ele, e o sexo entre eles fora tão quente que ele pensou que sua cabeça explodiria. Não se cansava dela, o que o deixava assustado. Ela era completamente sensual, entregando-se totalmente e tendo prazer no corpo dele da mesma maneira que ele tinha no dela. Era quase assustador, às vezes, a maneira com que os dois estavam em sintonia, tanto na cama como fora dela.

Ficava desconfiado quando alguma coisa parecia perfeita, mas a maneira com que os dois combinavam era... perfeita. Mesmo quando discutiam, ele sabia que não a intimidava — sequer sabia se *alguma coisa* a intimidava. E isso era perfeito. Não tinha de tratá-la com cuidado. O sexo era quente e delicioso: perfeito. Os dois se divertiam juntos: perfeito. Talvez fosse por ela ser de uma família de militares, mas ela o *tocava* de um jeito que nenhuma mulher conseguira: perfeito.

Só não era perfeito ela não estar com ele.

Ele detestava o fato de ela estar morando naquele bangalô. Detestava tanto que era difícil disfarçar. Tentara ser razoável a respeito da carreira dela; *inferno*, agira com sensibilidade. Quando ela disse que tinha aceitado o emprego e passaria a morar na casa de seus patrões, ele não dissera "De jeito nenhum! Só por cima do meu cadáver!", que era exatamente o que queria ter dito. Ser razoável era um saco.

O que mais o deixava irritado era o fato de não ter qualquer direito de discutir com ela a respeito disso.

Eles eram amantes, só isso. Ele nunca tinha dito nada mais sério do que "Vamos ver onde isso vai dar". Não estabelecera nenhum compromisso, não a pedira em namoro, apesar de acreditar que estava claro para os dois que não sairiam com outras pessoas. A falta de compromisso o deixava incomodado. Deveria ter dito alguma coisa antes e não sabia se falar agora resolveria. Ela concordara com os termos e assinara o contrato, e, conhecendo Sarah, ela não pensaria em mudar as condições — não por causa de um simples amante.

Isso também o incomodava. Não queria ser "apenas" qualquer coisa para ela. Desejava ser o centro de seu mundo.

Ela era uma pessoa de fácil relacionamento, mas deixava claro que tinha valores bem definidos. Tal característica era uma das coisas que o atraíra a ela. Se dizia que faria uma coisa, ou fazia o prometido ou então qualquer coisa que fosse possível para manter sua palavra. Se selava um compromisso, o honrava. Quando ela se casasse, seu marido nunca teria medo de traição. Ela provavelmente diria claramente e pediria o divórcio, mas não o trairia — e só um idiota a trairia.

As duas semanas de sexo intenso e sem compromisso tinham sido maravilhosas, mas ele fora tolo de imaginar que seria o bastante para prendê-la. Ela nunca tinha deixado nada a desejar em seu trabalho com a família Roberts, e não deixara de fazer entrevistas para outros empregos. Mas ele achava que os dois teriam mais tempo juntos, sem pressa.

Para quê? A conclusão teria sido a mesma. Mesmo que ficasse com ele por duas semanas ou dois meses, ainda estaria procurando emprego. Sentia que deveria ficar contente por ela ter encontrado um trabalho rapidamente, pois se continuasse procurando talvez tivesse conseguido alguma coisa fora da região, em Atlanta ou ainda mais longe, o que seria horrível.

Se quisesse que ela ficasse, deveria ter derrubado a barreira — a barreira do compromisso. Mas, Deus do céu, a única coisa que a teria mantido ali seria um pedido de casamento, e só a idéia de casar-se novamente o fazia suar frio. Talvez pudessem ser noivos por bastante tempo.

Não, ela perceberia a intenção num piscar de olhos. E isso se ela aceitasse se casar com ele. Ela tinha um grande plano de viajar mundo afora, e estava trabalhando sem parar para atingir seu objetivo, mantendo-se livre e desimpedida. Ele não sabia como encaixar esse plano dentro de um casamento: se daria certo, se ela estaria disposta a se casar antes ou se insistiria em casar-se depois.

Ela não dissera que o amava. Inferno, ele *sabia* que ela o amava. Mas ele não fizera nada a respeito, não solidificara nem formalizara a relação; estava deixando rolar, vendo onde "tudo isso ia dar", e pagou um preço alto. Muito alto.

Sarah não era uma mulher de rodeios e não deveria ser subestimada. Ele não achava que a tivesse subestimado, mas também não mostrara a importância dela em sua vida.

Poderia deixar as coisas seguindo como estavam agora; os dois teriam os finais de semana juntos, o que era muito mais do que alguns casais tinham. Poderia falar com ela ao telefone, talvez até chamá-la para almoçar quando suas agendas permitissem.

Não era o suficiente. Queria estar com ela todas as noites. Queria sentar-se à mesa e conversar sobre seu dia enquanto comiam. Queria ler o jornal de manhã com ela, e brigar para ver quem leria as manchetes primeiro. Queria aquelas sessões de exercícios que faziam; ela era bem mais leve, mas sua rapidez quase compensava a diferença. E todas as lutas — caratê, kick boxing ou, sua favorita, luta greco-romana com striptease — sempre terminavam com sexo intenso e explosivo. Não conseguia mais fazer exercícios sem estar com o pênis ereto. A academia no porão estava impregnada com o perfume dela, o cheiro de sexo, as lembranças do que eles tinham feito e a freqüência com que o fizeram.

Que droga! Até mesmo a mesa da cozinha trazia lembranças.

Sentia falta dela.

Checou as horas, pegou o telefone e discou seu número.

— Oi — ele disse quando ela atendeu.

— Oi — ele percebeu que ela sorria.

— Acordei você? — Sarah não ficava acordada até tarde; sempre levantava cedo, por isso geralmente ia dormir às dez, no máximo, e, às vezes, às nove. Ligou para ela esperando ter sorte.

— Não, estou na cama, mas só lendo.

— O que está vestindo?

Ela riu. — É um telefonema do tipo telessexo?

— Pode ser.

— Estou vestindo um pijama de algodão. Você já viu.

— Já? — Não conseguia se lembrar de vê-la vestindo nada para dormir, nem mesmo uma de suas camisetas.

— Na primeira vez que nos encontramos. Você se lembra. Eu estava sentada na escada, a eletricidade havia sido cortada, dois bandidos estavam no chão.

— Ah, sim. Eu me lembro vagamente. Pensei que você fosse amante do juiz Roberts.

— O quê? — perguntou, indignada.

— Jovem, bonita e gostosa, morando com um velhote, o que mais um policial poderia pensar?

— Hum... que talvez ela fosse a mordoma, como disse ser.

— Policiais não acreditam em nada logo de cara. Mas depois que conversei com você percebi a verdade.

— Foi bom você não ter me dito isso na ocasião.

— Sou esperto. Sinto sua falta, Sarah.

Ela fez uma pausa.

— Também sinto sua falta, Cahill. Não podemos fazer nada.

— Agora não. Mas tem de haver um modo de resolver essa situação, uma maneira de conseguirmos passar mais tempo juntos. Vamos conversar sobre isso no final de semana.

— Não posso passar o sábado com você, os Lankford farão uma festa, portanto estarei aqui. Minhas folgas serão no domingo e na segunda-feira.

Ele ficou irritado. Desse jeito, teriam um dia a menos, pois ele tinha de trabalhar na segunda-feira. Mas pelo menos acordaria ao lado dela.

— Tudo bem, vejo você no domingo, a menos que queira vir para cá no sábado, depois da festa.

— Vai acabar tarde. Muito tarde. Domingo bem cedo, provavelmente.

— Não tem importância. Pode me acordar.

— Farei isso — ela respondeu.

20

A rua estava cheia de carros e todas as luzes da mansão pareciam estar acesas. Os convidados andavam pelos cômodos, nos pátios, ao redor da piscina. Merilyn tinha um serviço de bufê favorito, portanto Sarah combinou tudo com a proprietária do negócio, uma mulher magra e de cerca de sessenta anos chamada Brenda Nelson, que cuidou da loucura nos bastidores com maestria. Garçons passavam entre os convidados carregando bandejas com bebidas e *hors d'oeuvres*. Uma mesa enorme foi montada perto da piscina, lotada de comida; dois bares foram montados, um fora e outro dentro da residência.

Houve as inevitáveis confusões. Sarah circulava livremente, tentando avistar os acidentes assim que eles aconteciam para que pudesse repará-los. A limpeza de verdade teria de esperar até segunda-feira de manhã, quando já tinha chamado uma empresa para se encarregar da limpeza pesada, mas os líquidos e os alimentos que eram derrubados precisavam ser limpos imediatamente antes que alguém escorregasse e caísse.

Brenda certificou-se de que havia pratos e copos à vontade, mas existiam dezenas de pequenos detalhes que Sarah tinha de checar, como cinzeiros para os fumantes, que não eram tantos e fumavam lá fora, apesar de Merilyn ter dito: "Ah, tudo bem, pode fumar, não me importo." Os cinzeiros tinham de ser esvaziados, limpos e repostos para uso. A quantidade de toalhas de papel com monograma no banheiro precisava ser checada, os pertences pessoais dos convidados guardados, o namoro entre uma senhora embriagada e seu amante não-tão-bêbado teve de ser interrompido antes de causar constrangimento, e as chaves perdidas de um carro tiveram de ser encontradas — e quando, inevitavelmente, uma mulher se atrapalhou com seus sapatos de salto e caiu na piscina, Sarah teve de checar se ela estava bem, oferecer-lhe toalha, maquiagem e um secador de cabelos se ela desejasse consertar a situação e voltar para a festa, além de outra roupa. Felizmente a senhora era bem-humorada, de estatura média e estava se divertindo demais para ir embora.

Merilyn estava em todos os lugares, conversando e rindo. Era uma anfitriã que adorava festas e sua alegria era contagiante. Em um dado momento ela estava conversando com um grupo de homens — jogando charme, na verdade — quando viu Sarah e a chamou. Preparando-se psicologicamente, pois aparentemente seria apresentada a alguém, Sarah foi com a expressão calma e profissional na direção deles.

— Sarah, acabei de descobrir que estes dois cavalheiros tentaram contratá-la depois da coisa horrorosa que aconteceu com o juiz Roberts — Merilyn disse. — Carl Barnes, Trevor Densmore, esta é Sarah Stevens, especialista em organização doméstica.

— Como estão? — ela disse com uma reverência diferente. Não esticou o braço para um aperto de mãos; geralmente era o que uma mulher faria, mas não uma mordoma. Se alguém tentasse lhe apertar a mão, tudo bem, mas esperava que a pessoa tomasse a iniciativa.

Trevor Densmore era um homem alto e magro, de cabelo grisalho e sorriso tímido; corou quando ela lhe dirigiu um leve sorriso. No entanto, Carl Barnes, um homem louro com expressão sisuda e olhar frio, observou-a com curiosidade, como se tentasse imaginar se Sonny Lankford costumava ir ao pequeno bangalô à noite. Ela reconheceu os dois nomes; Trevor Densmore era o homem que lhe enviara duas propostas de emprego. A oferta de Carl Barnes tinha sido tão alta que ela tentara imaginar quais tarefas, exatamente, ele esperava que ela realizasse, além de cuidar da casa. Provavelmente ele achava que sua proposta seria tentadora, mas a deixou desconfiada.

— É um prazer conhecê-la — o sr. Densmore disse e sua voz era tão tímida quanto seu sorriso. Voltou a corar e olhou para baixo.

— Se eu fosse você, Merilyn, ficaria de olho em Sonny — Carl Barnes disse com um tom de voz alto demais. — Com uma mulher assim por perto, um homem pode acabar tendo algumas idéias.

Insinuando que ela concordaria com qualquer uma dessas idéias, Sarah pensou, disfarçando seu desagrado. Ela não responderia, mas ao olhar para Merilyn e vê-la surpresa e sem ação, disse:

— Um *cavalheiro* não faria isso. — Ela sabia se defender.

O sr. Barnes perdeu a compostura e seus olhos gélidos a estudaram. Merilyn recuperou-se o suficiente para lhe dar um tapa no braço e dizer:

— Carl, se você vai começar com seus comentários de mau gosto, por favor afaste-se e não perturbe os outros convidados. Não o apresentei a Sarah para que você a insultasse, tampouco a mim e a Sonny. — Ela disse com a voz firme o bastante para que ele percebesse que estava falando sério, sem ser grosseira.

— Eu só estava brincando — ele disse, refugiando-se na clássica reação passivo-agressiva.

— Tenho certeza que sim. — Dessa vez ela pousou a mão sobre o braço dele. — Venha, vamos encontrar Georgia. Tenho algo a lhe dizer. — Ela o levou dali, à procura da esposa dele. Observando-os se afastar, Sarah disfarçou a satisfação. Ele acreditava que tudo estava bem e remediado, mas Merilyn o estava levando aos cuidados de sua esposa.

— Sinto muito — o sr. Densmore disse. — Carl consegue ser grosseiro quando bebe além da conta.

— Não estou ofendida — Sarah disse, mentindo. — É um prazer conhecê-lo, sr. Densmore. Eu me lembro de suas cartas, sua oferta foi muito gentil.

— Obrigado. — Ele sorriu timidamente. — Não tinha certeza se deveria... quero dizer, não sabia como contactá-la. Espero que você não tenha se incomodado.

Incomodar-se com uma oferta de emprego? — Fiquei lisonjeada. — Ela olhou ao redor. — Com licença, sr. Densmore, mas preciso realizar algumas tarefas.

— Compreendo. Foi um prazer conhecê-la, srta. Stevens.

Ela ficou feliz em poder escapar e voltar para um território mais familiar. Mas, de qualquer maneira, manteve distância de Carl Barnes.

Ela era linda. Ele tentara imaginar como ela estaria vestida, se escolheria uma calça, ou talvez uma versão feminina de um smoking, apesar de a festa dos Lankford não ser formal. Sua escolha foi correta e muito elegante: uma saia preta longa e justa, mas não apertada, combinando com uma camisa sob medida branca e um blazer justo preto. A roupa tinha um ar vagamente militar, mas sem as abotoaduras. Seu cabelo preto estava preso em um coque muito bem-feito e usava um par de pequenas argolas de ouro. Não estava usando o pingente.

A princípio, ele se sentiu um tanto ofendido, até se dar conta de que seria inadequado usar a jóia enquanto estivesse trabalhando. Como a tal da Lankford a apresentara? Ah, sim — uma especialista em organização doméstica. Ela não poderia usar diamantes e rubis no trabalho. O pingente seria para quando os dois estivessem sozinhos.

Talvez tivesse escolhido uma jóia simplória. Em comparação com o monstruoso anel de diamante que Merilyn Lankford usava, o pingente era insignificante. Não tinha o hábito de comprar jóias, por isso pode ter se equivocado. Que humilhação pensar que talvez Sarah não estivesse usando o pingente por ele ser comum, e não por estar trabalhando!

Não, ela nunca pensaria uma coisa dessas. Era muito fina, era só se lembrar de como lidara com o panaca do Carl Barnes. Não alterou a expressão, dando apenas aquela resposta contida sobre o "cavalheiro" — o que, obviamente, Barnes *não era*. Sentira muito orgulho dela.

Ele a observou a noite toda. Ela era contida, discreta e prestava total atenção a detalhes. Qualquer deslize, por menor que fosse, resolvia no mesmo instante e sem a menor confusão ou embaraço. Sua dedicação ao trabalho era encantadora, em uma época em que os funcionários agiam como se fosse um sacrifício servir a seus patrões.

Será que Merilyn Lankford sequer sonhava com o tamanho de sua sorte por ter Sarah ali? É claro que não. Merilyn não sabia a jóia que possuía, nem que a teria por pouco tempo.

A situação era muito mais intolerável do que ele imaginara. Sua querida Sarah não podia ser exposta a comentários como os de Carl Barnes. Quando ela estivesse na casa dele, seria protegida desse tipo de coisa. Ele a protegeria do mundo. Tudo estava quase a contento; mais algumas providências e chegaria o momento de levar Sarah com ele.

A festa terminou à uma e meia, o que não era tão tarde assim. As pessoas presentes ali eram gente de negócios, importante na comunidade e em grande parte religiosa; não podiam dormir muito tarde, pois tinham de ir à missa na manhã seguinte.

Merilyn ainda estava tão bem quanto no começo da festa, com seus olhos verdes brilhando.

— Que sucesso! — ela disse, olhando a bagunça em sua sala de estar do tamanho de um salão de baile. Nada fora destruído, mas tudo parecia fora de lugar. — Ninguém vomitou, ninguém incendiou nada e não houve brigas. Isso é muito bom!

Sonny tratava sua esposa com paciência inesgotável. Era um homem atarracado, grisalho e gostava de fazer piadas.

— Pode dizer tudo isso enquanto estivermos subindo para o quarto — ele disse, abrindo o braço e fingindo guiá-la às escadas. — Estou exausto. Vamos dormir.

— Mas ainda há...

— Nada que Brenda e eu não possamos fazer — Sarah disse, sorrindo. — Trancarei a casa e ligarei o alarme quando sair.

Merilyn detestava ir para a cama quando alguém ainda permanecia acordado, com receio de se esquecer de alguma coisa, mesmo que essa coisa fosse lavar e guardar um monte de pratos e copos.

— Mas...

— Mas, mas, mas — Sonny disse, deixando de fingir e finalmente direcionando-a às escadas, impedindo-a de voltar atrás e gradualmente forçando-a a subir. — Seja lá o que quiser fazer, pode esperar até amanhã.

Ela resistiu e olhou para ele como uma criança sendo levada do parquinho. Quando ele conseguiu fazê-la subir o primeiro degrau, Sarah acenou para os dois e juntou-se a Brenda e à sua equipe na cozinha.

Tudo estava no lugar, porque Brenda colocara alguém para lavar a louça desde o começo. Quando pratos sujos chegavam, eram lavados. Dessa maneira, tinha sempre louça limpa, se fosse necessária, e quando o jantar terminou não havia uma montanha de pratos e panelas sujos para serem lavados antes de serem colocados nas caixas e devolvidos ao bufê. Assim, os últimos pratos e copos sujos já tinham sido lavados, e a equipe estava ocupada guardando a louça e dobrando uma pequena montanha de toalhas de mesa.

Com tudo sob controle na cozinha, Sarah percorreu a casa, endireitando um vaso de flores aqui, pegando uma colher no chão ali, recolhendo toalhas e — opa — a peça íntima de alguém. Ou algum convidado era muito esquecido ou um namoro mais quente ocorrera no banheiro.

Ela jogou a peça no lixo, esvaziou as latas de lixo, espirrou desodorizador de ar em todos os cômodos e arrumou almofadas e cadeiras. Brenda aproximou-se para dizer que já tinham guardado tudo nas vans e que estavam de partida. Após despedir-se deles, Sarah voltou a percorrer a residência, checando portas e janelas. Por fim, um pouco depois das três da manhã, ela ligou o alarme, saiu da casa, fechou a porta e passou pela piscina, seguindo por um curto caminho até seu bangalô.

Estava tão cansada que seu corpo todo doía, mas não sentia sono. Tomou um banho para se refrescar; geralmente um banho quente a deixava relaxada, mas naquela noite ela se sentia mais desperta que nunca. Pensou em sentar-se para ler, mas Cahill lhe dissera para ir para a casa dele quando a festa terminasse.

Estava oficialmente de folga até terça-feira. Sentia-se limpa e desperta e um homem nu por quem ela era maluca estava a poucos quilômetros dali.

— Decisões, decisões — ela disse a si mesma. Claro. Como se houvesse qualquer dúvida. Pegou o telefone. Tinha a chave, mas só um idiota entraria sem avisar na casa de um homem adormecido que mantinha uma pistola no criado-mudo.

— Cahill.

Sabia que o havia despertado, mas a voz dele estava calma; como todos os detetives se mantinham em plantão vinte e quatro horas por dia, já estava habituado a receber telefonemas no meio da noite.

— A festa terminou. Estou indo embora.

— Estou esperando você.

Cantarolando, pegou rápido a bolsa que preparara anteriormente, com algumas mudas de roupa, maquiagem, artigos de higiene pessoal e dois livros. Não que tivesse muito tempo para ler quando estava com Cahill, mas podia acontecer. Trancou o bangalô, colocou suas coisas na TrailBlazer e em vinte minutos chegou à garagem dele. A luz da cozinha estava acesa.

Ela subiu animada os degraus que davam para a porta dos fundos, que foi aberta antes de sua chegada. Cahill apareceu na claridade, alto, de ombros largos e vestindo apenas uma de suas cuecas sensuais, pois sabia que abriria a porta para ela.

— Uau — ela disse. Deixou as bolsas no chão e correu para os braços dele. Ele a pegou, levantando-a para que suas pernas envolvessem a cintura dele, e beijaram-se demorada e profundamente.

Quando terminaram, ele lambeu seu lábio inferior, como fazia para sentir seu gosto. — Não fez direito — ele disse, mordiscando os lábios dela.

— Não? — Ela se afastou um pouco, enrugando a testa. — O que fiz de errado?

— Está vestindo uma calça jeans. — Ele a beijou novamente enquanto empurrava as bolsas para dentro e fechava a porta, trancando-a. — Se tivesse pensado bem, teria vestido uma saia, sem calcinha.

— Sentiria um frescor. — Ela voltou a beijá-lo.

Segurando seus quadris, ele a apertou contra seu pênis ereto, enquanto atravessava o corredor que levava ao quarto.

— Mas, se você tivesse feito isso — ele sussurrou —, eu já estaria dentro de você.

— Tem razão, fui muito idiota. — Ela riu, esfregando-se nele e sentindo a própria respiração acelerar-se devido ao calor familiar que tomava conta de seu corpo.

— Você pode compensar. — Ele a jogou na cama e desabotoou sua calça, tirando-a.

— Sério? Tem alguma sugestão?

— Várias.

— Elas são legais neste estado?

— Não.

— Estou chocada — ela disse. — Chocada. Você jurou obedecer à lei.

— Pode me prender depois. — Ele tirou a blusa dela e a jogou para o lado. Como não estava usando sutiã, ficou nua. Cahill era recordista mundial em tirar suas roupas.

— Prendê-lo — ela disse. — Isso quer dizer que posso usar as algemas em você?

— Quer dizer que gosta de perversão também? — Tirou a cueca, puxou Sarah para a beira da cama e colocou as mãos por trás de suas coxas, afastando-as. Ela prendeu a respiração enquanto ele continuava e começava a forçar o pênis nela, sentindo a resistência. Até que entrou, curvado sobre ela, penetrando-a devagar e profundamente, e ela voltou a respirar. Arqueou seus quadris, sentindo-o bem fundo.

A luz do corredor ainda estava acesa, iluminando-o curvado sobre ela, e seus ombros largos bloqueavam a luz. Eles ficaram em silêncio, concentrados no ritmo e nas sensações, no calor e na umidade, na pressão que ela sentia, na resistência que ele sentia. Ele lambeu o polegar e o esfregou no clitóris dela, fazendo-a arquear ainda mais seu corpo. Sarah colocou as mãos sobre ele, querendo sentir seu peso sobre ela. Ele fez o que ela queria, indo para cima dela e afundando-a no colchão com a força de seus movimentos, suas mãos sob seus quadris, puxando-a contra ele. Ela gozou, arqueada, com seus calcanhares afundados atrás das coxas dele e as unhas cravadas em seus ombros. A primeira vez era sempre rápida e forte, intensa. Ele gozou logo depois dela, e em seguida, quando ficaram deitados juntos, ela sentiu-se adormecer, contente e leve. Era ali o seu lugar, com ele. E o "ali" não importava, poderia ser em qualquer lugar, desde que fosse com Cahill.

21

Sarah acordou às dez da manhã com o cheiro de café fresco. Ela rolou na cama, espreguiçando-se e bocejando. Não dormia como naquela noite desde que se mudara para o bangalô, mas sempre dormia como uma pedra na casa de Cahill... isso é, quando ele a deixava dormir.

Sentira saudades dele, mental e fisicamente. Não era apenas o sexo, apesar de ser maravilhoso, intenso e excitante. Mas, mais que isso, ela sentia a presença dele na cama, o calor, o peso e o conforto. Sempre dormia com a cabeça apoiada no ombro dele ou encostada em suas costas. Se ela não o estivesse tocando, então ele a tocava, um sinal subconsciente mesmo durante o sono de que eles não estavam sozinhos.

Ele entrou no quarto vestindo apenas uma calça jeans e trazendo uma xícara de café. Ela sentou-se e afastou o cabelo do rosto.

— Se essa xícara for para mim, serei sua escrava do sexo para sempre.

— É sua, por isso acho que precisamos falar sobre escravidão. — Ele lhe entregou a xícara e ela tomou um gole, semicerrando os olhos de prazer ao sentir o sabor. O colchão afundou quando ele sentou-se a seu lado.

Ela tomou mais um gole.

— Para começar, não ganho folga por bom comportamento.

— Com certeza não — ele concordou, acariciando seu braço. — Nada de redução de tempo de serviço, apesar de eu achar que você poderia ter... privilégios especiais por pegar no batente.

— Em todos os sentidos — ela disse, passando o dedo sobre o volume formado dentro de sua calça. — Quando começo?

Ele esboçou um sorriso com a ousadia dela.

— Acho que já começou. E se não parar com isso e sair da cama, seu café-da-manhã vai esfriar.

— Você preparou o café? Ótimo, estou morrendo de fome. — Deixando a conversa maliciosa de lado, ela levantou-se com a xícara na mão, livrou-se dos cobertores e foi em direção ao banheiro. — O que vou comer?

— Cereal.

— Seu cretino! Já é frio! — ela gritou para ele. Pôde escutá-lo rindo enquanto ele ia para a cozinha.

Seu reflexo no espelho não era de alguém que trabalhara a noite toda e não dormira as recomendadas oito horas. Seu cabelo estava embaraçado, seus olhos um pouco inchados, mas parecia descansada... e cheia de brilho. Fazer sexo com Cahill conseguia dar aquele efeito a uma mulher, ela pensou, sorrindo enquanto penteava os cabelos.

Cahill havia trazido suas bolsas. Ela lavou o rosto, escovou os dentes e se trocou. Ficou como ele: com calça jeans e sem sapatos — mas vestiu uma camiseta —, e levou a xícara até a cozinha.

O café-da-manhã *era* cereal, mas ele também fatiara pêssegos frescos e colocara um pote de seu iogurte favorito de baunilha ao lado da tigela. Preparou a mesma coisa para si, com quantidades dobradas.

— Que delícia — ela disse sentando-se. — Mas está tão tarde, você não deveria ter me esperado, já podia ter comido. Deve estar com mais fome que eu.

— Comi um pãozinho às oito horas.

— Que horas você acordou?

— Quase sete. Saí para correr, comi um pãozinho, li o jornal, tamborilei os dedos.

— Coitadinho. — Ela pegou a colher e enfiou na tigela. — O que mais você fez?

— Você ainda estava dormindo, por isso fiz sexo com seu corpo inconsciente...

— Não fez não.

— Fiz.

— Tudo bem, então você cochilou e estava sonhando. Que horas acordou?

— Nove e meia — disse, comendo um pedaço suculento de pêssego. — Estava cansado. Meu sono foi interrompido ontem à noite.

— Como está se sentindo agora?

— Bem.

— Ótimo, porque eu estou me sentindo muito bem. — Ela parou de comer e se espreguiçou levantando os braços. O olhar de Cahill seguiu os movimentos de seus seios. — Depois que fizer a digestão, acho que também vou correr. Está disposto para mais uma?

— Estou disposto para um monte de coisas. Posso encaixar uma corrida.

Ela o admirou enquanto terminavam de comer. Ele lhe dissera que começara a fazer muitos exercícios quando ele e sua esposa se divorciaram. Os exercícios físicos eram uma ótima maneira de aliviar o estresse. Sempre estivera em boa forma, mas não como atualmente. Tinha o abdome e os bíceps duros como pedra. Era um homenzarrão, mas não ficara muito musculoso, apenas definido e malhado. Tocá-lo era surpreendente: pele macia e quente cobrindo músculos rígidos.

Ele se levantou para levar os pratos vazios para a pia. Sarah segurou o queixo com a mão para observá-lo, com os olhos entreabertos e um sorrisinho.

— Sua ex-mulher deve ser a pessoa mais idiota da face da Terra.

Ele olhou para ela surpreso e deu de ombros. — É melhor dizer idiota ao quadrado. Por que pensou nela?

— Por sua causa. Você é limpo, cuidadoso, inteligente...

— Continue — ele disse.

— ... bonito, tem senso de humor, é sensual...

— E sou seu.

Ela parou, sentindo um frio na barriga.

— É?

Ele colocou o leite na geladeira e sorriu.

— Com certeza.

Respirando fundo, ela disse:

— Uau!

— É assim que me sinto também. — Encheu as xícaras com café e sentou-se. — É sobre isso que temos de conversar. Quero mais do que temos agora. Se você também quiser, precisamos encontrar uma maneira de fazer dar certo.

Ela concordou.

— Sarah. Quero ouvi-la dizendo isso.

— Eu quero mais — ela disse. Não conseguia acreditar que isso estava acontecendo tão rápido e na mesa do café-da-manhã de um domingo ensolarado.

— Certo. O seu trabalho, por enquanto, exige que você durma na casa de seus patrões. O meu horário de trabalho atualmente é mais longo que o normal. Se só tivermos os finais de semana, teremos de nos conformar, mas... até que horas você trabalha à noite?

— Até que eles estejam prontos para dormir, ou até me dizerem que posso me retirar depois do jantar. Acho que gostam de ficar sozinhos à noite, a menos que estejam recebendo visitas.

— Você pode receber visitas? Deus, parece que estamos na Inglaterra vitoriana.

Ela riu.

— É claro que posso receber visitas quando não estou trabalhando. Mas não me sentiria confortável se você dormisse lá...

Ele fez um sinal com a mão. — O sexo é secundário. Bem, quase secundário. A questão é que precisamos nos ver mais do que temos nos visto desde que você começou a trabalhar lá. Estou ficando maluco sem te ver. Vamos resolver essa situação por enquanto e mais tarde falaremos sobre sua viagem pelo mundo. Vamos dar um jeito. Não vou pedir para que você desista da idéia porque sei o quanto quer fazer isso. Mas vou reclamar muito.

Ela realmente queria passar um ano viajando, mas também queria Cahill.

— Sou uma mulher razoável — ela disse. — Sei me comprometer. — Sempre mantivera-se livre e desimpedida, pois nunca tinha encontrado alguém que fosse importante o bastante para desviá-la de seu plano. Cahill era importante. Ela viajaria um pouco, mas não poderia ficar um ano sem ele. De jeito nenhum. Não estava disposta a isso.

Ele pigarreou.

— Nós... é... provavelmente vamos nos casar.

— Você acha? — ela perguntou e começou a rir. Não pôde evitar. Se esse cara conseguisse ser menos romântico, as pessoas que lucravam com o Dia dos Namorados o enforcariam.

Ele a colocou sentada em seu colo.

— Isso é um sim ou um não?

— Você não fez uma pergunta. Disse uma probabilidade.

— Então você concorda com a probabilidade?

Talvez ele nunca fizesse a pergunta, ela pensou, divertindo-se. Teria de mudá-lo. Pretendia casar-se apenas uma vez na vida, portanto queria escutar a pergunta.

— Concordo com a probabilidade. — Ela sorriu serenamente e deu-lhe um beijo no rosto. — Quando estiver pensando com mais clareza, voltaremos a conversar sobre isso.

Ele gemeu e encostou a cabeça no ombro dela.

— Você vai me colocar contra a parede, não é?

— É claro, querido. É para isso que serve uma mulher.

Ele não sabia onde Sarah estava. Quando passou por lá no domingo de manhã, sua caminhonete não estava na garagem e desde então não voltara para a residência dos Lankford. Na festa, ao fazer perguntas casuais, descobrira, através de Merilyn, que Sarah geralmente tinha folga aos sábados e domingos, mas quando recebiam visitas no final de semana, ela escolhia outro dia para folgar. Nesse caso, depois da festa, só voltaria para o trabalho na terça-feira de manhã.

Pensando que ela poderia ir para algum lugar, ele acordara cedo e passara de carro pela mansão; por ter notado em outra ocasião, ele sabia que da rua dava para ver seu carro na garagem — apenas a traseira, mas o suficiente para saber que era seu veículo. Mas ela devia ter acordado ainda mais cedo, pois quando ele chegou, logo ao amanhecer, ela já não estava mais lá.

Será que tinha algum parente na região? Arrependeu-se por não ter perguntado. É claro, sua família podia não ser da região; ela poderia ter pegado o avião para visitá-los, no primeiro vôo da manhã.

Por um rápido momento, chegou a pensar na desagradável possibilidade de ela ter um namorado — termo juvenil —, mas não, Sarah tinha classe demais para passar o final de semana com um qualquer. Nas vezes em que a seguiu, ela tinha saído para fazer compras e resolver questões corriqueiras, mas nunca encontrara nenhum homem em lugar algum. O problema era que várias vezes não conseguiu encontrá-la, portanto não sabia quem ela podia conhecer nas redondezas. Provavelmente estava visitando parentes ou amigos, mas ele gostaria de saber exatamente *onde*; detestava não saber.

Depois que dera cabo de Roberts, por exemplo, não ficara para ver a movimentação porque sabia que os criminosos geralmente não resistiam, voltavam à cena do crime para ver o que estava acontecendo, e a polícia sempre filmava os espectadores. Quando passou por lá na manhã seguinte, depois que as coisas estavam mais calmas, a rua tinha sido bloqueada, e a casa, cercada com fita amarela. Ele não fazia a menor idéia de seu paradeiro. A casa de um amigo? Um hotel? O Hotel Wynfrey era o mais provável, por isso fora direto para lá e não viu sua caminhonete. Estava chovendo, e ele não gostava de dirigir na chuva, por isso voltou para casa.

Depois do enterro, ela tinha voltado para a casa. Ficou lá quase o dia todo, todos os dias, por isso ele relaxou e parou de passar por ali com tanta freqüência. De acordo com os boatos, ela estava preparando a casa para ser fechada, encaixotando tudo para a família. Até que, certa noite, ele passou por lá e não viu seu carro; a casa estava apagada. Aonde ela tinha ido?

O problema era que não havia nenhum lugar na vizinhança onde pudesse parar o carro e observá-la. Se um carro desconhecido parasse, era imediatamente percebido. Também não podia passar por lá tantas vezes; tinha que cuidar de negócios, participar de reuniões e fazer telefonemas. Tinha de fazer todo o monitoramento para evitar o risco de alguém desconfiar, portanto acabou aceitando o fato de que não conseguiria segui-la o tempo todo. Não gostava de nada disso, mas era um homem razoável e paciente, podia esperar.

O mais importante era saber que ela não voltaria antes de terça-feira.

Na primeira vez tudo dera muito certo, por isso na noite de domingo ele seguiu a mesma rotina. Foi ao Galleria dirigindo o Ford azul-escuro que comprara há menos de um mês; afinal, o Jaguar era muito chamativo. O Ford era tão comum que chegava a não ser percebido. Não se comparava ao Jaguar, logicamente, mas servia para o pretendido. Mas, quando fez o telefonema, ninguém atendeu. Frustrado, ele tentou diversas vezes mais, antes de desistir, com raiva.

Mas, na noite seguinte, ele sabia que os Lankford estavam em casa, pois checara e não havia nenhum outro carro perto da casa. Eles estavam sozinhos. Ele ligou e, claro, que Sonny ficou feliz em recebê-lo. Sonny sempre estava disposto a falar de negócios e, quando era com um dono de banco... bem, as pessoas gostavam de vê-lo. Sonny era idiota demais para estranhar sua visita. O trouxa certamente ficou lisonjeado.

A pistola com o silenciador estava presa em suas costas, coberta pelo blazer, quando Sonny o convidou para entrar. O homem sequer vestira um blazer, ele percebeu com desprezo. Vestia uma calça e um colete de lã sobre a camisa, e estava usando chinelos, *pelo amor de Deus*. Totalmente desclassificado.

— Onde está Merilyn? — ele perguntou, descontraído. As pessoas falavam com ele, contavam-lhe as coisas. Confiavam nele. Por que não confiariam?

— Lá em cima. Vai descer num minuto. Você disse que queria falar com nós dois?

— Sim. Obrigado por me receber. Não vou tomar muito de seu tempo. — Sonny não percebeu a maldade na frase.

— Que bobagem! É um prazer. Gostaria de beber alguma coisa? Temos todos os tipos de bebida. — Sonny o levou até a sala de visitas; graças a Deus não foram para aquela sala horrorosa com a televisão gigantesca. Havia um aparelho de TV na sala de visitas também, mas era de tamanho normal.

— Um cálice de vinho seria ótimo. — Não pretendia tomá-lo, mas fingir aceitar sua hospitalidade manteria Sonny relaxado.

Conversaram sobre amenidades, mas Merilyn não apareceu. Ele começou a ficar um pouco preocupado. Não queria passar muito tempo ali; quanto mais esperasse, a probabilidade de alguém perceber o carro estacionado aumentava, por mais comum que fosse, ou de o telefone tocar e Sonny — ou Merilyn — dizer: *Desculpe, não podemos falar agora, estamos recebendo nosso banqueiro.* Isso seria terrível.

Ele olhou para o relógio e Sonny disse:

— Não sei por que Merilyn está demorando tanto. Vou ver...

— Não se preocupe — ele disse, levantando-se. Com um movimento delicado, colocou a mão para trás, pegou sua pistola e a apontou para a cabeça de Sonny. Estava tão próximo que Sonny poderia tê-lo impedido, se tivesse tido tempo, mas era lento demais para reagir. Que pena.

Calmamente ele puxou o gatilho.

A bala entrou pela cabeça de Sonny bem acima da sobrancelha esquerda, indo parar do outro lado, à direita, acertando os dois hemisférios do cérebro. Ele sempre ficava surpreso com o ferimento, que era sempre pequeno e limpo, mas, quando a bala saía, levava uma grande porção de cérebro e do crânio com ela. Incrível.

O som do tiro era como uma pequena tossida, sequer podia ser ouvido no cômodo ao lado.

Virou-se para sair à procura de Merilyn e deteve-se. Ela estava parada na porta, pálida, com os olhos arregalados e horrorizada. Ele voltou a erguer a pistola e ela correu.

Não teve tempo de atirar de novo. Implacavelmente, foi atrás dela, não podia deixá-la escapar, nem mesmo por um segundo. Ela podia sair gritando da casa, o que chamaria a atenção. Mas não, correu para o outro cômodo e fechou a porta; ele ouviu a porta sendo trancada.

Balançou a cabeça e atirou na fechadura; a porta abriu-se sem resistência. Merilyn virou-se, com o telefone na mão. Ele voltou a balançar a cabeça e disse:

— Menina malvada — e puxou o gatilho.

Ela caiu no carpete e seus olhos saltaram pela força da bala que entrara entre eles. Ele aproximou-se dela e tirou o telefone sem fio de sua mão. Colocou-o no ouvido, mas não havia ninguém na linha; ou não teve tempo de ligar para a polícia ou estava chocada demais para pensar. Calmamente limpou o telefone com seu lenço e o colocou de volta à base.

A mão de Merilyn caiu esticada, como se estivesse tentando pegá-lo. O anel de diamante brilhou e ele teve uma idéia — *brilhante*, ele diria. Se levasse o anel, pareceria que um roubo acontecera. A jóia devia valer uma pequena fortuna; investigara o preço de uma jóia com mais atenção e descobrira que uma bela pedra era extremamente cara. Aquele anel, por exemplo, provavelmente deixara Sonny cerca de um quarto de milhão de dólares mais pobre. Sem exagero.

Estava constrangido por ter dado a Sarah algo tão simples. Aquela pedra era muito bonita e a cor ficaria linda em sua pele morena. Não como estava, é claro; ela não aceitaria tamanha indelicadeza. Mas depois de um certo tempo, quando a polícia não estivesse procurando um anel de diamante amarelo enorme, ele poderia remover a pedra e levá-la a um joalheiro em Atlanta, por exemplo, e pedir que uma linda jóia fosse feita para Sarah. Sim, conseguia imaginar a cena.

Abaixou-se e pegou o anel do dedo de Merilyn. Estava um tanto apertado, a coitadinha engordara um pouco. Ele a livrara de pedir que o anel fosse alargado.

Satisfeito, passou por todas as partes onde estivera, limpando tudo que pudesse ter tocado. Depois que saiu pela porta de entrada, limpou a maçaneta e o botão da campainha. Ao se afastar, sorriu.

Tudo dera certo.

22

Na segunda-feira de manhã, quando Cahill foi trabalhar, Sarah fez exercícios, marcou um horário na manicure e pedicure para aquela tarde e passou algumas horas agradáveis sem fazer absolutamente nada. Depois de sair do salão com as unhas feitas, comprou alguns mantimentos e preparou espaguete para o jantar. Cahill acabava de comer a terceira fatia de pão com manteiga temperada com alho quando o telefone tocou. Ele viu o número no visor e suspirou.

— Pois não. Cahill. — Escutou por um momento e disse: — Estou indo.

Deu mais um suspiro ao se levantar. Ainda usava seu coldre, portanto só teve de dar um nó na gravata e vestir o blazer.

— Preciso ir — ele disse desnecessariamente.

— Eu sei. — Ela levantou-se para beijá-lo. — Vai ser rápido ou demorado?

Mais um suspiro.

— Provavelmente vou demorar duas horas, talvez mais.

— Tudo bem. Estarei aqui quando você voltar.

Ele lhe lançou um olhar sensual.

— Gosto de ouvir isso — disse, curvando-se para beijá-la longa e vagarosamente, deixando-a excitada. *Nossa!* O cara sabia beijar.

Depois que ele saiu, ela limpou a cozinha e assistiu a um pouco de tevê. Um comercial de uma rede de fast-food mostrou uma banana split perfeita, que lhe deu água na boca. Ela não precisava de uma banana split; seriam calorias suficientes para seis semanas. Teria de correr cento e cinqüenta quilômetros para queimá-las.

Usou esse argumento para tentar mudar de idéia. Geralmente conseguia resistir a vontades, porque não costumava senti-las. Alimentava-se bem e com equilíbrio e não pensava muito em comida. Mas seu período menstrual estava prestes a acontecer — e nessa época do mês sentia vontade de tomar sorvete.

Resistiu ao desejo por mais de uma hora, e entregou-se.

Levantou-se e olhou no congelador. Ah-ah! Havia um pote de dois litros de sorvete de creme. Ela esticou-se para pegá-lo e ficou frustrada. O pote estava leve demais. Tirou a tampa e resmungou, havia menos de uma colher de sorvete sobrando. Por que diabos ele não tinha comido aquela última colherada e jogado a embalagem fora? Ou melhor, por que não se lembrara de comprar mais?

Reclamando, ela pegou sua bolsa e voltou para o mercado. Se soubesse que sentiria vontade de tomar sorvete, poderia ter comprado no mercado mais cedo.

Decidiu que se fosse tomar o sorvete, se daria ao prazer de tomar um enorme. Então o desejo sumiria e ela poderia voltar a comer alimentos saudáveis. Além disso, com a banana, a sobremesa ficava muito mais saudável, certo?

E fez tudo direito. Escolheu as bananas mais bonitas. Comprou cerejas. Cobertura de abacaxi. Calda de chocolate. Pêssegos em calda, nozes picadas e calda de caramelo. Comprou sorvete de creme, morango e chocolate, porque uma banana split de verdade tinha os três sabores. O que mais? Ah, sim, chantili. E wafers de baunilha para segurar tudo.

Uau! Mal conseguia esperar.

Para sua surpresa, Cahill estava em casa quando ela voltou. Ela perguntou:

— Por que voltou tão rápido? Pensei que fosse chegar depois das dez.

Ele deu de ombros.

— As coisas foram mais rápidas do que eu previra. Onde estava?

— No mercado. Teria deixado um recado, mas não pensei que você fosse voltar logo para lê-lo, achei que seria bobagem.

Ele encostou-se no armário e observou-a tirando as coisas das sacolas.

— O que está acontecendo? Vamos ter a festa do sorvete?

— Banana split. Vi uma na tevê e fiquei com a boca cheia d'água. Você sequer tinha sorvete — ela disse num tom acusatório.

— Tinha sim.

— Uma colher que quase virou gelo não conta.

Ele olhou os três potes de sorvete e disse:

— Bem, certamente agora tenho sorvete.

— Com certeza.

Fez uma pausa e depois perguntou:

— Posso tomar um também?

— Quer entrar nessa farra da banana split?

— Pode apostar. Se é uma farra, estou interessado. Aposto que posso pensar em muito mais utilidades para essa calda de chocolate do que você.

— Pode tirar as mãos de minha calda de chocolate. Tenho planos para ela.

— Para *tudo*?

Ela piscou para ele.

— Talvez não tudo.

Tirou duas tigelas fundas do armário, organizou todos os ingredientes e começou a descascar as bananas e cortá-las ao meio. Colocou as fatias na tigela e jogou wafers de baunilha por cima. Em seguida, veio o sorvete.

— Só quero de creme — Cahill disse, observando a tudo fascinado. — Não gosto de muitos sabores.

— Está perdendo uma bela experiência culinária.

— Vou experimentá-la mais tarde.

Três bolas de creme para ele e uma de creme, outra de morango e mais uma de chocolate para ela.

— Abacaxi e nozes? — ela perguntou, segurando as tigelas, e ele concordou. Adicionou um pouco de cada nas duas tigelas. Em seguida vieram a calda de caramelo e a de chocolate. Cobriu as montanhas de sorvete com chantili, e as decorou com cerejas. Colocou duas em sua tigela, por gostar demais de cerejas.

— Minha nossa! — Cahill disse ao olhar para a sobremesa. — Isto deve pesar pelo menos um quilo.

— Bom apetite — ela disse, levando a dela para a mesa e devorando-a.

— Meu Deus — ele disse meia hora depois. — Não acredito que comi tudo aquilo.

— Você comeu tudo — ela respondeu, olhando para a tigela dele vazia.

— Sou maior que você. E estou cheio.

— Eu também — ela admitiu. — Mas estava delicioso e saciei minha vontade. — Ela levou as tigelas para a pia, limpou-as e as colocou na lava-louças. Estava tão empanturrada que acreditava poder explodir, e não queria ver sorvete outra vez no próximo milênio... ou pelo menos pelo próximo mês.

— E agora — ele disse —, quanto àquela calda de chocolate...

— Nem pense nisso.

É claro que ele pensou, e disse o que estava pensando. Além disso, depois de algumas horas, os dois acabaram experimentando.

Calda de chocolate nela, calda de chocolate nele... era uma pena ela ter usado tanta calda nas bananas split. Ficava maluca só de imaginar o que eles poderiam ter feito com um frasco cheio.

Ainda estava sorrindo na manhã seguinte, quando voltou para a casa dos Lankford. Ainda não eram seis da manhã, mas ela queria estar lá bem cedo para dar início às tarefas. Parou no portão e pegou o jornal da manhã da caixa de correio, digitou o código e os portões se abriram. Entrou com o carro e estacionou como sempre, ao lado do pequeno bangalô. Depois de levar suas coisas, trocou rapidamente de roupa e atravessou o jardim para ir à casa, usando a chave para entrar.

Virou-se para digitar o código no painel de segurança e parou ao perceber que o pequeno alarme que indicava que uma porta havia sido aberta enquanto o alarme estava ligado não estava apitando. Intrigada, checou as luzes. Não era à toa que não estava apitando, o alarme não estava acionado. Merilyn deve ter se esquecido. Ela e Sonny eram um tanto relapsos em relação ao sistema de segurança da casa, uma vez que a propriedade tinha muros e portões altos. Acreditavam que o lado de fora era seguro e, conseqüentemente, o de dentro.

Ela foi à cozinha, ligou a cafeteira e levou o jornal à sala de visitas de Sonny, onde ele gostava de lê-lo enquanto assistia ao noticiário da manhã. Não gostava de agir com pressa, por isso geralmente estava acordado às seis e meia, tendo tempo suficiente para ler o jornal e tomar o café-da-manhã antes de sair para trabalhar, às oito e quarenta.

As luzes mais fracas do corredor estavam acesas, assim como as luminárias e, ainda, a luz da porta de entrada. Sarah achou aquilo estranho e hesitou. Alguma coisa estava errada; talvez um deles tivesse se sentido mal durante a noite, pois acreditou ter sentido...

O cheiro.

O pânico tomou conta dela como uma avalanche e ela foi de costas para a cozinha. Aquele cheiro... Não podia ser o que ela estava pensando; simplesmente associava o cheiro com algo terrível. Qualquer coisa parecida trazia o pesadelo de volta. Sonny ou Merilyn tinha passado mal do intestino, só isso. Eles tinham o número do celular dela, poderiam ter telefonado e ela teria voltado imediatamente para cuidar de tudo.

Tentou se livrar do nó que se formava em sua garganta.

— Sr. Lankford? — ela chamou. — Olá?

Não obteve resposta. A casa estava em silêncio, exceto pelo quase inaudível som de eletricidade que indicava que a casa tinha energia elétrica e que tudo estava funcionando.

— Olá? — ela voltou a dizer.

Não estava com sua pistola, a polícia ainda não a havia devolvido. Como não estava trabalhando como guarda-costas para os Lankford, não se preocupara com isso. O Departamento de Polícia acabaria lhe devolvendo sua arma. Mas agora, com todos os pêlos de seu corpo eriçados pelo susto, desejou tê-la por perto.

Deveria voltar, talvez telefonar para Cahill e pedir que ele fosse checar a casa. Mas a residência parecia estar... vazia, a mesma sensação que ela sentira na casa do juiz — como se não houvesse vida ali.

Ela andou pelo corredor, hesitou e sentiu náuseas.

O cheiro. Aquele maldito cheiro.

Não vou conseguir passar por isso de novo. O pensamento passou queimando por sua mente. Aquilo não podia estar acontecendo. Não de novo. Estava imaginando coisas, deixando que o fedor lhe causasse pânico. Descobriria o que havia de errado, quem estava doente. Deveria manter a calma e assumir o controle. Fazia parte de seu trabalho lidar com qualquer situação que surgisse.

Deu mais dois passos. A porta da sala de visitas estava a três passos de distância. Forçou-se a seguir adiante, praticamente jogando-se para a frente como alguém que finalmente criara a coragem necessária para saltar de uma torre de *bungee-jumping*. O fedor era um tanto impregnante, prendendo-se em sua garganta, em sua língua. Voltou a ficar nauseada e cobriu o nariz e a boca com a mão ao olhar dentro do cômodo.

Ele estava estirado ao chão como se estivesse meio sentado, com a cabeça e o ombro apoiados na mesa de centro. A cabeça estava curvada em um ângulo não natural, como se não tivesse tido espaço para deitar-se. A ferida era...

Sarah não procurou Merilyn. Como já tinha feito antes, andou de costas, vagarosamente, tremendo, emitindo gemidos de horror. Ficou chocada com os sons. Eles pareciam tão fracos, e ela era forte. Sempre fora forte.

Não se sentia forte naquele momento. Queria sair gritando daquela casa, encontrar um lugar seguro e escuro e esconder-se nele, até que seu horror tivesse se desfeito.

Queria... queria Cahill. Sim. Quando ele estivesse ali, ela não se sentiria tão perdida, tão assustada. Precisava ligar para Cahill.

Continuou andando de costas no hall e, como fizera antes, encontrou-se em pé na cozinha. Tremia violentamente agora e sabia que estava prestes a ficar histérica.

Não. Ela não permitiria que isso acontecesse. Não podia. Tinha de fazer aquele importante telefonema.

Cahill, não. A primeira ligação tinha de ser para o 911. Tinha de fazer as coisas direito. Talvez Merilyn ainda estivesse viva, talvez os médicos pudessem chegar a tempo de salvá-la se ela ligasse para o 911 primeiro.

Sua mão tremia tanto que estava difícil acertar os números. Ela desligou e tentou de novo, sem sucesso. Chorando e xingando, ela bateu o telefone contra o balcão. — Funcione, porcaria, funcione!

O aparelho ficou partido em sua mão e pedaços de plástico voaram longe. Ela jogou o que restou dele contra a parede. Precisava de outro telefone. Precisava... de outro... *maldito... telefone*!

Tentou raciocinar. Havia telefones em diversas partes da casa, mas onde, exatamente? Não trabalhava ali tempo suficiente para saber tudo de cor, muito menos agora que não conseguia formular um pensamento coerente.

E não podia sair à procura de um. Poderia encontrar Merilyn.

Não conseguia pensar nisso, não conseguia imaginar aquela mulher cheia de energia, alegre e bondosa deitada em uma poça de sangue em algum lugar. *Concentre-se. Encontre um telefone.*

O bangalô. *Sabia* onde o telefone estava lá.

Tentou correr, mas suas pernas atrapalharam-se e ela tropeçou, caindo de joelho no caminho de cimento do jardim. Não sentiu dor alguma, mas arrastou-se com dificuldade pelo resto do caminho.

Havia um telefone lá dentro, na sala de estar. Ela o pegou e começou a apertar os botões, mas deteve-se e respirou fundo algumas vezes, mesmo tremendo. Foi difícil, mas conseguiu um pouco de calma. Precisava controlar-se, não prestaria para nada se ficasse desesperada.

Suas mãos ainda tremiam, mas ela conseguiu teclar a seqüência 9-1-1 e esperou.

Cahill não pôde acreditar. Não conseguia acreditar de jeito nenhum. A princípio ele pensou que não tinha entendido direito, que se tratava de um trote ou que o endereço estava errado. Alguma coisa do tipo. Um assassinato acontecer em Mountain Brook já era bastante incomum, mas dois assassinatos em uma questão de semanas? E descobertos pela mesma mulher que ligara da primeira vez? *Que merda inacreditável.*

Sentia um frio na barriga, um medo que nada tinha a ver com a segurança de Sarah — ela telefonara, portanto estava bem —, mas tudo a ver com seu instinto policial. Ele era um investigador muito bom, combinando experiência, intuição e talento para analisar os fatos com frieza, sem deixar que suas emoções interferissem. Sua intuição lhe dizia naquele momento que aquilo tudo era muita coincidência.

Quando chegou à casa, o cenário que viu fez com que a casa do juiz Roberts parecesse organizada. Viaturas, carros comuns, vans, ambulâncias e um carro de bombeiros enchiam a rua e a entrada da residência. Os curiosos, as vans das emissoras, os carros dos jornais, todos formavam uma multidão que causara um congestionamento horrível. *Que merda*, havia até um helicóptero sobrevoando o local.

Ele colocou seu distintivo no cinto, onde podia ser visto, e abriu caminho entre os curiosos, passando por baixo da faixa amarela de isolamento e perguntando ao primeiro homem uniformizado que encontrou:

— Você viu o tenente?

— Está lá dentro.

— Obrigado.

Sarah estava em algum lugar lá dentro, ou na pequena casa atrás da piscina. Não procurou por ela; precisava falar com o tenente antes de qualquer coisa.

A casa era um labirinto, um enorme labirinto, uma confusão de ambientes, como se o arquiteto responsável pela obra fosse esquizofrênico e disléxico. Finalmente encontrou o tenente em pé no hall olhando para dentro de um cômodo, mas mantendo-se fora dele e tomando o cuidado de não tocar em nada. A sala em questão devia ser a cena do crime, ou de um deles.

— Preciso falar com você — ele disse ao tenente, fazendo um movimento de cabeça para o lado.

— Que zona! — o tenente disse discretamente, ainda olhando para dentro da sala. Parecia cansado, apesar de o dia ter apenas começado. — Pode falar.

— Talvez você queira me tirar deste caso. Conflito de interesses. Estou envolvido com Sarah Stevens.

— A mordoma? — o tenente Wester disse rapidamente. — Envolvido de que forma? Saíram algumas vezes?

— Estamos praticamente morando juntos. — Era um exagero, mas nem tanto.

— Pensei que ela morasse naquela casa dos fundos.

— É onde ela dorme quando está trabalhando. Quando está de folga, vai para a minha casa.

— Porra. — O tenente passou a mão em sua cabeça. Não tinha muito cabelo e o que sobrara era bastante curto, portanto não estava se despenteando. — Há quanto tempo?

— Desde que ela deixou de ser suspeita da morte do juiz Roberts.

— Merda. Tenho que lhe dizer, doutor, tenho uma sensação ruim a respeito disso tudo. Talvez nós a tenhamos descartado cedo demais no outro caso. É muita coincidência, não é? — ele perguntou, sussurrando furioso. — Há anos um assassinato não ocorre nesta cidade, então ela chega e as pessoas para quem trabalha são mortas com tiros certeiros e profissionais. O primeiro cara deixou cem mil dólares para ela. Um diamante que vale cerca de duzentos e cinqüenta mil foi levado agora, e veja só: foi ela quem percebeu ao identificar o corpo da mulher. Coincidência uma vírgula. Coincidências desse tipo não acontecem. Minha intuição me diz que as coisas não estão nada favoráveis para a sua namorada.

— É — Cahill respondeu. — Eu sei.

23

O tenente Wester não sabia o que fazer. Precisava de todos os seus investigadores, mas não queria prejudicar o caso envolvendo nele conflitos de interesses. O conflito aconteceria somente se Cahill permitisse que a emoção falasse mais alto que seu trabalho. Acreditou que ele seria capaz de realizar o trabalho; o próprio Cahill sabia que conseguiria. Seria horrível, mas conseguiria. Entretanto, melhor seria se fosse passado a outra pessoa.

Cahill reconhecia que seria a melhor opção, mas estava irritado. Não pelo fato de o tenente ter de tomar uma decisão, mas sim por existir uma decisão a ser tomada. Acreditou que deveria ter sido mais esperto. Alguma coisa tinha escapado de seu controle em algum momento. Se Sarah tivesse cometido os assassinatos ou mandado alguém cometê-los — não poderia se esquecer dessa possibilidade —, então ele estragara tudo ao não seguir sua idéia inicial e agora duas outras pessoas estavam mortas.

E se Sarah fosse inocente — uma possibilidade que parecia cada vez mais remota —, então havia algo extremamente errado.

A questão do pingente: será que ela o conseguira com um admirador ou mandara para si mesma para ter algo a seu favor?

Talvez ele não tivesse de assumir o caso, mas seu cérebro funcionava a todo o vapor mesmo assim, pensando em todas as possibilidades.

Pediu permissão para vê-la. Por um lado, queria saber se ela estava bem, mas, por outro, seu instinto policial queria ver como ela estava, como agiria. A linguagem corporal e as reações físicas demonstravam muita coisa.

Sarah estava no bangalô, sentada no sofá na confortável sala de estar enquanto um enfermeiro fazia um curativo em seu joelho direito e um policial observava da porta. A perna de sua calça estava rasgada e Cahill conseguiu ver as manchas de sangue, como ferrugem, em sua perna. Seu rosto estava muito pálido.

— O que houve? — ele perguntou, observando de longe.

— Ela caiu no quintal e machucou o joelho — o enfermeiro disse, colocando um curativo sobre o ferimento inchado e roxo. — Vai doer amanhã — disse a Sarah.

Ela só balançou a cabeça.

— Quando você caiu? — Cahill perguntou a ela. — E como?

— Não caí. — A voz de Sarah estava estranha, desanimada. Ela não lhe dirigiu o olhar. — Tropecei e bati o joelho.

— Quando? — ele voltou a perguntar.

Ela fez um gesto vago e respondeu:

— Quando estava procurando um telefone.

— Por que estava procurando um telefone? — Pelo que tinha visto, havia telefones em todos os cantos da casa, incluindo um aparelho quebrado na cozinha.

— Para telefonar. Para falar do... — Fez mais um gesto vago, dessa vez em direção à casa.

— Há telefones na casa. Por que veio para cá?

— Não sabia onde ela estava. Não queria... vê-la. — Fez uma pausa e, pela primeira vez, olhou para ele. — Mas eu a vi mesmo assim. Pediram para que eu a identificasse. Eu a vi mesmo assim.

Os sinais de trauma estavam muito bons e convincentes. *Que droga!* Talvez fossem sinceros. Sua linguagem corporal mostrava seu choque: sentada sem se mover, a não ser que precisasse, e seus movimentos estavam muito lentos. Seu rosto estava pálido. Seria maquiagem? As pupilas também estavam dilatadas, mas colírios davam esse efeito.

Detestava o que estava pensando, mas não podia se enganar. Talvez não assumisse o caso, mas isso não queria dizer que não pudesse usar sua capacidade de análise.

Outro pensamento lhe ocorreu: seria possível que ela tivesse se envolvido com ele para não levantar suspeitas ou para se manter informada a respeito de qualquer progresso no caso do juiz Roberts? Em caso afirmativo, ela devia estar muito feliz com o resultado, pois o caso do juiz não estava progredindo de maneira alguma.

Queria continuar fazendo perguntas, mas seria melhor se afastar, deixando que os detetives responsáveis pelo caso se encarregassem disso. Além disso, precisava checar algo.

Ele acenou com a cabeça para o policial e saiu do bangalô, respirando profundamente o ar fresco. Procurou o tenente Wester mais uma vez. — Há quanto tempo as mortes ocorreram?

— O médico-legista ainda não deu seu parecer, mas eu mesmo vi os corpos e o *rigor mortis* já está bem avançado. Eu diria... — balançou a mão num gesto de estimativa — doze horas. Por aí.

Merda. Quando ele tinha saído a trabalho, ela foi ao supermercado repentinamente, apesar de já ter feito compras mais cedo. Explicou sua ida até lá com um desejo repentino e conveniente de comer uma banana split. Seria ela tão sangue-frio a ponto de voltar à casa, matar duas pessoas e parar para comprar sorvete no caminho de volta? Ou será que o sorvete era uma desculpa para explicar sua saída? Um álibi para que pudesse mostrar a nota fiscal e dizer: "Viu? Eu estava no mercado. Não poderia estar na casa."

Era uma situação praticamente idêntica à do assassinato do juiz. Não havia testemunhas para dizer que ela estava em outro lugar no momento do crime, mas tinha a nota fiscal de onde estivera.

Por outro lado, ela não teria como saber que ele receberia o chamado do Departamento de Polícia na noite anterior. Não poderia ter planejado as coisas com antecedência. Será que estava à espera, sabendo que um dia ele acabaria sendo chamado à noite e, quando acontecesse, entraria em ação? Não estava com pressa; poderia esperar pelo momento ideal. Afinal, ela estava juntando aquele ótimo salário e, se estivesse de olho no anel de diamante que havia sumido, podia ir com calma.

Não guardara a nota fiscal do supermercado. Ele se lembrava muito bem de tê-la visto colocar as sacolas de plástico e a nota no lixo. Se fosse uma assassina tão esperta e organizada, jogar a nota fora seria um erro. Ou um acerto. Poderia dizer, então: "Se eu acreditasse precisar de um álibi, acha que eu teria jogado a nota fiscal no lixo?"

Deus do céu, ele estava ficando maluco. Dependendo de como analisasse, um pequeno detalhe mudava as ações mais significantes ou insignificantes.

Ele foi para casa e revirou o cesto de lixo. As sacolas plásticas estavam bem ali, praticamente por cima de tudo, com apenas as cascas de banana e os potes de iogurtes vazios do café-da-manhã antes delas. Tirou as sacolas — havia duas — e olhou dentro de cada uma. Ali estava a nota, amassada, porém seca, sem nenhuma mancha.

Ele viu o horário marcado nela. 20h57. Foi mais ou menos o horário que ele chegou em casa. Onde ela estivera no resto do tempo em que ele esteve fora?

A sala de inquérito era pequena, prática, sem ameaças, com uma câmera presa ao teto gravando o depoimento.

O detetive, Rusty Ahern, era bom em fazer perguntas. Tinha cerca de 1,75m, cabelo castanho-claro, sardas e uma expressão simpática que convidava a confissões. Muito calmo e agradável. Por mais que tentasse manter a expressão neutra e a voz calma, Cahill nunca conseguiria ser tão simpático quanto Rusty. Era grande demais e como o próprio Rusty dissera: "Você tem olhos de tubarão." Rusty era ainda melhor com mulheres; elas confiavam naquela expressão alegre.

Cahill, juntamente com o tenente e mais dois investigadores, assistiram ao depoimento pelo monitor, enquanto tudo era gravado. Sarah estava sentada praticamente sem se mexer e, em grande parte do tempo, olhava para o nada, como se estivesse desligada emocionalmente. Cahill lembrou que ela agira da mesma maneira depois do primeiro assassinato. Uma reação de proteção, talvez? Uma maneira de distanciar-se? Ou uma interpretação muito boa?

— Onde você estava a noite passada? — Rusty perguntou com delicadeza.

— Na casa de Cahill.

— Do detetive Cahill?

— Sim.

— Por que estava lá?

— Passei o final de semana com ele.

— O final de semana todo?

— Sábado não. Houve uma festa no sábado à noite e eu trabalhei.

— A que horas chegou à casa do detetive Cahill? Depois da festa no sábado.

— Às quatro da manhã? — ela respondeu, com entonação de pergunta. — Não me lembro muito bem. Cedo. Antes do amanhecer.

— Por que foi tão cedo?

— Para que pudéssemos ficar juntos.

Rusty não fez qualquer pergunta a respeito do relacionamento dos dois, graças a Deus. Passou a fazer uma reconstituição dos fatos. — Vocês ficaram juntos o domingo todo?

— Sim.

— E você passou a noite de domingo com ele?

— Sim.

— E ontem, segunda-feira? Quando o detetive Cahill saiu para trabalhar, o que você fez?

— Que droga, Rusty está se achando o advogado — o detetive Nolan disse. — Escutem essas perguntas.

As perguntas foram estranhamente detalhadas, passo a passo. Geralmente eram menos estruturadas, convidando o suspeito a falar.

Sarah não estava falando muito, só respondia ao que era perguntado, da maneira mais breve possível. Como não estava dando informações de modo espontâneo, Rusty estava tirando dela o que queria saber.

— Fiz exercícios. Fui ao mercado.

— Só isso?

— Fui à manicure.

— Onde você fez exercícios?

— No porão.

— No porão? Onde?

— Na casa de Cahill.

E continuou, perguntando quando e onde fez as unhas, onde fez as compras, o horário que fez essas coisas. O que fez em seguida? Preparou o jantar. Espaguete. Estava pronto quando Cahill chegou em casa. Depois ele recebeu um chamado e teve de sair. Disse que ficaria fora por algumas horas.

Rusty olhou para suas anotações. Tinha o horário exato do telefonema para Cahill, assim como o horário de seu retorno. Tinha o horário em que ela estava no mercado para comprar sorvete. Se ela tentasse mentir a respeito do horário, ele saberia.

— O que fez depois?

— Limpei a cozinha e fui assistir à televisão.

— Só fez isso?

— Saí para comprar sorvete.

— A que horas?

— Não sei. Depois das oito.

— Aonde você foi?

Ela disse o nome do supermercado.

— Que horas saiu do supermercado?

— Não sei.

— Consegue estimar quanto tempo demorou lá?

Ela ergueu um ombro. — Quinze minutos.

— Para onde foi ao sair do supermercado?

— De volta à casa de Cahill.

— Ele estava lá?

— Sim. Voltou mais cedo que o esperado.

— Que horas?

— Não sei. Não vi que horas eram.

— Passou em algum lugar no caminho do supermercado para a casa do detetive Cahill?

— Não.

— Disse que já tinha feito compras mais cedo. Por que só comprou o sorvete à noite?

— Porque de dia não estava com vontade.

— Você sentiu um desejo repentino de tomar sorvete?

— Sim.

— Sempre tem vontade de tomar sorvete?

— Uma vez por mês.

Rusty pareceu confuso. — Por que só uma vez por mês?

— Bem antes do início de meu período menstrual. Sinto vontade de tomar sorvete nessa época.

— Uau — Nolan disse no ouvido de Cahill. — Excesso de informação. — Não queria saber sobre o ciclo menstrual dela.

Rusty pareceu um pouco atordoado também, como se não soubesse o que fazer com essa informação. Cahill manteve a expressão impassível enquanto assistia. Era muito ruim ver sua vida particular sendo trazida à baila em uma investigação. O que ela estava pensando? O que estava acontecendo por trás daqueles olhos pretos?

Como saber? Quando se tratava de mulheres, ele era evidentemente cego e idiota; era um investigador e, mesmo assim, demorou mais de um ano para perceber que Shannon o traía. Mas uma coisa era ser enganado por uma mulher infiel, e outra era ser completamente passado para trás por uma assassina. Ele fizera sexo com ela. Dormira ao seu lado. Rira com ela. Apostaria qualquer coisa no fato de ela ser a pessoa mais correta que já conhecera, e estava tendo dificuldades para conciliar o que conhecia sobre ela como mulher com as circunstâncias que indicavam que ela podia ser uma assassina fria.

Era esse o problema. Tudo era muito circunstancial. As coincidências eram maiores do que o normal, mas não tinham nada concreto que a ligasse aos crimes.

— Minha esposa tem desejo de comer chocolate — o tenente Wester disse. — Sempre sei quando sua menstruação está para vir porque ela come chocolate como um esquilo que faz suas reservas de alimentos para o inverno.

— Por Deus! Não podemos mudar de assunto? — Nolan resmungou.

Rusty continuou as perguntas até o momento em que ela chegou à casa dos Lankford.

— O que fez ao chegar?

— Entrei na casa para fazer café.

— Percebeu alguma coisa estranha?

— O alarme não estava acionado. Não apitou quando abri a porta da cozinha e entrei.

— Isso era incomum?

— Quando estou lá, sempre aciono o alarme. Mas a sra. Lankford às vezes se esquecia.

— Então não era incomum.

— Não muito.

— O que fez depois?

— Liguei a cafeteira, peguei o jornal... estava levando o jornal para a sala de visitas. O sr. Lankford gostava de lê-lo ali enquanto assistia ao noticiário. As luzes estavam acesas — ela disse e calou-se.

— As luzes?

— As luzes do corredor. Estavam acesas, assim como as luminárias. Eles não acordavam tão cedo.

— Por que não?

— Sou a única pessoa a estar acordada tão cedo, e tinha acabado de chegar.

— O que você pensou?

— Pensei... pensei que alguém pudesse ter passado mal.

— Por que pensou isso?

— O cheiro. Senti o cheiro. — Ela apertou seus braços com força, abraçando a si mesma, e começou a balançar-se um pouco para a frente e para trás. O balançar era um sinal de desespero, uma tentativa automática de o corpo buscar conforto. Alguém tinha de abraçá-la, Cahill pensou, e sentiu um nó na boca do estômago.

— Que cheiro era esse?

Ela olhou para ele sem reação, repentinamente parou de se balançar e levou a mão à boca. Rusty pegou o cesto de lixo e o entregou para ela no momento exato. Ela curvou-se sobre o cesto, vomitando com força, mas só expeliu líquido. Cahill ficou tenso. Ela não devia ter comido nada desde o café-da-manhã, há horas. Os espasmos continuaram, apesar de seu estômago estar vazio, e os sons emitidos eram horríveis.

— Vou pegar um lenço de papel — Rusty disse, indo em direção à porta.

Sarah permaneceu curvada sobre o cesto de lixo e seu corpo às vezes sofria um novo espasmo. Todos que assistiam ficaram em silêncio. Cahill lutava contra a vontade de ir ao encontro dela, de cuidar dela. Tinha de permanecer fora daquilo. Tinha de deixar Rusty fazer seu trabalho.

Rusty voltou com um lenço úmido. Sarah o pegou com as mãos muito trêmulas e o passou no rosto.

— Sinto muito — ela disse com a voz embargada, em seguida cobriu o rosto com as mãos e começou a chorar, soluçando longamente, e Cahill lembrou-se de como ela chorara após o assassinato do juiz Roberts.

Deus. Ele não conseguia ver aquilo. Ele se levantou e andou pela sala, esfregando a nuca para aliviar a tensão.

Se ela tivesse cometido todos os assassinatos, então era a melhor atriz do mundo. O que ele via na tela era uma mulher chocada e sofrendo. As pessoas às vezes agiam assim se tivessem assassinado alguém no calor do momento, percebendo horrorizadas o que haviam feito. Os assassinos que matavam com tiros certeiros na cabeça não se arrependiam depois. As circunstâncias eram muito suspeitas, mas os detalhes não se encaixavam. *Ela* não se encaixava.

Ela não se encaixava em nenhuma hipótese.

— Ela não fez nada — ele disse suavemente, de repente, com certeza. Tudo bem, ele podia ser cego quando o assunto era romance, e sofrera um belo golpe por conta disso; como policial, via tudo com clareza e ela não era culpada.

O tenente Wester lhe lançou um olhar solidário. — Doutor, você está dormindo com ela. Não deixe que sua cabeça de baixo pense pela de cima.

— Pode escrever — Cahill disse. — Eu a conheço. Ela *não poderia* ter feito isso.

— Você está envolvido demais — Nolan disse. — Deixe-nos fazer nosso trabalho. Se ela não tem culpa, descobriremos. E se ela for culpada, também descobriremos.

Todos eles voltaram a olhar para o monitor. Rusty esperou pacientemente enquanto ela se acalmava e perguntou com delicadeza:

— Quer beber alguma coisa? Café? Água? Coca-Cola?

— Água — ela conseguiu dizer, com a voz grossa. — Obrigada.

Ele pegou um copo de água para ela e Cahill virou-se para olhar a tela novamente enquanto ela tomava alguns goles, com cuidado, como se não tivesse certeza de que conseguiria manter a água em seu estômago.

— O que aconteceu depois de sentir o cheiro?

O balançar voltou a acontecer, leve e de dar pena.

— Eu... eu quase saí correndo. Eu me lembrei do fedor. Quando o juiz foi morto, o fedor era... era o mesmo. Não podia entrar lá. Queria correr.

Pelo menos ela estava falando um pouco mais, em vez de apenas responder com monossílabos.

— Você correu?

Ela negou.

— Fiquei tentando me convencer de que alguém tinha passado mal. Um problema de estômago. Era meu trabalho cuidar das coisas, limpar a sujeira... — Ela voltou a ficar reticente.

— O que fez?

— Fui até a porta da sala de visitas e olhei para dentro. Ele estava... deitado lá. Seu pescoço estava curvado. — Inconscientemente ela levantou a cabeça para mostrar a posição em que Sonny Lankford se encontrava. Rusty esperou que ela voltasse a falar, mas ela ficou em silêncio até a pergunta seguinte.

— O que fez depois?

— Voltei para a cozinha e tentei ligar para o 911. Queria telefonar para Cahill primeiro. Queria que ele estivesse ali. Mas o 911... os médicos... talvez eles pudessem ajudar. Por isso tentei telefonar primeiro para o 911.

— Tentou telefonar?

— Não consegui... eu estava tremendo tanto que digitava os números errados. O telefone não funcionava. Eu o bati contra o balcão e ele quebrou. O telefone quebrou.

— Você bateu o telefone no balcão?

— Sim.

— Por quê?

— Não funcionava. Não funcionava!

— E depois?

— Eu o joguei longe.

Sarah era a pessoa mais controlada que ele conhecia, Cahill pensou. Se perdera o controle a esse ponto é porque estava histérica. Estava assustada, com medo, e ele nem sequer pegara em sua mão quando foi vê-la no bangalô. Não era à toa que ela estava abraçando a si mesma. Alguém precisava fazer isso.

— Precisava de outro telefone — ela disse, pela primeira vez falando sem que fossem feitas perguntas. — Não conseguia pensar, não me lembrava de onde havia um. Não trabalho lá há muito tempo e a casa é muito grande. Não queria sair à procura de um telefone porque não sabia onde a sra. Lankford estava e não queria encontrá-la, não queria vê-la. — As lágrimas escorriam por seu rosto. — Por isso fui aos meus aposentos, no bangalô. Sei que há um telefone lá. Não precisaria procurar. Telefonei para o 911 e eles me mantiveram na linha. Queria desligar, mas eles não deixavam. Eles me mantiveram na linha.

— Por que queria desligar?

— Cahill — Sarah disse com a voz embargada e os olhos marejados. — Queria telefonar para Cahill. Precisava dele.

Cahill saiu da sala de repente. Entrou no banheiro, trancou a porta, curvou-se sobre o vaso sanitário e vomitou.

24

Demorou um pouco até ela começar a pensar com coerência e lógica, mas Sarah tinha muito tempo em suas mãos. Sentou-se sozinha na sala de interrogatório durante bastante tempo, intercalado por momentos em que o detetive de cabelo castanho-claro e sardas lhe fazia um monte de perguntas. Quando precisava ir ao banheiro, alguém a escoltava. Quando pedia alguma coisa para beber, alguém lhe trazia.

Ela tentou imaginar se deixariam que fosse embora se tentasse. Não tinha sido presa, nem algemada, estava ali voluntariamente. Além disso, não tinha outro lugar para ir. Não poderia ficar no bangalô, não pensara com clareza suficiente para dar instruções para que suas roupas e outros objetos fossem pegos para que ela pudesse ficar em um hotel novamente, e com certeza não podia telefonar para a casa de Cahill. Quando começou a pensar direito de novo, esse fato ficou extremamente claro.

Ele a julgava culpada. Achava que ela cometera assassinato.

Não se aproximara dela antes, no bangalô, apenas ficou parado observando-a com o olhar frio. Não foi da mesma maneira quando o juiz morreu; ela também estivera sob suspeita, até ele checar os fatos sobre ela, mas não tinha sido pessoal. Ela tinha compreendido. Mas agora... ele a conhecia agora, como ninguém jamais a conhecera. Na noite passada, exceto pelo tempo em que ele estivera fora em serviço, ela tinha ficado com ele a noite toda. Fizeram amor diversas vezes. E mesmo assim ele acreditava que ela tinha saído de casa logo depois dele, ido à casa dos Lankford, matado os dois com tiros na cabeça e, em seguida, passado no supermercado para comprar sorvete, no caminho de volta para a casa dele.

Ela teria compreendido que ele estivesse fazendo seu trabalho. Seria dolorido, porém compreensível. Mas não entendia como ele podia crer em sua culpa.

Era uma dor tão profunda que ela não sabia se um dia desapareceria. Com apenas uma atitude ele cortara os laços entre eles, deixando-a perdida. Sentia-se como um astronauta solto no espaço, sem que ninguém da nave-mãe tentasse resgatá-la. Estava perdida, cada vez mais afastada, e não se importava muito.

O pesar que sentira quando o juiz morreu não era nada comparado a isso. Não apenas pela violência com que mataram os Lankford, aquelas pessoas bondosas e amigáveis de quem ela gostava tanto, mas também por ter perdido Cahill, a mágica que acreditava dividir com ele. Ela o amava, mas ele não sentia amor por ela, não podia amá-la, porque para amar alguém de verdade era preciso *conhecer* essa pessoa, conhecer suas fraquezas e caráter. Cahill obviamente não a conhecia. Se a conhecesse, teria ido até ela e dito: "Sei que a situação está feia, mas acredito em você. Estou do seu lado."

Em vez disso, olhara para ela como quem olha para um monte de lixo e se afastara.

Aquilo não era amor. Só queria fodê-la, só isso. E tinha conseguido o que queria.

Entendia agora por que ele ficara tão amargo e desconfiado após descobrir que sua esposa o havia traído. Ela também não sabia se algum dia seria capaz de confiar em alguém novamente. Em sua família, sim, podia contar com eles para qualquer coisa, na alegria e na tristeza, na saúde e na doença e em qualquer outra frase clichê que servisse. Mas em outra pessoa? Provavelmente não. As lições aprendidas na dor eram as mais valiosas.

Nesse ínterim, fez algo contrário à sua natureza: esperou. Sempre fora o tipo de pessoa que, quando alguma coisa não estava a seu gosto, não descansava enquanto não fizesse algo para deixá-la mais agradável. Mas, naquele momento, não podia fazer nada. Não podia mudar o passado. Cahill se afastara quando ela mais precisou dele e nada que fizesse mudaria esse fato.

Era engraçado que alguém falasse sobre casamento em um dia e virasse as costas para a pessoa amada no seguinte. Então, por que ela não estava rindo?

Sentou-se na cadeira na pequena sala sem janelas e deixou o tempo passar. Não estava com pressa. Não tinha nada para fazer e nenhum lugar para ir.

O tenente Wester passou a mão sobre seus poucos fios de cabelo.

— Certo — ele disse, cansado. — O que temos? Devemos prendê-la, fazer um registro ou soltá-la?

Todos estavam exaustos. A mídia estava em polvorosa, assim como o prefeito e a prefeitura, e os moradores de Mountain Brook estavam assustados. Três pessoas haviam sido mortas dentro de suas casas no último mês, o que não seria nada incomum em outras cidades, mas em Mountain Brook era uma notícia assustadora. As vítimas acreditavam estar seguras, com seus alarmes de segurança e muros altos, portões elétricos e sistemas de iluminação. Mas estavam tão vulneráveis como uma mãe que se esconde na banheira à noite com seus filhos, porque as paredes são finas demais para deter as balas perdidas que sempre vêm da rua.

Morar em Mountain Brook era caro, com suas altas taxas de moradia. As pessoas pagavam preços astronômicos pelas casas, pelo excelente sistema educacional, pela sensação de segurança. As taxas lhes davam uma cidade sem favelas e um Departamento de Polícia que, segundo esperavam, manteria a taxa de crimes no menor patamar possível e resolveria os que acontecessem. Quando as pessoas em casas que valiam milhões perdiam essa sensação de segurança, deixavam seu descontentamento bem claro. Assim, o prefeito ficava infeliz, o delegado também e assim por diante. A pressão para que as investigações produzissem resultados era muito grande.

Rusty Ahern consultou os papéis diante dele. — Certo. Vou dizer o que penso: temos três balas deflagradas e, pelos testes preliminares, elas se parecem com aquela que matou o juiz Roberts. *Não temos* quaisquer impressões digitais em nenhum dos casos. Não temos nenhuma outra prova além das três balas e pronto. Também não temos sinais de invasão em nenhum dos casos, indicando que as vítimas conheciam o assassino e o deixaram entrar. Temos uma fechadura dentro da casa aberta com um tiro. A ligação recebida na residência dos Lankford leva a um telefone público no Galleria, o mesmo telefone que apareceu no identificador de chamadas como sendo a última ligação recebida pelo juiz Roberts. Não sei quanto a vocês, mas isso tudo me leva a pensar que a srta. Stevens não cometeu nenhum dos assassinatos.

— Como assim? — Nolan perguntou. — Não estou entendendo.

— Ela não teria motivos para ligar com antecedência, para ter a certeza de que os portões elétricos estariam abertos ou de que as vítimas estivessem em casa, ou para qualquer outra coisa — Cahill disse. — Ela tinha acesso irrestrito às duas residências. Só precisaria entrar, a qualquer horário.

— Certo. E qual seria o motivo? — Ahern perguntou. — É isso que está me deixando maluco. Nada foi levado na ocasião do assassinato do sr. Roberts. A srta. Stevens tinha uma bela parte na herança dele, mas ainda não foi liberada, não é tão simples quanto receber um cheque assim que o corpo é enterrado. E, como você mesmo disse, doutor, ela tem bastante dinheiro.

— Isso não prova nada — Nolan disse. — Algumas pessoas sempre querem mais. E não se esqueçam daquele grande anel de diamante que sumiu. Uma pedra que vale um quarto de milhão chama a atenção de muita gente. Além disso, algumas pessoas simplesmente são malucas.

Cahill tentava manter o controle. — Mas ela não é assim. É tão normal e controlada como qualquer outra pessoa que eu conheço, e, Nolan, se você voltar a repetir que ela me enganou dormindo comigo, vou arrebentar seus dentes. — Os dois já tinham se estranhado algumas vezes naquele dia. Estavam cansados, irritados, e Nolan tinha a mania de levar suas provocações ao extremo.

— Vamos pegar leve, rapazes — Wester disse. — Doutor, e aquela foto que você conseguiu no telefone público no caso Roberts? Já foi mostrada na vizinhança dos Lankford?

— Ainda não. Estamos nos concentrando em Sarah.

— Bem, mostre-a às pessoas. Como a última ligação foi feita no mesmo telefone, esse cara tem que ser quem procuramos.

— Mas ainda não faz sentido — Nolan disse. — Por que matar o juiz Roberts e não levar nada, a menos que fosse pelo dinheiro no testamento? Ainda não foi liberado, mas vai ser. Analisemos desta maneira: ela trabalha para o sr. Roberts e ele é morto. Vai trabalhar para os Lankford e os dois também morrem. Alguém mais aqui vê uma ligação?

— Então qual é a sua teoria em relação ao homem da fotografia? — Wester quis saber.

— É simples. Os dois estão nessa juntos. Tem que ser. Ela entra na casa e pega todas as informações, os códigos dos alarmes, as chaves, todo o necessário. Não sei como eles decidiram *quando*, quero dizer, ela trabalhou para o juiz Roberts por quase três anos, então, por que esperar tanto para matá-lo? E fica um pouco mais de uma semana com os Lankford e os dois são assassinados. Talvez seja sempre que eles precisem do dinheiro. Vai saber? Mas ela faz questão de ter um álibi, e ele entra em ação e executa o serviço. As vítimas não percebem que ele está na casa, até que se aproxime e puxe o gatilho. Não tem qualquer conexão com as vítimas, por isso trata-se essencialmente de um assassinato de um estranho, e esses casos são difíceis de resolver.

— Sua casa tem alarme? — Cahill perguntou.

— Sim, e chama-se cachorro.

— Bem, as vítimas *ouviram* o ladrão entrando. Nas duas casas, sempre que uma porta externa ou janela era aberta um alarme era acionado. Se você não estivesse esperando que ninguém entrasse, checaria, certo? Não ficaria sentado em sua poltrona, esperando.

— A menos que pensassem se tratar da srta. Stevens.

— No caso dos Lankford, eles sabiam que ela só voltaria na terça-feira de manhã.

Wester franziu a testa. — Está dizendo que nos dois casos as vítimas conheciam os assassinos.

— É o que me parece.

— E o assassino nos dois casos é o mesmo cara.

Eles trocaram olhares.

— Ainda está faltando alguma coisa — Ahern disse. — O motivo.

— Vou continuar dizendo que é o dinheiro — disse Nolan.

— E vou continuar dizendo para *você* — Cahill disse, impacientemente — que o motivo só pode ser o dinheiro se Sarah for a assassina.

— Ou se tiver mandado alguém matá-los.

— Mas as vítimas conheciam o assassino, que provavelmente é o homem que fez o telefonema no Galleria. Você mesmo disse que o tal do parceiro dela não teria contato com as vítimas, por isso não pode ser as duas coisas. Ou as vítimas o conheciam ou não. Se não o conheciam, por que o deixariam entrar? Por que o juiz Roberts sentou-se para conversar com ele? O assassino era um conhecido do juiz e dos Lankford.

— Bem, que merda. — Nolan franziu a testa olhando para a mesa, pensativo.

— Então o nosso cara é alguém que eles conheciam dos negócios ou que conheciam das mesmas rodas sociais. A minha sugestão é que se conheciam dos negócios — Cahill disse. — O juiz Roberts tinha oitenta e poucos anos e não participava de eventos sociais. Tinha seu grupo de amigos com os quais jogava pôquer e só. Mas ainda mantinha contatos de negócios dos quais cuidava, e Sonny Lankford tinha conhecidos em todas as áreas.

— Analisando dessa forma, pode ser que o motivo tenha sido dinheiro — Ahern disse. — Precisamos descobrir que tipo de investimentos ou questões financeiras eles tinham em comum, algum acordo que deu errado, mas do qual se recuperaram, enquanto outra pessoa ficou no prejuízo.

— Mas então seria pura coincidência o fato de Sarah Stevens estar trabalhando para as vítimas quando cada crime ocorreu — Wester disse. — É bobagem. Coincidências assim não existem.

— Talvez não seja tão difícil como você está pensando — Ahern disse, rabiscando com fúria seu bloquinho de anotações enquanto pensava. — Quantas pessoas podem contratar uma mordoma? Principalmente para pagar o salário que Sarah Stevens recebe? Poucas. É uma área restrita, mesmo aqui em Mountain Brook. A maioria das pessoas trabalha como doidas para pagar os impostos e manter seus filhos na escola. Mas os ricos que podem contratá-la provavelmente se conhecem, pelos negócios ou socialmente. Eles tiveram de enriquecer de alguma maneira, não é? Acredito que o elo está nas relações de negócios.

— Muitas empresas tiveram problemas no último ano. É possível que alguém tenha se dado mal e perdido dinheiro — Wester analisou a possibilidade. Até agora, era o que fazia mais sentido. — Certo, vou levar isso ao capitão. Vamos publicar alguma coisa que seja vaga o suficiente para não espantar esse cara. Ele já matou três pessoas e pode ser que comece a tomar gosto pela coisa. Não queremos mais corpos em nossa cidade.

Ele olhou para Ahern.

— Pode soltar a srta. Stevens, pedir que alguém vá buscar algumas roupas para ela e leve-a a um hotel. E não, ela não pode ficar na sua casa — disse, apontando para Cahill. — Quero que fique longe dela por enquanto. A imprensa vai ficar maluca quando souber que nós a liberamos, e se um desses caras a seguir e vir que ela está vivendo com um investigador de Mountain Brook, vão cair matando em cima da gente. Está claro?

Cahill viu sentido no fato de Sarah não ficar em sua casa. Mas ficar longe dela estava fora de cogitação. Ele tinha uma ponte enorme para reconstruir e não esperaria que o caso fosse concluído para começar. A lembrança de Sarah chorando e dizendo precisar dele o incomodou o dia inteiro. Ela enfrentara um terror naquela manhã, piorado pela repetição do que tinha passado com o juiz Roberts. Sentia-se completamente perdida, e ele não a ajudara, não a abraçara. Ficara sozinha o dia todo, balançando para a frente e para trás, abraçando a si mesma. Pior ainda: percebera que ele a julgava culpada.

Aquilo não era simplesmente realizar seu trabalho, era uma falta de confiança tão grande que ele não sabia se conseguiria consertar seu erro. Mas tentaria até o fim. Se tivesse de se arrastar, literal e figurativamente, para pedir que ela o perdoasse, então esfolaria os joelhos de todas as calças que tivesse para conseguir ser perdoado.

Ela se encontrava em um estado de fragilidade total. Ele se lembrou de que, quando o juiz morreu, ela não conseguiu comer; naquela dia, ela provavelmente não tinha comido nada desde o café-da-manhã, o que parecia ter sido há muito mais tempo do que na realidade fora. Ofereceram alimentos a ela, mas foram recusados com um balançar silencioso de cabeça. Geralmente ela era forte, enfrentava as crises, mas naquele momento precisava de alguém que cuidasse dela.

A primeira ordem era pegar as coisas do bangalô e hospedá-la em um hotel, com um nome fictício, para que pudesse descansar. Ahern faria isso.

Mas de jeito nenhum Cahill a deixaria partir sem se desculpar, mesmo que não fosse perdoado.

Ele desceu o curto corredor e abriu a porta da sala de interrogatório. Ela olhou para a porta e desviou o olhar ao vê-lo. Ainda estava pálida, com o rosto abatido e os olhos fundos. Estava muito transtornada, devido à proximidade das duas tragédias.

Cahill entrou e fechou a porta. A câmera do teto não estava ligada no momento; estavam a sós. Se ela quisesse estapeá-lo, ele aceitaria. Se quisesse chutar seu saco, talvez também aceitasse. Aceitaria qualquer coisa se ela o perdoasse depois. Mas ela não se mexeu, nem mesmo quando ele agachou-se ao lado da cadeira para conseguir ver seu rosto.

— Ahern vai levá-la a um hotel para que possa descansar — ele disse com a voz baixa. — Vamos pegar suas roupas e trazê-las pra você. Permita que ele a registre; você vai ser hospedada com um nome falso, para que a imprensa não a perturbe.

— Não serei presa? — ela perguntou, com a voz fina e sem emoção.

— Sarah... sabemos que você não fez nada.

— Por quê? Alguma prova apareceu? Hoje de manhã você estava pensando que eu era culpada. — Não havia tom de acusação, nenhuma agressividade em suas palavras, apenas uma afirmação. Ele sentiu que ela abrira um abismo entre eles, entre ela e qualquer outra pessoa. Era a única maneira com que conseguia manter-se firme.

— Eu estava enganado — ele disse simplesmente. — Sinto muito. Deus do céu, você não tem idéia de como estou arrependido. A coincidência era muito grande e eu só conseguia pensar que você tinha saído quando eu fui chamado para trabalhar na noite passada.

— Compreendo.

A falta de emoção em sua voz o deixou ferido.

— Também perdoa?

— Não.

— Sarah... — Ele esticou o braço e ela se retraiu, com raiva.

— Não toque em mim.

Cahill abaixou o braço. — Tudo bem. Por enquanto. Sei que estraguei as coisas, mas não vou deixá-la partir. Acreditamos estar resolvendo esse caso e...

— Não depende de você — ela interrompeu.

— O quê? O que não depende de mim?

— Me deixar partir. Não é você quem escolhe.

Ele sentiu o chão faltar-lhe aos pés, como se estivesse sendo puxado para dentro de um enorme buraco. Se a perdesse — bem, isso não aconteceria. Ele se recusava a desistir. Quando ela superasse o choque inicial, conseguiria escutá-lo. Sarah era a pessoa mais razoável que ele conhecia. E se ela não quisesse escutá-lo, ele não se importaria em jogar sujo. Faria qualquer coisa para não perdê-la.

— Conversaremos depois — ele disse, dando um passo atrás, para dar a ela o espaço de que precisava naquele momento.

— Não há motivo.

— Há muitos motivos. Vou te dar um pouco de tempo agora, mas não pense que vou desistir. Nunca.

— Pois deveria — ela disse e voltou a olhar para a parede.

Quinze minutos depois, Ahern a levou porta afora e atravessaram o estacionamento até o carro dele. A imprensa e os repórteres da tevê parados na frente do Departamento de Polícia a viram e os cinegrafistas filmaram sua saída, mas foi só. Um rapaz mais ousado entrou em seu carro e ia segui-los, mas foi bloqueado por um Jaguar branco que entrou no caminho e, quando ele conseguiu ir para a rua, o carro de polícia sem identificação e o Jaguar branco já tinham desaparecido de vista.

25

Trevor Densmore nunca se sentiu mais chocado em sua vida do que quando soube, pelo noticiário, que Sarah estava sendo mantida presa como suspeita. Foi horrível. Como eles podiam... sendo que não havia qualquer evidência contra ela? Nenhuma. Como haveria? Fora descuidado na noite passada, deixando para trás os projéteis deflagrados, o que lhe causou uma certa preocupação, mas de maneira alguma eles tinham conexão com Sarah. Quanto à sua falha, tudo que teve de fazer foi livrar-se da arma — depois de raspar o número de identificação, é claro. Detestava ter de cuidar de detalhes tão pequenos, mas não poderia arriscar-se e pedir para que sua secretária fizesse a tarefa, não é?

O mais importante seria certificar-se de que Sarah estava bem. Estava muito pálida no pouco que conseguiu ver na televisão. Ela encontrara os corpos do juiz Lowell Roberts, seu antigo patrão, e dos Lankford, o que fez com que todos pensassem que ela era igual aos vândalos que causavam incêndios e ligavam para reportá-los, fingindo que os tinham descoberto, para não serem vistos como suspeitos. A polícia conhecia bem essas táticas e, portanto, ele acreditava que isso explicava o fato de ela ser suspeita, mas, *que pena, querida*... ele lhe causara uma situação terrível.

Nem por um momento pensou que ela encontraria os corpos. Nem por um minuto. Deveria ter imaginado isso, pois logicamente ela era a pessoa que o faria; ela era dedicada, o que significava que seria a primeira pessoa a chegar ao trabalho de manhã. Os traumas pelos quais ele a fizera passar eram muito ruins. Não conseguiu pensar em como poderia ter feito outra pessoa encontrá-los, mas talvez devesse ter coberto os cadáveres com um lençol ou coisa assim. Hoje em dia, todo mundo tinha alguma coisa que servisse para cobrir, como as mantas de sofá; ele detestava tais frescuras. Mas poderia ter usado um desses objetos para poupar Sarah de tamanho choque.

Ficou tão transtornado por sua falta de cuidados que pediu que sua secretária cancelasse seus compromissos e saiu cedo do escritório. O que fazer? O que fazer?

A primeira atitude a ser tomada seria soltá-la, mas como? Não poderia simplesmente telefonar para a delegacia e exigir que ela fosse solta, não sem ter de dar explicações. Então, a brilhante idéia lhe ocorreu: era arriscado, mas valeria a pena se Sarah fosse libertada.

Apesar de sua eficiência, demorou algumas horas para realizar a tarefa. E então, sem saber o que fazer, ele foi até a prefeitura e ficou no estacionamento de um banco próximo e esperou. Não queria juntar-se aos babacas que estavam parados com suas vans de emissoras e cinegrafistas, e, realmente, não tinha a menor idéia de quanto tempo demoraria até que os efeitos de seu plano fossem descobertos. Mas, quando Sarah fosse solta, ele pretendia estar por perto para oferecer seu apoio.

Pensando bem, as coisas não poderiam ter acontecido de um modo melhor. Ela estaria chateada, precisando de um porto seguro. Ele poderia lhe dar isso e mais... muito mais.

Cuidadosamente escolheu seu ponto estratégico e, quando precisou, mudou de ângulo para ver o que estava acontecendo — era muito frustrante não saber ao certo; detestava ser mantido às cegas dessa maneira —, simplesmente andaria pela calçada como se estivesse indo à lavanderia ou a qualquer outro lugar.

A sorte estava ao seu lado, mas era sempre assim. A espera o deixava cada vez mais nervoso. Aqueles desclassificados incompetentes, por que estavam demorando tanto? Quando sua paciência esgotou-se e ele decidiu ir para casa — afinal, não poderia ficar ali para sempre —, viu Sarah sair da delegacia por uma porta dos fundos do prédio. Estava acompanhada por um homem, provavelmente um detetive, já que ele a direcionava por uma passagem estreita para o estacionamento usado pela polícia. As pessoas da imprensa a viram, é claro, quando eles entraram em um carro comum, popular. Um dos repórteres correu para seu carro e entrou, mas Trevor calculou os movimentos perfeitamente, colocando o Jaguar discretamente no trânsito no momento exato para impedir que o repórter conseguisse arrancar com o veículo. Havia mais trânsito atrás dele, causando, sem querer, a mesma manobra de bloqueio.

Trevor manteve a atenção no carro ao segui-lo, mantendo pelo menos outro veículo entre eles. Com certeza estava ficando muito bom naquilo.

Para onde ele a levaria? De volta à residência dos Lankford? Certamente não. Mas ela não tinha outra residência. Talvez fosse para a casa de um amigo ou um hotel. A boa notícia é que ela não havia sido presa, apenas detida e interrogada, e eles tinham concluído não ter motivos para detê-la. Ele não conhecia os procedimentos da polícia, mas sabia que se ela tivesse sido presa, ficaria detida até a audiência, quando estabeleceriam se era um caso afiançável ou não. Tudo que precisaria fazer era seguir para ver aonde ela estava sendo levada; depois pensaria na melhor maneira de se aproximar. Dessa vez ela viria até ele. Estava certo disso.

— Tem preferência? — o investigador Ahern perguntou a ela. — Quanto ao hotel.

— Qualquer um.

Ahern olhou para ela, desanimado. Ele entrara na sala de interrogatório pensando, como todo mundo, que ela era culpada. A reação dela durante as perguntas e um pouco de raciocínio lógico o convenceram de sua inocência. Geralmente ele não se importava com a tristeza das pessoas; em seu trabalho, esse tipo de comportamento era comum e, a menos que ficassem histéricas e começassem a atirar objetos, ele as deixava se recuperarem sozinhas. Mas, naquele caso, a situação era diferente: devido à sua ligação com Cahill, era como se ela fosse um deles. Era mais pessoal.

— O tenente pediu ao doutor que se mantenha longe de você até as coisas se resolverem. A imprensa ficaria em polvorosa se descobrisse que você está vivendo com ele.

— Não estou — ela disse vagamente.

Ele sabia que estava entrando em um assunto delicado, mas continuou: — Se o doutor não aparecer, é por esse motivo. Ele quer ficar por perto. A propósito, ele brigou conosco o dia todo, defendendo sua inocência. Ele acredita em você, Sarah. Estamos fazendo de tudo para resolver esses casos, mas ele...

— Detetive Ahern — ela disse.

— Sim?

— Cale a boca. — Ela jogou a cabeça para trás e fechou os olhos.

E agora?

Ele foi salvo por um telefonema. Com os olhos arregalados, ouviu, incrédulo.

— Merda! — disse agressivamente.

Ela se endireitou e ele teve a impressão de que ela cochilara naqueles poucos segundos.

— O que foi?

— Houve mais um assassinato — disse, acelerando. — Se não se importar, vou levá-la para o Mountain Brook Inn. É mais perto e preciso ir para o local do crime.

— Tudo bem.

Ahern estava agitado. — Parece que ocorreu da mesma maneira, Sarah. Saberemos mais quando investigarmos, mas, se for, você estará completamente livre. A imprensa não vai incomodá-la.

— Por quê? — Ela balançou a cabeça negativamente. — Quem?

— Não sei. Só tenho o endereço. Mas evidentemente o crime aconteceu há poucas horas. Você não poderia tê-lo cometido. — Suas mãos apertaram o volante. — Merda. Estamos com um maníaco à solta.

Quando chegaram ao hotel, ela disse:

— Deixe-me aqui em frente. Vou fazer meu registro. — Ela deu de ombros. — Agora não importa se souberem que estou aqui, não é? Talvez eu receba alguns telefonemas, mas não vão derrubar a porta de meu quarto. — Com esse novo acontecimento, ela passava de suspeita a... a quê? Testemunha? Incrivelmente azarada?

— Faça-me um favor — Ahern disse. — Use um nome falso mesmo assim. Use "Geraldine Ahern", é o nome de minha mãe. Assim, poderemos encontrá-la.

— Tudo bem — ela concordou. Não se importava. No momento, nada interessava. Só queria ficar sozinha e dormir.

Pegou sua bolsa e saiu do carro. Antes de fechar a porta, Ahern colocou a cabeça para fora da janela e disse:

— Vamos providenciar que tragam suas roupas. Só espere.

Ela teria de esperar, pensou enquanto observava Ahern se afastar, a menos que chamasse um táxi porque não tinha como ir a lugar algum. A TrailBlazer ainda estava na residência dos Lankford.

Estava tão exausta que ficou bastante tempo ali, no calor do fim de tarde, tentando afastar o frio que parecia espalhar-se por dentro dela. O que faria se os funcionários da recepção não permitissem que ela se hospedasse ali? Se eles tivessem assistido ao noticiário naquele dia, reconheceriam seu rosto. Poderiam até pensar que ela tivesse fugido da polícia, mas se esse fosse o caso, nunca tentaria se hospedar em um hotel próximo da delegacia.

Os acontecimentos do dia a deixaram muito fragilizada, roubando qualquer resquício de força que tivesse. Fechou os olhos, lutando para se controlar.

— Srta. Stevens? — Uma voz suave e hesitante foi ouvida. — Sarah?

Curiosa, ela abriu os olhos e viu um homem um tanto familiar, apesar de não lembrar seu nome. Estava a poucos metros, observando-a com preocupação. Ela não escutara os passos, não percebera que alguém se aproximava.

— Você está bem? — ele perguntou timidamente; e então ela se lembrou. Sábado à noite. A festa.

— Sr. Densmore — ela disse.

Ele pareceu feliz por ela se lembrar dele. — Por favor, me chame de Trevor. Minha querida, pensei em você o dia todo. O que aconteceu é horrível. Você deve estar aterrorizada.

Ela sentiu um nó na garganta e ficou olhando para ele. Após tudo que acontecera naquele dia, a gentileza dele era inacreditável.

— Os noticiários deram a entender que a polícia está suspeitando de você, mas isso é ridículo. Você não poderia ter feito uma coisa dessas... só de pensar... Está hospedada aqui por enquanto?

— Eu... — ela hesitou. — Eu ainda não fiz o registro.

— Então vamos entrar e acomodá-la em um quarto, para que possa descansar. Já comeu alguma coisa hoje? Há um café lá dentro, acho. Ficaria honrado se você fizesse uma refeição comigo.

Ele era quase um completo estranho, mas apesar de tê-la visto apenas uma vez tinha mais confiança nela do que Cahill. A diferença entre eles a deixou magoada. Não percebeu que se distraíra novamente, até sentir o sr. Densmore tocando em seu braço.

— Minha querida, você está prestes a entrar em colapso. Venha comigo. Vai se sentir melhor depois que comer alguma coisa, eu prometo.

Era muito fácil deixá-lo assumir o controle. O movimento mais simples que fosse parecia estar além da capacidade dela, era um alívio não ter de tomar decisões, nem mesmo sobre o que comeria. Quando percebeu, eles estavam no café e ele pedia chá quente e uma sopa para ela, fazendo comentários gentis que não pediam resposta, mas que de alguma forma deram-lhe um pouco de conforto e algo em que pudesse se concentrar. O dia todo as mesmas cenas ficaram passando e repassando em sua mente, os mesmos pensamentos horrorosos a perseguiram, e ele oferecia uma fuga para tudo isso. Ela escutou o que ele dizia e permitiu-se esquecer todo o terror, pelo menos por pouco tempo.

Ele foi gentil em insistir para que ela comesse, mas incansável. Após um dia inteiro de sofrimento, era bom receber cuidados de alguém. Forçou-se a tomar metade da sopa e bebericou o chá quente. Ao menos começou a sentir-se um pouco mais aquecida, mas sua mente ainda estava confusa e surpreendeu-se quando percebeu o que o sr. Densmore estava dizendo.

— Ainda quer me contratar? — ela perguntou, aturdida.

Ele corou e brincou com sua colher, mexendo, sem necessidade, seu chá, e em seguida colocou-a com precisão na borda do pires.

— Sei que o momento não poderia ser pior — ele disse. — Sinto muito. Estou encabulado.

— Não, não é isso — ela disse rapidamente. — É que... peço desculpas. Estou tão cansada que não consigo me concentrar. Muito obrigada pela oferta, mas, sr. Densmore... talvez não seja seguro. Meus empregadores parecem estar... — Ela parou, seus lábios tremiam e não conseguiu prosseguir.

— Isso não pode ter nada a ver com você — ele disse com firmeza. — É só uma coincidência terrível. Foi noticiado que houve outro incidente, portanto isso prova que você não está envolvida nisso.

Ela pensou que a imprensa realmente estava no controle de tudo hoje em dia se esse último assassinato já tivesse sido noticiado. Mas a cidade estava em estado de alerta, monitorando as rádios policiais e as ligações ao 911, por isso era possível que eles tivessem chegado ao local do crime junto com os policiais, ou antes.

Outra pessoa estava morta. Deveria estar triste pela vítima, pela família, mas só conseguia se sentir feliz por não ser apontada como culpada.

— Minha proposta ainda está de pé — ele disse, começando a esboçar um sorriso encabulado. — Fiquei impressionado com suas habilidades quando a vi na televisão e novamente no último sábado. Pense no assunto. Minha residência é ampla. Tenho empregados que trabalham em meio período, mas seria ótimo ter uma pessoa com a sua competência que supervisionasse o serviço permanentemente. É um lugar calmo e meu sistema de segurança é excelente.

Sarah ficou muito confusa, mas pelo menos uma coisa estava clara: as propostas de emprego não chegariam aos montes dessa vez, como acontecera após a morte do juiz. Depois do que acontecera aos Lankford, ela no mínimo seria vista como um mau-agouro, apesar de esse último assassinato mostrar que ela não era uma assassina. Poucas pessoas iam querer alguém como ela em suas casas. Provavelmente o sr. Densmore também não quisesse, se já não a tivesse conhecido e formado uma opinião a respeito de sua índole.

Deveria ter calma para procurar outro emprego. Deveria colocar anúncios nos jornais de Atlanta e Palm Beach, talvez até de Nova Orleans. Poderia ficar na casa de seus pais enquanto não encontrasse nada, no caso de a polícia permitir que ela saísse da região. No momento, mesmo com esse mais novo acontecimento, tudo era uma grande incógnita.

Já que o emprego parecia estar caindo do céu, o mais sensato seria aceitá-lo. Teria um lugar para morar e algo que lhe ocupasse a mente. Quando se sentisse melhor, quando estivesse mais recuperada, poderia decidir o que fazer definitivamente.

— Preciso ser honesta, sr. Densmore. Depois do que aconteceu, acho que não pretendo ficar nesta região. Agradeço sua oferta e, se ainda estiver interessado em me contratar, quero que saiba de antemão que pode ser temporariamente...

— Estou — ele disse rápido. — Compreendo como você se sente. Mas depois que as coisas se acalmarem e você conhecer minha residência, espero que decida ficar.

Sarah respirou fundo e disse:

— Nesse caso, aceito sua proposta.

26

O nome da vítima era Jacob Wanetta, cinqüenta e seis anos, presidente e CEO da empresa de propaganda Wanetta Advertising. Ele vivia na Cherokee Road, e sua esposa e ele adoravam golfe. Estava trabalhando em casa naquele dia e ficou triste quando uma amiga passou em sua residência depois do almoço para levar sua esposa para uma partida de golfe no Mountain Brook Country Club; depois tomariam um drinque. Ele se despediu delas na porta de sua casa, portanto não era só a esposa que *dizia* tê-lo visto vivo, mas a amiga também o vira. Quando a mulher voltou para casa depois de uma animada tarde de golfe e gim, encontrou seu marido caído ao lado da lareira na sala de visitas, com um tiro na cabeça.

Os peritos encontraram o projétil deflagrado que rolou para baixo do sofá e comparações rápidas estavam sendo feitas para verificar se batiam com os projéteis encontrados na casa dos Lankford. Pelo prejuízo causado, a bala parecia ser do mesmo calibre das outras, mas os médicos-legistas teriam de analisar para dar um parecer definitivo. O tiro parecia ter sido dado da mesma maneira que dois dos outros. Diferentemente da sra. Lankford, que havia sido baleada entre os olhos, os outros tiros tinham entrado pelo lado esquerdo, indicando que o assassino estava à esquerda das vítimas e era destro. Talvez fosse pura coincidência, talvez não. Talvez, por ser destro, ele se virara para ficar à esquerda de seu alvo, acertando-lhe um tiro certeiro. Se ficasse do lado direito, teria de virar-se um pouco para atirar, dando tempo para a vítima reagir.

Nenhum dos quatro mortos teve qualquer chance de escapar. No máximo, conseguiram piscar. Exceto a sra. Merilyn Lankford, que obviamente tentara pedir ajuda.

Jacob Wanetta era um homem atlético e forte. Se alguma das vítimas pudesse ter reagido, ele seria o mais provável a fazê-lo. Mas fora morto como todos os outros, sem oferecer resistência. Não foram encontradas cadeiras viradas, luminárias caídas, nada... apenas aquele assassinato perfeito.

Ele fora morto enquanto Sarah estava na delegacia. Não havia dúvidas de sua inocência e, como tudo indicava que os crimes tinham sido cometidos pela mesma pessoa, a atenção da mídia não ficou voltada para ela. O comandante anunciara que a polícia estava preocupada com a segurança da srta. Stevens, mas que em nenhum momento a julgaram suspeita. Era uma mentira deslavada, mas, se tirasse a atenção da imprensa sobre ela, de que importava?

Ahern disse que a deixara no Mountain Brook Inn e pedido a ela que se hospedasse com a identidade de *Geraldine Ahern*, o nome de sua mãe. Cahill gostaria que Ahern tivesse entrado com ela e acompanhado o processo, mas compreendia que o colega precisava chegar ao local do último crime com urgência. Quando o telefonema histérico da sra. Wanetta foi feito ao 911, todos no Departamento de Polícia correram como se tentassem impedir uma série de bombardeios.

Estavam sobrecarregados, tentando resolver os problemas normais que apareciam, mais os três assassinatos em um só dia. Com aquele último acontecimento, o tenente Wester decidiu que não havia motivos para deixar Cahill afastado do caso Lankford; Wester tinha apenas cinco investigadores, portanto precisava de todos eles trabalhando. Quanto a Cahill, tal decisão aumentava suas restrições em relação a seu envolvimento com Sarah, não que estivesse muito preocupado em obedecer a elas. Ainda assim, era bom saber que não seria castigado por isso.

Já era quase meia-noite quando Wester chegou à conclusão de que todos estavam cansados demais e pouco produtivos. Teriam de esperar para ver se os peritos conseguiriam alguma evidência concreta. Já tinham entrevistado o máximo de amigos e vizinhos possível — a menos que começassem a tirar as pessoas de suas camas — e, como Nolan dissera, estavam começando a ficar "idiotas".

Cahill pensara em Sarah o dia inteiro e, de repente, ele se lembrou de perguntar:

— Ahern, alguém já levou as roupas para Sarah?

Ahern lhe lançou um olhar vago e disse:

— Merda, eu esqueci. — Olhou para seu relógio. Tinha ligado para sua esposa duas horas antes dizendo que estaria logo em casa.

— Eu cuido disso — Cahill disse. Wester ouvia a conversa entre os dois, e Cahill sabia que estava liberado quando o tenente não disse nada.

— Tem certeza? — Ahern perguntou com desconfiança. — Talvez queira se manter afastado por alguns dias.

— Não, isso é exatamente o que eu *não* preciso fazer.

Estava tão cansado quanto os outros — talvez ainda mais, levando em consideração o que ele e Sarah haviam feito com a calda de chocolate na noite anterior —, mas não tinha um pingo de vontade de ir para casa sem ver Sarah primeiro. Ela, por outro lado, provavelmente não ia querer vê-lo em momento algum, muito menos de madrugada.

Que merda!

Ele pegou as roupas dela primeiro, acreditando que ela não se recusaria a recebê-lo se ele levasse suas coisas. Separou todas as roupas, pegando suas malas e esvaziando o guarda-roupa, pois acreditava que ela não voltaria para lá. Entretanto, no pouco tempo que passara ali, já tinha dado seu toque pessoal ao lugar, com seus livros, fotografias e sua coleção de CDs. Pensou em levá-los também, mas ela não teria espaço para tudo aquilo em um quarto de hotel, e ele também não queria demorar. Ela precisava das roupas, o resto poderia esperar.

Foi rápido, porém minucioso, lembrando-se de pegar todos os seus artigos de higiene do banheiro e suas peças íntimas nas gavetas do guarda-roupa. Guardar suas coisas foi fácil, ela era muito organizada, o que tornava a tarefa mais rápida. Talvez não tivesse passado tempo suficiente ali para se habituar com o lugar. Ele tinha a esperança de que um dia as roupas dela tirariam o espaço das dele no armário e ele reclamaria dizendo precisar de uma casa maior para abrigar um closet. Era determinado em desejar muitas coisas, e todas tinham a ver com Sarah.

Finalmente, tudo estava em seu carro e, quando pegou a 280, telefonou para o celular de Sarah, mas ouviu a gravação que dizia que o usuário estava inacessível no momento. Estava acostumado com o fato de ela sempre deixar seu celular ligado, colocando-o para recarregar todas as noites, mas agora não tinha motivos para conversar com alguém. Reclamando, pegou o telefone do Mountain Brook Inn no Serviço de Informações, a ligação foi feita e ele pediu para chamarem Geraldine Ahern.

Sarah era o tipo de pessoa que acordava instantaneamente com algum barulho, saindo da cama para brigar, espantar ladrões ou fazer o café-da-manhã. Ele começou a ficar preocupado quando, ao quarto toque, ela ainda não tinha atendido. Mas atendeu no sexto e sua voz parecia apática. — Alô.

— Estou levando suas roupas — ele disse. — Qual é o número de seu quarto?

Ela hesitou.

— Deixe-as na recepção.

— Não.

— O quê?

Isso, assim era melhor; ele percebeu um pouco de emoção em sua voz.

— Se quiser suas roupas, vai ter de me receber.

— Vai apreender minhas roupas? — Mais emoção. Era raiva, mas não deixava de ser uma emoção.

— Se não as quiser agora, vou levá-las para a minha casa e você pode pegá-las lá.

— Que droga, Cahill... — Ela parou e ele conseguiu ouvir sua respiração e sentir a sua raiva. — Tudo bem. — Disse o número do quarto e desligou o telefone com força.

Estava havendo um certo progresso.

Ele não se importava em brigar. Mas a falta de comunicação o deixava maluco. Enquanto ela estivesse falando com ele, na base da chantagem, ainda teria uma chance.

No hotel, ele pegou um carrinho de bagagem, colocou todas as coisas nele e o levou em direção ao elevador, sob o olhar atento da recepcionista. Cahill abriu um pouco seu blazer, deixando que seu distintivo aparecesse, e a recepcionista desviou o olhar.

Sarah devia estar parada atrás da porta, porque a abriu antes que ele batesse. O barulho do carrinho de bagagem deve tê-la alertado. Já estava com o braço esticado, pronta para pegar uma mala, quando viu todas as malas no carrinho.

— Eu trouxe tudo — ele disse com a voz baixa, evitando fazer barulho para não acordar os outros hóspedes do andar. Era ótimo que alguém mantivesse a educação, porque Sarah estava nua, enrolada em um lençol. — Achei que você não fosse voltar para lá.

— Não vou — ela disse, dando de ombros. — Mas e o meu...

— Pode pegar o restante depois. — Não teria problemas em usar seu tamanho para conseguir o que queria; pegou duas malas, moveu-se para a frente e ela teve de sair da porta. Ele as colocou no chão, posicionando-se na entrada do quarto, e virou-se para pegar as outras. Antes que ela pudesse colocar as duas primeiras malas para o lado, ele colocou tudo dentro do quarto e deu um passo à frente, fechando a porta. Ela tinha acendido todas as luzes do quarto, deixando-o o menos intimidador possível, chegando até a esticar o lençol da cama depois de tirar o de cima, com o qual estava enrolada.

Mas não vestira suas roupas, mesmo tendo tempo para isso. Estava enrolada em um lençol, nua por baixo dele. Ele se perguntou se ela sabia o que aquela atitude revelava a respeito de suas emoções. Normalmente, diria que sim, mas depois do dia horrível que teve de enfrentar ela provavelmente sequer tinha percebido.

Ela apertou o lençol, erguendo o queixo.

— Obrigada. Agora saia.

— Você parece uma donzela vitoriana protegendo sua honra — ele disse, pegando as malas.

Ela ainda estava pálida, o rosto abatido, mas seus olhos se arregalaram e ela ficou um pouco corada. Mas era uma boa estrategista; deve ter pensado que ele queria uma boa briga para acalmar as coisas, pois se conteve o máximo que conseguiu e afastou-se um pouco.

— Vá embora.

Ele aproximou-se. Talvez conseguisse deixá-la brava o suficiente para que ela lhe desse uns tapas; mas, nesse caso, teria de livrar-se daquele lençol.

— Me ponha para fora.

— Não vou fazer isso — ela disse, fechando os olhos rapidamente e balançando a cabeça. — Se tiver de fazer isso, vou telefonar para seu superior e fazer uma denúncia de assédio contra você. Acabou. Nós não demos certo. Fim de papo.

— Não — ele disse. Shannon certa vez dissera que ele era o rei da teimosia, e ele pretendia manter sua reputação. — Sarah, eu amo você.

Ela levantou a cabeça e seus olhos mostravam sua fúria.

— *Não, você não me ama.*

Ele semicerrou os olhos.

— Amo, sim.

Em seguida ela o enfrentou, segurando o lençol com uma mão e erguendo um dedo da outra diante dele.

— Você nem sabe quem eu sou — disparou, soltando faíscas. — Se soubesse, se tivesse prestado o mínimo de atenção a mim, fora as vezes em que quis me foder, nunca, *nem por um milésimo de segundo*, teria pensado que eu assassinei uma pessoa, muito menos uma pessoa de quem eu gostava tanto quanto M-Merilyn. — Seu queixo tremeu e o rosto contraiu-se. — E... e eu *amava* o juiz — ela disse, com a voz trêmula, tentando não chorar. — Não é possível amar alguém que não conhecemos, e você não me conhece.

Não só sua voz tremia, mas seu corpo todo também. Cahill sentiu um aperto no peito. *Que droga*, detestara ouvi-la dizer que ele a tinha fodido. Não gostava daquele termo, nem do que ele significava. *Foda*, certo; quando eles faziam amor, era quente, carnal e intenso, e isso era foder. Mas sempre fora amor também. Não se tratava apenas de uma foda.

Ela estava desmoronando diante dele. Cahill disse um palavrão em voz baixa e a puxou para seus braços, impedindo com facilidade os murros fracos que ela lhe dava no peito; então ela se abraçou a ele e começou a chorar como fizera antes, com grandes e altos soluços.

Ele a pegou e sentou-se na cama, deixando-a sentada sobre seu colo, dizendo coisas doces para ela, fazendo o que deveria ter feito naquela manhã. Sarah não mais segurava o lençol; suas mãos agarravam a jaqueta dele e o lençol começou a afrouxar-se ao redor de seu corpo magro. Com fervor ele o afastou ainda mais e tirou a jaqueta de suas mãos, expondo cada vez mais seu corpo.

Cahill deitou-se na cama, virando-a para que ela ficasse de barriga para cima, e curvou-se sobre ela, afastando o lençol completamente. Ela ainda chorava quando tentou pegar o lençol sem muita força, mas ele segurou sua mão enquanto a beijava, ao mesmo tempo em que passava a mão por seus seios macios, sua barriga lisa e, finalmente, pela parte macia no meio de suas pernas.

Sua boca estava salgada por causa das lágrimas. Tentou protestar, mas seu corpo arqueava-se em direção ao corpo dele e a mão foi parar em seu pescoço quando ele a soltou. Ele foi rápido, abrindo sua braguilha e posicionando-se sobre ela, abrindo as pernas e encaixando-se entre as dela. Guiou seu pênis e forçou a entrada. Ela estava com pouca lubrificação, mas foi o bastante, apesar de ter forçado a entrada diversas vezes para penetrá-la completamente.

Ela voltou a protestar, parando em seguida, olhando para ele com os olhos cheios de mágoa.

— Shhhh — ele disse, penetrando-a lentamente. Em geral ela se entregava, na hora do amor ou em uma discussão, e essa vulnerabilidade o feriu profundamente. Talvez fosse errado amá-la agora, quando tinha tão poucas defesas, mas era a maneira mais fácil que ele conhecia para restabelecer a conexão entre eles. Os elos da carne... não apenas o sexo, mas a ligação dos corpos, a maneira mais primitiva de procurar conforto e de não sentir-se só.

Se pudesse, teria ido até o final da noite naquele momento. Parava todas as vezes que sentia estar à beira do orgasmo, esperando até o desejo sumir e voltando a se mexer lentamente. Enquanto isso, a beijava, acariciava e dizia o quanto a amava, fazendo com que ela o aceitasse e reagisse. Nunca dera tanta atenção a mulher alguma como fazia com Sarah naquele momento, atento a cada mudança, a cada respiração, a cada movimento de suas pernas. Sempre era muito atencioso com ela quando faziam amor, mas estava sendo ainda mais. Parecia que precisava amá-la para viver e restabelecer a conexão que a suspeita destruíra.

Demorou, mas por fim seus quadris começaram a ir em direção ao corpo dele e ela o abraçou. Ele continuou devagar, adorando a sensação de sentir que ela o apertava, como se tentasse mantê-lo dentro dela. Seus batimentos cardíacos estavam mais acelerados e os mamilos estavam intumescidos e mais escuros. A tensão tomou conta de seu corpo bem delineado, deixando-a receptiva a todos os movimentos da penetração, e suas pernas o abraçaram da maneira com que ela fazia para segurá-lo, como se não se cansasse dele.

Sua cabeça pendeu para trás e ela gemeu.

Ele a penetrou com mais força e sentiu que ela ia gozar. Ele já estava muito perto, estivera prestes a atingir o orgasmo muitas vezes, e começou a gozar também, assim que sentiu a primeira contração dela. Tentou não se mexer, tentou manter-se parado e profundamente dentro dela, e seu prazer espalhou-se por seu corpo.

Ela ficou deitada sob ele e lágrimas saíram dos cantos de seus olhos e escorreram para seu cabelo, pelas têmporas.

— Não acredito que fiz isso — ela disse.

Lutando para se recompor, ele ficou apoiado no cotovelo e passou o polegar sobre as lágrimas. — Eu começaria o dia do zero se pudesse — ele disse com a voz rouca. — Deus do céu! Eu sinto muito. Não é só por eu ser policial; depois do idiota que fui confiando em Shannon, eu...

— Não sou sua ex-esposa! — ela gritou furiosa e bateu no ombro dele com força. — Não estou nem aí para o que ela fez. Saia... *de cima* de mim, droga, seu distintivo está machucando minha barriga!

Ai, merda. Ele rolou para o lado e deitou-se de costas. Ainda estava usando seu coldre também. Acreditou ter tido sorte por ela não ter pegado seu revólver e lhe dado um tiro.

Ela conseguiu sentar-se e olhou para ele, com o rosto ainda molhado pelas lágrimas.

— Vou te dizer uma coisa — ela disse com amargura. — Você me ensinou uma lição. O inferno vai virar gelo no dia em que eu confiar.. — Ela parou, suspirando. — Que droga, estou parecendo você falando isso.

Ele se levantou, foi para o banheiro para lavar-se e se recompor e colocou a camisa para dentro da calça. Sarah levantou-se e ficou ao lado dele, sem se preocupar com o fato de estar nua enquanto lavava o rosto e limpava os resquícios do ato sexual. Ela encontrou os olhos de Cahill no espelho.

— Eu te amo — ele disse. — Isso não vai mudar.

Ela soltou os ombros.

— O pior é que eu ainda o amo. Mas no momento não consigo deixar tudo isso para trás.

— Posso esperar. — Ele afastou o cabelo dela e acariciou seu rosto. — O tempo que demorar. Mas não jogue nosso relacionamento no lixo. Não tome decisões precipitadas. Espere e vamos ver o que acontece.

Ela olhou para ele no espelho e suspirou como se estivesse sendo derrotada.

— Tudo bem. Por enquanto. Não teria feito amor com você se não existisse mais nada, por isso acredito ainda existir. É que... me dá um tempo, tá? Deixe-me me refazer um pouco.

Ele suspirou profundamente. Sentia-se como um ganhador da loteria, ou como um condenado salvo da execução. Alguma coisa assim.

Ela fez uma careta.

— Não sei se foi precipitado, mas já tomei uma decisão. Já tenho outro emprego.

Ele ficou chocado.

— O quê? Como? Onde?

— Sim, aqui. É com uma pessoa que conheci, e ele me fez uma proposta. Estava entrando no hotel hoje à tarde, me viu e voltou a fazer a oferta. Eu aceitei.

— Como ele se chama?

— Trevor Densmore. — Sua voz parecia cansada, toda a sua energia temporária havia sumido rapidamente.

Cahill não se lembrou do nome.

— Será que eu já o investiguei?

— Não, o nome dele não figurava em minha lista de opções.

— Então para que você vai aceitar o emprego agora, se não o queria antes?

— É um lugar onde eu posso me esconder — ela disse simplesmente.

27

Sarah acordou na manhã seguinte com o corpo todo dolorido. Ficou deitada na cama, convencendo-se a levantar. Apesar de ter dormido profundamente, ainda se sentia tão cansada quanto na noite anterior. A visita de Cahill de madrugada também não ajudou.

Ela o mandara de volta para casa. Ele relutou, mas ela insistiu, sem ceder a todas as suas vontades. Levou as chaves de sua caminhonete para poder buscá-la e devolvê-la mais tarde. Ela suspeitava que ele mesmo realizaria a tarefa, afinal estava fazendo de tudo para agradá-la e ela não sabia se deveria ficar feliz ou triste com aquilo. Talvez as duas coisas.

Ainda não conseguia acreditar que tinha feito amor com ele, mesmo com aquela situação ruim. Mas ele fora extremamente carinhoso e ela estava muito carente. O cheiro de seu corpo era agradável e familiar, excitantemente másculo; ela conhecia todos os detalhes, desde a textura áspera do queixo até o formato dos dedos do pé. Não quisera mais nada além de entregar-se a seu abraço e encontrar conforto, por isso, quando ele a abraçou, ela se rendeu com uma rapidez vergonhosa.

Ele nunca tinha sido tão gentil, tão calmo. Sarah dormiu com o corpo mais leve. Mas agora estava dolorida, com cólica.

— Droga — ela disse, querendo rolar na cama e afundar o rosto no travesseiro de novo. Seu período menstrual começara; ali estava a explicação para a cólica. Estava no dia certo, ela não deveria ter sido pega de surpresa, mas o trauma do dia anterior a fizera se esquecer de tudo.

Gemendo, levantou-se. Felizmente Cahill tinha levado todos os seus artigos de higiene pessoal ou ela estaria sem absorvente íntimo. Procurou nas malas até encontrar um estojo com os produtos de que precisava e foi ao banheiro para tomar um banho longo e quente.

Queria fazer alguma coisa, mas não tinha nada para fazer. Não era a mesma situação que vivera com a família do juiz Roberts; ela os conhecia, tinha intimidade com todos eles e lhes era útil. Nunca sequer tinha visto as filhas dos Lankford, Bethany e Merrill. Sentia muito por elas, mas não era amiga da família e, mesmo que as duas quisessem sua ajuda, Sarah não sabia se conseguiria ajudá-las. Não naquele momento. Estava muito cansada e emocionalmente esgotada.

Depois de tomar banho, ainda sentia-se esgotada, mas, mais do que dormir, precisava estar perto de alguém que a amasse incondicionalmente, alguém sempre pronto para recebê-la. Tirou o celular da bolsa, o ligou e telefonou para sua mãe.

— Oh! Oi, querida — sua mãe disse. Parecia estranhamente ansiosa. A mãe de Sarah normalmente era um oásis de calma, uma mestra em organização. Sarah ficou assustada no mesmo instante.

— Mamãe? O que houve?

Para seu desespero, a mãe começou a chorar, mas controlou-se um segundo depois. Naquele momento, Sarah estava completamente alerta.

— Mamãe?

— Eu não ia telefonar para nenhum de vocês ainda, mas seu pai sentiu dores no peito ontem à noite. Passamos a noite no pronto-socorro; fizeram alguns exames e disseram que ele não sofreu um ataque cardíaco...

Sarah pôde respirar e sentou-se.

— Então, o que ele tem?

— Não sabemos. Ele está com um pouco de dor ainda, mas você conhece seu pai: ele ainda tem aquela mentalidade da Marinha de ser forte. Marquei uma consulta para ele em um clínico geral hoje à tarde, para que seja examinado e marcarmos mais exames. — A mãe de Sarah respirou fundo. — Acho que não estaria tão preocupada se ele já tivesse tido algum problema de saúde. Nunca o vi reclamando de dor como ontem à noite.

— Posso pegar um vôo para chegar aí hoje à tarde... — Sarah começou a dizer e parou, sem saber ao certo se poderia deixar a cidade. O que Cahill dissera a ela quando o juiz Roberts foi assassinado? "Não saia da cidade." Mas ela tinha sido liberada, por isso não haveria problemas. Então se lembrou do sr. Densmore e sentiu-se frustrada; tinha de começar a trabalhar.

— Não, não seja tola — sua mãe disse, com a voz mais animada. — Não foi um ataque cardíaco, os resultados dos exames não apontaram nada. Não há por que vir para cá, sendo que pode não passar de uma azia mais forte. Se o médico demonstrar o menor sinal de preocupação, telefono para você.

— Tem certeza?

— Claro que tenho. Agora, chega desse assunto. Como estão as coisas com seu novo emprego?

Sarah queria muito chorar no ombro da mãe, no sentido figurado, mas não aumentaria as preocupações dela no momento.

— Não deu certo — ela disse. — Na verdade, já tenho outro emprego e gostaria que você anotasse o número de telefone.

— Pensei que você estivesse gostando dos Lankford, seus novos patrões.

E gostara. Sentiu um nó na garganta e teve de conter-se.

— Não foi isso. Algo inesperado aconteceu e eles tiveram de se mudar. — Gostaria de ter pensado em outra mentira, porque aquela era horrivelmente verdadeira, não era mentira.

— Essas coisas acontecem. — Sendo esposa de um militar, sua mãe era especialista em mudar-se. — Certo, peguei uma caneta. Qual é o novo número?

Sarah o anotara na noite anterior. Pegou sua agenda, abriu na página certa e leu o número.

— Você tem meu celular, mas resolvi te ligar para contar sobre a mudança de emprego.

— Preocupe-se em adaptar-se ao novo emprego. Tenho certeza de que seu pai vai ficar bem; já está se sentindo melhor e reclamando, dizendo não precisar de médico algum. Terei de arrastá-lo ao consultório hoje à tarde.

— Telefone, está bem? Se houver qualquer problema.

— Pode deixar.

Sarah desligou e ficou sentada por bastante tempo, tentando assimilar essa nova preocupação. Não havia nada que pudesse fazer, pelo menos não no momento; precisava cuidar de si mesma para estar bem se *precisasse* fazer alguma coisa.

Ela procurou a aspirina entre suas coisas, encontrou o frasco e tomou duas. Deitou-se novamente e voltou a dormir em questão de minutos.

Eram quase duas da tarde quando o telefone tocou. Ela rolou na cama e olhou para o radiorrelógio, sem acreditar no horário, e pegou o telefone.

— Estou levando sua picape — Cahill disse. — Pedi carona a um patrulheiro até a casa dos Lankford para poder pegá-la, por isso vou precisar de uma carona de volta à delegacia.

Ela piscou, ainda sonolenta.

— Tudo bem. — Sua voz estava estranha até para si mesma.

— Eu te acordei? — ele perguntou, adivinhando.

— Sim. Tive uma noite ruim — ela disse e deixou que ele pensasse o que quisesse.

— Estarei aí em dez minutos — ele disse e desligou.

Ela levantou-se e foi para o banheiro. Todas as suas roupas estavam nas malas e, portanto, amassadas. Ela estava parecida com a bruxa má do Oeste. Cahill poderia esperar até que se aprontasse.

Ele esperou, mas sem paciência. Sarah não permitiu que ele subisse, por isso teve de esperar na recepção. Quando estava pronta e saiu do quarto, descobriu por que não tinha sido acordada pela faxineira: o aviso de NÃO PERTURBE estava na porta. Cahill deve têlo colocado ao sair. Ela deixou o aviso onde estava e entrou no elevador para chegar à recepção.

— Descobriram alguma novidade hoje? — ela perguntou no trajeto para a delegacia.

— Nada, exceto que a mesma arma foi usada para matar as quatro pessoas. Viu o noticiário hoje ou leu o jornal?

— Não. Por quê?

— Queria saber se você se lembra de ter visto Jacob Wanetta em algum lugar.

— Ele é a quarta vítima?

— Sim.

— O nome não é familiar.

Um pouco depois ele parou junto a uma máquina de jornais, colocou algumas moedas na ranhura e tirou um jornal da manhã. Sentando-se novamente ao volante, colocou o exemplar no colo dela.

Ela não leu a história, não prestou atenção àquela manchete. Em vez disso, concentrou-se na foto em preto e branco de um homem de cabelos pretos e queixo saliente que parecia forte como um touro. Nada nele era familiar.

— Não me lembro de tê-lo visto antes — ela disse, colocando o jornal de lado. Não conseguia deixar de sentir um certo alívio; pelo menos não tinha nada que ver com o assassinato.

Ele parou antes que eles chegassem à prefeitura e à delegacia, entrando em um estacionamento, e desligou o carro.

— Os repórteres estão por aí — ele disse. — Vou andando o resto do caminho, para que eles não a vejam. — Virou-se no banco, acariciando o rosto dela com as costas de sua mão. — Telefono hoje à noite. Vou tentar encontrá-la, mas estamos trabalhando como loucos e não sei a que horas vamos parar hoje.

— Não precisa se preocupar. Estou bem. — Estava mentindo no momento, mas *ficaria* bem no futuro. Precisava se recompor, dormir bastante e deixar que o tempo passasse. Precisava de um tempo longe de Cahill, um período no qual não tivesse de conviver com ele. Não queria pensar no que estava acontecendo, não queria pensar em nada.

— Para eu poder ficar tranqüilo, está bem? — ele disse. — Sei que as coisas ainda não estão certas entre nós, por isso preciso vê-la de vez em quando para ter certeza de que ainda está por perto.

— Não vou fugir, Cahill — ela disse, surpresa por ele pensar que ela fugiria. — Se for embora, você vai saber com antecedência. E já aceitei o emprego do sr. Densmore, lembra?

Ele suspirou. Apesar de todos os acontecimentos, conseguira checar Trevor Densmore.

— Ele não tem nada de suspeito.

— Foi o que pensei. Talvez eu telefone para ele e combine um horário para ir até lá.

Ele olhou para ela com preocupação. — Por que não espera mais um dia? Dá para ver que você está cansada.

Ela sabia como estava: pálida e com olheiras. *Sentia-se* exausta, mesmo depois de tantas horas de sono. O cansaço físico não era o problema, mas, sim, a sobrecarga de estresse.

— Talvez eu me sinta melhor se tiver alguma coisa para fazer. Não vai me fazer mal.

A mudança para a residência do sr. Densmore foi feita em pouco tempo e com facilidade. *Residência* não era o termo mais correto, era uma propriedade, uma fortaleza, vinte mil metros quadrados protegidos por muros altos de pedra. A entrada era guardada por enormes portões de ferro forjado que se abriam automaticamente e eram vigiados em intervalos regulares por câmeras posicionadas.

A casa tinha três andares, construída com um tipo de pedra cinza, que lhe atribuía uma aparência medieval. Por fora, o jardim era cuidadosamente mantido, sem uma folha caída ou partes irregulares na grama.

Por dentro, a mesma coisa. Ou o tímido sr. Densmore gostava de espaços monocromáticos ou o decorador que contratara era insensível e sem imaginação. A cor cinza predominava. O mármore dos organizados banheiros era cinza. O carpete fofo era de um tom cinza apagado, de cor gelo. A mobília toda parecia ser cinza e branca, com tons mais escuros de cinza para contrastar. Sentia-se dentro de uma caverna de gelo.

Mas ele sentia orgulho de sua casa, quase parecendo um menino ansioso em mostrar-lhe os aposentos, por isso percebeu que o decorador não tinha culpa. Ele adorava a atmosfera fria que o cercava. Ela fez elogios apropriados, achando estranho o fato de ele se preocupar com a opinião dela. Ela era a mordoma, e não uma possível compradora da casa.

Ficou feliz por ter lhe dito que seria um emprego temporário, porque não gostou nem um pouco de seus aposentos. Preferia cômodos separados, um pequeno refúgio que fosse dela e que lhe permitisse separar-se do trabalho. O quarto para onde ele a levou era grande e muito bem arrumado, como uma suíte de hotel caro.

Era grande *demais*, a ponto de parecer cavernoso. Havia uma cama com quatro colunas, uma área de estar e pouca mobília para muito espaço. Sentia frio só de olhar para o quarto. O banheiro era arrumado, de mármore cinza-escuro, quase preto, com torneiras e puxadores de cromo polido. Até mesmo as felpudas toalhas eram cinza-escuras. Detestava olhar para tudo aquilo.

Ele estava corado de tão alegre.

— Vou preparar um chá — ele disse, esfregando as mãos como se não pudesse se conter. — Podemos tomá-lo enquanto conversamos sobre as tarefas.

Sarah esperava ter bastante coisa para fazer, alguma coisa que a mantivesse ocupada. Um lugar daquele tamanho deveria ter uma equipe de funcionários; a casa do juiz não chegava à metade daquela, mas era cheia de vida. Aquele mausoléu de pedra dava uma sensação de vazio.

Ela carregou suas malas para o quarto, mas não começou a desfazê-las. Ele a instruiu a estacionar a TrailBlazer na garagem para quatro veículos, na vaga ao lado de um surpreendente Ford popular azul-marinho. O Jaguar branco que ficava na vaga mais próxima à casa era muito mais o tipo do sr. Densmore, ou o Mercedes S-Class branco estacionado ao lado. Quando ela entrou na cozinha — mais mármore cinza-escuro e peças de aço impecáveis — ele estava enchendo duas xícaras, que estavam lado a lado, com chá.

— Pronto — ele disse, atrapalhando-se com o açucareiro e o pequeno copo de creme como se fosse uma solteirona recebendo um candidato a marido. Ela percebeu que talvez ele se sentisse solitário e ficou incomodada.

Era treinada para gerenciar residências e não para oferecer companhia física ou emocional. Com o tempo, ela e o juiz desenvolveram um relacionamento de carinho e proximidade, mas as circunstâncias eram completamente diferentes. O sr. Densmore era banqueiro, *possuía* um banco e, apesar de ela não saber sua idade, acreditava que não podia ter mais de sessenta. Era bem-disposta o suficiente para ir ao escritório todos os dias; cuidar de um banco era um trabalho complicado e, mesmo com uma gerência competente, ainda devia haver muitas coisas a supervisionar, decisões a tomar. Ela sabia que ele participava de eventos sociais, pois o conhecera em uma festa. Portanto, aquela casa fria e vazia estava em desacordo, como se sua vida profissional não se juntasse à pessoal — como se ele não *tivesse* vida pessoal. Ao conhecer a casa, não vira sequer uma foto de família ou qualquer toque pessoal que caracterizasse um lar.

Ela não poderia trabalhar ali. Detestava ter de colocá-lo em uma situação complicada, mas achava que não assumiria o trabalho; sentia que não havia a necessidade de sua presença naquele lugar, ou pelo menos nenhuma necessidade que lhe parecesse razoável. Cansada e desesperada, tomara uma decisão errada, mas que não seria permanente.

— Pronto — ele disse, levando a bandeja à mesa. Colocou uma xícara diante dela. — Espero que goste, é uma mistura que eu trouxe da Inglaterra. O sabor é um pouco incomum, mas eu o considero viciante.

Ela bebericou o chá; era *mesmo* incomum, mas não desagradável. Era levemente mais amargo em relação ao que ela estava acostumada, por isso colocou uma fatia fina de limão para suavizar o sabor.

Ao vê-lo observando-a com a expressão ansiosa, cheio de expectativa, ela disse:

— É muito bom.

Ele sorriu.

— Sabia que você ia gostar. — Pegou sua xícara e ela tomou mais um gole enquanto escolhia as palavras certas.

Depois de alguns momentos, percebeu que *não havia* palavras certas, mas, sim, honestas.

— Sr. Densmore, cometi um engano.

Pousando sua xícara no pires, ele olhou para ela.

— Como assim, minha querida?

— Não deveria ter aceitado sua oferta. Agradeço muito, mas a decisão foi tomada com muita pressa e há diversos fatores que eu não levei em consideração. Sinto muitíssimo, mas não vou poder assumir o emprego.

Ele pareceu um pouco surpreso.

— Mas você trouxe suas coisas.

— Eu sei. Sinto muito — repetiu. — Se lhe causei algum transtorno, se fez planos contando com minha presença aqui, é claro que me responsabilizarei por isso, e não acharia justo, sob hipótese alguma, aceitar qualquer pagamento por isso. Não tenho conseguido pensar com clareza, pois nunca tomaria uma decisão com tanta rapidez.

Em silêncio ele bebeu seu chá, com a cabeça baixa. Em seguida, suspirou.

— Não fique preocupada, erros acontecem e você se comportou dignamente. Mas, sim, fiz planos para o próximo final de semana; portanto, você se importaria em ficar até lá?

— É claro que não. Trata-se de uma festa?

Houve uma breve pausa.

— Sim, você sabe como é, para retribuir os convites que tenho recebido. Contarei com o serviço de uma empresa de organização de eventos, é claro. Cerca de cinqüenta pessoas.

Ela poderia cuidar daquilo. Como já era quarta-feira à tarde, provavelmente haveria bastante trabalho para mantê-la ocupada, organizando uma festa com tão pouco tempo. Só esperava que ele tivesse uma empresa de organização de festas de seu gosto, mesmo que precisassem de mais funcionários. Caso contrário, ela teria mais trabalho para conseguir contratar um bom serviço até lá.

— Cuidarei de tudo — ela disse.

Ele suspirou. — Gostaria muito que as coisas tivessem sido diferentes.

28

Ele estava muito decepcionado com Sarah, mas achava que podia relevar; afinal ela estava transtornada pelo que tivera de passar, que, em parte, era culpa dele. Só não esperava que ela fosse tão... instável, apesar de esse não ser o termo mais correto. *Indecisa*. Sim, era um termo mais adequado.

Não podia chatear-se com ela, porque era óbvio que Sarah vinha sofrendo desde o dia anterior, mas podia ficar incomodado. Como ela podia pensar em sair dali? Será que não percebia quão perfeita aquela casa era para ela, um ambiente maravilhosamente adequado para sua pura perfeição? Ela não iria embora, é claro, ele não permitiria. Desejava que ela tomasse conta dele, mas era óbvio que, pelo menos por enquanto, ele teria de cuidar dela.

Hummm. Talvez fosse isso que estivesse errado. Sarah não estava sendo ela mesma. Estava muito pálida e sem o brilho que o atraíra na primeira vez em que a viu. Ele a manteria ali, cuidaria dela e, quando ela estivesse se sentindo melhor, seria mais razoável.

Por sorte ele atendera a todas as exigências. Não, não se tratava de sorte, mas, sim, de planejamento minucioso e atenção a detalhes. Eram as chaves para o sucesso, nos negócios ou nos assuntos pessoais. Não achara provável que Sarah se sentisse infeliz ali, mas se preparou para essa possibilidade remota e, assim, foi capaz de resolver a questão. Não tinha percebido ao vê-la, ontem, como ela estava perdida; era a única coisa que lhe fugira do controle. Em breve ela se sentiria muito melhor e não voltaria a falar em ir embora.

O levantamento feito com a empresa de telefonia mostrou três ligações para os Lankford daquele telefone público no Galleria — no domingo à noite. Houvera mais um telefonema na segunda à noite, mais ou menos no mesmo horário dos assassinatos. Era impossível determinar a hora de uma morte sem uma testemunha; tudo que poderiam ter era um período mais restrito. Mas parecia que o assassino pretendera ir à casa dos Lankford no domingo à noite. De acordo com a filha mais nova do casal, Merrill, que cursava a faculdade em Tuscaloosa, seus pais foram até onde ela morava para jantar com ela, ficando até quase onze horas da noite. Assim, ganharam mais vinte e quatro horas de vida e a garota teve uma última oportunidade de vê-los.

Cahill desejara que esse levantamento tivesse saído na terça-feira, porque Sarah não poderia ter feito aqueles telefonemas; estivera com ele o dia inteiro no domingo. Ele desejava várias coisas, sendo que a primeira era nunca ter conhecido sua ex-esposa, que destruiu sua capacidade de pensar com clareza. Era a conclusão que fazia de tudo aquilo: *deixara* que a experiência vivida com ela o afetasse. Só isso. A partir de agora, ele se concentraria na pessoa envolvida e não analisaria tudo com a desconfiança que adquirira com Shannon. Já estava emocionalmente livre dela havia dois anos, mas pela primeira vez sentia-se mentalmente liberto. Ela não o influenciava mais.

Os diversos telefonemas abriam uma porta que não existia antes. Cahill foi para a loja no shopping center que tinha a câmera com o melhor ângulo e pegou a fita das noites de domingo e segunda. O ângulo continuava ruim e as imagens também, mas mostravam o mesmo homem. Mesmo cabelo, mesma altura, mesmo estilo de roupas.

Ali estava o safado. O assassino. Nem ele nem ninguém na delegacia tinham qualquer dúvida.

O problema era que ninguém o reconhecia. É verdade que as imagens retiradas e ampliadas da fita eram de baixa qualidade, embaçadas e não mostravam seu rosto. Mas era possível ver um pouco, mas ninguém tinha dito: "Ei! Ele me lembra tal pessoa." A polícia precisava de ajuda, de sorte, de um milagre. Precisavam de alguém com o olhar apurado que reconhecesse o contorno do maxilar, o formato da orelha e o relacionasse com uma pessoa real.

A sra. Wanetta não o reconhecera, mas estava tão sedada que não reconheceria a própria mãe. Nenhum dos três filhos vira qualquer traço familiar nele, o que eliminava a possibilidade de ele ser um amigo da família; a mesma coisa com as filhas dos Lankford. *Tinha* de ser um conhecido nos negócios, mas nenhum funcionário de Jacob Wanetta reconheceu o sujeito das fotografias.

Em algum lugar alguém tinha que conhecer o miserável.

Leif Strickland, o gênio da eletrônica do Departamento de Polícia, apareceu na porta. Estava com os olhos arregalados de ansiedade, com o cabelo arrepiado, mostrando que passara as mãos nele.

— Ei, doutor, venha ouvir. Acho que temos uma fita com a voz do filho-da-puta!

Todos que o ouviram se reuniram ao redor de sua parafernália eletrônica.

— Isto aqui foi tirado da secretária eletrônica dos Lankford — Leif disse. Todas as fitas das secretárias eletrônicas foram ouvidas, é praxe; se os aparelhos fossem digitais, tudo seria gravado.

— Não me diga que ele deixou uma mensagem — Cahill disse.

— Não, nada disso. Veja, o telefone que a sra. Lankford tentou usar tinha um daqueles botões para gravação instantânea, sabe como é, um botão que você poderia apertar a qualquer momento para gravar se alguém com quem você estivesse conversando começasse a ameaçá-lo de morte. Ela certamente não queria gravar nada, mas, sim, tentava pedir ajuda, e estava nervosa, né? Pegou o telefone, apertando botões errados sem querer. Eu ouvi todas as mensagens e havia um intervalo com um barulho esquisito... Sei lá, era meio estranho. Por isso, resolvi isolá-lo, colocá-lo em alguns programas para melhorá-lo e...

— Pelo amor de Deus, não queremos saber como — Cahill interrompeu. — Vamos ouvir.

Leif lançou-lhe um olhar de mágoa, de gênio lidando com leigos que não apreciam a beleza da eletrônica.

— Certo, aqui está. Não está muito claro, preciso melhorá-lo ainda mais, eliminar a estática... — Ele parou de falar quando Cahill o encarou e, em silêncio, apertou um botão.

Ouviu-se uma respiração ofegante de medo. Em seguida, um som suave, uma pancada e um estalido, abafados.

— O que foi isso?

— O barulho do último tiro que foi dado — Leif disse. — Com silenciador. Mas ouça mais uma vez, ouça o que vem antes disso.

Todos escutaram, atentos, e para Cahill pareceu uma voz.

— Ele disse alguma coisa. O infeliz disse alguma coisa. O que foi? Dá para isolar?

— Vou tentar. Escute de novo e vai entender as palavras.

A sala estava completamente em silêncio quando ele voltou a rodar a fita.

A voz era suave e gentil. Cahill semicerrou os olhos, concentrando-se.

— Alguma coisa com "menina".

— Você merece um prêmio! — Leif disse. — Foi "menina malvada". Ele voltou a fita e, agora que todos sabiam o que havia sido dito, ficou claro.

"Menina malvada." Com um tom levemente repreensivo. Em seguida, o tiro silenciado e nada mais.

Ali estava uma gravação do assassinato de Merilyn Lankford. Se conseguissem um suspeito — *quando* tivessem um suspeito —, poderiam comparar as vozes e encaixá-lo no quebra-cabeça.

— Bingo — Leif disse, animado.

— Minha querida, se me permite dizer, parece que está esgotada — o sr. Densmore disse gentilmente. — Passou por uma experiência extraordinariamente difícil. Sente-se para tomar mais uma xícara de chá. O chá é um ótimo restaurador. Vou fazer um novo — ele disse.

Ela precisava comer, e não beber chá, pensou, tentando lembrar-se da última vez que comera alguma coisa. Tinha sido a sopa que tomara com o sr. Densmore na tarde do dia anterior, completando mais de vinte e quatro horas sem comer.

Acabara de servir o jantar dele. A cozinheira chegou às três da tarde e preparou sua refeição; ela já tinha ido embora quando Sarah chegou. Certamente preparara a refeição apenas para o sr. Densmore, mas não importava. Assim que Sarah terminasse de servir o jantar e lavar os pratos, encontraria alguma coisa para comer.

Ele a cercara com ansiedade, deixando-a um tanto inquieta, mas agora ela percebia que ele estava preocupado com seu bem-estar. Pensando nisso, ela sorriu. — Sr. Densmore, alguém já lhe disse como o senhor é gentil?

Ele arregalou os olhos e ficou corado.

— Oh... puxa... bem, não.

Gentil *e* solitário; ela sentia pena dele, mas não o bastante para permanecer naquela casa horrível e oferecer-lhe a companhia de que ele tanto necessitava. Mesmo assim, talvez a cafeína do chá a deixasse mais animada, para que continuasse trabalhando até ter uma oportunidade de se alimentar.

— Um chá seria ótimo — ela disse e ele sorriu.

— Excelente! Tenho certeza de que vai se sentir muito melhor.

Ele levantou-se da mesa e Sarah disse, rapidamente: — Por favor, termine de jantar primeiro. Eu mesma posso preparar o chá.

— Não, eu o farei. Sou muito crítico em relação ao meu chá.

Já que o chá parecia ser muito importante para ele, e como seu jantar era frio, salada de frango com nozes — e apesar de não aceitar qualquer pagamento pelo tempo que trabalharia ali, aquela era a casa dele e ele ainda era o chefe —, ela parou de protestar.

Ele foi para a cozinha e colocou a água para ferver; voltou para a sala de jantar e sentou-se à enorme mesa de vidro para terminar sua refeição. Sem ter o que fazer, Sarah foi para um canto. Poucas vezes havia se sentido tão inútil quanto se sentia ali; tinha a impressão de que ele não esperava que ela fizesse trabalho algum, só queria que ela ficasse... perto. A ocupação que ela tanto queria não existia ali; não havia paz, nem calma, apenas uma sensação de tédio e inquietação.

Estava tão cansada que mal conseguia manter-se em pé, e sentia dor de cabeça, provavelmente por não ter comido. Poderia também ser falta de cafeína, já que não tinha tomado seu café de manhã; se fosse o caso, o chá seria duplamente bem-vindo. Talvez até tomasse duas xícaras.

Ele terminou de comer assim que a chaleira na cozinha começou a apitar.

— Ah! A água já ferveu — ele disse como se ela não pudesse ouvir o barulho. Foi para a cozinha e Sarah ocupou-se recolhendo os pratos dele e os levando para a pia, para limpá-los e colocá-los na lava-louças.

Quando ela terminou a tarefa, ele estava servindo o chá nas xícaras.

— Pronto! — ele disse com satisfação, carregando a bandeja para a sala de jantar. Ela sentiu-se obrigada a segui-lo e, pela insistência dele, sentou-se à mesa.

— Diga-me — ele disse ao bebericar o líquido quente e fumegante. — Como você decidiu ser mordoma?

Aliviada, pensou que poderia falar sobre seu trabalho.

— Meu pai era coronel da Marinha — ela disse. — Quando era garota, eu observava os comissários, a maneira com que cuidavam de tudo, e era fascinante. Tinham disciplina, cuidavam das listas de convidados, amenizavam qualquer situação constrangedora... são maravilhosos em seu trabalho. Eu gostava da maneira com que eles são treinados para cuidar de tudo.

— Mas, obviamente, você não trabalhou na Marinha.

— Oh, não, na verdade existe uma escola de treinamento para mordomos. — Ele fazia muitas perguntas, e ela ficou contente em poder se concentrar para responder a elas. Ali, enfim, estava alguma coisa para distrair-se, algo que não exigia muito raciocínio.

Talvez fosse apenas a tontura causada pelo cansaço extremo, mas ela começou a sentir-se... como se estivesse embriagada. Ficou zonza de repente e segurou-se na mesa.

— Puxa! Perdoe-me, sr. Densmore. Senti uma tontura de repente. Não comi nada hoje e acho que estou fraca.

Ele parecia assustado.

— Você não comeu? Minha querida, por que não? Não deveria ficar aqui me servindo, deveria estar cuidando de você. Fique sentada aí e vou lhe trazer alguma coisa para comer. O que quer?

Ela piscou, sem entender. Como poderia dizer o que queria se não sabia o que ele tinha em casa? Gostaria de comer qualquer coisa; comeria porque estava precisando, mas a última coisa que queria era...

— Sorvete — ela disse. Foi muito difícil pronunciar a palavra.

— Sorvete? — Ele hesitou, olhando para ela. — Acho que não tenho sorvete. Quer alguma outra coisa?

— Não — ela disse, tentando se explicar. — Não é o que eu quero. É a última coisa... — Esqueceu-se do que dizia e olhou para ele, assustada. Tudo estava começando a girar e teve a súbita sensação de estar prestes a desmaiar. Nunca desmaiara antes.

Ele estava começando a se afastar dela, ou pelo menos era o que parecia. Não podia ter certeza, já que tudo rodava.

— Espere — ela disse, tentando levantar-se, mas as pernas não sustentaram seu peso.

Ele correu para segurá-la antes que caísse, e com surpreendente força.

— Não se preocupe — ela o escutou dizer quando sua visão escureceu e seus ouvidos começaram a ficar tapados. — Vou cuidar de você.

29

A primeira coisa que sentiu foi a dor de cabeça latejante. Oh! É mesmo... Tinha ido dormir com dor de cabeça. Ela estava em uma posição desconfortável, mas sentia medo de se mexer, medo de que o menor movimento aumentasse ainda mais a dor que sentia. Também estava nauseada e achou que poderia vomitar. Havia alguma coisa errada, mas sua confusão mental não a deixava descobrir o quê.

Tentou se lembrar... de alguma coisa. Qualquer coisa. Por um momento angustiante não conseguiu pensar em nada, não tinha o menor senso de tempo e lugar, apenas o desconhecido. Então, sentiu a textura do tecido sob seu corpo e percebeu que estava na cama. Sim, isso fazia sentido. Estava com dor de cabeça e ficou deitada na cama. Lembrava-se de ter ido... Não, não se lembrava de ter ido para a cama. A última recordação clara era... Não conseguiu se lembrar e parou de se esforçar, entregando-se à escuridão mais uma vez.

Quando acordou novamente, pensou estar com gripe. O que mais poderia explicar aquele mal-estar horroroso? Quase nunca ficava doente, nem mesmo resfriada, mas apenas algo sério como uma gripe forte poderia explicar seu estado. Pela primeira vez entendeu como as pessoas se sentiam quando diziam estar se sentindo muito mal para sequer ir ao médico. Não haveria como ir ao médico, um médico teria de ir até ela.

Alguma coisa estava passando sobre sua cabeça. Era um roçar lento e rítmico e, em vez de piorar sua dor de cabeça, estava, na verdade, aliviando-a.

Seus braços doíam. Tentou movê-los e percebeu que não conseguia.

O sustou tomou conta de sua mente. Tentou mexer os braços mais uma vez, sem sucesso.

— Meus braços — ela sussurrou e sua voz saiu horrível, grave e irreconhecível.

— Coitadinha — uma voz suave murmurou. — Vai se sentir melhor. Pronto... não é melhor assim?

O movimento ritmado continuou, vagaroso, e depois de um momento ela percebeu que havia alguém escovando seus cabelos.

Era bom, mas não queria que ninguém afagasse seus cabelos. Queria mexer os braços. Apesar da dor de cabeça e do estômago revirado, ela se mexeu hesitantemente na cama e percebeu que também não conseguia movimentar as pernas.

Em pânico, arregalou os olhos. Sua visão encontrou imagens que não faziam muito sentido. Havia um homem... mas não era Cahill, e isso não era possível. Por que um homem, que não era Cahill, estava escovando seus cabelos?

— Vou lhe dar um pouco d'água. — Ela ouviu uma voz suave. — Quer um pouco, não é, querida? Um pouco de água fria vai ser bom para você. Dormiu tanto tempo que fiquei preocupado.

Uma mão fria passou pelo pescoço dela, ergueu sua cabeça e um copo foi colocado entre seus lábios. A água fria entrou em sua boca seca, molhando sua língua. Seu estômago reagiu quando ela engoliu, mas felizmente não vomitou. Ela voltou a engolir o líquido duas outras vezes antes de o copo ser afastado.

— Pouca água, querida. Você está mal.

Estava muito mal por ficar paralisada, mas talvez aquele homem não soubesse que ela não conseguia se mexer. Fechou os olhos, esforçando-se para recobrar suas forças, sem sucesso. Sentia-se tão fraca que era como se não tivesse ossos.

— Vou lhe trazer uma sopinha daqui a pouco. Precisa comer alguma coisa. Não percebi que você não tinha comido e acho que sem querer deixei que você ficasse doente.

A delicadeza daquela voz era familiar e ela se lembrou. — Sr. Densmore?

— Sim, querida. Estou aqui.

— Estou me sentindo muito enjoada — ela sussurrou, abrindo os olhos e piscando. Percebeu que sua visão estava mais clara e pôde ver o rosto dele, preocupado.

— Eu sei e sinto muito.

— Não consigo me mexer.

— É claro que não. Eu não poderia deixá-la machucar-se.

— Me... me machucar? — Estava conseguindo afastar a confusão em sua mente; a cada segundo sentia-se menos atordoada, mais ciente das coisas ao seu redor. Sentia-se como se estivesse voltando de uma anestesia, e se lembrava bem da sensação, de quando quebrara seu braço esquerdo aos seis anos de idade, e teve de tomar uma anestesia geral. Detestara muito mais a anestesia do que o gesso.

— Se você tentasse fugir — o sr. Densmore explicou, mas ela não entendeu.

— Não dá, não posso. — Tentar fugir? Tentara levantar-se da mesa, e era a última coisa de que se lembrava.

— Eu sei, eu sei. Não se chateie. Mantenha-se calma e tudo ficará bem. — A escova era passada vagarosamente por seus cabelos. — Seu cabelo é lindo, Sarah. Estou muito satisfeito com você, de modo geral, mas sua indecisão foi uma surpresa desagradável. Mas você tem passado por muitas chateações. Tenho certeza de que vai se acostumar com o tempo.

Ele não estava dizendo coisa com coisa. Acostumar-se? Ela franziu a testa e ele passou os dedos sobre as rugas formadas.

— Não faça isso, vai marcar sua linda pele. Eu estava certo quando pensei que um rubi ficaria lindo em você, em sua pele. Mas procurei em todos os lugares e não consegui encontrar o pingente. Por que não o está usando?

Pingente?

Ela sentiu um arrepio e ficou parada, desconfiada. Sentiu um nó no estômago, dessa vez de medo.

— Por que não está usando o pingente que eu lhe mandei? — ele perguntou, um tanto petulante.

Era ele. Era ele o perseguidor, o maluco cuja presença ela sentira, como um câncer escondido. Ele tinha esperado e aproveitado a chance. Ela não estava doente coisa nenhuma; o maldito a drogara e, como não comia nada há um dia inteiro, a droga a atingira com força.

Tinha de responder a ele. *Não o contrarie*, ela pensou. *Não faça nada que o deixe irritado. Pense*. Precisava de uma desculpa que mostrasse que ela não tinha culpa. *Pense!*

— Alérgica. — Ela suspirou.

O movimento da escova foi interrompido.

— Minha querida, sinto muito — ele disse. — Eu não sabia. É claro que você não poderia usar algo que lhe causasse coceira. Mas onde ele está? Talvez você pudesse usá-lo só por um momento para que eu veja.

— Estojo de jóias — ela disse. — Posso tomar mais água?

— É claro, querida, já que seu estômago aceitou da primeira vez. — Ele levantou a cabeça dela, segurou o copo entre seus lábios e ela engoliu o máximo que conseguiu. — Pronto — ele disse ao descansar a cabeça dela no travesseiro de novo. — Onde está seu porta-jóias?

— No bangalô. Na residência dos Lankford. Cena do crime... a polícia a lacrou. Não posso entrar.

Ele deu um suspiro de enfado.

— Eu deveria ter pensado nisso. Não se preocupe, querida, vou pegar todas as suas coisas de lá. Vai sentir-se muito mais confortável com seus objetos por perto.

Sarah tentou mexer os braços mais uma vez e sentiu que algo estava prendendo seus punhos. E de repente entendeu o que se passava: ela estava amarrada à cama. Lutou contra o pânico que ameaçava sufocá-la. Não poderia deixar-se abater, tinha de pensar, concentrar-se. Se entrasse em pânico, estaria perdida, mas se mantivesse o controle, conseguiria vencê-lo.

Ela tinha uma grande vantagem a seu favor: sabia que ele era perigoso, mas ele não sabia que ela também era.

Cahill. Ele sabia que ela estava ali. Mais cedo ou mais tarde telefonaria e tentaria vê-la, para conversar. Tudo que precisaria fazer seria manter a situação calma e sob controle até então. Não queria fazer nada que agitasse Densmore, que o levasse a ser violento. Ele era um maluco obcecado por ela, estava feliz por ela estar ali, sob controle. Enquanto ele acreditasse nisso, Sarah estaria segura. Assim esperava. Mas, se ele achasse que ela estava tentando fugir, poderia explodir em um ato de violência. Se isso acontecesse, se ela não conseguisse fugir sem causar problemas, então teria de esperar até sentir-se pronta para enfrentá-lo.

Mas não havia como saber quanto tempo Cahill demoraria a telefonar para ela. Ele sabia que ela estava ali, mas todos os investigadores estavam correndo contra o tempo para encontrar o assassino. Ele tentaria o celular primeiro e, se ela não atendesse, tentaria de novo mais tarde. No entanto, o "mais tarde" poderia ser dias mais tarde.

Não, Cahill não esperaria tanto. Era impaciente.

Mas, enquanto isso, ela teria de se cuidar. A primeira providência era convencer Densmore a soltá-la.

Ela falou com a voz mais fraca do que o normal. Se ele a queria doce e frágil, ela seria assim, pelo menos até poder acabar com ele.

— Sr. Densmore?

— Sim, querida?

— Eu... estou muito envergonhada de ter de dizer isso.

— Não precisa ter vergonha de nada. Estou aqui para cuidar de você.

— Preciso usar o banheiro — ela sussurrou e foi muito convincente, pois realmente precisava muito ir ao banheiro. Além disso, estava menstruada e a situação não era nada boa.

— Querida. Que problema!

— A-acho que estou paralisada — ela disse e sua voz falhou. Era melhor que ele pensasse que ela estava mais incapacitada do que na verdade estava. Não que fosse capaz de lutar ou correr naquele momento, mesmo que estivesse desamarrada, mas queria que ele pensasse que ela estava se recuperando muito lentamente.

— É claro que não está — ele exclamou, com simpatia. — Só a amarrei para evitar que você se ferisse. Agora, deixe-me ver como podemos resolver essa situação.

Ela se inquietou um pouco; seu desespero estava se tornando tão grande que não teve dificuldade em chorar. Precisava ver se *conseguiria* andar, ou se muito da droga ingerida ainda estava em seu organismo.

— Sim, vai dar certo — ele disse para si mesmo e afastou os cobertores. Para seu imenso alívio, viu que ainda estava vestida; ele apenas tirara seus sapatos. Fez tudo com cuidado, soltando seus tornozelos e enrolando as amarras finas de náilon, prendendo-as com a mão. Se conseguisse caminhar, seria com passos bem curtos e, mesmo que tentasse qualquer coisa, tudo que ele precisaria fazer era puxar as amarras e ela iria de cara ao chão.

Ela estava realmente chorando quando ele terminou e começou a soltar suas mãos.

— Sinto muito, acredito que você esteja se sentindo muito mal — ele sussurrou. — Espere mais alguns minutos e vou ajudá-la a chegar ao banheiro.

— Por favor, rápido! — ela reclamou, fechando os olhos com força.

Finalmente ele a ajudou a sentar-se e ela percebeu de imediato que mesmo que estivesse livre não conseguiria fazer muita coisa. Era melhor não tentar nada que o deixasse desconfiado e esperar até sentir-se melhor. Tinha de se lembrar de que ele era mais forte do que aparentava, já que havia conseguido subir as escadas carregando-a. Era muito difícil agüentar o peso de um corpo desmaiado.

Estava tão tonta que mal conseguiu sentar-se; na verdade, precisou apoiar todo o seu peso nele. Tocá-lo lhe dava náuseas, mas ela tinha de se preocupar em afastar as suspeitas dele e, se para isso precisasse aceitar seu auxílio, era o que faria, mesmo a contragosto.

Ele a deixou em pé. Seus joelhos fraquejaram no mesmo instante e ele a segurou. Ela apoiou-se nele enquanto ele seguia andando e arrastando-a em direção ao grande banheiro de mármore cinza-escuro de sua suíte.

Todos os seus produtos de higiene estavam dispostos sobre a pia; como ele desfizera as malas dela, esperava que seus objetos pessoais estivessem nas gavetas do armário. Sim, ali estava a bolsa onde ela guardara tudo, sobre um armário; mesmo que ele tivesse deixado os absorventes íntimos na bolsa, ela poderia pegá-los.

Ele a ajudou a chegar ao vaso sanitário e ficou parado ali por um momento, demonstrando desconforto.

— É, bem... você precisa de ajuda?

Ela esticou o braço e apoiou-se na parede, ofegante.

— Acho que consigo sozinha. — Ele deveria sentir-se seguro deixando-a ali; havia uma janela, mas era um bloco de vidro, não era possível enxergar nada, de nenhum dos lados, ou abri-la. Mesmo que pudesse quebrá-la, seu quarto ficava no segundo andar; o primeiro andar, como ela tinha percebido, era muito alto, por isso a queda seria muito maior do que de um sobrado comum.

Mas correria o risco se fosse sua única alternativa.

Ele olhou ao redor e ela pôde perceber que ele analisava o que havia no banheiro, receoso de que ela pudesse usar alguma coisa como arma ou para fugir. Era muito cuidadoso e não confiava nela. Ela recostou-se na parede, disfarçando sua fraqueza.

— Tudo bem — ele disse por fim. — Estarei aqui fora se precisar de mim.

— Pode deixar a porta um pouco aberta? — ela perguntou. — Por favor? Para que possa ouvir se eu cair. — Aquilo era um truque de psicologia reversa, pedindo que ele fizesse exatamente a única coisa que pretendia; talvez isso o convencesse de que ela não estava tentando fugir.

Ele pareceu satisfeito e lançou-lhe seu sorriso tímido quando saiu do banheiro e deixou a porta entreaberta. Aquela era toda a privacidade que ela teria, mas não se importava nem um pouco.

O alívio foi muito grande e as lágrimas voltaram a rolar por seu rosto. Encontrou a embalagem de absorventes na última gaveta do armário da pia e fez o que tinha de fazer. Sentindo-se bem melhor e menos desesperada, porém ainda fraca, ela foi até a pia e curvou-se sobre ela, molhou uma toalha e limpou o rosto e a genitália. Se ele estivesse olhando, era problema dele, ela não se importava nem um pouco. Precisava se refrescar muito mais do que ter pudor.

Bebeu mais água, ávida, e foi em direção à porta vagarosa e vacilantemente.

— Por favor — ela disse, com fragilidade. — Ajude-me a voltar para a cama.

Densmore correu para posicionar-se ao lado dela.

— Apóie-se em mim — ele disse carinhosamente. — Coitadinha. — Ele a guiou para a cama e a ajudou a deitar-se de novo.

Ela tremia e não era fingimento; sentia que suas pernas não teriam conseguido suportá-la um minuto mais. Ele fez um carinho em seu rosto, afastou seu cabelo dos olhos e começou a passar as amarras ao redor de seus braços e tornozelos. Ela teve de se controlar quando ele a tocou, mas não protestou, apenas ficou deitada, com os olhos fechados. Cahill às vezes fazia aquilo: afastava seu cabelo e acariciava seu rosto, e ela detestava o fato de Densmore ter agido de modo tão parecido.

— Volto já, já, com alguma coisa para você comer — ele disse e saiu do quarto, fechando a porta.

Não havia nada que ela pudesse fazer, presa como estava, por isso sequer tentou puxar as amarras. Não duvidava de que o quarto tivesse câmeras e microfones controlando seus movimentos, e não queria fazer nada que o deixasse com a pulga atrás da orelha, para o caso de ele a estar observando.

A curta caminhada até o banheiro esgotara o pouco de força que ela tinha. Respirou fundo e relaxou na escuridão. Usaria a escuridão dessa vez para ficar mais forte.

— Sarah?

A voz parecia vir de longe, mas a deixou instantaneamente em alerta, consciente. Ficou parada, fingindo estar acordando devagar.

— Sarah, acorde. Trouxe sopa.

Ela se mexeu e virou a cabeça para o lado.

— Quê...?

— Você tem de comer. Acorde, querida.

Ela abriu os olhos enquanto ele colocava a bandeja sobre o criado-mudo.

— Ótimo, ótimo — ele disse, sorrindo para ela. — Vejamos, qual é a melhor maneira de fazermos isso? Acho que devo servir-lhe a sopa na boca, não é? Vou colocar mais um travesseiro atrás de você para levantar sua cabeça um pouco mais, e aqui está uma toalha para aparar os respingos que podem cair.

Ele fez o que disse, segurando a cabeça dela e colocando um outro travesseiro atrás de seus ombros, deixando-a em uma posição mais reclinada, abrindo uma toalha e prendendo-a sob seu queixo.

— É uma bela canja — ele disse e riu. — Não poderia ser algo mais clichê, não é? Mas *é* muito boa e forte. Não é preciso colocar carne vermelha para se fazer uma boa sopa ou ensopado, apesar de muitas pessoas pensarem o contrário. Não como carne vermelha, apenas frango, peru e peixe.

Nesse caso, pensando no que dissera, ele deveria ser levado ao Milo's e tentar se safar, ela pensou sarcasticamente, enquanto ele levava a colher até seus lábios e ela os abria obedientemente, como uma criança. O sarcasmo era algo bom; por fora, tinha de ser boazinha. Mas, por dentro, continuava sendo forte.

A sopa estava boa e ela forçou-se a tomá-la toda. Precisava se concentrar em recuperar-se o mais rápido possível; precisaria de toda a força que pudesse reunir.

Depois de tomar a sopa, ela olhou para ele.

— Obrigada. Estava boa — ela disse e bocejou. — Desculpe. Ainda estou muito sonolenta.

— Claro. — Ele limpou seus lábios com o guardanapo e tirou a toalha de cima dela. — Vou deixá-la sozinha descansando, mas voltarei de vez em quando para ver se precisa de alguma coisa. Tenho uma surpresa para você — ele disse com um sorrisinho.

— Uma surpresa?

— Vai estar à sua espera quando você acordar.

Aquela promessa não era animadora e, depois que ele saiu, ela observou o teto e as paredes cuidadosamente, procurando por alguma coisa que pudesse ser uma câmera. Sem olhar de perto era impossível dizer, mas precisava achar que estava sendo vigiada. Não tentou puxar as amarras, mas passou a relaxar e contrair seus músculos, começando pelas pernas e subindo. Precisava lutar contra o efeito da droga que ele lhe dera e manter a circulação e os músculos ativos. Se surgisse uma oportunidade de fugir, ela tinha de estar pronta.

Por que Sarah não atendia o celular? Cahill telefonara para ela diversas vezes, recusando-se a ficar sem contato por muito tempo com a situação tão ruim entre eles. Sim, eles tinham feito amor e ela concordara em lhe dar um pouco de tempo, uma chance de ver se eles poderiam resolver as coisas, mas a indefinição do acordo o incomodava. Não queria coisas incertas, queria certeza.

Ela tinha ido à casa de Densmore na tarde do dia anterior. Certo, ele entendia o fato de ela não atender seu celular enquanto ainda estava se acomodando, mas seu telefone estava ligado e, quando ela o pegasse, veria que tinha perdido algumas chamadas. Já tinha dado tempo de ela retornar os telefonemas. Hoje o telefone estava desligado; a ligação caía sempre na caixa-postal.

O telefone de Densmore não constava na lista telefônica, mas quando alguém possuía o software correto e um programa de busca, isso não importava. Cahill levantou a informação, fez o telefonema e foi atendido pela secretária eletrônica. Deixou uma mensagem simples: "Telefone para o detetive Cahill no Departamento de Polícia de Mountain Brook." Nada pessoal e o tipo de recado que era passado imediatamente. Mas, mesmo assim, ela não tinha telefonado.

Pessoas assustadas ligavam para passar informações irrelevantes, mas todas tinham de ser checadas, e ele, literalmente, não tinha tempo para comer. Mas estava tão frustrado por não falar com Sarah que encontrou tempo para passar de carro pela residência, como um adolescente apaixonado, para tentar ver seu veículo estacionado em algum lugar. Os portões de ferro forjado estavam muito bem fechados e ele não conseguiu ver automóvel algum.

O maldito lugar mais parecia uma fortaleza, com aquele enorme muro de pedra cercando-a. Somente o muro já devia ter custado uma fortuna, e, pelo que pôde ver, tinha cabos de eletricidade no topo. Estava claro que o sr. Densmore valorizava sua privacidade.

Ele ligou de novo para a residência e deixou mais um recado, dessa vez transparecendo sua impaciência, deixando a impressão de que a srta. Stevens tinha de contactar a polícia para o seu bem. Provavelmente teria uma resposta se houvesse alguém na casa.

Seu telefone tocou um pouco depois e ele o atendeu.

— Cahill.

— Detetive Cahill. — Era a voz de um homem, um tanto suave, como se espera que seja a voz de um padre, mas também cheia de autoridade. — Aqui é Trevor Densmore. O senhor deixou duas mensagens para a srta. Stevens e pareciam urgentes. Sinto muito, mas a srta. Stevens está doente, não pode falar.

— Doente? — Cahill perguntou sem pestanejar, assustado. — Como assim?

— Laringite. — Densmore riu. — Realmente não consegue falar. Talvez, dentro de alguns dias, ela consiga entrar em contato com o senhor.

O filho-da-puta desligou antes que Cahill pudesse dizer qualquer coisa. *Merda!* Ele queria vê-la, mas a casa tinha muros e portões altos; não podia entrar sem permissão ou um mandado de busca, e não tinha nenhum dos dois.

Sarah estava doente? Ela dissera que quase nunca pegava um resfriado, por isso ficar doente de uma hora para outra parecia mentira. Passara por muitas coisas ruins e o estresse acaba com o sistema imunológico, mas... tão rápido? Literalmente no dia seguinte? Mentira. Estava tentando evitá-lo.

Não, Sarah não era assim. Ela não fugia, enfrentava tudo de frente. Mesmo que estivesse com laringite, teria pegado o telefone e tentado se comunicar de alguma forma.

Cahill tinha a impressão de que o tal Densmore estava mentindo. Ele não conhecia o cara e Sarah pareceu gostar dele, ou pelo menos se sentiu grata pela proposta de trabalho, mas sua intuição dizia que havia algo errado. Por que Densmore mentiria? Não havia motivos para isso e Cahill ficou ainda mais apreensivo. Não por não haver motivo, mas por não *saber* o motivo.

Bem, de um jeito ou de outro, se Sarah não desse sinal de vida logo, tentaria vê-la mesmo que tivesse de escalar o maldito muro. Provavelmente seria preso por invasão, mas pelo menos saberia se ela estava bem ou não.

Quando Sarah acordou de novo, sua cabeça ainda doía, mais forte do que antes. Aquela sensação horrível de confusão estava de volta, mas dessa vez não precisou descobrir o que estava acontecendo. Sabia: Densmore a dopara de novo. Com a sopa.

Mas por que ele a drogaria? Ela estava amarrada e sem ter o que fazer.

Ficou deitada, lutando contra a confusão mental, disposta a afastar os efeitos da droga. Não poderia deixar aquilo continuar.

Não poderia perder mais forças se recusando a comer ou beber, mas também não conseguiria escapar se ficasse inconsciente o tempo todo.

Estava com muito frio e em uma posição desconfortável, mas, com as mãos amarradas, não conseguiu puxar os cobertores. Sentia o ar frio sobre sua pele nua...

Ela se assustou, paralisada pelo choque. Densmore tirara suas roupas. Ela estava nua.

30

— Surpresa! — Ele estava feliz, praticamente extasiado. — Sei que você está acordada, não lhe dei tanto tempo desta vez. Pare de fingir que está dormindo e abra esses lindos olhos.

Completamente horrorizada, Sarah abriu os olhos e olhou para ele. Viu pelas janelas que tudo estava escuro lá fora, percebendo que horas haviam passado, horas em que esteve inconsciente e completamente à mercê dele. Todas as idéias de apaziguá-lo, de fingir obedecer-lhe sumiram completamente.

— O *que você fez comigo?* — ela perguntou, rouca.

Ele estava sentado ao seu lado na cama, totalmente vestido. Olhou para ela e perguntou:

— O que eu fiz? Nada! Por quê?

— Minhas roupas...

— Ah, sim. Elas estavam sujas. Pelo amor de Deus, hoje era o segundo dia seguido que você as estava vestindo. Além disso, dormiu com elas. Digamos que seria difícil despi-la nessas condições, por isso eu as cortei. E estavam arruinadas mesmo.

Ela continuou horrorizada, com medo, e olhou para seu corpo nu. As cobertas estavam afastadas, deixando-a exposta. Mas suas pernas ainda estavam juntas, amarradas, de modo que ela não conseguisse movê-las. Não pensava que se sentiria grata por estar presa daquele jeito, mas naquelas circunstâncias...

Respirou profundamente diversas vezes, lutando contra o pesadelo que começava a abatê-la.

— Arruinadas? — conseguiu perguntar.

Ele fez uma careta e apontou para sua genitália.

— Você sabe. Deveria ter me dito que estava incomodada. Assim, eu não teria ficado tão excitado. Foi uma decepção ter de esperar, mas encontrei uma alternativa.

Incomodada...? Ele só podia estar dizendo que ela estava menstruada. Sentia-se extremamente grata por sua menstruação, se ela o tivesse mantido afastado. Mas isso também significava que ele tinha visto suas partes íntimas, e ela sentiu vontade de chorar pela humilhação. Mas controlou-se, conteve o choro e ficou firme. Voltou a olhar para seu corpo; então, viu as gotas grudentas em sua barriga, espalhadas por suas coxas, e quase vomitou.

Esqueceu o controle, ficou cega de ódio e seu corpo se arqueava, tentando desesperadamente livrar-se das amarras pelo desespero de limpar aquela sujeira de seu corpo.

— Limpe isso! — ela gritou. — Como se atreve? Como *pôde*?

Ele estava surpreso.

— O que aconteceu?

— Você gozou em mim, seu desgraçado! — Ela começou a chorar, inutilmente tentando libertar-se. — Lave... isso! — gritou.

— Não fale assim comigo, mocinha — ele disse com firmeza.

— Você me *tocou*! — Estava descontrolada em sua fúria, em seu desespero. — Você me *olhou*! Não tinha esse direito!

— Pare com isso. Pare já com isso. Compreendo sua timidez, mas tenho certeza de que entende que seu estado atual apenas adiou o progresso natural de nosso relacionamento. Eu soube, assim que a vi, que você nasceu para mim. O seu lugar é aqui, comigo. Seremos muito felizes, minha querida. Você vai ver. Vou lhe dar o que quiser, vou tratá-la como uma rainha. Veja, já lhe dei este anel. A pedra precisa ser transformada em outra coisa, mas a cor e o formato são perfeitos para você. Assim que a vi, percebi que esta jóia era linda demais para aquela mulher de mau gosto. Vou tirá-la em um minuto, pois sei que você é alérgica a jóias, mas queria que você a visse primeiro. Vou fazer uma peça que seja protegida por um material hipoalergênico, para que você possa usá-la.

Ele levantou a mão esquerda dela o máximo que as amarras em seus pulsos permitiram. — Veja. Não é lindo?

Ela olhou para o anel que ele colocara em seu dedo, aquele enorme diamante amarelo cercado por diamantes brancos menores. Conhecia aquele anel. Havia se deslumbrado com o tamanho da pedra principal todas as vezes que o vira no dedo de Merilyn Lankford.

Ela sentiu um nó no estômago e um enorme mal-estar quando olhou para o rosto sorridente de um assassino.

Cahill olhou para seu relógio, impaciente. Estava ficando tarde, quase no horário de o shopping center ser fechado, e estava muito cansado de mostrar aquelas fotografias para lojistas e consumidores exaustos. Algo o incomodava, mas não sabia o quê. Estava há muitas horas sem dormir, como nos tempos do Exército, e tudo que queria era uma chance de sentar-se em algum lugar e pensar. Densmore dissera alguma coisa que o deixou incomodado, mas, apesar de repassar o diálogo diversas vezes em sua mente, não conseguia identificar o motivo de seu incômodo. Mas continuava ali. Sentia mesmo sem saber.

A quinta-feira estava chegando ao fim. Sarah estava na residência de Densmore há um pouco mais de vinte e quatro horas — certo, quase trinta horas —, mas parecia que não conversava com ela fazia dias e a falta de contato o perturbava. Talvez fosse isso, e não algo que Densmore dissera, que o incomodava. Estava preocupado com ela, sabia que ela estava na casa dele, portanto, naturalmente, associava sua irritação com Densmore. Isso mesmo, ele conhecia um pouco de psicologia, mas não acreditava nela.

Parou uma mulher bem conservada, provavelmente beirando os sessenta anos, com aquele olhar controlado das pessoas ricas. — Com licença, senhora, mas estamos tentando localizar este homem. A senhora o reconhece?

Tentaria telefonar para Sarah mais uma vez, ele pensou. Se não conseguisse falar com ela, iria até a casa, exigindo entrar. Poderia dizer que tinha uma ordem de prisão. Alguma coisa do tipo.

A mulher olhou para a fotografia e a analisou rapidamente; entregando-a para Cahill, disse:

— Sim, reconheço — ela disse diretamente. — Acredito que se trata do dono do meu banco.

— Obrigado — Cahill respondeu automaticamente, controlando-se para não dizer o que queria. Outro fã de William Caixa. *Que engraçado!* Estava cansado de toda aquela merda... — Espere um minuto. O que disse?

Ela ergueu as sobrancelhas em um gesto que mostrava sua impaciência com a atitude demonstrada. Repetiu: — Acredito ser o dono do meu banco. Ele tem uma postura distinta, um jeito diferente de portar-se. E, claro, é o mesmo cabelo.

O cansaço de Cahill sumiu. A adrenalina corria por suas veias.

— Qual é o nome dele?

— Trevor Densmore. Ele é dono...

Cahill não esperou para escutar do que Trevor Densmore era dono. Correu para a saída, com seu coração acelerado de terror enquanto ligava para Wester. Sentiu a brisa da noite e atravessou o estacionamento, em direção ao Impala que estava dirigindo.

— Tenho um nome — ele gritou ao telefone quando Wester atendeu. — Trevor Densmore. Ele é um banqueiro. E está com

Sarah, o filho-da-puta. Está com Sarah. — Destrancou o carro e entrou, dando partida e engatando a primeira marcha antes de fechar a porta. Os pneus cantaram no asfalto enquanto o veículo parecia um foguete em direção à saída.

— Como assim "ele está com Sarah"? — Wester perguntou.

— Ele a contratou. Ela foi para a residência dele ontem à tarde e eu não consegui falar com ela desde então. Estou indo para lá.

— Doutor, não faça as coisas sem pensar, pelo amor de Deus! Temos de fazer a coisa certa. Vou conseguir um mandado de busca...

— Eu falei com ele ao telefone hoje à tarde — Cahill interrompeu. — É a mesma voz que está na fita dos Lankford. Sabia que tinha alguma coisa errada, alguma coisa sobre ele me deixou incomodado, mas não liguei os pontos.

Quando ele entrou na Rodovia 31, o sinal estava vermelho. Ele acendeu as luzes do carro e passou como uma bala pelo cruzamento, virando à esquerda na direção da I-459. Chegou a quase 100km/h na subida.

Wester ainda estava falando quando Cahill jogou o telefone para o lado. Se fosse demitido, tudo bem. Nada nem ninguém o manteria fora daquela casa.

Tudo fazia sentido naquele momento, o *motivo* que enganara a todos eles e que não se encaixava. Os assassinatos não tinham sido causados por negócios, vingança ou dinheiro. O motivo era Sarah. Ele se lembrou de quando ela telefonou para ele, antes do primeiro crime, dizendo ter recebido um presente anônimo pelo correio. Foi o primeiro contato do desgraçado, o primeiro sinal de sua obsessão. Cahill não deu importância ao fato por ter sido isolado; Sarah não recebeu cartas ou telefonemas depois que mostrassem o aumento da obsessão do maluco.

Mas ela soubera, percebera que alguma coisa estava muito errada. Tentara desmascarar seu admirador secreto. Quando o juiz Roberts foi morto, a primeira coisa em que pensou foi que o tal do perseguidor era o culpado.

E tinha razão.

Primeiro, ele tentou tirá-la do juiz. Sem sucesso, ele eliminou o obstáculo de seu caminho e, mais uma vez, fez a proposta de emprego. Quando ela foi trabalhar com os Lankford, ele agiu novamente e os tirou de cena, deixando-a disponível de novo. Dessa vez não seria tão fácil conseguir um emprego como antes; afinal de contas, quem decidiria contratar uma pessoa que parecia trazer azar e que era suspeita dos crimes? Trevor Densmore. Não estava preocupado com os assassinatos. Não teria por quê.

Tudo que ele queria era Sarah. Quando a imprensa ficou em polvorosa após o assassinato dos Lankford, dizendo que Sarah tinha sido presa, Densmore resolvera o probleminha saindo imediatamente para matar outra pessoa, a fim de provar que Sarah não podia ser a culpada. Assim que ela foi solta, ele entrou em ação mais uma vez, obtendo êxito.

Ele estava com Sarah. *Filho-da-puta. Ele estava com Sarah.*

Havia uma expressão em seu rosto, em seus olhos, que a fez estremecer. Ele olhou para o corpo nu dela e esticou o braço, passando a mão sobre seu seio. Sarah disse, se esquivando: — Não posso usar este anel. Por favor, tire-o. Já está me dando coceira.

Ele parou, levantando a mão e olhando para ela.

— Claro! Sinto muitíssimo, só queria que você o visse. Eu devia ter percebido que sua pele é muito sensível.

Tirou o anel do dedo dela e o colocou no bolso. Com o olhar apaixonado, disse: — Você é tão perfeita — e esticou o braço para tocar seu seio direito mais uma vez, e Sarah ficou tensa.

Precisava detê-lo. Não conseguiria tolerar que ele continuasse a tocá-la. Preferia morrer a ser tocada por ele.

As pessoas obcecadas faziam isso quando o objeto de sua obsessão não correspondia à fantasia que eles construíam em suas mentes. A obsessão se transformava em ódio e eles ficavam violentos, destruindo a pessoa que os magoara.

Ela o deixaria violento antes de permitir que ele a estuprasse. Mas ele ainda não estava naquele estágio; graças à menstruação, ela ainda tinha um pouco de tempo. Não tinha a menor idéia de quanto tempo poderia mantê-lo afastado, mas faria o que pudesse. Conhecia Cahill, logo ele estaria batendo à porta de Densmore. Talvez fosse amanhã de manhã, ou amanhã à noite, mas ele *iria* até lá. Se ela não conseguisse escapar, tudo que precisava fazer era esperar e manter Densmore longe dela.

— Não gosto de ser tocada — ela disse, tentando fugir do toque em seu mamilo. Ela disse isso de maneira doce e aflita, como ele parecia gostar.

Ele voltou a olhar para ela, intrigado, como se estivesse tentando se conectar à realidade. Parecia confuso. — Mas... eu posso tocá-la. Estamos juntos.

— Não gosto que me toquem — ela repetiu. — Machuca. Machuca minha pele.

Ele se afastou, olhando consternado para ela.

— Oh, querida! Não sabia que sua pele era tão sensível. Foi um problema no qual não pensei. Mas você não é *alérgica* ao toque, mas, sim, *sensível*. É isso? Serei bastante delicado, minha querida, e aos poucos você vai se acostumar a...

Meu Deus. Ela rangeu os dentes. — Não — ela disse, mantendo a delicadeza na voz. — Sinto muito. É uma doença incurável.

— Doença? — Ele estava esticando o braço em direção a ela mais uma vez, mas parou e a paixão em seus olhos deu lugar a algo grave e ruim. — Nunca ouvi uma coisa dessas.

— Tem razão, é uma sensibilidade aguda. Minhas terminações nervosas são inflamadas. Posso tolerar roupas, se forem feitas com um certo tipo de tecido, mas tenho de tomar remédios até mesmo para isso... — Estava falando coisas sem sentido e não se importava com isso, contanto que ele não a tocasse de novo. — ... E antiinflamatórios. Estou sem meu remédio. Com tudo que aconteceu, fiquei tão atordoada que esqueci de comprar mais antiinflamatório.

Todas as vezes que você me toca é como se estivesse me queimando com ferro quente.

— Minha nossa! — Ele parecia ter acreditado. Se Densmore fosse um pouco menos alienado, nunca teria dado certo, mas estava tão preso em seu mundo de fantasias que não conseguia se concentrar em mais nada. — Certamente não quero fazer nada que lhe cause dor. — Ele sorriu para ela. — A menos que você precise ser punida, é claro. Mas você nunca fará nada para me chatear, não é? Você vai passar meu jornal a ferro e preparar meu café-da-manhã, da mesma maneira que fazia para aquele velhote, Lowell Roberts.

— Se você quiser — ela disse, queimando por dentro ao se lembrar do pobre juiz, dos Lankford e do outro homem que tinha sido assassinado por aquele lunático.

— Você vai cuidar de mim — ele sussurrou. — E eu cuidarei de você. — Ele curvou-se e beijou sua testa.

Sarah descontrolou-se: — Não me toque! — ela gritou.

Como um raio, ele colocou as mãos na garganta dela, apertando com força, e abaixou-se, deixando seu rosto perto do dela. Estava tomado de ódio.

— *Nunca* mais fale assim comigo!

Ele a estava sufocando. Ela voltou a descontrolar-se, sufocando, tentando freneticamente pensar no que fazer. Ela o irritara; precisava mantê-lo afastado, mas, ao mesmo tempo, calmo, até que Cahill chegasse. Com certeza chegaria logo. Ela poderia esperar até a manhã seguinte.

— Sinto... muito! — ela conseguiu dizer. — Dói.

O rosto dele ainda estava vermelho quando soltou sua garganta e ficou em pé. Desesperadamente ela respirou fundo, lutando contra a escuridão que começava a turvar sua visão.

— Você tem de aprender — ele disse entre dentes, tirando seu cinto. — Precisa ser disciplinada até aprender a se comportar direito. *Não*... fale... mais... comigo... daquele jeito.

Sarah conteve outro grito e tentou rolar para o lado quando ele lhe bateu com o cinto.

Aqueles malditos portões deviam ter cinco metros de altura; o muro tinha pelo menos três. Pensou em derrubar o portão com o carro, mas isso acionaria o alarme e avisaria o miserável que sua casa estava sendo invadida. Cahill colocou o carro o mais perto que pôde do muro e subiu nele. Em pé no teto do carro, pulou e conseguiu segurar-se no muro.

Sentiu dor nas mãos. O muro estava cheio de cacos de vidro e arame farpado, ou alguma coisa do tipo. Soltou-se do muro, tirou a jaqueta e jogou-a sobre ele. Voltou a pular, esperando que a jaqueta não caísse no chão. Não caiu. Segurou com suas mãos ensangüentadas e pulou o muro, rolando no gramado. Ficou em pé, recobrando o equilíbrio, e tirou a pistola do coldre. Atravessou o amplo jardim, em direção à mansão cinza que parecia uma fera gigantesca na escuridão.

Um bipe alto foi ouvido. Densmore deteve-se e levantou a cabeça.

— Acho que temos visitas — ele disse gentilmente. — Quem pode ser? Com licença, minha querida.

Sarah soluçou enquanto ele saía e fechava a porta. Ele havia lhe dado a surra com tremenda fúria, machucando suas costas e os lados do corpo. Ela conseguira virar-se, protegendo sua barriga e seus seios, mas não antes de ele lhe acertar o estômago duas vezes. Chorava tanto que estava sem fôlego, mas, quando ele saiu, virou-se de barriga para cima.

Uma das amarras em seus pulsos estava frouxa. Caso contrário, não teria conseguido virar o corpo, mas seu ataque de desespero foi que a ajudou a soltá-la. Furioso, Densmore não percebeu.

Sua mão direita estava livre, mas da maneira com que as amarras estavam trançadas para restringir seus movimentos ela precisaria colocar a mão por baixo da cama para soltar a mão esquerda —

algo impossível de se fazer com as pernas amarradas. Ignorando a dor lancinante em suas costas, balançou freneticamente a amarra, esperando soltá-la de sua mão esquerda.

Sem sucesso.

Havia um copo de vidro sobre o criado-mudo. Ela pegou o copo e o quebrou na ponta da mesa. A água caiu sobre a cama, em sua pele ferida, e o cristal se espatifou, mandando estilhaços de vidro para todos os lados. Ficou com a base do copo na mão, que sangrava com dezenas de pequenos cortes. Freneticamente começou a cortar a amarra de náilon, sem se preocupar se sua pele também seria cortada. Com a mão esquerda livre, concentrou-se em desamarrar seus tornozelos.

Quando terminou, ficou em pé; seus joelhos não agüentaram e ela desabou no carpete. Xingando, levantou-se de novo e foi em direção à porta. Quando chegou ao corredor, já estava correndo. Foi quando o primeiro tiro foi dado. Seguido de mais um.

Cahill.

Cahill não estava preocupado com seu trabalho, com sua possível prisão; quando chegou à casa, sua única preocupação era encontrar Sarah. Não tocou a campainha com educação, mas, sim, estourou a porta com dois tiros de pistola calibre 40, e a abriu com um chute. Entrou abaixado, mas o miserável estava à sua espera, escondido na escuridão do corredor.

O primeiro tiro errou por pouco a cabeça de Cahill. Voltou a mirar, e o segundo tiro acertou-lhe o peito, como um chute. Estava usando seu colete à prova de balas, mas o impacto tirou-lhe o fôlego e o jogou ao chão, inconsciente.

— Cahill — Sarah sussurrou, em pé no topo da escada, olhando para baixo, na entrada, vendo o corpo de Cahill jogado sem vida no chão de granito.

Ficou descontrolada. Aquilo não podia estar acontecendo. Não com Cahill. O desgraçado não podia lhe tirar Cahill também.

Balançou-se, esticando o braço, e quase derrubou um abajur de metal cinza de chão que estava ao lado de uma mesa preta.

Cahill, não.

A fúria veio como uma avalanche, fazendo-a agir. Não percebeu quando puxou o plugue do abajur da tomada. Não prestou atenção ao que fazia. Desceu as escadas com firmeza e decisão, indo cada vez mais rápido.

— *Densmore.* — Sua voz saiu grossa e rouca. Parecia uma cena do filme *O Exorcista*. Chegou ao final da escada. — *Seu desgraçado, cadê você?*

Percebeu um movimento à direita, nas sombras. Virou-se nessa direção e viu Densmore materializando-se da escuridão, vindo à luz fraca, como um fantasma, um demônio. Seu rosto estava transfigurado pela fúria. — Eu lhe disse para não falar comigo desse jeito — ele disse, levantando a mão.

Sarah não se importou. O ódio que a cegava fez com que o pesado abajur de chão ficasse leve em suas mãos ao pisar adiante, em direção à pistola, à bala, usando o abajur como um taco de beisebol. Se Cahill estava morto, ela não se importava com mais nada. O barulho do tiro foi ensurdecedor no cavernoso hall e ela sentiu um ar quente passando ao seu lado quando bateu com a base do abajur na cabeça de Densmore. Ele caiu de encontro à parede, um esguicho fino de sangue saindo da cabeça, do peito, e ela não parava de golpeá-lo com o abajur, gritando coisas sem nexo.

— Sarah! *Sarah!*

Finalmente ela voltou à realidade. O abajur, de repente, ficou pesado demais e escorregou de seus dedos. Vagarosamente, ela virou-se enquanto Cahill tentava ficar em pé. Estava com a mão no peito, mas ela não viu sangue.

— Calma, meu amor — ele disse. — O filho-da-puta só pode morrer uma vez.

Epílogo

Cahill jogou a jaqueta sobre seu ombro ao entrar em casa. Estava de bom humor; o conselho de revisão concluiu que o tiro fora dado em legítima defesa, e ele não estava mais em licença administrativa. Sentia falta de trabalhar, mas na primeira semana gostou do tempo livre; apesar de estar vestindo o colete à prova de balas, um tiro machucava e deixava um hematoma. A princípio acreditara ter quebrado algumas costelas também, mas foram apenas machucados — não que o "apenas" representasse algo insignificante. O tiro o deixou bastante abatido.

Ele e Sarah tinham se recuperado juntos. Ele estava bem e a mãe de Sarah telefonara para dizer que seu pai estava apenas enfrentando um problema de estômago, por isso não tinha com que se preocupar. E, fisicamente, Sarah estava bem. Estava vivendo com ele desde que recebera alta do hospital, um dia depois, após ter tirado alguns raios X e feito curativos nos cortes de suas mãos. Suas feridas externas eram simples. Mas por dentro...

Por fora, ela não estava tão machucada. Alguns cortes na mão, um que precisou levar quatro pontos, mas os outros eram leves. As escoriações que marcavam sua pele macia, deixando vergões e feridas, foram tratadas como se trata um joelho ralado, com limpeza e anti-séptico. Até o fim de seus dias se lembraria de vê-la descendo aquela escada, firme e implacável, nua e tão coberta de sangue que dava pena, mas com olhos que pareciam duas bolas de fogo em seu rosto pálido. Segurava aquele abajur com uma mão, chamando Densmore, e quando o infeliz começou a atirar nela, não hesitou, foi em frente sem pestanejar. Cahill, lutando para respirar, ainda tonto, ficou surpreso por ter conseguido atirar. Quase atingiu Sarah, e o tiro acertou em cheio o coração de Densmore. Ele morreu antes de o abajur ser acertado em sua cabeça, mas nada disso deteve Sarah.

Quando conseguiu aproximar-se dela, pôde ouvir as sirenes dos carros de polícia cercando a residência. Precisaria abrir os portões para eles, pensou, mas naquele momento tinha de cuidar de Sarah. Tirou a camisa e vestiu nela, que só ficou ali, parada, olhando para Densmore com o tiro no peito. Em seguida, virou-se, apática, e disse: — Que droga, Cahill. *Eu* queria matá-lo.

Quis abraçá-la, mas de maneira alguma conseguiria colocar as mãos em seu corpo sem causar-lhe dor. Em vez disso, segurou sua mão esquerda, que não estava machucada, sujando-a com o sangue de suas próprias mãos feridas. Deixou o abajur de lado e se surpreendeu com seu peso. Qualquer pessoa teria precisado segurá-lo com as duas mãos, mas ela o segurou com uma e ainda o balançou.

Depois de abrir os portões, ele e Sarah foram levados ao hospital e desde então estava em licença administrativa, por isso não se envolveu nas investigações. Mas os outros caras o mantiveram informado.

Densmore planejara nunca deixar Sarah sair daquele quarto. Encontraram câmeras em todas as partes, até mesmo no banheiro. Ela não teria privacidade alguma. O quarto, assim como a casa toda, era uma fortaleza. As janelas eram inquebráveis e não se abriam. A porta era reforçada. Sarah só conseguira escapar naquela noite porque, em sua pressa para ver quem era o intruso, Densmore tinha deixado a porta destrancada.

Quem sabia do que um maluco como aquele era capaz? Todos que o conheciam diziam que ele aparentava ser uma pessoa muito boa — sim, era sempre assim —, quieto, um pouco tímido, mas um tubarão nos negócios. Tinha a tendência de ficar obcecado com detalhes e irritado quando contrariado. Segundo sua secretária, se tornara mais obcecado com o passar dos anos, a ponto de ela ter de colocar sua cadeira em uma determinada posição ou ele virava um bicho.

Seus documentos pessoais eram ainda mais reveladores. Evidentemente doce e gentil, Trevor Densmore matara seu pai por causa de um desentendimento nos negócios. Ninguém sabia por que ele documentara algo como aquilo, já que, se não tivesse morrido, seria mais um crime para condená-lo à morte — o estado do Alabama aplicava a pena de morte e aquele teria sido um caso de execução —, mas o psicólogo da polícia leu os documentos e disse que seu conteúdo mostrava perfeitamente como a mente de um egomaníaco funcionava. Trevor Densmore acreditava ser mais esperto e melhor do que as outras pessoas, e achava merecer apenas o melhor. Isso tudo de forma simploriamente resumida: Densmore acreditava que podia ter o que quisesse, e não tinha limites quando tentava obter algo que desejava. Se houvesse um obstáculo no caminho, ou ele o retirava ou o destruía.

É claro que, quando viu Sarah na televisão, ficou instantaneamente obcecado por ela — Cahill conseguia entender isso até certo ponto, pensando em seus próprios sentimentos em relação a ela — e decidiu consegui-la. Quando ela recusou sua primeira oferta, graças à lealdade que tinha ao juiz, ele removeu o obstáculo de seu caminho, matando o juiz Roberts. Mas, mesmo assim, ela ainda não tinha aceitado sua proposta; fora trabalhar para os Lankford, o que o deixou com raiva por acreditar que eles eram pessoas muito inferiores. Matar pessoas, para ele, era como matar moscas; elas não tinham importância. O importante era conseguir seus objetivos.

Cahill desejou poder matar o filho-da-puta de novo. O que ele tinha feito a Sarah...

Desde então ela estava retraída e ele não conseguia aproximar-se, apesar de tudo ter acontecido há mais de três semanas; os ferimentos tinham cicatrizado e sumido, os pontos foram removidos e ainda estavam vivendo juntos na mesma casa, mas ele não conseguia se aproximar dela. Ela tinha se escondido em algum lugar dentro de si mesma onde ele não podia ir, e estava ficando maluco com isso.

Quando a viu nua e ensangüentada, foi como se tivesse levado outro golpe no peito, pois acreditava que Densmore a estuprara. Perguntou se isso tinha acontecido, antes de o primeiro policial entrar na casa, e ela negou. Mas o ataque que sofrera a feriu por dentro, em sua mente, e não tinha sido curado.

Não tinha sido apenas a violência da surra, ou o encontro tão próximo com a morte; era tudo, o acúmulo de traumas, terror e pesar. Ela viu-se perdida nas mãos de um maluco e não conseguia esquecer ou superar aquilo.

Não tinham dormido juntos desde então; ela dormia em um dos outros quartos. A princípio, ele não se importou. Estavam feridos e doloridos, e ela ficou vários dias sem suportar o menor toque que fosse. Mas, agora, depois de três semanas, ele se importava. Ele a desejava, precisava dela e queria acertar a vida. Sarah simplesmente ignorava tudo que ele dizia.

— Sarah? — ele chamou, disposto a contar as notícias.

Não obteve resposta, mas a porta para o porão estava aberta. Ele desceu as escadas; os socos firmes no saco de areia mostravam que ela estava pegando pesado nos exercícios.

Vestia uma calça de moletom cinza e um top preto, e evidentemente estava dando seus socos há bastante tempo porque seus ombros estavam brilhando de suor e a cintura de sua calça estava molhada. Parecia concentrada.

Ele se encostou na parede e a observou. As marcas em seu corpo ainda estavam um pouco cor-de-rosa, mas em poucos meses sumiriam. Ela tinha perdido um pouco de peso, deixando seus músculos ainda mais evidentes. Estava magra e forte, como Linda Hamilton no filme *O Exterminador do Futuro* 2, e Cahill sentiu sua ereção formando-se.

Ela olhou para ele. — Como foi?

— Estou liberado da licença administrativa. Eles concluíram que foi em legítima defesa. Volto para o trabalho amanhã.

— Ótimo. — Ela deu mais socos furiosos, que o impressionaram. Ficou feliz por ela estar descontando no saco de areia e não nele.

Ele perguntou:

— E você?

— Quando eu vou voltar ao trabalho?

— Isso.

— Não sei se vou voltar, pelo menos por enquanto. Não sei se vou conseguir outro emprego nesta área; acho que minha reputação está manchada.

— Vai procurar emprego em outro lugar? — ele perguntou, de modo casual, mas estava angustiado.

— Depende.

— Do quê?

Ela parou de bater no saco de areia e enxugou o rosto e os braços com uma toalha.

— Ele me tirou uma coisa — ela disse com a voz baixa. — Não precisou me estuprar para me causar danos. Sempre que penso em sexo, me imagino fragilizada e detestando tudo, e tão enojada que mal consigo respirar. Penso em todo o treinamento que tive e, quando precisei colocar tudo em prática, não consegui. Eu fiquei à mercê dele.

— Não é bem assim — ele disse. — Você estourou a cabeça dele.

— Isso não conta. Ele já estava morto. — Ela lhe lançou um sorriso. — Mas foi bom mesmo assim.

— Tenho certeza disso. — Não tinha dito isso antes, mas sempre pensou. — Gostei de tê-lo matado.

Seu olhar lhe dizia que ela compreendia e invejava a chance que ele tivera.

— Então, o que nos resta? — ele quis saber. Com tudo que tinha acontecido, aquela ainda era a pergunta mais importante.

Ela andou até ele com um ritmo perigoso, provocante, totalmente feminino que o excitou.

— Depende.

Sentiu-se como um disco riscado.

— Do quê? — Ela estava tão perto que ele conseguia sentir seu cheiro, suada, quente e feminina. Sua excitação estava incontrolável.

Ela escorregou as mãos em sua cintura e tirou as algemas do bolso dele.

— De você — ela disse e, pela primeira vez em três semanas, sorriu. — Vamos ver se ainda nos encaixamos bem.

Ele se deitou no tatame. Com os braços acima da cabeça, algemado aos canos. Estava nu, suado e desesperado. A mulher estava acabando com ele.

Sarah não teve a menor pressa. Sentou-se sobre ele, mas sem fazer movimentos. O pênis dele estava dentro dela, totalmente, e ela ficou parada. No começo ele não entendeu o que ela pretendia, mas percebeu logo; sentiu os músculos internos dela o apertando, soltando, apertando e soltando, enquanto ficava praticamente sem se mexer. A sensação era elétrica e enlouquecedora. Ele chegou à beira do orgasmo sem mover-se.

Ela já tinha gozado duas vezes. A primeira vez pareceu tê-la pegado de surpresa quando começou a contrair-se, mas atingiu o segundo orgasmo voluntariamente. Nesse momento, ele já estava implorando por movimentos, mas sempre que movia seus quadris, ela o impedia.

Meu Deus, ela era demais. Só de observá-la, sentia seu coração disparar. Estava maravilhosa, nua e totalmente entregue ao que fazia, com a cabeça jogada para trás e os olhos semicerrados, com os mamilos duros. Certamente, naquele momento, todas as lembranças ruins tinham sido substituídas pelas boas, mas, de qualquer jeito, Senhor, ele morreria feliz.

Ela se curvou e o beijou, sua boca estava quente e a língua prometia loucuras.

— Ainda nos encaixamos bem — ela murmurou.

— Nunca duvidei disso — ele conseguiu dizer, mas as palavras terminaram em um gemido.

— Eu duvidei, mas não poderia deixá-lo vencer. Você é importante demais para mim, Cahill. Eu precisava ter a certeza de que poderia afastá-lo de minha mente.

— E aí? Ele foi embora?

Ela girou os quadris.

— Com certeza.

— Então, pelo amor de Deus — ele disse —, acabe comigo.

Para seu prazer, foi o que ela fez. Quando ele conseguiu pensar, escutar e falar de novo, ela estava deitada, apoiada no cotovelo ao lado dele, acariciando seu peito.

— Eu te amo, Cahill — ela disse séria.

— Eu também te amo, e você não acha que já está na hora de começar a me chamar de Tom?

— Vou pensar nisso. Talvez no nosso quinto aniversário de casamento.

Ótimo, ouvir aquilo era bom.

— Quando será o primeiro? — perguntou casualmente.

— Hum, vejamos. Que tal em julho do ano que vem?

Como eles estavam na última semana de maio, era uma ótima data.

Ela esticou-se sobre ele, abrindo as algemas; assim que ele se viu livre, rolou, deixando-a sob ele. Ela ficou tensa por um minuto, depois relaxou sob seu peso, passando as mãos em suas costas.

— Pensei que ele o tivesse matado — ela disse, enterrando o rosto em seu ombro. — Eu o detesto pelo que fez em nossas vidas, pelo estrago que causou.

— Ele só vai vencer se nós deixarmos, meu amor. — Ele a beijou, vagarosa e longamente. — Você realmente quer isso ou fui eu que me animei com sua resposta mais do que deveria? Vai se casar comigo?

— Com certeza — ela disse, sorrindo. — Pelo menos ele deixou isso claro para mim. Quando pensei que você estivesse morto, soube que nada era mais importante do que amá-lo: nem viajar pelo mundo, nem se levasse um tiro. Em um minuto minha raiva por você sumiu.

— Não vou levar um tiro sempre que você ficar brava comigo — ele sussurrou.

— Não vai precisar, meu amor. — Ela beijou seu ombro e aconchegou-se em seu peito. — Não vai precisar.